La renaissance des dragons

Danielle Paquette-Harvey

1984 –

Ce livre est une œuvre de fiction. Les noms, personnages, lieux et événements sont soit le fruit de l'imagination de l'auteur, soit utilisés de manière fictive. Toute ressemblance avec des personnes réelles, vivantes ou décédées, des événements ou des lieux est purement fortuite. **Aucune partie de ce livre ne peut être utilisée pour entraîner une IA.**

Conception de la couverture par Danielle Paquette-Harvey, images d'archives achetées avec les licences appropriées, tous droits réservés à Danielle Paquette-Harvey.

Dessins de Danielle Paquette-Harvey

Couverture par Danielle Paquette-Harvey

ISBN (broché) 978-1-998458-11-0

Première édition : mai 2026

Publié par : Danielle Paquette-Harvey

http://daniellephauthor.com

https://www.instagram.com/daniellephauthor

Inscrivez-vous à ma liste de diffusion pour ne rien manquer !

daniellephauthor.com

Suivez-moi

- Facebook : Danielle Paquette-Harvey
- Instagram : daniellephauthor

Autres livres de l'auteur

Tous mes livres sont disponibles sur Amazon.

Livre audio

- The Vampire's Pet (anglais seulement)

Nouvelles à $0.99

- L'animal domestique du vampire
- L'animal domestique du vampire - Partie Deux
- La vengeance du loup-garou

Série Âme sœur du désir

Envisagé pour une adaptation cinématographique !

Un prince vampire puissant et séduisant. La fille puissante de l'Alpha. Ennemis de naissance, ils sont liés par un lien indéfectible.

Best Seller mondial. Lisez la série qui a tout déclenché. – Disponibles sur Amazon

1. Ennemis Ancestraux - ISBN 978-1-7782178-0-7
2. Un péché d'amour - ISBN 978-1-7775721-5-0
3. Déchu - ISBN 978-1-7782178-9-0

En lien avec la série Âme sœur du désir

Lisez dès aujourd'hui cette romance dark fantasy **primée – meilleur livre de fantaisie selon le Page Turner Awards** !

Les gardiens de la déesse : Les origines de la meute des loups-garous et des sorcières - ISBN 978-1-7782178-8-3

Série Sang et baisers

1. Roi maudit — ISBN 978-1-7388313-6-4
2. L'éveil — ISBN 978-1-998458-01-1
3. La Renaissance des Dragons – ISBN 978-1-998458-12-7
4. Le roi à la fin du monde – bientôt disponible

Série La fille du demi-ange

1. Dévorée par les ténèbres — bientôt disponible

Danielle Paquette-Harvey

La renaissance des dragons

Contents

Avertissement

Ce livre contient des expressions québécoises. Il a été traduit au Québec. Il est possible que certaines expressions soient un peu différentes qu'en France.

Bonne lecture !

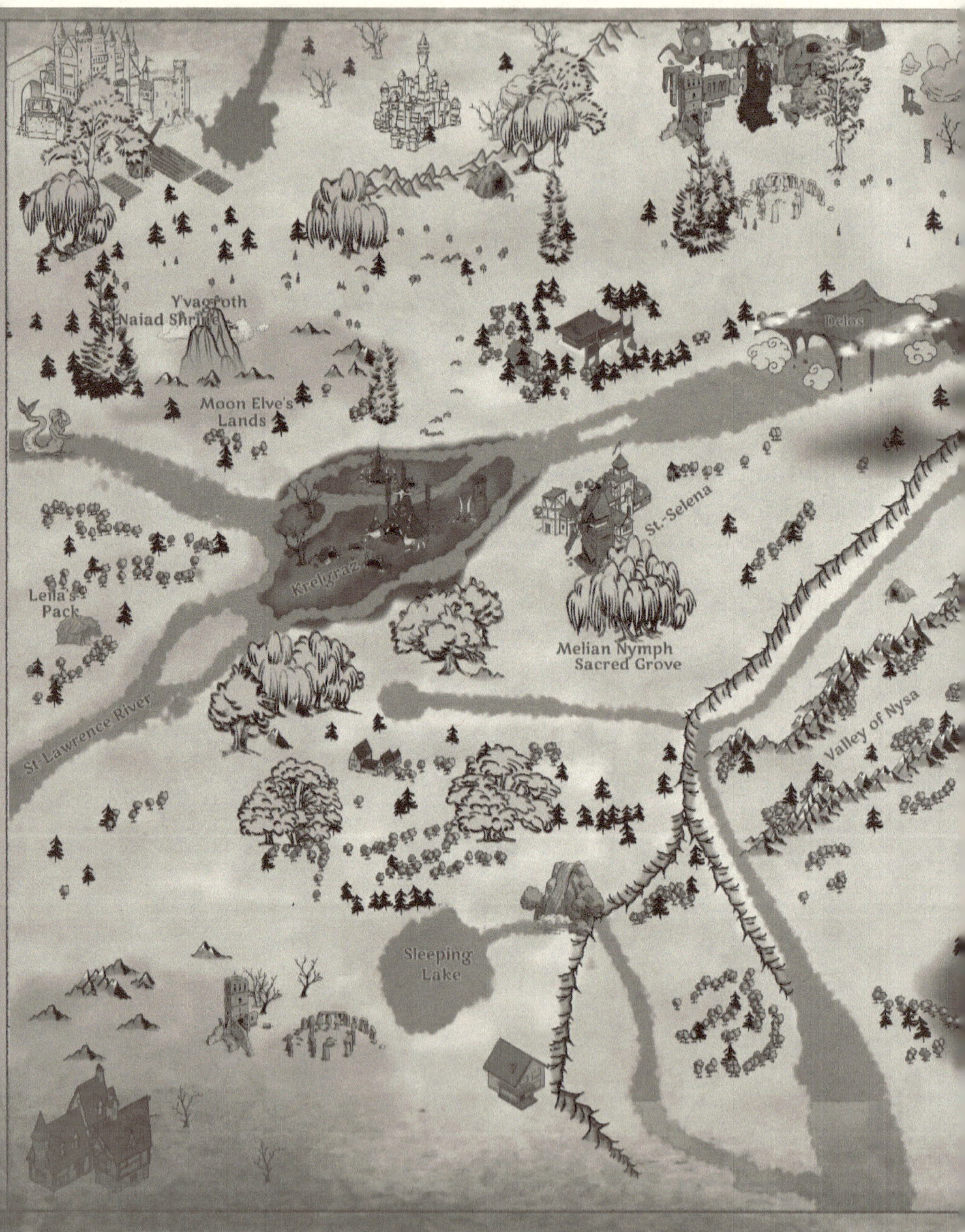

Y'vagroth
Naiad Shrine
Delos
Moon Elve's
Lands
St.-Selena
Kreigraz
Leila's
Pack
Melian Nymph
Sacred Grove
Valley of Nysa
St-Lawrence River
Sleeping
Lake

Darton's Castle
Carlpar Mountain
Mytvathyr
Mumbur
Nokorath Hills
Ancient Crystal Field
Desolation Hills

« Même les dieux ont peur de mourir. »
C.D. McKenna, La saga vorélienne

Chapitre 1 (Élaine)

Scorchfire

L'ordre du temps avait été bafoué. L'équilibre magique du monde avait été brisé, et il était de mon devoir de le rétablir. Les fragments de l'artefact gisaient éparpillés sur le sol, brisés par la foudre. Mes jambes tremblèrent sous l'effort soutenu que m'avait coûté l'utilisation du bâton des origines. Je puisai dans toutes mes forces pour rester debout.

Le portail ferma de force. Dans un silence assourdissant, je fixai les yeux de la reine à mes côtés, ne sachant pas si ça avait fonctionné. Malgré mes pouvoirs magiques, j'aurais échoué sans son aide. J'essuyai mes mains moites sur mes vêtements et retins mon souffle, dans l'attente. Le sol se mit à trembler tout autour de nous, et des pierres tombèrent du plafond. Un rugissement assourdissant s'échappa de la gorge de Scorchfire.

Le dragon était vivant.

Je fus submergée par le soulagement. Tant de choses dépendaient de la renaissance de Scorchfire. La magie elfique serait sauvée. Je me demandai si le déclin de la magie qui s'était produit allait être inversé. Je réalisai que je savais très peu de choses sur le lien entre notre magie et celle des dragons, si ce n'est qu'elles étaient liées.

Mon soulagement s'estompa rapidement. La bête furieuse secoua sa tête et sa queue dans toutes les directions. Des bancs volèrent, et je me baissai juste à temps pour éviter l'un d'eux, plus gros que ma tête. Le dragon déploya ses ailes. Bien que la salle fût immense, elle était minuscule comparée à cette bête majestueuse.

Il voulait sa liberté. À en juger par les dégâts qu'il causait, il allait bientôt l'obtenir. J'essayai de sauter pour éviter le bout de sa queue, mais mes jambes ne m'obéirent pas, et je fus projetée sur le côté par son puissant coup. Le choc me coupa le souffle un instant. Des taches noires apparurent devant mes yeux.

Je crachai du sang et compris que la résurrection du dragon mènerait à ma perte. Si seulement Oswald avait été là avec moi, nous aurions pu le maîtriser. J'aurais dû attendre qu'il se réveille, mais il était trop tard pour les regrets.

Je voulais lancer un sort pour calmer Scorchfire, mais je n'avais plus de mana. Mon cœur battit à tout rompre sous l'effet de la peur. Je n'eus d'autre choix que de me replier dans un coin isolé. Mes bijoux incrustés s'activèrent automatiquement, dressant un bouclier protecteur autour de moi. À chaque fois qu'un projectile venait dans ma direction, des étincelles magiques bleues apparaissaient au-dessus de moi. J'étais reconnaissante envers mes bijoux, ma dernière ligne de défense.

Une sensation étrange, inconnue, étrangère m'envahit. J'avais mal à la tête, comme si elle allait se fendre en deux. Je sentis une présence s'immiscer dans mon esprit et j'essayai de la repousser, mais j'étais trop faible. Perplexe, j'écoutai. Des mots résonnèrent bruyamment dans mon esprit : *« Zarvok Drel'kaan. »*

Mon regard se posa brièvement sur Scorchfire, et je retins mon souffle, sous le choc, lorsque je réalisai qu'il s'adressait à moi. Je n'avais aucune idée de comment cela était possible. Le dragon parlait dans une langue ancienne que je ne comprenais pas. J'avais lu des textes anciens évoquant des liens mentaux, mais je n'y avais jamais prêté grande attention. Il s'agissait surtout de légendes, rien de plus. Je voulus lui répondre, mais je ne savais pas comment. Tous mes efforts pour me concentrer étaient vains. J'étais trop épuisée.

La connexion fut instantanément coupée lorsque le dragon rugit. Il se tenait là, imposant dans toute sa splendeur. Samantha semblait minuscule à côté de lui. Scorchfire aurait pu l'écraser facilement, mais elle ne semblait pas impressionnée. La pointe de son épée s'enfonça dans la poitrine de la bête. « Noooooon ! » criai-je.

Je ne pouvais pas me permettre de le perdre, d'autant plus que la magie elfique était liée à sa vie. Dans un dernier effort, je me précipitai vers la reine des vampires, me jetant sur elle. Elle me repoussa facilement d'un geste magique ; mes bijoux incrustés formèrent un bouclier pour amortir ma chute une fois de plus. Des débris volèrent sous l'impact. Sans ce bouclier, je me serais certainement cassé une côte.

Je devais accepter la réalité. Je n'étais pas de taille à l'affronter, pas dans mon état actuel.

Je regardai, impuissante, Samantha se battre contre Scorchfire. Cela ne faisait aucun sens. Pourquoi quelqu'un s'efforcerait-il autant de ressusciter une bête seulement pour la tuer ?

Scorchfire se battit farouchement contre elle, crachant du feu et attaquant avec sa queue et ses pattes. Il n'avait peut-être pas de griffes — elles avaient été pillées lorsqu'il était mort — mais il avait des dents, qu'il utilisait sans relâche pour mordre la reine. Il l'a projeta contre le mur d'un coup de tête, mais elle se releva rapidement. J'étais stupéfaite de voir avec quelle facilité Samantha se remettait de chacun de ses coups et le repoussait malgré sa taille gigantesque.

C'était impressionnant, mais aussi effrayant de les voir se jeter l'un sur l'autre sans relâche. Je devais faire quelque chose pour aider Scorchfire. Soudain, j'eus une idée. Mon regard se posa sur les immenses portes d'entrée. Si je parvenais à les ouvrir, Scorchfire pourrait s'échapper et retrouver sa liberté. Je me traînai lentement à travers la chapelle ; mon corps protestant à chaque mouvement. Chaque débris était un obstacle, me ralentissant encore davantage. Les rugissements du dragon, les cris de la reine et le bruit des bancs s'écrasant contre les murs résonnaient autour de moi. J'eus l'impression qu'une éternité s'était écoulée lorsque j'arrivai enfin.

Une odeur de brûlé parvint à mes narines. Je me retournai et vis que les bancs étaient en feu. Le bois sec vieux de plusieurs siècles alimentait les flammes avec avidité. Le feu se propageait déjà jusqu'à la base des rideaux. Je levai les yeux vers le plafond, soutenu par de grosses poutres en bois. Une fois que le feu les aurait atteintes, il serait trop tard pour sauver la chapelle. Le plafond s'effondrerait, et tous ceux qui se trouvaient en dessous mourraient.

Je devais sortir de là, et vite.

La pièce était déjà d'une chaleur insupportable. Les murs de pierre rougeoyaient là où le feu faisait rage avec le plus de violence. Je restai près du sol pour éviter d'inhaler trop de fumée, tenant un pan de ma tunique devant mon nez.

Au centre, Samantha se tenait immobile, possédée par un pouvoir magique différent de tout ce que j'avais jamais ressenti auparavant. Elle était une ennemie bien plus redoutable que je ne l'avais pensé. Je l'avais sous-estimée.

Au moment où j'atteignis enfin les poignées de la porte, j'entendis un cri perçant. Je me retournai et vis Samantha couverte de sang, blessée mais victorieuse. Elle se tenait au-dessus de Scorchfire. Le dragon était en train de mourir—*une nouvelle fois*. La magie de la créature se transférait en Samantha comme un flot violet éclatant. La reine savourait son triomphe, jubilant de plaisir devant la mort du dragon.

Avec son dernier souffle, une vague de sérénité m'envahit, et des mots inondèrent mon esprit : *« Ruun to ruun. Mor'thuun noth. »*

Je m'effondrai au sol, hurlant de désespoir. Le feu consumait tout autour de moi, comme si le destin lui-même était déterminé à effacer toute trace de ce qui venait de se passer. Tous ces efforts… Scorchfire était le seul espoir de sauver la magie elfique.

Je sentis notre lien mental se briser lorsque la bête rendit son dernier souffle.

Samantha se leva et me regarda d'un air glacial. Son regard se posa sur les murs. Elle envoya des ondes magiques dans la pièce, éteignant sans effort le feu, comme s'il ne s'agissait que d'un simple désagrément, tandis qu'elle avançait lentement vers moi. Il n'y avait aucune trace de sourire ni de gentillesse. C'était son vrai visage. C'était une reine forte, haineuse et impitoyable. Sombre, comme tous les vampires.

Désespérée de sauver mon peuple, je m'étais laissé piéger dans cette alliance mortelle avec le mal. À présent, affaiblie et privée de magie, j'allais mourir sans avoir rempli mon devoir de Grand Sorcier.

Une puissance intense émanait d'elle alors qu'elle s'approchait. Je ne pouvais pas mourir, pas comme ça. En désespoir de cause, j'actionnai le levier pour ouvrir les portes. C'était ma seule chance. Je devais m'enfuir et me sauver.

Le levier cliqua. Les lourdes portes commencèrent à s'ouvrir lentement, dans un cliquetis sourd, tandis que les engrenages tournaient. Trop lentement. De l'air frais s'engouffra dans la chapelle lorsque les portes s'ouvrirent, me faisant frissonner au contact de la sueur perlant sur ma peau. Le bruit des convives festoyant à l'extérieur parvint à mes oreilles, même si je ne pouvais pas encore les voir. Samantha pouvait désormais m'atteindre, mais l'ouverture des portes était encore trop étroite pour que je puisse m'enfuir—à supposer que je sois capable de courir dans mon état.

Soudain, la porte de la chapelle qui menait au château s'ouvrit dans un fracas. Deux gardes à bout de souffle entrèrent.

— Votre Majesté ! s'écrièrent-ils, visiblement terrifiés.

Samantha se tourna vers eux, agacée.

— Qu'y a-t-il ?

— Des dragons , haleta celui de gauche, il y a des dragons partout dans le ciel. Ils attaquent la ville.

Je ne savais pas quoi penser de leurs paroles. Scorchfire venait de mourir des mains de Samantha. C'était le dernier dragon, que nous venions tout juste de ressusciter, pour lui voler aussitôt sa seconde chance.

« Zarvok Drel'kaan.

Ruun to ruun. Mor'thuun noth. »

Ces mots restèrent gravés dans ma mémoire, même si je n'en comprenais pas le sens.

L'espace entre les portes s'élargit, m'offrant une vue dégagée. Au lieu d'un ciel étoilé, des dragons volaient, par dizaines, attaquant la ville d'Ichoryllia, autrefois si majestueuse. Les bâtiments étaient en feu. Des éclairs et de la glace jaillissaient de toutes parts—une tempête magique des éléments vouée à la destruction. Les cris que j'avais d'abord pris pour ceux d'une fête étaient en fait les hurlements de vampires qui couraient dans les rues. Les maisons étaient détruites. C'était le chaos.

— Impossible, murmurai-je.

Samantha m'agrippa le bras avec une force d'acier, m'empêchant de bouger.

— Enfermez-la dans sa chambre ! ordonna-t-elle furieusement aux gardes, je m'occuperai d'elle plus tard. Pour l'instant, je dois préparer nos défenses.

Les gardes m'emmenèrent loin de la reine. Il était inutile de me débattre. Une fois ma mana récupérée, je pourrais élaborer un plan pour m'échapper. Je ne comprenais pas comment ces dragons avaient pu surgir de nulle part, mais cela me redonna espoir. Les dragons vivaient. La race des elfes et sa magie survivraient.

Chapitre 2 (Samantha)

Du feu tombe du ciel

La frustration m'envahit alors que je me précipitai hors de la cathédrale. L'invasion soudaine des dragons m'empêchait de savourer le fait d'avoir absorbé une autre essence d'Alastor. Cela n'avait aucun sens. Je n'avais ressuscité qu'*un* seul dragon, et je l'avais tué.

À présent, ces maudites créatures étaient partout, détruisant *mon* royaume.

Le seul problème, c'est que je n'avais aucune idée de comment défendre la ville. Il y avait eu des attaques de dragons sur le royaume des siècles auparavant, mais il ne s'agissait que d'une seule bête à chaque fois. Même alors, il avait fallu une armée entière pour l'éliminer.

Je me précipitai dans le couloir. Des serviteurs se pressaient autour de moi dans toutes les directions. La panique régnait partout. J'étais à bout de souffle lorsque j'atteignis la salle de stratégie militaire. Viktor devait être arrivé quelques secondes avant moi. Il se dirigeait vers le fond de la pièce lorsque j'entrai. Il se retourna au bruit des portes qui s'ouvrirent et sourit en me voyant.

— Te voilà, murmura-t-il, la voix pleine de soulagement.

Je m'approchai de lui et savourai son étreinte.

— Tes vêtements sont tachés de sang. Ça va ? demanda-t-il, inquiet.

Les souvenirs du combat me revinrent en mémoire : Scorchfire enfonçant ses crocs dans ma chair. Sous l'effet de l'adrénaline, j'avais oublié mes blessures. Bien qu'elles ne soient pas mortelles en raison de ma nature vampirique, elles étaient toujours là, me rappelant que la bête ne s'était pas laissée vaincre facilement.

— Ça va. Ce n'est pas mon sang, pour la plupart. Mes pouvoirs de vampire vont bientôt guérir mes blessures.

Viktor acquiesça, l'air rassuré. Dreven, l'un de mes Miłonblooders de haut rang, entra dans la pièce avec Lysandre, suivi de Caspian, l'un de nos meilleurs généraux. Ses cheveux châtain foncé tombaient en boucles jusqu'à son menton, encadrant son visage. Sa chemise blanche contrastait avec sa peau ambrée foncée.

— Votre Majesté, dit-il précipitamment, en déroulant une grande carte et en la posant sur la table de la salle de guerre, taillée dans un seul bloc de chêne vieux de deux cents ans.

Lysandre apporta un encrier et une plume depuis un bureau voisin pour prendre des notes.

La carte était tachée de sang en haut et en bas, mais c'était la plus complète dont nous disposions. Je pris mentalement note de demander une nouvelle carte une fois que tout cela serait terminé. Nous avions un excellent cartographe qui travaillait avec les meilleures peaux d'animaux de la ville.

Caspian avait tracé des marques à l'encre sur la carte.

— Le fort a été détruit, mais la plupart des soldats se sont échappés et sont sains et saufs. Les maisons à l'est ont été partiellement détruites ou incendiées. Nous avons reçu des rapports faisant état de plus de cinquante citoyens blessés et de dizaines de morts. Plus de vingt personnes sont portées disparues, mais nous nous attendons à ce que ce nombre augmente.

Les doigts de Caspian passèrent à la zone suivante tandis que Lysandre griffonnait tout cela sur un parchemin.

— On signale de multiples incendies à l'ouest de la ville. Il semble que les dragons aient principalement attaqué depuis les airs avec de la magie et du feu dans cette zone. Nous ne savons pas encore combien de personnes ont péri. Les soldats et la milice travaillent ensemble pour éteindre les incendies.

— Avez-vous envoyé les mages sur place ? demandai-je.

Nous n'en avions pas beaucoup, mais nous en avions tout de même quelques-uns en ville—une poignée d'elfes qui avaient décidé de s'installer à Ichoryllia il y a des années.

— Oui, répondit Caspian; ils lancent tous des sorts pour tenter de repousser les dragons et de protéger la place du marché de la ville.

— Nous pourrions utiliser les quelques boucliers enchantés dont nous disposons pour protéger les magasins les plus importants, suggéra Lysandre.

Nous n'en avions qu'une poignée, mais cela serait utile contre la magie des dragons. J'acquiesçai.

— Oui, protégeons d'abord les magasins de nourriture et de potions de guérison.

La place du marché était un élément essentiel de la ville. La reconstruction de la ville serait bien plus difficile si elle venait à être détruite.

Viktor soupira.

— Savons-nous seulement d'où viennent ces dragons ? Je croyais qu'ils avaient disparu.

Je secouai la tête.

— J'aimerais bien le savoir, mais ça n'a pas d'importance pour l'instant. Nous devons nous défendre.

Il acquiesça.

— Tu as raison. On verra ça plus tard.

Caspian poursuivit :

— Au sud, les remparts extérieurs sont détruits. Quelques dragons se sont posés au sol et attaquent directement les soldats. C'est là que nous subissons les pertes les plus lourdes.

— Alors c'est là que nous apporterons notre aide, déclarai-je.

Je ne serais pas une reine lâche qui se cache quand vient l'heure du combat. Grâce aux pouvoirs que j'ai absorbés pour accomplir la prophétie d'Alastor, je devrais être capable d'infliger quelques dégâts.

Viktor soutint mon regard, les yeux brûlants de fougue.

— Nous pourrions envoyer le bataillon de volontaires que nous avons rassemblé, suggéra-t-il.

Je secouai la tête.

— J'ai envoyé ce bataillon à Krelgraz il y a quelques jours. Ils devraient avoir atteint l'île à présent.

Il jura.

— C'est vrai. J'avais oublié ça.

Si j'avais su que les dragons allaient nous attaquer, j'aurais gardé le bataillon en ville. Au total, nous avions recruté une centaine de volontaires pour aller combattre les orcs. Il y avait des gens de races et d'âges différents : des humains, des vampires et quelques elfes. Certains étaient des prisonniers négociant leur liberté, tandis que d'autres étaient des combattants expérimentés. Le bataillon était plus fort que je ne l'avais prévu, et nous les avions bien entraînés avant de les envoyer au combat. Ils auraient été d'une grande aide contre les dragons.

— Combien de soldats avons-nous ? demandai-je.

Caspian répondit après un moment de réflexion :

— Un peu plus de quatre mille, mais ils sont répartis dans toute la ville. Au sud, je dirais environ deux mille.

J'espérais mieux.

— Il faudra s'en contenter, répondis-je.

— J'ai contacté nos frères Miłonblooders, ajouta Dreven, certains d'entre eux se battent déjà, car leurs maisons ont été attaquées, mais ils sont tous présents pour nous aider.

— Bien.

Lysandre ajouta :

— J'ai contacté la guilde des voleurs. Leur chef, Vince, a juré de protéger la ville. Ce sont peut-être des voleurs, mais c'est chez eux.

— Bien pensé. Les assassins et les voleurs se montreront utiles au combat, dit Viktor.

— En effet, répondit le vieux serviteur, et ils ont accès à toute une variété de poisons.

Je résumai :

— Cela nous amène à environ cinq mille hommes répartis dans toute la ville. Dreven, rassemble les Miłonblooders et dis leur de se diriger vers le sud. Lysandre, fais de même pour la guilde des voleurs. Cela nous donnera une force supplémentaire contre les dragons qui ont atterri.

Ils acquiescèrent tous.

— Oui, Votre Majesté !

Ils partirent, me laissant seule avec Viktor. Il me prit la main, y déposa un baiser léger, puis me regarda profondément dans les yeux.

— Promets-moi que tu ne courras aucun danger.

Je souris.

— Ne t'inquiète pas pour moi.

Il acquiesça.

— J'essaierai, mais je resterai près de toi sur le champ de bataille. Ainsi, je pourrai prendre un coup à ta place.

Ses paroles me touchèrent au plus profond de mon cœur. Je n'avais jamais beaucoup pensé aux autres, mais je réalisais à présent que je ne voulais pas qu'il s'éloigne de moi. Je secouai la tête.

— Tu n'as pas besoin de faire ça. J'ai besoin que tu restes en vie.

Il sourit, laissant légèrement apparaître ses canines. J'adorais quand elles se montraient.

— Je ferai de mon mieux pour ne pas me faire tuer, alors, répondit-il.

Dehors, le cri d'un dragon déchira la nuit. Il n'y avait pas de temps à perdre. Je me précipitai vers l'armurerie, suivie de Viktor. Caspian portait déjà son armure d'acier, peinte en avec l'emblème de la ville : une épée rouge transperçant un crâne et ruisselant de sang.

Il nous tendit nos armures royales. Le casque de Viktor lui couvrait tout le visage, ne laissant que des ouvertures pour voir et respirer. Son armure d'acier était lourde, mais offrait une protection maximale. La mienne était faite de cuir renforcé. Elle était conçue pour la vitesse et la mobilité. Je ne portais pas de casque. Cette tenue me permettait d'utiliser librement mes pouvoirs magiques.

J'avais absorbé trois des essences d'Alastor. Je ne savais pas encore comment exploiter ce pouvoir, mais j'étais convaincue que je le découvrirais sur le champ de bataille.

Nous traversâmes la cour du château et virent que le ciel était strié de flammes et d'ailes. Des cornes de guerre retentirent au loin. Des panaches de fumée grise s'élevaient dans le ciel. Les maisons réduites en cendres rougeoyaient dans la nuit. Les tours étaient fissurées et penchaient, menaçant de s'effondrer. Les rues pavées étaient jonchées de morceaux de toits brisés et de pierres éparpillées. Le sang et les cendres se mélangeaient dans les caniveaux, formant un mélange rouge noirâtre qui coulait sur le sol. C'était horrible de voir mon royaume dans un tel état.

Nous traversâmes tout cela aussi vite que possible. Nous évitâmes de voler pour ne pas être attaqués par des dragons et nous nous dirigeâmes vers le sud à pied.

Nous passâmes devant ce qui avait autrefois été une place publique, mais il n'en restait plus que des décombres et des corps brisés. Un groupe de vampires était agenouillé près des ruines, serrant des cadavres contre eux : des enfants, des amants et des personnes carbonisées.

Un homme se releva en titubant des cendres, le visage couvert de suie et de sang. Il tenait une lance de fortune faite de ferraille et tremblait de rage.

— C'est vous qui avez fait ça…, a-t-il croassé d'une voix brisée, en pointant un doigt accusateur vers moi, c'est vous qui nous avez attiré le malheur !

Je serrai les dents. Cet homme n'avait aucune idée de ce que j'avais enduré pour ce royaume et pour Alastor. C'étaient les paroles d'un homme désespéré, accablé de chagrin. Je rugis :

— Comment oses-tu parler ainsi à ta reine ?

L'homme se précipita vers moi. En un instant, Viktor s'avança. Sa lame siffla, et l'homme tomba—d'un coup net, presque doucement. Le silence s'installa, rompu seulement par le bruit sourd du corps et les sanglots étouffés de ceux qui restaient.

Mon regard balaya la foule—ces ombres brisées de citoyens.

— Vous feriez bien de vous rappeler à qui va votre loyauté, les avertis-je d'une voix basse.

Les citoyens me fixèrent sans un mot, figés par le choc de ce qui venait de se passer. Je n'attendis pas leur réponse et continuai d'avancer, enjambant la pierre ensanglantée et le corps de l'homme, pour m'enfoncer dans la fumée où les dragons rugissaient encore.

Plus nous nous approchâmes de la frontière sud, plus les bruits de la bataille s'intensifièrent : le cliquetis des épées frappant les écailles dures et les cris des hommes attaqués par les bêtes. L'odeur de chair brûlée, mêlée à celle de la sueur et du sang, flotta dans l'air, portée par la brise. Je plissai le nez et continuai d'avancer.

Les ruines du mur sud apparurent, ainsi que deux dragons imposants. J'en eus le souffle coupé. L'un était bleu nuit avec des yeux blancs opalescents, l'autre était vert foncé avec des yeux violets. Ils semblaient mesurer au moins quinze mètres de long et être aussi hauts que des maisons. Ils battaient de leurs ailes massives, générant des rafales de vent qui faisaient tomber des soldats et des débris. Leurs queues balayaient l'air, et les soldats sautaient pour éviter d'être touchés. Il y avait des cercles de terre brûlée au sol, ainsi que les restes de corps carbonisés.

Le dragon bleu rugit de colère, et le son résonna dans ma poitrine.

— Je prends celui-là, criai-je.

— Alors je prends le vert, répondit Caspian.

Viktor ajouta :

— Je vais avec la reine.

Nous nous séparâmes et rejoignirent les soldats qui combattaient déjà les bêtes. Le dragon bleu se précipita vers l'avant, claquant des mâchoires dans ma direction alors que nous passions. Je plongeai sur le côté, évitant l'attaque. J'envoyai une vague de magie sur le flanc de la bête, et la créature poussa un cri strident. Un groupe de soldats et de Miłonblooders lança une attaque féroce contre le dragon. Viktor taillada la bête avec son épée. L'entraînement qu'il avait suivi ces dernières semaines portait ses fruits. Il manœuvra habilement pour éviter d'être touché et parvint à transpercer les écailles dures du dragon.

L'essence d'Alastor coulait dans mes veines tandis que je bombardais le dragon de sorts magiques. Il me conférait sa force et sa grâce pour vaincre la bête, mais le dragon était plus puissant que je ne l'avais imaginé et opposait une grande résistance. Tuer Scorchfire avait été plus facile—celui-ci était dix fois plus fort.

Nous ne parvenions qu'à le tenir à distance, sans lui infliger de véritables dégâts. Pendant ce temps, Caspian et l'armée luttaient avec acharnement contre le dragon vert. Il était plus petit—peut-être un juvénile—et blessé. Je regardai mon général bondir dans les airs pour l'attaquer. Du sang suintait de ses blessures, et il hurlait de douleur, faisant trembler le sol de son cri.

Je ne pus le regarder longtemps avant que le dragon bleu ne se jette à nouveau sur moi. J'eus à peine le temps de lancer un sort de protection autour de moi et de Viktor avant que la bête ne crache son feu brûlant sur nous. La chaleur était insupportable, même sous la bulle protectrice. Des gouttes de sueur perlèrent sur mon front, mais je continuai à lancer mon sort, repoussant le souffle du dragon avec beaucoup d'effort.

C'était ça ou mourir.

Un soldat à côté de moi prit feu et se mit à hurler en se roulant par terre. Il parvint à s'éteindre, mais s'éloigna en titubant, visiblement secoué par ce qui venait de se passer.

Je perdis la notion du temps alors que nous combattions depuis des heures. La fatigue commençait à se faire sentir chez nos soldats. Leurs réflexes ralentissaient, et certains cherchaient refuge parmi les débris pour se reposer brièvement. Cela ne pouvait pas durer éternellement. Même moi, malgré tout le pouvoir que j'avais absorbé, je respirais bruyamment.

Le soleil commença à se lever à l'horizon. Soudain, un cri déchira le champ de bataille, couvrant tous les autres sons. Tout le monde se figea un instant tandis que nos regards se posaient sur la source de ce cri : le dragon vert. Autour de la bête gisait environ la moitié de notre armée, morte et baignant dans des flaques de sang. Des dizaines de soldats, encore en vie, encerclaient la bête. Le dragon saignait de plusieurs blessures. L'une de ses ailes avait été sectionnée et gisait un peu plus loin. Caspian se tenait debout, triomphant, couvert de sang, son épée plantée dans l'œil de la bête.

Je reportai mon attention sur le dragon bleu avec une confiance renouvelée. Les soldats restants se joignirent à nous dans le combat. Portés par l'adrénaline, nous nous croyions déjà vainqueurs face à ces deux-là. Les épées étaient prêtes, et je récitai les mots pour lancer un sort, mais au moment même où nous allions attaquer, le dragon s'élança dans les airs. Je m'attendais à ce qu'il crache du feu ou plonge vers nous. À ma grande stupéfaction, cependant, le dragon s'éleva plus haut, abandonnant le combat.

Un silence s'installa, soudain et insolite. Les feux crépitaient toujours. Les blessés hurlaient encore. Mais les dragons n'attaquaient plus. Tous les autres encore dans le ciel firent de même. Certains s'envolèrent au loin, d'autres restèrent haut au-dessus de la ville, tournoyant comme des vautours. Ils planaient, silhouettes lointaines hors de portée des sorts ou des flèches. Ils ne montraient plus aucun signe d'hostilité. C'était comme s'ils observaient, attendant quelque chose. Mais quoi ?

— Tu crois que c'est le fait d'en avoir tué un qui a provoqué ça ? demanda Viktor en retirant son casque.

Il était aussi choqué que moi.

Je secouai la tête.

— Non, je pense que ce qui les a attirés ici a dû les rappeler.

— Tu crois ? demanda Viktor d'un air pensif.

Je haussai les épaules, épuisée par des heures de combat.

— Nous trouverons la réponse, mais pour l'instant…

Mon regard balaya les environs. Les soldats pouvaient à peine tenir debout. Il y avait des cadavres à brûler. Il fallait s'occuper de la dépouille du dragon. Les murs et les bâtiments avaient besoin d'être réparés, et les citoyens avaient besoin d'être secourus. Il y avait tant à faire, et pourtant, nous étions tous au bord de l'effondrement.

— Pour l'instant, nous avons mérité un moment de repos.

Caspian, qui s'était joint à nous pendant la conversation, acquiesça et ordonna aux soldats de se retirer, de se laver et de manger.

Le chemin du retour vers le château nous parut interminable. Bien qu'épuisés, nous aidâmes quelques personnes en chemin. Des cendres flottaient encore dans l'air, mais les incendies s'étaient calmés. Les rues résonnaient de sanglots. Certains fouillaient les décombres, tandis que d'autres creusaient des tombes à mains nues. D'autres encore, trop abasourdis pour bouger, fixaient la désolation. Le cœur de la cité des vampires, autrefois fier et imposant, se trouvait désormais recroquevillé sous un ciel encore hanté par l'ombre des dragons.

Seuls le côté nord de la ville et le château avaient été épargnés. Je me demandais si c'était de la chance ou si les bêtes avaient intentionnellement évité d'attaquer le château. Des serviteurs nous attendaient à notre arrivée.

— Patrouillez la ville. Aidez les blessés autant que vous le pouvez. Dressez une liste de l'or et des ressources nécessaires à la reconstruction, leur dis-je.

Ils acquiescèrent et se préparèrent à faire ce que je leur avais demandé.

Viktor, Caspian et moi restâmes un moment dans la salle du trône. L'air était immobile, figé par l'émotion suscitée par ce qui venait de se passer. Même les particules de poussière en suspension dans l'air semblaient attendre que le choc passe. Je voulais juste laver le sang séché et la saleté de ma peau et sous mes ongles, mais nous devions encore parler. Soudain, les événements de la nuit me submergèrent comme une vague. Ce fut si accablant que j'eus peur de me noyer. Une légère brise s'engouffra dans la pièce, apportant l'odeur âcre de la destruction, mais j'étais trop bouleversé pour vraiment le remarquer. Perdue dans mes pensées, je me souvins de l'attaque de cet homme et de son accusation, aussi vives et réelles que si elles venaient de se produire.

— Ils me rejettent la faute, murmurai-je en serrant les dents pour retenir les larmes de colère.

Ces accusations étaient injustes. Ils ne savaient pas tout ce que j'avais sacrifié.

— Après tout ce que j'ai fait pour eux, tous mes efforts pour restaurer Alastor… Ils ont craché sur mon nom alors que je me battais pour le bien commun.

— Ils ont peur, dit Viktor doucement. Les gens qui ont peur s'accrochent au blâme comme à un radeau dans la tempête. Cela leur donne l'illusion de contrôler la situation.

Beaucoup de choses s'étaient passées depuis que j'étais devenue reine d'Ichoryllia. Je fixai mon général.

— Est-ce que *tu* me blâmes ?

Il marqua une pause.

— Je blâme les dragons, les dieux qui les ont réveillés, et celui qui les a envoyés dans notre ville.

J'esquissai un sourire amer et sec.

— Quelle diplomatie de ta part, dis-je, mes mots aussi tranchants qu'une épée.

Viktor intervint avant que Caspian n'ait pu répondre, brisant ainsi la tension.

— Nous devons les rassurer et leur montrer que tu es là pour protéger le royaume.

Caspian avait l'air sérieux, les bras croisés. Il se souciait davantage de la sécurité du royaume que de la politique et des opinions.

— Les dragons volent toujours dans le ciel. Nous devons nous préparer au cas où ils attaqueraient à nouveau.

Il avait raison. Il était essentiel de se préparer à une nouvelle attaque. Par Alastor, j'espérais que cela n'arriverait pas ! Cependant, s'y préparer rassurerait également la population. Toutefois, j'avais l'impression qu'on me demandait de faire des miracles.

— La ville est à moitié détruite, et nos hommes qui ont survécu sont blessés. Comment veux-tu que je fasse ça ? demandai-je.

Silence. Puis, avec hésitation, Caspian prit une inspiration.

— Il existe… une relique. Un bouclier. Pas au sens littéral, mais une protection. Elle a été forgée pendant la première guerre entre les mortels et les dragons, il y a des milliers d'années. C'est une relique imprégnée de la volonté du dernier saint ailé.

Je plissai les yeux en regardant le général. Si une relique aussi puissante existait, elle aurait déjà été découverte.

— Les saints ailés ne sont qu'un mythe.

Il rétorqua :

— Un mythe qui aurait laissé derrière lui quelque chose que nous pourrions utiliser contre les dragons. Cela rassurerait les citoyens et leur redonnerait confiance en vous, Votre Majesté.

Je n'avais pas beaucoup d'options. La ville était sans défense face à tant de dragons, et j'avais de la chance que les dégâts n'aient pas été plus importants. Si cette relique existait vraiment, la chercher pourrait s'avérer très avantageux. Je soupirai.

— Où se trouve-t-elle ?

— On dit qu'elle est cachée dans les ruines submergées du temple de Skyfall, au-delà des marais, au nord-ouest.

Les marais se trouvaient à plusieurs jours de marche, et je ne pouvais faire confiance à personne pour aller la récupérer. Un tel pouvoir pourrait transformer n'importe quel soldat ou général—mon regard se posa sur Caspian—en une menace pour mon trône. Je devrais trouver un moyen de pénétrer dans les ruines submergées et de récupérer la relique sans y laisser ma peau. Cependant, cela pourrait assurer mon règne, protéger le royaume et me donner le temps et le pouvoir dont j'avais besoin pour accomplir la prophétie d'Alastor. Le jeu en valait la chandelle.

— Très bien, je vais me reposer et me préparer à partir.

Viktor fit remarquer :

— C'est un long voyage. Tu ne peux pas t'absenter aussi longtemps. Envoie quelqu'un d'autre...

— Non, l'interrompis-je, d'une voix plus agressive que je ne l'aurais souhaité.

La tension du combat précédent me pesait. J'en avais assez de cette conversation. Je baissai le ton, déterminé à aller me laver.

— Je dois le faire moi-même. Alastor me guidera. Occupe-toi du royaume pendant mon absence.

J'espérais le rassurer, mais Viktor fronça les sourcils.

— Et si ça te tue ?

Je pris une profonde inspiration tandis que le poids de ma décision s'alourdissait sur mes épaules comme une couronne de pierre.

— Alors que mes os deviennent le bouclier dont la ville a besoin.

Chapitre 3 (Erendriel)

Le Royaume du Soleil

J'ouvris les yeux très tôt le matin, la lumière inondant ma chambre à travers l'espace des rideaux. Pour une fois, l'aube n'apportait pas le poids d'une couronne, mais plutôt l'éclat d'une promesse. J'étais impatient de voir les résultats de mes expériences.

Je nouai ma tunique. La soie verte tombait confortablement sur mon corps, et les broderies dorées scintillaient comme une fine cotte de mailles. Je pris la rune sur ma commode et en étudiai le symbole avant de la glisser dans ma poche. Sa présence familière me réconforta. Je me regardai dans le miroir. Les années n'avaient pas encore laissé de traces sur moi, et mes cheveux argentés, attachés en arrière et retenus par un diadème d'onyx, me donnaient toujours l'allure d'un dieu parmi les mortels.

Je souris. Cette journée allait être productive.

J'étais impatient de me rendre à la tour des mages. Je leur avais fourni quatre *volontaires* la veille. Ils avaient été faciles à trouver, et, de toute façon, ils n'avaient pas le choix. J'avais hâte de voir comment les runes allaient les affecter. Je leur avais laissé tous les sacs de runes pour qu'ils puissent faire des essais. Tous, sauf une rune, que je gardais toujours sur moi, dans ma poche.

Je descendis l'escalier est, en prenant mon temps. J'étais de trop bonne humeur pour me presser.

Le festin matinal m'attendait dans la grande salle. Sur la table se trouvaient des noix grillées, des raisins et du pain au miel. Mathias était déjà assis, penché sur son assiette, ses longs cheveux blonds tressés. D'habitude, il mangeait avant moi, mais je m'étais levé plus tôt que d'habitude.

— Votre Majesté, dit-il en se levant et en s'inclinant rapidement. Je lui fis signe de s'asseoir.

— Je vais me servir, dis-je en cassant un morceau de pain.

Mathias me regarda, surpris.

— Vous êtes debout… de bonne humeur. C'est rare, surtout pour quelqu'un qui s'attend à la guerre.

Il avait raison. Les cauchemars et la guerre contre les nains avaient pesé lourdement sur mon humeur, tout comme les voix qui me poussaient à verser davantage de sang. Les humains et les loups-garous nous avaient déclaré la guerre. J'aurais dû avoir de nombreuses raisons d'être nerveux, mais la perspective que mes expériences donnent les résultats escomptés l'emportait sur tout le reste. Je me glissai sur le siège à côté de lui.

— C'est peut-être parce que j'ai enfin des armes que le monde n'a jamais vues, déclarai-je.

Il haussa un sourcil. Mathias était au courant de mes expériences en cours avec les runes magiques.

— Ça a marché ?

— Peut-être. Je vais voir les résultats juste après le petit-déjeuner.

Mathias s'interrompit, avalant sa bouchée de fruit du soleil.

— Eh bien, ça mérite un toast, ou au moins un autre morceau de pain.

Nous restâmes assis en silence un moment. Le chant des oiseaux s'engouffra par la fenêtre ouverte et emplit l'espace entre nous. J'appréciai la chaleur et ce calme momentané. Mathias repoussa son assiette vide et se dirigea vers le grand buffet situé au fond de la pièce. Sur le dessus se trouvait la carte du monde enroulée.

— Avez-vous des nouvelles des guerriers d'élite que nous avons envoyés ? demandai-je alors qu'il apportait la carte à la table.

Il secoua la tête.

— Non, mais à ce rythme, ils devraient avoir atteint leur cible à présent. Nous devrions avoir des nouvelles ce soir.

J'espérais qu'ils avaient tué tous les loups-garous.

— Bien. Ça apprendra à ces bêtes à nous déclarer la guerre.

Mathias acquiesça et déroula la carte sur la table.

— Ont-ils déjà racheté la femme ? demandai-je.

— Nous avons envoyé nos agents, mais nous n'avons pas encore de nouvelles, répondit-il d'un ton désinvolte.

Émeraude était ma clé pour exercer un pouvoir sur Nathan. Plus vite nous la mettrions la main dessus, plus vite j'aurais un moyen de me débarrasser de l'hybride. Je serais maudit si je laissais la prophétie se réaliser.

Mathias s'éclaircit la gorge, et je reportai mon attention sur la carte. Il la désigna et prit la parole avec empressement.

— J'ai consulté nos généraux, comme vous l'aviez demandé. Le royaume humain et les meutes de loups-garous se trouvent tous deux à l'ouest de notre ville. Ils ne peuvent pas franchir les montagnes qui entourent la vallée de Nysa. Ils vont très probablement remonter vers le nord-est et s'approcher par l'ouest. C'est l'itinéraire le plus rapide.

C'était logique, mais c'était trop facile. J'étais sûr qu'ils avaient une meilleure stratégie. Prendre son adversaire par surprise était le meilleur moyen de prendre l'avantage dans une guerre. Je le savais par expérience. Seul un général inexpérimenté comme Mathias, suivrait ce qu'il suggérait.

— C'est ce qu'ils veulent nous faire croire. C'est trop évident.

J'étudiai la carte et tapotai du doigt la zone au nord de notre ville.

— Ils ne peuvent pas venir du nord, car la rivière est trop large pour être traversée à pied, et ils n'ont pas de flotte.

Je suivis du doigt la forêt qui descendait depuis Mytvathyr.

— D'un autre côté, ils pourraient faire un détour en se cachant dans la forêt et venir par le sud, dans l'espoir de nous tendre une embuscade.

Je tournai mon regard vers la cité naine que je venais de conquérir, au nord-est.

— Ce serait un détour encore plus important, mais ils pourraient contourner notre ville et attaquer Mumbur directement pour nous la prendre. C'est peu probable, mais c'est une option qu'il ne faut pas négliger.

Il acquiesça.

— Nous avons encore des troupes là-bas.

— Mais nous avons détruit une grande partie des défenses de la ville lors de l'attaque. Je n'ai pas eu de nouvelles de mes généraux stationnés là-bas depuis quelques semaines, je ne suis donc pas sûr de l'état de la ville. Ils ne seront peut-être pas en mesure de repousser l'ennemi, et nous ne pouvons pas nous permettre de laisser Mytvathyr sans défense.

— Alors, que faire ?

— Nous enverrons des éclaireurs. S'ils détectent que des troupes se dirigent vers Mumbur, nos mages lanceront un mur de feu sur l'armée ennemie, les tuant dans le désert avant qu'ils n'atteignent la ville.

Ouiiiii, se réjouit la voix dans ma tête. Mathias avait l'air horrifié.

— Mais cela détruira probablement tout dans la région, rendant les routes impraticables pour le commerce. Les citoyens risquent de mourir de faim.

Je haussai les épaules.

— Soit ils se procureront des ressources au port, soit ils mourront. Les sacrifices sont parfois nécessaires.

— Ça ne risquerait pas de nous attirer l'animosité des citoyens ? demanda Mathias.

Je balayai ses inquiétudes d'un geste de la main.

— Nous avons déjà écrasé leur armée. Il ne reste pratiquement plus personne pour s'opposer à nous.

Mon regard se porta vers le sud de la carte, sur la ville d'Ichoryllia.

— J'ai envoyé un message à la reine des vampires hier. Des nouvelles ?

Mathias secoua la tête.

— Toujours pas de réponse, Votre Majesté.

Je grognai.

— Ils attendront que les rivières soient rouges de sang avant de lever le petit doigt. Mais bon, ce sont nos alliés.

Un serviteur arriva alors, s'inclinant profondément.

— Votre Majesté, il y a quelqu'un à la porte. Le prince Vaelarion du Royaume du Soleil.

Ce nom me surprit. Nous avions très peu de contacts avec ce royaume elfique. Ils vivaient loin à l'est, sur un autre continent, et il leur avait donc probablement fallu plusieurs semaines pour arriver jusqu'ici. Ils n'avaient certainement pas fait tout ce chemin pour rien. J'avais déjà assez de soucis sans avoir à me préoccuper d'eux.

J'acquiesçai gracieusement, cachant mes émotions.

— Préparez la salle d'audience et faites-le attendre. Je le recevrai après mon petit-déjeuner.

Le serviteur quitta la pièce. Je pris une autre bouchée de pain, mais il avait désormais un goût fade. La nouvelle de la visite du prince elfique m'avait coupé l'appétit. Je laissai la nourriture sur la table et fis signe à Mathias.

— Nous en parlerons plus tard.

L'elfe acquiesça, et je me dirigeai vers la salle d'audience.

Une odeur de thé aux agrumes emplissait la pièce à mon arrivée. Le prince Vaelarion était assis dans un confortable fauteuil rembourré rose, dos à la porte. C'était le fauteuil préféré de la reine précédente, et je l'avais conservé en souvenir de l'époque où je venais jouer ici quand j'étais enfant.

Je pris une profonde inspiration, me préparant à ce qui m'attendait. Le prince n'était certainement pas là pour discuter de la météo. Je contournai le fauteuil et m'assis derrière l'imposant bureau en bois.

Les yeux du prince Vaelarion s'illuminèrent lorsqu'il m'aperçut. Je ne l'avais pas vu depuis plus d'un siècle, et il était exactement comme dans mes souvenirs : trop grand, trop gracieux et trop rigide. Son armure scintillait à la lumière, une flamme orange incrustée en son centre, épargnée par la guerre—un symbole parfait de sa maison. Une maison qui, malgré tout son honneur ancestral, ne contribuait en rien à la lutte actuelle.

— Roi Erendriel, dit-il avec la raideur de la diplomatie. Merci de me recevoir.

— Akael, répondis-je avec la même froideur. J'espère que votre voyage s'est bien passé ?

— Nous avons navigué sur des routes commerciales sûres, celles surveillées par tous les royaumes maritimes, et avons évité les pirates.

Il avait sûrement voyagé avec plusieurs dizaines d'hommes. On ne traversait pas l'océan seul sur un bateau. Pourtant, le prince était venu seul au château. Nos royaumes étaient en paix, mais il était inhabituel qu'un prince vienne en visite sans être accompagné d'au moins un garde du corps.

— Je m'en réjouis. Je vais demander aux serviteurs d'apporter des rafraîchissements à votre équipage.

Le prince secoua la tête.

— Ce ne sera pas nécessaire, Votre Majesté. Ils sont restés au port de Mumbur. Certains de mes hommes sont allés en ville pour acheter des provisions tandis que les autres attendent mon retour sur le navire.

Le port commercial de Mumbur était le principal point d'entrée sur notre continent. Comme Mytvathyr se trouvait plus à l'intérieur des terres, les gens jetaient l'ancre dans la cité naine avant de poursuivre leur voyage à pied ou à cheval.

Akael hésita.

— Je suis venu parce que je recherche une mage qui travaille pour vous : Élaine.

Je me crispai légèrement. *« La garce »,* murmura la voix, mais je l'ignorai. Élaine n'était pas encore revenue du royaume des vampires, et j'espérais qu'on s'était occupée d'elle.

— Que lui voulez-vous ? demandai-je.

Je n'étais pas sûr qu'elle fût morte, et je ne voulais pas que ses pouvoirs tombent entre les mains de quelqu'un d'autre. Elle était bien trop puissante, bien trop dangereuse.

Le prince se raidit.

— C'est une question que le Royaume du Soleil doit aborder avec elle. Je vous assure, Votre Majesté, que nous ne voulons aucun mal à votre royaume, ajouta-t-il rapidement.

Il balaya la question trop facilement, ce qui m'agaça. Il avait traversé l'océan pour cela. Quoi qu'il veuille d'elle, il ne l'obtiendrait pas.

— Je crains qu'elle ne soit pas ici, poursuivis-je d'un ton calme. Elle est partie il y a plusieurs semaines. Elle s'est rendue au royaume des nains. Elle avait des affaires magiques à régler. Ses pouvoirs étaient nécessaires pour aider le roi et la reine des nains. Elle reviendra quand elle aura terminé.

Il m'observa un peu trop longtemps. Je soutins son regard sans ciller. S'il savait que je mentais, il n'en dit rien.

— J'attendrai son retour, dit-il.

Je maudis intérieurement cette réplique. En tant que membre de la famille royale, j'étais obligée d'accepter sa demande et de lui offrir l'hospitalité. Sinon, j'enfreindrais un protocole royal établi il y a des siècles. Quel ennui !

— Bien sûr, répondis-je avec un sourire forcé. Aussi longtemps que vous le souhaitez. Je vais demander à mes serviteurs de vous préparer une chambre.

— Je vous en suis sincèrement reconnaissant, Votre Majesté, répondit le prince en inclinant légèrement la tête.

Je devais quitter cette pièce et faire disparaître le prince de ma vue avant de perdre le peu de patience qui me restait. Je comptais sur Mathias pour surveiller de près notre *invité*. Un seul faux pas et je m'occuperais de lui moi-même. Je ne pouvais pas éliminer le prince sans provoquer de problèmes diplomatiques avec le Royaume du Soleil, mais je savais comment gérer les problèmes politiques. Je le renverrais directement rejoindre son équipage sur le navire, puis chez lui à la première occasion.

— Maintenant, si vous voulez bien m'excuser, j'ai des affaires à régler, dis-je en me levant.

Je n'attendis pas de réponse et quittai la pièce.

Mathias m'attendait en dehors de la pièce. Je lui donnai des instructions et partis. À midi, j'avais rejoint la tour des mages.

Les niveaux inférieurs de la tour abritaient des pièces dont personne ne parlait, ceux où se déroulaient mes expériences.

Les runes magiques que nous avions trouvées dans le royaume des nains s'avérèrent très efficaces une fois implantées dans des animaux. Je me souvenais à quel point il avait été difficile de tuer les armures vivantes que les nains avaient créées avec elles. En les implantant dans des humains, je pouvais créer l'armée la plus puissante qui ait jamais existé. Assez forte pour nous défendre dans la guerre contre les humains et les loups-garous, et pour empêcher la prophétie de l'Oracle de se réaliser.

Les pierres y étaient plus froides, et l'air empestait le sang, le sel et le changement. Des gardes étaient postés toutes les quelques cellules. Cet étage était destiné aux expériences et à la torture, il était donc préférable de le garder sous haute surveillance.

Jules m'accueillit d'une profonde révérence. Sa robe était tachée d'encre verdâtre et de sang séché.

— Votre Majesté. Les résultats sont… mitigés.

Je m'approchai de la première cellule. Le corps était gonflé et les veines noircies. Un elfe, un homme. Son visage était figé dans une agonie silencieuse.

— Rejeté ?

— Violentement.

Je grognai. Ce n'étaient pas les résultats que j'espérais. Le deuxième prisonnier, un demi-loup, était encore en vie. Il se tordait et haletait, ses griffes s'enfonçant dans la pierre sous lui. Sa transformation avait échoué à mi-chemin. Ses membres étaient disproportionnés. Ses yeux brillaient de folie.

— Débarrassez-vous de lui.

Jules acquiesça et fit signe aux gardes les plus proches de mettre fin aux souffrances de l'homme. Les gardes en poste levèrent leurs lames à travers les barreaux sans hésitation. Un cri suivit le bruit de la lame tranchant la chair, accompagné par la mélodie du sang coulant sur le sol. Je passai à la troisième cellule. Elle était vide et avait déjà été nettoyée.

Et la quatrième…

Je retins mon souffle l'espace d'un instant.

L'elfe qui se trouvait dans la dernière cellule avait survécu. Non seulement il avait survécu, mais il avait aussi changé. Son corps était mince et musclé, tendu par une nouvelle musculature. Sa peau scintillait légèrement, et la lumière coulait dans ses veines qui brillaient désormais comme un feu d'émeraude. Il ouvrit les yeux à mon approche, non pas avec de la peur, mais avec une lucidité. *Une intelligence surnaturelle.* Son regard était fixe, suivant chacun de mes mouvements avec une profondeur de perception qu'aucun être vivant ne devrait posséder.

— Te souviens-tu de ton nom ? demandai-je.

— Taron, répondit-il. J'étais soldat avant d'être fait prisonnier.

Je me souvenais de lui. Une histoire bien triste, en réalité. C'était un bon soldat, loyal, qui avait été surpris en train de voler dans le palais. C'était une honte d'avoir dû l'emprisonner. Je le fixai avec le regard que seul un roi pouvait porter : plein d'autorité et inspirant le respect.

— Tu as une chance de te racheter. Tu es désormais bien plus que cela.

Il acquiesça.

— Je le sens.

Jules s'approcha de moi.

— Des réflexes cognitifs améliorés et une sensibilité magique aiguë. Sa force est considérablement accrue, et sa tolérance à la douleur est… extraordinaire.

C'était exactement le genre de résultat dont j'avais besoin. Avec suffisamment de soldats transformés, j'étais sûr de gagner la guerre, même avec moins de troupes que mes ennemis.

— Avez-vous une idée de la raison pour laquelle celui-ci a survécu alors que les autres sont morts ? demandai-je à Jules.

Si nous pouvions identifier cela, je pourrais alors constituer une armée en un rien de temps.

Jules haussa les épaules.

— Je crains que non, Votre Majesté.

— Identifie-toi, dis-je au soldat transformé.

— Je m'appelle Taron. Niveau de magie M-3. Je suis né de parents elfiques. J'ai appris à manier l'épée dès mon plus jeune âge. Je ne sais pas ce que vous souhaitez savoir d'autre, Votre Majesté.

Même si un seul sujet ne suffisait pas pour déterminer les paramètres de la réussite, c'était tout de même un début.

— Préparez-le pour l'entraînement. Je veux qu'il soit prêt au combat d'ici une semaine.

Jules s'inclina à nouveau.

— Tous les sujets qui ont échoué. Notez leur race, leur âge et leur niveau de magie. Je veux déterminer qui est un bon candidat et qui ne l'est pas.

— Oui, bien sûr, répondit Jules.

— D'autres sujets arriveront aujourd'hui. Prends-les tous. Tous les prisonniers. Dis-leur qu'ils se sont portés volontaires.

Je me retournai vers les escaliers.

— Nous avons besoin de survivants.

Si nous parvenions à atteindre un taux de réussite plus élevé, j'écraserais les humains et les loups-garous. Ensuite, je trouverais l'hybride et j'en finirais avec lui. Je venais à peine de regagner le hall supérieur lorsque j'entendis le martèlement des bottes.

Un garde arriva en courant, le visage rouge et haletant.

— Mon roi !

Je me retournai, espérant qu'il ne s'agissait pas d'un autre prince en visite.

— Qu'y a-t-il ? demandai-je, en gardant un ton calme.

— Des dragons. Deux. À l'est de la ville. On les a aperçus au-dessus des marais.

Mon sang se glaça.

J'ai gravi les marches de la tour deux par deux. Plus je montais, plus l'air changeait : il devenait plus vif et plus électrique. Le vent tirait sur ma cape lorsque je suis sorti sur la plateforme d'observation.

Et ils étaient là.

Deux silhouettes gigantesques tournaient dans le ciel. L'une était émeraude, l'autre bronze. Leurs ailes battaient comme le tonnerre, lentement et avec détermination. Ils ne volaient pas directement vers nous, mais ils étaient assez près pour sentir la peur qui régnait dans notre ville.

Je me souvins des paroles d'Élaine. Elle avait dit que nous devions ressusciter les dragons pour sauver notre magie. Était-ce son œuvre ? Que ce soit le cas ou non, c'était une bonne nouvelle. J'allais dire aux citoyens que leur magie avait été sauvée et qu'ils n'avaient plus à s'inquiéter. J'allais m'en attribuer le mérite. Ils se réjouiraient et me resteraient fidèles.

— Magnifique, murmura Mathias en me rejoignant.

— Effrayant, le corrigeai-je.

Les dragons étaient formidables pour ce qu'ils représentaient, mais ils étaient mortels.

Il acquiesça.

— Ils n'attaquent pas.

— Pas encore, fis-je remarquer.

Ils bifurquèrent vers l'ouest et disparurent derrière l'horizon. Mon cœur battait à tout rompre. S'il y en avait deux, j'en déduisais qu'il y en avait d'autres. Tant qu'il en restait un en vie, la magie elfique devrait être en sécurité.

— Envoyez un message aux avant-postes. Préparez les balistes. S'ils s'approchent trop, on les abattra.

Mathias sembla hésitant.

— Sommes-nous prêts pour ça ?

C'était un pari risqué, mais nous n'avions d'autre choix que de défendre notre ville si ces créatures attaquaient.

— Non, mais nous le serons.

Alors que le vent hurlait de plus belle, je fermai les yeux et le laissai fouetter mes cheveux. Des dragons dans le ciel. J'avais cru ce spectacle impossible. C'était à la fois réconfortant et terrifiant. Je savais que leur présence était nécessaire à la survie de la magie elfique, mais c'étaient aussi des créatures puissantes capables de détruire notre ville. Ils régneraient sur le ciel, et qui savait sur quelles terres ils choisiraient de s'installer ? Un souci de plus. Mais cela devrait attendre.

La guerre approchait.

Et je devais être prêt.

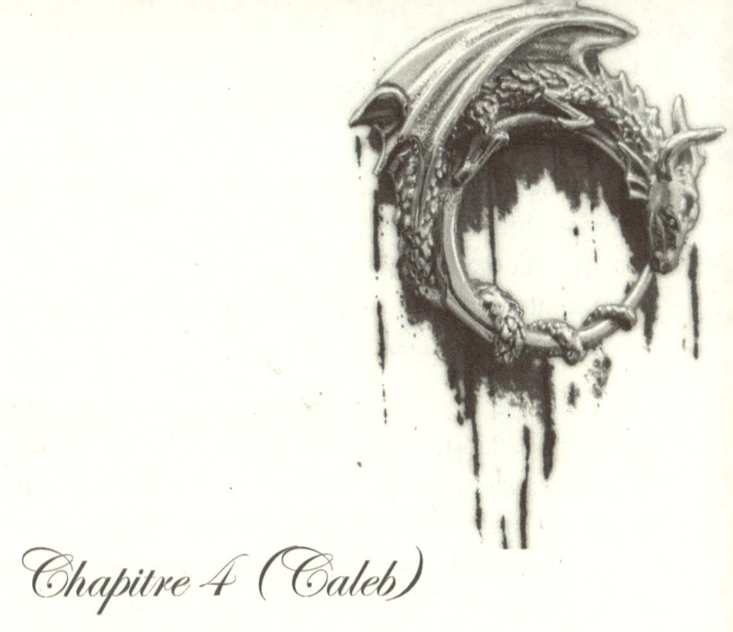

Chapitre 4 (Caleb)

Sang brûlant

Je volais dans le ciel nocturne, serrant Summer contre moi. Enivré par son parfum de jasmin, le battement de son cœur m'apaisait. Elle s'accrochait faiblement à moi, mais ses doigts crispés me rappelaient qu'elle était en vie. C'était tout ce qui comptait. Je n'avais aucune idée de la façon dont nous allions échapper à Aeris, mais cela m'était égal. Nous trouverions un moyen. La première chose à faire était de prendre soin de ma compagne.

Toutes sortes de pensées se bousculaient dans ma tête pendant que je volais. Je réalisai que la magie de la déesse, qui avait été omniprésente auparavant, n'était toujours pas revenue depuis que j'avais scellé le lien avec Summer. La magie était toujours là, mais très faible et presque inaccessible. C'était comme si le lien sacré de la déesse de la lune avait repoussé la magie d'Aeris. Je me souvenais qu'elle avait mentionné qu'elle était la demi-sœur de Selena. Je n'étais pas très sûr de leur rang familial ni de leur hiérarchie, mais j'étais reconnaissant que mon lien avec la redoutable déesse ait été rompu. J'espérais que cela l'empêcherait de connaître ma position. Cela me donnerait une longueur d'avance pour échapper à sa colère.

J'avais un plan. Il n'était pas encore tout à fait au point, mais c'était le meilleur que j'avais pu imaginer en quelques heures, depuis que j'avais décidé de fuir avec ma compagne. Nous prîmes la direction du nord, là où se trouvaient les terres des elfes de la lune. J'avais aussi entendu parler un jour d'un royaume lointain dans cette direction. Je ne savais pas grand-chose à leur sujet, mais j'avais entendu dire qu'ils accueillaient des personnes de différentes races. À coup sûr, soit les elfes de la lune, soit ce royaume nous accueilleraient.

Je n'étais pas sûr qu'ils nous permettraient de nous installer définitivement dans leur ville, mais j'étais certain qu'ils me laisseraient au moins m'occuper de Summer pendant qu'elle se remettait.

Il y avait une autre raison pour laquelle j'avais choisi de m'envoler vers le nord : c'était loin de la cité des vampires. J'étais sûr qu'Aeris vérifierait d'abord chez moi. Avec un peu de chance, la déesse ne songerait pas à nous chercher aussi loin au nord, et nous aurions un peu de temps pour nous reposer avant qu'elle ne nous trouve.

Ce n'était pas l'idéal. Je ne voulais pas que ma compagne passe sa vie à fuir une déesse en colère. Quel terrible compagnon j'étais, la condamnant à une vie de fuite.

« Je suis heureuse avec toi. » Ces mots doux et tendres résonnèrent dans mon esprit. Ils dissipèrent mes doutes et m'empêchèrent de m'en vouloir.

J'embrassai le dessus de sa tête et la serrai plus fort contre moi. *« Tu as raison »,* répondis-je à travers notre lien.

Elle écarquilla les yeux en me regardant.

— Tes yeux, dit-elle faiblement.

J'étais tellement préoccupé par sa santé que je me demandai ce qu'elle voulait dire soudainement.

— Qu'est-ce qu'il y a ?

— Ils ne sont plus argentés !

Je fronçai les sourcils.

— Quoi ?

Elle murmura avec un sourire :

— Ils sont bleus, avec des reflets argentés.

J'étais stupéfait, mais heureux en même temps. Je n'aurais pas voulu rester avec des yeux argentés pour toujours, me rappelant sans cesse l'erreur que j'avais commise en me liant à Aeris.

Puis je me rendis compte que Summer ne m'avait connu qu'avec des yeux argentés.

— Ça te plaît ? demandai-je.

Sa main effleura ma joue avec tendresse.

— Oui, ils sont magnifiques !

Une chaleur envahit ma poitrine à ses mots. Je levai les yeux vers le ciel. Les étoiles étaient magnifiques, et un sentiment de sérénité m'envahit. Une brise se leva et effleura ma peau. Soudain, le ciel se remplit de dragons. Je clignai des yeux pour voir si je rêvais, mais ils étaient bien là, remplissant le ciel à perte de vue. Cela ne faisait aucun sens. Les vampires avaient une vision parfaite la nuit. Je les aurais vus s'ils avaient été là. Les dragons ne pouvaient pas apparaître comme par enchantement. N'étaient-ils pas éteints ? J'étais abasourdi.

— Mais qu'est-ce que… ?

J'évitai de justesse un dragon rouge qui fonçait vers moi à toute vitesse. Même si j'étais puissant, ces créatures étaient incroyablement rapides et terrifiantes. Je ne comprenais pas comment de telles créatures pouvaient surgir ainsi en un clin d'œil. Elles étaient si nombreuses que je devais les esquiver partout où j'allais. Summer poussa un cri. Je ne pouvais pas continuer ainsi, sinon nous serions tous les deux morts. J'envisageai brièvement de les contourner, mais elles étaient si nombreuses que je ne voyais pas comment je pourrais les éviter.

Le dragon rouge revint à la charge. Je changeai de direction, mais il me suivit. Je jurai. Il avait décidé que j'étais son prochain repas, et je n'étais pas d'accord.

— Tout ira bien, promis-je à Summer, tandis que je plongeais pour éviter la bête.

Elle était tout près derrière moi. J'étais reconnaissant d'être plus fort qu'un vampire ordinaire, sinon je n'aurais eu aucune chance.

J'esquivai à gauche et à droite, changeant constamment de trajectoire pour éviter le feu que le dragon crachait sur moi. L'air se réchauffa, et la nuit s'illumina lorsque le feu passa près de moi—trop près à mon goût. J'étais dans une valse céleste mortelle avec cette bête, et je n'avais aucune idée de comment m'en débarrasser. Tenant ma compagne blessée dans mes bras, j'étais incapable de riposter.

Je devais atterrir.

Je scrutai désespérément le sol, à la recherche d'un endroit sûr. C'étaient des terres misérables, Krelgraz. Même les dragons savaient qu'il valait mieux ne pas atterrir ici, sauf celui qui me poursuivait. Finalement, j'aperçus une plage déserte, loin des orcs. Il faudrait que ça fasse l'affaire. Je ne pouvais pas fuir le dragon éternellement.

Je m'élançai vers la plage à toute vitesse, zigzaguant pour ne pas devenir une proie facile, mais la bête n'avait aucun mal à me suivre. Je maintins ma vitesse maximale, même que le sol se rapprocha. C'était dangereux, irresponsable et mortel, mais c'était ma meilleure option. Les mains de Summer se resserrèrent autour de mes bras. Elle cacha son visage contre ma poitrine. Son cœur battait à tout rompre, résonnant dans tout mon être. Les détails de la plage devinrent plus nets. J'espérais ne pas faire d'erreur. Heureusement, quelques mètres avant d'atteindre le sol, le dragon déploya ses ailes pour ralentir, comme je l'avais espéré. Ce faisant, il gagna de l'altitude, et je pris quelques secondes d'avance sur la bête.

Mais c'était trop tard.

Je ne pouvais pas m'arrêter aussi vite. Je changeai de cap pour éviter de m'écraser directement au sol. J'évitai de justesse la plage, le sable se soulevant sous le vent généré par mon passage. Je continuai le long de la côte, essayant de ralentir.

Je savais que je n'avais pas beaucoup de temps avant que le dragon n'attaque. Je doutais qu'il abandonne aussi facilement. J'aperçus de gros rochers et une épave. Il ne restait pas grand-chose du bateau, juste la moitié d'une coque en bois avec quelques morceaux encore debout. Cela ferait l'affaire. Je volai derrière les débris et posai Summer au sol. Elle serait hors de vue, et avec un peu de chance, le dragon ne la trouverait pas.

— Reste ici, ne bouge pas, lui ordonnai-je.

Elle écarquilla les yeux, comme si elle avait déjà deviné mon plan.

— Qu'est-ce que tu vas faire ? me demanda-t-elle, les lèvres tremblantes.

— Il n'y a aucune chance que le dragon abandonne aussi facilement. Si je reste avec toi, on va tous les deux se faire tuer.

La terreur se lut clairement dans les yeux de Summer.

— Non ! Ne fais pas ça ! Il va te tuer, supplia-t-elle.

Je souris à ses paroles.

— N'oublie pas que je suis un demi-dieu. Je survivrai.

J'essayai de paraître confiant, mais je ne savais pas si j'étais capable de tuer une telle bête tout seul. Une chose dont j'étais certain, cependant, c'était que je ne laisserais en aucun cas le dragon tuer ma compagne. C'était mon devoir de la protéger.

— Je ne te pardonnerai jamais si tu meurs, me prévint-elle.

Je ris et l'embrassai tendrement. Je n'eus pas le temps de savourer ce moment, car un rugissement furieux déchira la nuit. Je rompis notre baiser et me précipitai hors de l'abri que formaient les débris.

Il était là, volant à basse altitude, scrutant la plage à ma recherche. Ses yeux jaunes furieux brillaient dans le ciel nocturne, le clair de lune se reflétant sur ses écailles rouges. Je m'éloignai autant que possible de l'endroit où se cachait Summer . Le dragon m'aperçut presque immédiatement et accéléra. Il plongea vers le sol, ses griffes prêtes à saisir sa proie.

Maintenant que mes bras étaient libres, je pouvais me défendre. Je me concentrai sur la bête, ne voulant pas manquer le moindre de ses mouvements. Le vent siffla, et le sable tourbillonna sous le passage du dragon. Je l'esquivai, mais sentis la membrane dure de son aile effleurer mon épaule. Mon cœur s'emballa quand je réalisai à quel point il m'avait frôlé.

J'aurais pu le poursuivre en volant, mais cela aurait été inutile ; les dragons étaient les maîtres des airs. J'étais plus fort au sol. Si je voulais avoir une chance de gagner, je devais forcer la créature à atterrir.

Le dragon répéta sa tactique plusieurs fois, et je l'esquivai à chaque fois. Je remarquai un gros morceau de bois dépassant du sable—peut-être une rame provenant de l'épave. Quoi qu'il en soit, cela ferait office d'arme improvisée. Le dragon plongea une fois de plus. J'étais sur le point de le frapper avec la rame lorsqu'il cracha soudainement du feu. Mon premier réflexe fut de courir, mais je n'étais pas assez rapide. J'utilisai mes pouvoirs de vampire pour créer une bulle protectrice autour de moi. Ce n'était pas l'un de mes pouvoirs les plus puissants, mais cela suffit à m'empêcher d'être brûlé. Cependant, la rame que je tenais prit feu. Avec son extrémité brisée, elle ressemblait à une lance enflammée. Le dragon rugit de frustration et s'envola. Les vagues sifflèrent contre le sable, fumant là où la flamme du dragon l'avait touché.

La bête plongea à nouveau, et je roulai sur moi-même pour l'éviter. Je parvins à égratigner le dessous de son aile, la brûlant avec la pointe de mon arme. Le dragon rugit et s'arrêta un peu plus loin. Du sable s'éleva à plusieurs mètres dans les airs alors que les griffes de la bête s'enfoncèrent dans le sol, et ses ailes s'étirèrent largement pour ralentir son mouvement. Le dragon se retourna vers moi, sa fureur toujours palpable. Le dessous de son aile présentait une traînée de peau noircie et abîmée qui semblait fragile, comme si elle pouvait se déchirer à tout moment.

Le dragon rouge s'accroupit, mais il était encore bien plus grand que moi. Il grogna, de la fumée s'échappant de ses narines, et même s'il ne pouvait pas me parler, je sentais qu'il me mettait au défi d'avancer. Comme je ne bougeais pas, le dragon poussa un rugissement assourdissant et se précipita sur moi.

Je m'envolai et évitai l'attaque.

Puis vint la *douleur*. J'avais mal évalué la distance, ou peut-être que le dragon avait changé de trajectoire. Sa queue s'abattit sur mon flanc. Le morceau de bois que je tenais s'envola directement dans l'eau. Le bruit de mes os qui se brisaient résonna dans l'air avant que je ne sois projeté dans une dune. Je fermai les yeux et poussai un cri.

J'avais enduré pire par le passé. Je ne pouvais pas mourir ici et laisser Summer seule. Je toussai du sang et me relevai, malgré mes côtes cassées. Le dragon n'attendit pas. Il bondit en avant, la gueule grande ouverte, crachant un torrent de flammes. Je roulai sur moi-même, évitant de justesse le feu. J'utilisai la douleur et la fureur pour alimenter mon énergie. Je sentis la peur et le courage de ma compagne au travers de notre lien, me donnant la force de continuer.

Je levai la main pour attaquer la créature avec de la magie, mais elle chargea. Du sable jaillit sous son poids alors que le dragon m'attaqua, lui bloquant momentanément la vue. Je profitai de cette distraction pour bondir et réapparu au-dessus de lui. Je cherchai rapidement le poignard caché dans ma botte et le plantai de toutes mes forces dans le cou du dragon. Sa chair était dure comme de la pierre, mais je parvins à l'enfoncer dans la bête. Le dragon hurla. Du sang gicla sur ma poitrine—du sang de dragon.

Le dragon se débattit, me projetant au sol et arrachant le poignard de son cou. Je grognai en heurtant violemment les rochers. Lorsque j'essayai de bouger mon bras, je réalisai que mon épaule était déboîtée. Je rampai jusqu'à me mettre à genoux et me traînai vers le poignard tombé au sol. Je levai les yeux vers la bête. Elle allait me tuer, je le sentais.

Mes crocs s'allongèrent à l'odeur du sang. C'était si irrésistible, ça me prenait à la gorge, m'attirait comme jamais auparavant. Je savais que c'était une mauvaise idée, mais je ne pouvais pas y résister.

On disait que le sang de dragon était interdit, chargé de magie. Se nourrir de ces bêtes signifierait la perte de n'importe quel vampire. Mais après tout, je n'étais pas *n'importe quel* vampire. J'ai trempé mon doigt dans le sang de dragon sur ma poitrine et je l'ai léché.

Juste pour goûter.

Je frissonnai. Mon dos se cambra. La magie pulsait, lente et brûlante, comme si j'avalais une étoile. Elle se mêlait à ma magie vampirique, aux vestiges de la magie de la déesse froide et à mon lien d'âme sœur. C'était enivrant, puissant, dévastateur.

Trop de magie, en une seule lichée. Je suis devenu esclave de cette magie par quelques gouttes, incapable d'y résister. J'étais envahi par un désir ardent. J'en voulais plus. J'en avais *besoin*, même si cela devait me tuer.

Ma voix était rauque, tremblante :

— Alors, c'est ça qui brûle en toi.

Cette fois, le dragon chargea. Il ne plana pas, ne glissa pas, c'était juste de la force brute. Je levai un bouclier magique autour de moi, mais il vola en éclats sous le poids du dragon. Je fus projeté, rebondis sur la plage et atterris dans un craquement près des rochers. Mon esprit se vida un instant, et j'entendis un cri dans ma tête : *« Caleb ! »*

Avant que je puisse me relever, le dragon m'immobilisa d'une patte avant griffue. Son souffle sulfureux et brûlant m'envahit le visage. Peut-être voulait-il me dévorer ou m'effrayer, mais je me contentai de sourire. J'enfonçai mes canines dans sa patte avant. Les yeux du dragon s'écarquillèrent. Du feu jaillit de manière incontrôlable de sa gueule, et ses membres s'agitèrent violemment, essayant de me faire lâcher prise, mais je m'accrochai fermement. Chaque gorgée avait le goût de la lave. Ça faisait un mal atroce, mais ce pouvoir était grisant. Je continuai à boire même si j'avais l'impression que mes entrailles étaient en feu. L'ancien pouvoir était en moi, brut et sauvage. À chaque gorgée, la douleur s'intensifiait. Je ne savais pas combien de temps je pourrais tenir.

Puis je l'entendis. *« Caleb, arrête ! Ne m'abandonne pas. »* Le pouvoir que le sang exerçait sur moi s'évanouit.

Summer.

Je ne pouvais pas la quitter. Je fis un pas en arrière tandis que de la vapeur s'élevait de ma peau. Mes doigts tremblaient, non pas de faiblesse, mais à cause du feu qui brûlait encore en moi. Le goût du sang de dragon persistait sur ma langue, mêlé à quelque chose d'autre.

Souvenir. Douleur. Fierté.

Le dragon remua, affaibli par la perte de sang. Je me raidis, craignant qu'il ne m'attaque à nouveau. Au lieu de cela, il grogna d'effort et enfonça ses griffes dans le sable humide, prenant son envol. Son aile blessée était effilochée comme du tissu éraflé par des épines. Je regardai la bête s'envoler vers le ciel, loin de l'île. Son aile valide compensait celle qui était blessée.

Je me tins seul sur la plage. L'adrénaline du combat me quitta, et je m'effondrai. Des souvenirs du sang du dragon envahirent mon esprit, ainsi que ceux de secrets volés. Une tempête approchait. Pas de pluie ni de vent.

D'ailes. De flammes. De vengeance.

Ce n'était pas le moment de se livrer à de vieilles guerres. Nous devions nous allier et nous préparer. Je ne savais pas exactement à quoi, mais cela allait bientôt arriver. Et quand le moment viendrait, j'aurais besoin d'alliés, sinon je tomberais.

Deux bras m'enlacèrent, et l'odeur du jasmin m'envahit. J'enlaçai Summer de mon bras indemne.

— J'avais tellement peur de te perdre, dit-elle, des larmes brûlantes coulant sur ses joues.

Je plongeai mon nez dans le creux de son cou, me perdant dans son parfum.

— Je ne te quitterais jamais, murmurai-je, mais nous savions tous les deux que c'était un mensonge.

J'avais failli mourir et je serais mort si ça n'avait été de son appel. Le sang du dragon, sa magie, m'avait ensorcelé. Mes veines étaient encore brûlantes du feu de la bête.

— Trouvons un endroit où nous reposer, dis-je.

— L'épave était déserte. Elle devrait nous offrir un abri, suggéra-t-elle.

J'acquiesçai. Je ne m'étais jamais senti aussi fatigué de toute ma vie. J'étais couvert de bleus, et mes côtes me faisaient mal à chaque mouvement. Je grimaçai en me levant, me rappelant soudainement que mon épaule était déboîtée. Je pris une profonde inspiration et la remis en place, laissant échapper un grognement. Je suivis Summer jusqu'à l'épave, m'appuyant sur elle pour marcher. Ça ne devrait pas se passer comme ça : elle qui devait m'aider alors que c'était moi qui étais censé la protéger.

Elle sourit.

— Arrête de penser comme ça et laisse-moi prendre soin de toi. Ma louve est fière de pouvoir aider son âme sœur.

Je m'arrêtai en entendant ses mots, puis je souris. Je devais me rappeler que je n'étais plus seul. Je ne fixais plus les règles.

— Oui, petite louve.

Elle gloussa tandis que nous marchions dans la nuit.

Chapitre 5 (Nathan)

Alliance

Je passai la journée avec la meute de Dark Woods et je savourai mon premier repas depuis 334 ans. C'était incroyable de goûter autre chose que du sang. Non pas que je n'aimais pas ça. Le sang était riche et teinté d'un goût distinctif propre à la personne dont il provenait—voire divin. Mais découvrir le goût sucré des cerises, l'acidité du citron ou la façon dont le beurre fond sur la langue, c'était tout autre chose. Je découvris le goût amer du romarin et comment les épices peuvent transformer un morceau de viande de bon à succulent. Je grimaçai en goûtant la citrouille, mais je me régalai de framboises. J'avais manqué tant de choses ces dernières années et je voulais tout découvrir.

Je savais que je devais partir à la fin de la journée, et j'avais hâte de retrouver Émeraude. Elle me manquait terriblement !

J'avais hâte de la serrer à nouveau dans mes bras. Maintenant que mon loup était réveillé, je n'avais plus besoin de me nourrir uniquement de sang, et j'étais plus fort que jamais, capable d'utiliser à la fois mes pouvoirs de vampire et de loup. J'étais enfin assez fort pour aller la retrouver. Puisque c'était la meute qui m'avait permis de réveiller mon loup, il était tout naturel de prendre le temps de célébrer ce repas avec eux. C'était, d'une certaine manière, un adieu, car j'allais m'absenter pendant un certain temps.

Nous avions presque fini de manger lorsqu'une louve grise blessée entra dans la maison de la meute, accompagné de deux Bêtas. Étienne, l'Alpha, se leva, le front plissé.

— Que se passe-t-il ?

Le premier Bêta expliqua :

— Nous l'avons trouvée à la frontière de notre territoire. Elle n'était pas agressive, mais elle semble coincée sous sa forme de loup.

Étienne s'approcha et examina les blessures de la louve. Il fronça les sourcils.

— C'est profond. Elle a été empoisonnée à l'argent.

Un murmure s'éleva de la meute. *De l'argent*. Les loups-garous et les vampires y étaient sensibles. C'était un inconvénient pour les vampires, car cela affaiblissait nos pouvoirs, mais c'était mortel pour les loups-garous. En tant qu'hybride, je soupçonnais que l'argent m'affectait davantage que les vampires ordinaires, mais je n'en avais jamais fait l'expérience.

— Est-ce trop tard ? demanda un homme.

— Laissez-moi jeter un œil, dit une femme en se frayant un chemin à travers la foule.

Ses longs cheveux bruns étaient tressés. Ses yeux bleus se plissèrent tandis qu'elle examinait la louve blessée. Elle avait peut-être l'air jeune, mais elle avait l'assurance de quelqu'un qui avait une vie d'expérience derrière lui.

— C'est déjà dans son sang, mais elle n'est pas encore complètement affectée. Vite, apporte-moi mon couteau et ma trousse de poison, ordonna-t-elle à un adolescent.

Il avait les cheveux roux et le visage couvert de taches de rousseur ; il ne semblait pas avoir plus de douze ou quatorze ans. Il sortit en courant de la maison de la meute pour aller chercher ce que la femme avait demandé.

— Tu crois qu'elle s'en sortira, Amelia ?, demanda l'Alpha.

La femme acquiesça.

— Elle est forte. Elle ne mourra pas, mais je dois me dépêcher, sinon elle restera coincée sous sa forme de loup pour toujours. Je dois en retirer autant que possible.

— J'ai besoin de deux volontaires. Les autres doivent partir, ordonna Étienne à tout le monde.

— Je vais aider, dis-je, poussée par une envie irrépressible.

Ces gens m'avaient aidé alors qu'ils auraient pu me rejeter. J'avais une dette envers eux.

— Moi aussi, dit Siméon.

L'Alpha acquiesça.

— Bien. Les autres, partez. Amelia aura besoin de toute sa concentration pour cela.

La maison de la meute se vida en quelques secondes. Alors que la dernière personne partait, l'adolescent arriva à bout de souffle. Il tenait un grand sac en cuir noir. Amelia fit signe à l'adolescent de s'approcher.

— Bien, tu as bien fait, Ethan.

Elle ouvrit le sac et en examina le contenu. Elle en sortit une dague gravée de runes, quelques réactifs, ainsi qu'un long tube.

— Vous deux, dit-elle à Siméon et à moi. J'ai besoin que vous la mainteniez sur le dos, veillez à bien immobiliser ses pattes. Si elle bouge pendant que je fais ça, elle se blessera encore plus.

Je saisis ses pattes avant tandis que Siméon s'occupait des pattes arrière. Mon regard se posa sur Ethan.

— Il reste ? demandai-je, me demandant s'il était courant, dans la meute, qu'un enfant aussi jeune assiste à une scène pareille.

Tous les regards se tournèrent vers moi.

— Bien sûr qu'il reste, rétorqua Amelia. C'est mon apprenti.

Étienne s'avança davantage dans la pièce, laissant à Amelia tout l'espace nécessaire pour faire son travail.

— Tout d'abord, nous devons lancer le sortilège de *ralentir l'affection*, afin de réduire son flux sanguin.

— Je connais celui-là ! s'exclama Ethan avec enthousiasme.

— Tu veux t'en charger ? demanda-t-elle.

L'adolescent acquiesça avec empressement. Il prononça des mots dans une langue que je ne connaissais pas, et une douce brise tourbillonna autour de nous. Une fois qu'il eut terminé, il reporta son attention sur Amelia.

— Beau travail, le félicita-t-elle.

Elle désigna du doigt la partie supérieure de l'abdomen de la louve.

— Nous allons devoir inciser ici. Près du cœur, mais pas trop près.

Tout en parlant, elle entailla l'abdomen de la louve. La louve gémit et tenta de se dégager de notre emprise, mais j'exerçai une forte pression pour m'assurer de la maintenir en place. Je m'attendais à un jaillissement de sang, mais à ma grande surprise, presque rien ne s'écoula.

— Grâce à ton sort, elle survivra à l'opération sans mourir d'une hémorragie. Maintenant, tu vois cette veine argentée qui brille ?

Je fixai ce qu'elle désignait. La veine, au lieu d'être bleue comme les autres, était grisâtre et brillait comme du métal.

— Cette veine-là contient de l'argent. De nombreuses veines sont probablement touchées. Comme tu le sais, l'argent conduit la magie. Il faut donc lancer le sort d'altération sur les veines touchées pour corroder l'argent. Cela permettra d'éliminer la toxicité de l'argent, ne laissant que des débris que le corps éliminera naturellement.

Le jeune homme écoutait attentivement, peu impressionné par la scène qui se déroulait devant lui, comme s'il avait vu cela cent fois. Pendant ce temps, la louve continuait de gémir de douleur. Elle semblait sur le point de s'évanouir, et je craignais qu'elle ne meure avant qu'ils aient terminé.

— On ne devrait pas se dépêcher ? suggérai-je.

Amelia me lança un regard sévère.

— Ne m'interromps pas. Je sais ce que je fais.

La main de l'Alpha se posa sur mon épaule.

— Fais-lui confiance, Nathan. Elle fait ça depuis qu'elle est petite.

Je me tus, espérant que la femme en finirait rapidement et que la louve blessée serait sauvée.

— Bon, quand je te le dirai, tu appliqueras les feuilles de calendula sur sa blessure.

L'adolescent prit un pot de feuilles sans hésiter et en saisit une poignée. Amelia récita des mots, pointant ses doigts vers les veines infectées. Celles-ci devinrent immédiatement noires et rigides, tout comme les muscles qui les entouraient. Ethan écrasa les feuilles dans ses mains et les appliqua sur les veines et les muscles. Sous l'influence des feuilles, ceux-ci se ramollirent et retrouvèrent leur état normal, bien qu'encore légèrement noircis. Ils poursuivirent ce processus sur toutes les veines argentées.

Une fois qu'ils eurent terminé, Amelia dit :

— Le fil et l'aiguille.

Ethan obéit. La louve poussa un cri, et sa poitrine se souleva lorsque l'aiguille transperça sa chair. Amelia resta impassible et poursuivit son travail, refermant la plaie.

— Vous pouvez la lâcher, nous dit-elle.

Je fis ce qu'elle m'avait demandé, réalisant alors à quel point je serrais fort la louve. Je m'attendais à ce qu'elle réagisse ou tente de s'échapper, mais elle ne bougea même pas. Je pensai qu'elle était épuisée.

— Comment va-t-elle ? demandai-je.

Amelia prit le pouls de la louve.

— Elle est affaiblie, mais l'argent a été corrodé par la magie, donc la toxicité a disparu. Ses pouvoirs de guérison de loup-garou reviendront. Elle devrait survivre.

Je poussai un soupir de soulagement.

— Allons la mettre sur le lit dans cette pièce, dit Étienne en désignant la pièce où j'avais passé la nuit précédente.

Je la soulevai, en prenant soin de ne pas tirer sur sa blessure, et la trouvai légère et facile à porter. Je la déposai doucement sur le lit. Elle n'émetta aucun son, plongée dans un profond sommeil.

De retour dans la pièce principale, Étienne avait l'air sérieux.

— Qui ferait une chose pareille ? L'usage de l'argent est interdit depuis la grande guerre entre vampires et loups-garous, il y a des milliers d'années.

— La grande guerre ? demanda Ethan.

L'Alpha acquiesça.

— Oui. À cette époque, les vampires avaient utilisé l'argent contre les loups-garous, en fabriquant soigneusement des armes avec.

— Les vampires ne sont-ils pas eux aussi affectés par l'argent ? demanda Ethan.

— Ce n'est pas mortel pour eux, et ils portaient des vêtements de protection pour éviter tout contact. Nous avons perdu de nombreux grands guerriers pendant cette guerre, et lorsque le traité de paix a été signé, il a été décidé d'interdire l'utilisation de l'argent en temps de guerre, ainsi que d'autres substances jugées trop dangereuses. Je n'arrive pas à croire que quelqu'un puisse faire une chose pareille.

— On lui demandera quand elle se réveillera, suggéra Amelia.

— Combien de temps penses-tu que cela va prendre ? demandai-je.

La femme réfléchit un instant.

— Je pense que quelques heures devraient suffire à son corps pour éliminer la majeure partie de la toxine et qu'elle puisse reprendre conscience.

Je hochai la tête. Je voulais partir à la recherche d'Émeraude, mais en tant qu'hybride de loup-garou, je risquais d'être attaqué avec de l'argent. Savoir qui avait perpétré cette attaque pourrait me sauver la vie. Au moins, je saurais qui était susceptible de m'attaquer avec.

— Ce que tu as fait est impressionnant, ai-je commenté.

La femme sourit.

— Merci. Je ne suis qu'une sorcière qui cherche à guérir tout le monde.

— Une sorcière ? demandai-je.

Le souvenir de Beatrix me revint à l'esprit. Cette femme malfaisante m'avait empoisonné pour m'endormir et avait couché avec moi alors que j'étais inconscient afin de concevoir un enfant. J'observai Amelia. L'Alpha lui faisait confiance, et elle venait de sauver une louve blessée. Elle semblait bien aimée par la meute, contrairement à Beatrix, qui était une recluse. Peut-être qu'Amelia était digne de confiance.

— Ne sois pas si surpris, dit la femme avec un sourire. Je viens d'une longue lignée de loups-garous dotés de pouvoirs magiques. Ma mère m'a formée toute ma vie pour que je puisse reprendre son rôle de guérisseuse de la meute avant qu'elle ne décède — tout comme je forme mon fils, Ethan.

Le garçon avait l'air fier. À ce moment-là, les portes s'ouvrirent brusquement et un grand homme aux cheveux roux entra dans la maison de la meute.

— Papa ! s'écria Ethan en serrant son père dans ses bras.

— J'ai entendu dire que ta mère et toi aviez soigné une louve blessée, dit-il. Bravo !

Nous continuâmes à discuter. Il faisait chaud ce jour-là, et la pièce était humide. Étienne m'expliqua que le père d'Ethan était l'un des guetteurs de la meute. L'Alpha m'expliqua également la lignée des sorcières-loups nées au sein de la meute, précisant qu'elles avaient toujours été des guérisseuses.

J'avais perdu la notion du temps quand j'entendis un faible gémissement provenant de la pièce. Nous nous précipitâmes tous à l'intérieur. La louve blessée avait repris sa forme humaine. Elle avait de longs cheveux bruns et la peau d'ébène, son corps presque entièrement caché sous les couvertures. Amelia prit son pouls et sourit.

— C'est bon. Elle va déjà beaucoup mieux.

À ce moment-là, la femme murmura : « À l'aide. »

— Tu es en sécurité, dit Amelia. Nous t'avons sauvée. Tu es dans la maison de la meute.

Les yeux de la femme s'écarquillèrent soudainement tandis qu'elle haletait, comme si elle respirait pour la première fois après avoir failli se noyer. Elle regarda à droite et à gauche, paniquée, puis réalisa qu'elle était en sécurité et se détendit.

— Tu es dans la meute de Dark Woods, dit Étienne calmement. Je suis l'Alpha.

La femme posa une main sur son cœur.

— C'est un honneur de vous rencontrer, Alpha. Je m'appelle Brooke, je fais partie de la meute des Luscious Woods.

— La meute de Luscious Woods ? Je crains de ne pas la connaître, dit Étienne.

— C'est compréhensible, répondit Brooke. Notre meute se trouve juste au nord de la Vallée de Nysa. Nous faisons généralement du commerce avec la meute de loups-garous qui réside dans la vallée ou plus au nord.

Étienne acquiesça.

— Mes Bêtas vous ont trouvée près de la frontière de notre meute, blessée. Tu souviens-tu de ce qui s'est passé ?

Les yeux brun chocolat de Brooke s'écarquillèrent.

— Des guerriers elfiques m'ont attaquée. Ils avaient des flèches trempées dans de l'argent liquide. J'étais sous ma forme de loup pour courir plus vite. J'ai esquivé plusieurs flèches, mais j'ai fini par être touchée. Ils m'ont rattrapée et m'ont injecté de l'argent liquide. Je me suis débattue et j'ai mordu l'elfe qui me tenait aussi fort que possible, et je me suis libérée. J'ai couru de toutes mes forces jusqu'à atteindre votre meute, qui était ma destination initiale.

Nous la fixâmes tous, incrédules. Il est vrai que je n'aimais pas Erendriel, mais les elfes étaient généralement une nation pacifique. Il était difficile de croire qu'ils attaqueraient des loups-garous avec de l'argent liquide. Un tel comportement était mal vu.

— Tout cela est choquant, dit l'Alpha. Quiconque attaque avec de l'argent est un ennemi. Je vais devoir réévaluer les relations de la meute avec les elfes. En attendant, pourquoi voulais-tu nous rejoindre ?

— J'ai un message de mon Alpha, Joey. Le roi des elfes s'est emparé du royaume des nains, nous leur avons donc déclaré la guerre. Les humains ont accepté de s'allier à nous. Notre objectif est de rallier toutes les meutes de loups-garous à notre cause.

— Ils ont pris Mumbur ? demanda Étienne, incrédule.

J'étais aussi surpris que lui. Cela faisait des siècles depuis la dernière grande guerre. J'avais travaillé si dur pour maintenir la paix entre les nations, comme mes parents avant moi. Après tous ces efforts, le monde sombrait à nouveau dans la guerre. Une veine palpita dans mon cou. C'était révoltant.

Brooke acquiesça.

— Oui, et les vampires se sont alliés aux elfes.

C'était décourageant d'entendre cela. Penser que ma nation, *mon royaume*, s'était alliée aux elfes dans ce conflit. C'était impensable. Et maintenant, nous étions au début d'une autre grande guerre. Toutes ces années d'efforts diplomatiques avaient été gâchées à cause de la folie d'un seul homme.

— Nous vivons une période sombre. Nous allons unir nos forces à celles de ta meute, dit Étienne d'un ton grave.

Brooke sourit.

— Nous prévoyons de nous occuper d'abord du roi des elfes, puis des vampires.

L'Alpha se tourna vers moi.

— Nathan, que penses-tu de tout cela ?

Je serrai les poings.

— Ce qu'a fait le roi des elfes est une atrocité, tant l'utilisation de l'argent que l'attaque contre les nains. J'ai passé toute ma vie à maintenir la paix. Il est inconcevable que les vampires s'allient aux elfes. Je n'aurais jamais toléré les actions d'Erendriel si j'étais encore roi.

Le loup-garou eut l'air satisfait.

— As-tu l'intention de réclamer ton trône ?

La réponse était évidente.

— Bien sûr ! Je suis le roi légitime d'Ichoryllia.

Étienne acquiesça.

— C'est bien ce que je pensais. Alors, nous attaquerons les elfes, mais ensuite, nous t'aiderons à récupérer ton trône.

Brooke ajouta :

— Je devrais en parler à notre Alpha, mais je pense qu'il approuvera ce plan.

Je fus envahi par un sentiment de fierté.

— Ce sera alors un honneur de vous avoir à mes côtés lorsque je reprendrai mon trône, mais il y a une chose que je dois faire avant. Émeraude est retenue dans un magasin d'esclaves à Ichoryllia. Elle est ma priorité absolue.

— Je te soutiens pour récupérer ton âme sœur, dit Étienne.

Émeraude. Ma vassale. Ma compagne pré-destinée.

Plus vite j'arriverais là-bas, plus vite je pourrais la sortir de ce magasin d'esclaves. Le fait qu'elle se trouve à Ichoryllia posait toutefois problème. Avec le royaume sous le contrôle de Samantha et une prime sur ma tête, je devrai trouver un moyen de m'y faufiler sans être vu.

— Il se fait tard, dis-je, mais je veux partir maintenant. Je dois récupérer Émeraude.

— Siméon t'accompagnera, dit Étienne. Récupère des renseignements sur la cité des vampires. Cela nous sera utile le moment venu.

Siméon acquiesça.

— Oui, mon Alpha, mais j'ai une requête à faire.

Étienne haussa un sourcil.

— Qu'y a-t-il ?

— J'aimerais emmener mon compagnon Raphaël avec moi. Nous avons scellé notre lien, et je ne supporte pas d'être loin de lui. Mon loup deviendrait fou.

L'Alpha acquiesça.

— Un lien nouvellement scellé peut effectivement avoir cet effet. Tu comprends bien que la cité des vampires est dangereuse pour les humains, n'est-ce pas ?

Les yeux sombres de Siméon brillaient de conviction lorsqu'il répondit :

— Oui. Mais je veillerai à le protéger.

— Alors fais comme tu veux. Tu partiras avec Nathan.

Brooke intervint :

— Je veux venir aussi.

Mais Amelia secoua la tête.

— Tu es trop faible. Tu as besoin de te remettre davantage.

— En attendant, ajouta l'Alpha, nous enverrons un message à la meute de Luscious Woods pour les informer que tu es en sécurité. Nous coordonnerons avec eux notre plan d'attaque contre les elfes.

— D'accord, allons chercher Raphaël et préparons-nous à partir, dit Siméon.

J'acquiesçai et le suivis hors de la maison de la meute. Nous y arrivâmes rapidement, car elle n'était qu'à trois maisons de celle d'Étienne. C'était une petite maison en bois, qui faisait pâle figure à côté des autres habitations, bien plus grandes. Une vieille roue en bois cassée était appuyée contre le mur, et des plantes grimpantes poussaient depuis le sol jusqu'à elle. Des fleurs blanches s'épanouissaient, décorant la roue. J'attendis dehors pendant que Siméon allait chercher Raphaël. Le pire de la chaleur et de l'humidité commençaient à s'atténuer, mais on entendait encore les cigales. Une brise fraîche et douce soufflait, apportant un soulagement bienvenu. J'espérais que la nuit serait fraîche. Un enfant passa en courant, en tapant dans un ballon. Je souris devant son innocence, me souvenant d'une époque où la vie était plus simple.

Siméon et Raphaël sortirent de la maison, main dans la main. L'humain me sourit, ses cheveux blonds encore lisses d'eau.

— Je suis tellement impatient de t'accompagner ! dit-il en gesticulant.

— Ce sera dangereux, lui rappela Siméon.

Ses yeux bruns se fixèrent sur l'humain pour qu'il comprenne à quel point il était sérieux.

Raphaël balaya ses inquiétudes d'un revers de main.

— Je sais, mais tout ira bien. Allez, viens.

Siméon leva les yeux au ciel, et je retins un rire devant l'attitude insouciante de l'humain, fidèle à lui-même.

Chapitre 6 (Élaine)

Prisonnière

Je me réveillai désorientée. Quelle heure était-il ? Je n'en avais aucune idée. Je me souvenais vaguement que les gardes m'avaient traînée jusqu'à ma chambre après notre combat dans la cathédrale, le reste était flou. Je n'avais aucun souvenir d'être entrée dans ma chambre ou d'être allée me coucher. Les gardes avaient dû m'y transporter.

Je m'assis en repoussant la lourde couverture. Mes jambes étaient lourdes et mes bras me faisaient mal. Des souvenirs de Scorchfire me traversèrent l'esprit, accompagnés de ses paroles.

Zarvok Drel'kaan.

Ruun to ruun. Mor'thuun noth.

Elles résonnaient au plus profond de mon âme. Je devais découvrir leur signification. Mais plus encore, je devais découvrir ce qui avait provoqué la renaissance des dragons. Je ne croyais ni aux miracles ni au destin, et encore moins aux dieux. Il devait y avoir une explication, et je la trouverais.

J'eus un vertige lorsque j'essayai de me lever. Mes affaires étaient éparpillées sur le sol à côté du lit. Compte tenu de l'endroit où je me trouvais et de la façon dont la reine m'avait traité la veille, je m'estimais chanceuse qu'ils ne les aient pas emportées. Je fouillai rapidement mes affaires. Ils avaient pris mon épée, mais cela n'avait pas d'importance. Ma magie était tout ce dont j'avais besoin. Un sourire se dessina sur mes lèvres lorsque je sentis un objet dur caché sous un tissu. Ils n'avaient pas vu l'artefact que j'avais trouvé dans le champ de cristal. Je ne savais pas ce que c'était, mais tout ce qui pourrait m'aider à sortir d'ici était le bienvenu.

Je l'examinai de plus près, puisque je n'avais pas eu l'occasion de le faire plus tôt. La pointe était acérée et légèrement recourbée. Il était plus court qu'une épée, ressemblant davantage à un long couteau. Il semblait avoir été conçu autant pour les rituels que pour la guerre. J'essuyai la saleté sur la lame et réalisai qu'il était fait d'acier de haute qualité. Le manche était chaud au toucher. En y regardant de plus près, je me rendis compte qu'il était recouvert de motifs en écailles de dragon. On aurait presque dit qu'il était fait de bandes entrelacées de peau de bête durcie, noircie et écailleuse. Je retins mon souffle. Je n'avais jamais entendu parler d'un tel objet. Il devait avoir été créé il y a plusieurs siècles, peut-être plus. Ce qui importait, c'est qu'il semblait solide et en bon état. Je pourrais probablement m'en servir comme arme pour m'aider à m'échapper une fois que j'aurais élaboré un plan.

Le loquet de la porte s'ouvrit. Je cachai rapidement le couteau au fond de mon sac. Un serviteur entra, sans même me jeter un regard. Il tenait un plateau sur lequel se trouvaient un morceau de pain et une tasse d'eau. Jusqu'à présent, je n'avais été servie que par Lysandre. C'était un jeune vampire, mais il marchait le dos voûté et affichait une attitude soumise. Derrière lui se tenaient trois gardes lourdement armés. Ils me lançaient des regards sévères, prêts à réagir à la moindre menace.

— Votre repas, dit le serviteur en posant le plateau près de la porte.

— Je veux voir mon ami, dis-je avec empressement.

Cela faisait plusieurs jours que je n'avais pas vu Oswald. Il était probablement enfermé dans sa chambre, comme moi. Je devais lui raconter tout ce qui s'était passé. Nous devions quitter cet endroit ensemble et rentrer chez nous.

— Vous ne pouvez pas quitter votre chambre, répondit froidement le serviteur. Ordres de la reine.

Le serviteur se retourna et s'apprêta à partir. Je me précipitai vers lui et lui saisis le bras. Il eut le souffle coupé, et son regard effrayé croisa le mien. Deux des trois gardes entrèrent immédiatement, l'épée à la main. Je sentis rapidement la lame d'une épée contre ma gorge.

— Lâchez-moi, murmura le serviteur.

J'obéis, serrant les dents pour cacher ma colère et ravaler les mots qui voulaient sortir. Je détestais les vampires, mais je n'avais aucune chance contre quatre d'entre eux, dont trois étaient des gardes.

— Je suis l'invitée de la reine, leur ai-je rappelé aussi poliment que possible.

— Il semble que la situation ait changé, répondit rapidement le serviteur en se frottant le poignet.

— Je suis une représentante du roi Erendriel. Sa Majesté entendra mon rapport, et il ne sera pas satisfait de la manière dont son Grand Sorcier a été traité !

— C'est le problème de la reine, pas le mien. Je ne fais que suivre les ordres, répondit le serviteur sans même me regarder, avant de partir.

Les gardes attendirent que le serviteur soit parti avant de baisser leurs épées et de s'en aller à leur tour. J'entendis le loquet claquer derrière eux.

Alors voilà.

J'avais soupçonné que cette pièce n'était qu'un moyen de me retenir dans le château. J'avais désormais la confirmation qu'il s'agissait d'une cellule de prison déguisée. Seulement... je n'avais pas l'intention de rester. Je me concentrai pour lancer un sort d'*envoi*, qui me permettrait d'envoyer un message à Oswald. Nous devions élaborer un plan pour nous échapper ensemble. Mais malgré tous mes efforts, je n'y parvenais pas. C'est alors que je réalisai que ma mana était toujours à sec. D'habitude, mon énergie se rechargeait en quelques heures tout au plus. Le fait qu'elle soit toujours vide signifiait que la pièce était enchantée pour bloquer la régénération de mana. Nous avions des pièces comme celle-ci dans le château elfique pour retenir les mages prisonniers, afin de les empêcher d'utiliser leurs sorts, mais je n'aurais pas pensé qu'il y en aurait dans le château des vampires. Je croyais que c'était une spécialité de notre race. Je jurai. Elle avait donc tout prévu depuis le début. Reine maléfique, vampires maléfiques. Ils étaient tous pareils.

Je n'avais plus d'idées. Je me dirigeai vers le mur situé derrière mon lit. Je savais qu'Oswald se trouvait dans la pièce voisine de la mienne. J'écoutai attentivement, mais n'entendis aucun bruit. Je frappai aussi fort que possible contre le mur avec mon poing, mes jointures me faisant mal, et criai : « Oswald ! Réponds-moi ! » J'attendis, mais tout ce que j'entendis fut le silence. Je me demandai s'il allait bien.

La faim me tordit l'estomac, et je me retournai vers le plateau. Du pain et de l'eau. Bien loin du festin qu'on nous avait servi à notre arrivée.

Je pris le plateau et m'assis près de la fenêtre de ma chambre pour manger. Le pain était sec, mais l'eau m'aidait à l'avaler. J'avais tellement faim que cela m'était égal. Je m'occupai à observer les événements qui se déroulaient dehors. Sous le ciel gris, la ville s'étendait au pied du château. Des maisons intactes se dressaient parmi les ruines des bâtiments incendiés. Le contraste était saisissant. La destruction était précise. Dans les rues, les gens fouillaient les décombres, jetant des regards effrayés vers le ciel. Les dragons volaient toujours, mais ils n'attaquaient plus la ville. Ils semblaient simplement errer, comme pour nous rappeler leur présence. Plus je regardais vers le nord, plus la ville avait été épargnée. À certains endroits, on aurait presque pu croire que rien ne s'était passé s'il n'y avait pas eu les ombres des bêtes planant sur la ville.

Je regardai les dragons voler, les nuages s'écartant à leur passage. Le vent les portait comme l'eau porte les bateaux. Tout cela me semblait si paisible. Mon attention se porta sur un magnifique dragon blanc aux ailes teintées de violet. La bête respirait la grâce et la puissance. J'aurais probablement dû avoir peur, mais je ne pouvais que m'émerveiller.

Je me souvins de la légende de Celestia et du dragon sacré Aurelion, et de leur amour interdit qui avait donné naissance aux elfes. Des milliers d'années plus tard, nous étions toujours liés, la magie elfique dépendant d'eux. Et maintenant, il y avait le mystère du retour soudain des dragons lorsque Scorchfire fut tué une seconde fois. Il y avait tant de choses que j'ignorais.

Une soif de découverte me submergea. Je mourais d'envie de tout savoir sur ces bêtes ancestrales.

Chapitre 7 (Erendriel)

L'armée de mutants

Les deux dernières vagues de volontaires nous avaient aidés à identifier quelques critères qui nous avaient permis de sélectionner les candidats plus efficacement et d'obtenir de meilleurs résultats. Il semblait que le niveau de magie du sujet avait un impact direct sur le résultat. Plus le niveau de magie était élevé, plus la créature créée était puissante, et surtout, plus les chances qu'elle conserve sa conscience étaient grandes. Ce dernier point était crucial et faisait la différence entre un monstre sans cervelle et un soldat doté d'un but.

Les elfes, en raison de leur nature magique, étaient bien sûr ceux qui réagissaient le mieux à la transformation. Les humains ne présentaient aucun intérêt—ils périssaient tous car ils n'avaient pas de magie. Quant aux loups-garous, les résultats étaient variables. Je n'avais pas encore identifié quelles conditions rendaient l'opération réussie. Certains avaient survécu et conservé leur raison, tandis que d'autres s'étaient transformés en bêtes sanguinaires et difformes, prises d'une rage destructrice. Je ne m'étais pas débarrassé de ces bêtes, préférant les garder en cage, certain qu'elles pourraient m'être utiles un jour. J'étais déçu qu'il n'y ait pas de vampires parmi mes prisonniers. J'aurais adoré voir quel effet les runes auraient sur eux. Il me restait encore plusieurs prisonniers sur lesquels mener des expériences, et j'espérais toujours comprendre pourquoi certains conservaient leur forme elfique, tandis que d'autres se voyaient pousser des membres supplémentaires.

Mon armée de mutants grandissait de jour en jour. Ils restaient en cage pendant un jour ou deux pendant que nous évaluions leur niveau d'intelligence et d'obéissance. Puis ils étaient déplacés. Les bêtes sauvages dans le donjon, attendant de se rendre utiles. Ceux qui avaient conservé leur raison étaient envoyés aux casernes pour s'entraîner et se préparer à la guerre.

J'espérais trouver la clé pour obtenir les meilleurs résultats avant d'être à court de prisonniers. Les prochains à être transformés seraient les soldats, mais je ne voulais subir aucune perte. J'avais assez de runes pour transformer chaque soldat afin qu'ils soient tous améliorés, et j'avais l'intention de le faire.

J'étais occupé à prendre des notes sur du parchemin, une tasse de thé tiède posée sur mon bureau. Je demanderais à Mathias de m'apporter de l'eau fraîchement bouillie pour le réchauffer à son retour. Il était parti s'occuper des serviteurs et s'assurer que tout était en ordre.

Je pris le parchemin suivant et le lus. Il ne contenait qu'une seule phrase : *« La femme a été capturée. »*

Un sourire détendu se dessina sur mon visage. Bien. Elle jouait un rôle important dans mon plan visant à détruire Nathan et à empêcher la prophétie de l'Oracle de se réaliser.

J'en pris un autre. Celui-ci concernait nos défenses au cas où nous serions attaqués. Je n'avais encore vu aucun humain ni aucun loup-garou tenter d'attaquer la ville, mais mes sentinelles étaient à l'affût. Les dragons n'étaient pas revenus vers la ville, à mon grand soulagement. Personne n'était prêt à les combattre, je préférais donc éviter cela. J'avais déjà assez à faire avec la guerre. Je m'attendais à une attaque d'un jour à l'autre.

On frappa à la porte.

Je posai ma plume dans l'encrier et me redressai sur ma chaise. J'avais passé plusieurs heures ici et j'avais perdu la notion du temps.

— Entrez, dis-je assez fort pour être entendu.

La porte s'ouvrit. Les yeux verts du prince Akael croisèrent les miens, et je regrettai aussitôt que Mathias ne soit pas là pour s'occuper de lui. *« Casse-pieds »,* murmura la voix, et je partageais son avis. J'avais fait tout ce qui était en mon pouvoir pour éviter d'avoir affaire à ce prince. J'avais même décliné les repas royaux auxquels il m'avait invité.

J'avais entendu dire qu'il errait dans le château en posant des questions. Il cherchait plus d'informations sur Élaine, d'après ce qu'on m'avait dit, mais à part cela, il n'avait jamais tenté d'entrer dans des zones interdites et n'avait enfreint aucune règle. Rien qui me permette de le renvoyer dans son royaume.

J'avais envoyé des messages à Mumbur. Les gardes rapportaient que l'escorte du prince se montrait respectueuse et dépensait des sommes considérables dans les boutiques et les tavernes de Mumbur. Je n'avais aucune raison valable de le renvoyer outre-mer, à mon grand regret.

— Akael, dis-je sans prendre la peine de me lever.

Les cheveux de l'elfe tombèrent en boucles de chaque côté de son visage tandis qu'il s'inclina. Le rouge de ses cheveux rehaussait le vert de ses yeux, ses taches de rousseur soulignant le feu qui brûlait en lui.

— Je suis venu vous exprimer ma profonde gratitude pour votre hospitalité, Votre Majesté.

Des banalités, me dis-je.

— Bien que je n'aie pas eu le plaisir de passer plus de temps en votre compagnie, poursuivit-il, je suis venu vous annoncer mon départ.

Je ne m'attendais pas à ce qu'il dise cela.

— Votre départ ? demandai-je, feignant la tristesse.

En réalité, je trouvais cela plutôt suspect.

— Avez-vous eu l'occasion de rencontrer mon Grand Sorcier ?

Il était difficile de croire que l'elfe partirait après des semaines de voyage sans avoir vu Élaine.

— Non, Votre Majesté, mais on m'a dit qu'elle resterait avec les nains pendant plusieurs semaines, voire plus.

— Vraiment ? demandai-je, stupéfait.

J'avais gardé secrète la localisation d'Élaine. Seuls Mathias et quelques autres savaient qu'elle avait été envoyée dans la cité des vampires. Quant aux autres, même s'ils avaient remarqué son absence, ils n'auraient pas osé poser de questions. Alors, qui avait bien pu lui dire cela alors que la présence d'Élaine parmi les nains n'était qu'un mensonge ?

Le prince poursuivit :

— Malheureusement, je ne peux pas me permettre d'attendre aussi longtemps. J'ai des obligations qui m'attendent au Royaume du Soleil. J'enverrai un message à votre mage par chouette à mon retour.

Je restai sans voix. C'était le mieux que j'aurais pu espérer. Je serais débarrassé de ce visiteur indésirable et je n'aurais plus à surveiller chacun de ses gestes.

— Eh bien, je suis vraiment désolée de vous voir partir, répondis-je en feignant la sincérité, mais je comprends. Je vous souhaite un bon retour dans votre royaume.

— Merci, Votre Majesté, répondit-il.

À ce moment-là, Mathias entra dans la pièce derrière le prince. Je souris en voyant la bouilloire d'eau bouillante qu'il portait sans que j'aie eu à la lui demander. Mon chancelier me connaissait bien.

— Prince Vaelarion, balbutia-t-il. Je ne voulais pas interrompre une réunion royale.

— Ah, Mathias ! Entrez. Vous ne nous dérangez pas, répondis-je. Le prince venait juste d'annoncer son départ.

Mathias posa le plateau sur mon bureau et versa de l'eau bouillante dans ma tasse. Il se tourna vers le prince.

— Je suis désolé de vous voir partir, dit-il sincèrement. Les domestiques s'étaient habitués à vos visites matinales.

Le prince sourit.

— Je n'oublierai pas l'hospitalité dont j'ai bénéficié dans votre château. Maintenant, si vous voulez bien m'excuser, je dois me préparer à partir.

— Bien sûr, répondis-je. Que Sashelas des Profondeurs, le dieu des mers, guide votre navire.

Akael acquiesça et quitta mon bureau. J'inspirai l'arôme fruité qui s'échappait de ma tasse. Un sentiment de soulagement m'envahit à l'idée d'être débarrassé de mon invité. Mathias se tint devant moi, attendant un ordre. Je pris la tasse et savourai une gorgée, prenant le temps d'apprécier le thé à la pêche et à la fleur de pommier sur ma langue.

— Mathias, dis-je enfin après un moment. Envoie des espions pour t'assurer que le navire du prince quitte le port de Mumbur et qu'il se trouve à bord.

Le chancelier acquiesça.

— Ce sera fait, Votre Majesté.

Il plongea la main dans la poche intérieure de sa veste.

— Vous avez reçu une lettre tôt ce matin de la part de nos guerriers d'élite.

Il me tendit un parchemin étroitement enroulé et noué par une corde de chanvre, que je pris avec empressement. J'attendais des nouvelles depuis plusieurs nuits et j'étais surpris de n'en avoir reçu aucune auparavant. Je déroulai le parchemin et lus :

« L'opération est un succès. Des dizaines de loups-garous ont été tués. L'argent les a brûlés de l'intérieur et a bloqué leurs pouvoirs de régénération.

Quelques-uns ont réussi à nous échapper, mais ce sont des exceptions.

Nous continuons à intercepter discrètement les loups-garous dans la forêt, en évitant de nous rendre directement auprès des meutes où nous serions en infériorité numérique.

Nous attendons vos ordres. »

C'était une excellente nouvelle. Cependant, ce n'était qu'une question de temps avant que les loups-garous ne comprennent vraiment ce qui se passait et n'essaient de traquer et de tuer mes guerriers d'élite. Je devais les déplacer avant qu'ils ne soient découverts.

— Prépare une lettre. S'ils pensent avoir été repérés, ils doivent retourner au royaume. Je ne veux pas les mettre en danger, ce sont nos meilleurs soldats.

Mathias acquiesça.

— Oui, Votre Majesté.

Il s'inclina et prit congé. Je pris ma tasse de thé et me dirigeai vers le balcon. L'air était lourd d'humidité. Il allait pleuvoir plus tard. Nous n'avions pas eu de pluie ces derniers temps, et j'étais reconnaissant qu'il en tombe bientôt. Certaines plantes, et même quelques arbres, avaient commencé à se flétrir à cause de la sécheresse. J'espérais un gros orage. Il n'y avait rien que j'aimais plus que de m'asseoir à l'abri sous l'auvent pour admirer le spectacle des éclairs qui ravageaient le ciel et entendre le grondement du tonnerre résonner à travers le pays.

Un grand oiseau vola vers moi, un parchemin attaché à ses serres—sans aucun doute un faucon pèlerin. Il se percha sur le haut poteau près de ma porte. Je m'emparai du message avec empressement. Mes généraux utilisaient des faucons pèlerins pour les messages urgents. Une fois le message récupéré, l'oiseau s'envola vers la volière royale, où il savait qu'on lui servirait de la viande fraîche.

Je me réjouis en lisant le message. Des écrits anciens avaient été découverts dans les ruines au fond des mines, et nos mages de Mumbur avaient réussi à les déchiffrer. Ils pensaient que ces écrits provenaient de l'Oracle et concernaient la prophétie. Je devais m'y rendre immédiatement.

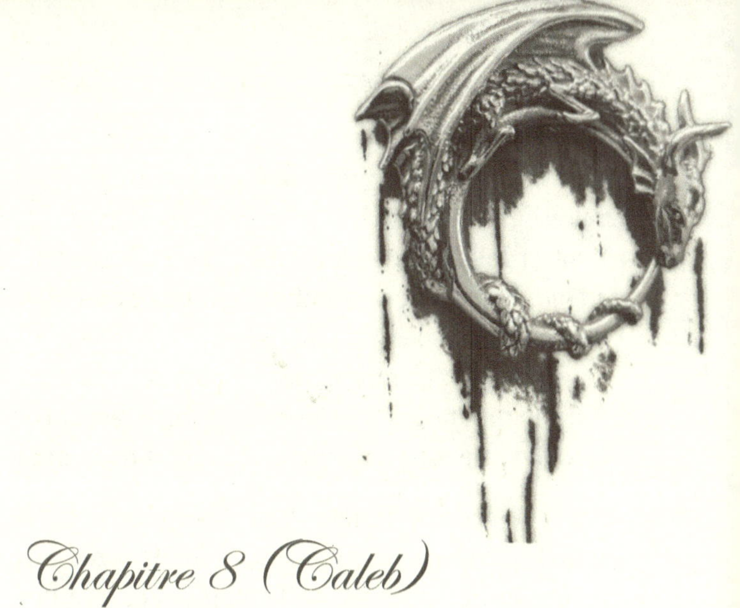

Chapitre 8 (Caleb)

Vaincu par la fièvre

Je n'avais dormi que quelques heures, consumé par le feu du sang du dragon. La magie draconique se moquait de moi et de mon audace d'avoir bu le sang d'une bête aussi sacrée. Plutôt que de trouver le repos, je me retrouvais prisonnier de rêves de destruction. À chaque fois, je me réveillais en sursaut, trempé de sueur. Finalement, lorsque les premières lueurs du jour commencèrent à apparaître, j'abandonnai l'idée de me reposer.

Je parvins péniblement à me redresser pour m'asseoir. Mes côtes n'étaient pas encore guéries, mon bras me lançait toujours et j'avais la nausée. J'avais de la fièvre et j'avais la tête qui tournait. Je ne me souvenais pas avoir jamais ressenti une telle douleur auparavant. Mes pouvoirs de guérison auraient dû me remettre sur pied, mais il était évident que la magie du dragon les bloquait.

Summer dormait toujours paisiblement à mes côtés. Elle était allongée, baignée par les premiers rayons du soleil qui caressaient sa peau. Même endormie, elle était une tentation enveloppée de soie. Ses cheveux sombres tombaient autour d'elle comme de l'encre renversée. Ses lèvres étaient légèrement entrouvertes, comme si elle murmurait des secrets qui ne s'adressaient qu'à moi. Le désir monta en moi alors que j'imaginais ces yeux d'un brun profond s'ouvrant lentement et brûlant de convoitise.

Je secouai la tête. Elle avait besoin de dormir davantage. En tant que loup-garou, elle se remettrait de la perte de sang plus vite qu'un humain, mais elle était restée éveillée tard la nuit dernière pour prendre soin de moi. Je me souvenais m'être réveillé entre deux cauchemars, délirant. Elle m'avait bercé pour chasser la douleur, son loup ronronnant d'amour.

Je ravalai la douleur pour ne pas émettre le moindre son en me levant. Je voulais évaluer notre situation actuelle. Je cherchais à quitter cette île maudite aussi vite que possible. C'était un miracle que les orcs ne nous aient pas tendu d'embuscade pendant la nuit… ni Aeris. J'étais sûr qu'elle me cherchait.

J'étais furieux de la douleur que je ressentais en me levant—j'étais un demi-dieu, une force redoutable, pas un lâche. Je serais damné avant de laisser une chose pareille m'arrêter.

J'ignorai mon corps et fis quelques pas de plus. Je pris une grande inspiration et m'élançai dans les airs. Les orcs n'étaient pas loin. Je pouvais voir l'un de leurs avant-postes à proximité, et leur ville n'était qu'un peu plus loin. Nous étions au sud de l'île. Si nous décidions de voyager à pied, nous devrions faire le tour de l'île pour éviter d'attirer leur attention ou de tomber dans des pièges, ce qui prendrait trop de temps. Si nous voyagions par les airs, ils pourraient nous tirer des flèches ou nous lancer des pierres. Je devrais voler très haut pour être hors de portée, mais ce serait plus rapide.

Une douleur brûlante m'envahit soudainement, et ma respiration devint haletante. Mes mains tremblèrent. Je ne savais pas ce qui m'arrivait, mais je perdais rapidement de l'altitude. J'essayai de reprendre le contrôle de mon corps alors que le sol se rapprochait bien trop vite. Je jurai. Je pouvais déjà imaginer la douleur de l'impact avec le sol et le bruit que feraient mes os en se brisant. Enfin, si je survivais. Mais aussi soudainement qu'elle avait commencé, la sensation de brûlure s'estompa, et je parvins à m'arrêter juste avant de heurter le sol. Des larmes coulèrent sur mes joues malgré moi, et je m'effondrai. Je pris des poignées de sable entre mes doigts, les serrant de rage face à mon manque de contrôle sur mon propre corps. Que m'arrivait-il ? J'étais plus fort que ça. J'étais un assassin redouté. Un demi-dieu, capable d'éliminer n'importe qui. Et pourtant… Une boule se forma dans ma gorge. Ce n'était pas mon genre de pleurer, et je me détestais de le faire. Je détestais me sentir faible et impuissant.

La plage était engloutie par les flammes. Un feu brûlait en moi, rempli de rage. Un dragon volait au-dessus de ma tête. Des dizaines d'animaux fuyaient les flammes destructrices. Mon cœur battait à tout rompre, et la sueur coulait à flots sur mon corps. Courir. Je devais courir. Si je restais là, je mourrais, mais j'étais cloué sur place. Le dragon fixa soudain son regard sur moi, son œil jaune suivant chacun de mes mouvements.

Puis tout disparu. Je clignai des yeux, incrédule. La plage était aussi sereine qu'auparavant. J'étais en sueur et j'avais du mal à calmer mes mains tremblantes. Ce n'était qu'une hallucination. Summer était à côté de moi. Je ne savais pas depuis combien de temps elle était là, mais j'imaginais qu'elle était arrivée pendant que j'hallucinais.

— Qu'est-ce que tu fais ? cria Summer, affolée. Tu essaies de te tuer pendant que je dors ?

Je ne l'avais jamais vue aussi furieuse.

— Je voulais voir où nous en étions et planifier la suite.

— Tu as oublié la fièvre que tu as eue toute la nuit ? Je t'ai bercé dans mes bras pendant des heures, de peur de te perdre. Et toi…

Elle me fixa du regard, la lèvre tremblante.

— Tu n'es pas en état de voler ! s'écria-t-elle avec colère, des larmes brûlantes coulant sur ses joues.

Les vagues léchèrent la plage, et un canard passa au-dessus de nos têtes avant de se poser sur l'eau de la rivière. Je m'arrêtai. Il y avait des milliers de choses que je voulais lui dire : que je voulais la protéger, que je ne voulais pas la réveiller, et que je pensais me sentir mieux. Mais les mots ne sortirent pas, et j'espérais qu'elle puisse le ressentir à travers notre lien. Les seuls mots que je murmurai, désarmé par ses larmes, étaient empreints d'une culpabilité brute.

— Je suis désolé.

Je ne m'étais jamais senti aussi vulnérable, et son visage s'adoucit.

— Essaie de comprendre. Je dis ça uniquement parce que je ne veux pas te perdre, et que je t'aime, insista-t-elle.

Ses mots étaient doux et promettaient quelque chose que j'avais perdu tout espoir de retrouver. Mon armure fondit sous la chaleur de ses sentiments, et mon cœur s'exprima avant même que mon cerveau n'ait eu le temps de comprendre.

— Je t'aime aussi.

Elle se jeta dans mes bras pour m'étreindre. Je gémis lorsqu'elle me serra contre elle, mes côtes me faisant encore mal. Elle relâcha un peu son étreinte pour ne pas me faire mal. Ses lèvres pulpeuses rencontrèrent les miennes, et son baiser fut profond et avide, plein de passion. Elle recula soudainement, comme si elle venait seulement de s'en rendre compte, et fronça les sourcils.

— Tu es encore plus brûlant qu'hier soir. Ça va ?

Je secouai la tête.

— J'aurais dû savoir qu'il ne fallait pas boire de sang de dragon. Je ne sais pas ce qui m'a pris.

— Je sais, je l'ai senti à travers notre lien. Ça t'a ensorcelé.

— Je ne pensais pas que ça aurait un tel effet sur moi. Je me croyais plus fort.

Elle soupira.

— Qu'est-ce que je vais faire de toi ? Je suppose que tout ce que je peux faire, c'est te soigner jusqu'à ce que tu retrouves la santé.

— Je suppose que c'est le prix à payer pour être lié à quelqu'un comme moi, ai-je fait remarquer.

Elle gloussa.

— Que la déesse de la lune me vienne en aide.

Elle me dit de la suivre, attendant patiemment alors que je marchais plus lentement qu'elle à cause de mon état.

Le vent changea soudainement de direction, apportant une odeur nauséabonde de sueur, de fer et de pourriture. Le bruit des bottes et le cliquetis du métal accompagnaient cette odeur. Nous nous retournâmes et nous retrouvâmes face à face avec un groupe de six créatures grotesques : des orcs. Ils étaient grands et portaient des armures de cuir rapiécées de chaînes et de défenses d'animaux. Leur peau était couleur cendre.

Ils étaient trop près, et je n'étais pas en état de courir.

— Tu pourrais t'enfuir, murmurai-je à Summer.

Elle était probablement assez en forme pour courir, voire se transformer en loup et s'échapper.

Un grognement s'échappa de sa poitrine. Son loup n'était pas d'accord.

— Pas question que je te laisse ici, répondit-elle fermement.

L'un des orcs s'avança, traînant une hache rouillée sur le sol. Un sourire se dessina sur ses lèvres, dévoilant des défenses jaunies par le temps et la saleté.

— Vous être sur le territoire des orcs. Vous venez avec nous, dit-il d'une voix gutturale.

Les autres s'approchèrent à leur tour, formant un large cercle autour de nous et nous coupant toute voie de fuite. Leurs mouvements étaient lents et mesurés, tandis qu'ils surveillaient chacun de nos gestes. L'un d'eux tenait un grand filet, tandis qu'un autre brandissait une chaîne munie de crochets acérés. D'autres encore étaient armés de gourdins en os et en métal.

« Je ne peux pas me battre », dis-je à Summer par le biais de notre lien. Notre seul avantage était que nous pouvions parler sans que les orcs nous entendent.

« Je sais, et je ne suis pas assez forte pour les affronter tous », répondit-elle. Il était clair qu'il ne nous restait plus qu'une seule option.

Voyant que nous ne bougions pas, les orcs commencèrent à s'impatienter. Celui qui s'était avancé le premier, celui que je croyais être le chef, leva sa hache de manière menaçante vers nous. Je levai les mains, ce mouvement me faisant grimacer car mes côtes me faisaient encore mal.

— D'accord, on se rend, dis-je aussi fort que possible.

Je me sentais lâche, mais c'était nécessaire. Summer leva les mains elle aussi, montrant ses paumes.

Le chef cria quelque chose dans une langue que je ne comprenais pas. Aussitôt, les autres orcs se précipitèrent sur nous, et nous nous retrouvèrent rapidement prisonniers dans le grand filet, enchaînés, les crochets acérés s'enfonçant dans notre peau et faisant couler des filets de sang.

— Est-ce vraiment nécessaire ? me plaignis-je.

Le chef des orcs répondit par un coup de poing dans le ventre, et je regrettai immédiatement ma question.

— Silence, rugit-il alors que nous commencions à marcher.

Nous le suivîmes en silence. Il nous éloigna de la rivière, vers le centre de l'île. À mesure que nous avancions, les buissons devenaient plus hauts et plus épais, et des arbres plus larges nous entouraient. Nous marchions désormais sur un sentier rocailleux et noirâtre, au milieu d'une forêt grise.

C'était la forêt malheureusement connue pour avoir été détruite par les orcs—du moins, c'est ce qu'on disait. Mais ici, au milieu de cette forêt, elle semblait bien vivante, malgré son manque de couleur. Les longues branches des arbres avaient l'air squelettiques, et elles tentaient de nous attraper à notre passage. Les animaux, bien que peu nombreux, étaient animés d'une colère inhabituelle. C'était comme si la nature des orcs avait corrompu les terres et leurs habitants. Une forêt maléfique.

— Plus vite, grogna l'un des orcs en me poussant dans le dos.

Je cessai de regarder autour de moi et me concentrai sur mes pas. Je n'avais aucune idée de comment m'en sortir.

J'espérais qu'ils ne nous emmenaient pas vers la ville centrale, qui était réputée immense, mais plutôt vers l'un des petits campements que j'avais aperçus à proximité.

Bien que courte, la marche sembla durer une éternité. Dans mon état fiévreux, j'avais la tête qui tournait et ma vision était floue. Je dus m'arrêter plusieurs fois pour ne pas perdre l'équilibre et tomber, les orcs me bousculant pour que j'avance.

Heureusement, nous aperçûmes bientôt des constructions rudimentaires devant nous. À mon grand soulagement, il s'agissait d'un petit campement ; pas plus d'une douzaine de tentes faites de peaux d'animaux maintenues par des morceaux de bois et de gros os. Des pieux métalliques maintenaient les abris en place. Une palissade rudimentaire entourait le camp, composée de rondins de tailles variées aux extrémités aiguisées, attachés ensemble par des bandes de tissu et de peau.

Des armes étaient éparpillées partout à l'intérieur du camp. Une poignée d'orcs nous observaient d'un regard prédateur. Au centre du camp, un feu brûlait, avec un grand chaudron à proximité. Une pensée me traversa soudain l'esprit : j'espérais que nous n'étions pas leur dîner. Je ne savais pas s'ils avaient l'habitude de manger leurs prisonniers, mais j'espérais que non.

À l'arrière du camp se trouvait une enceinte rudimentaire en bois recouverte de peaux d'animaux, destinée à retenir les prisonniers. Un grand poteau métallique se dressait au centre, auquel étaient attachées des chaînes. Ils nous enchaînèrent et partirent sans un mot. Nous avions assez de lousse pour nous lever ou nous allonger, mais pas assez pour tenter de nous échapper. Au moins, nous étions ensemble.

Je m'effondrai par terre. Mon corps était épuisé par l'effort. Summer s'agenouilla à côté de moi. « Oh mon Dieu, à quelle température ton corps peut-il bien monter ? » murmura-t-elle, inquiète.

Je voulais dire quelque chose, mais je n'en avais pas la force. Je ne pus pas lutter contre le sommeil sans rêves qui m'envahit.

Chapitre 9 (Nathan)

Maîtres des ombres

Nous voyagions depuis plusieurs jours, ne nous arrêtant que lorsque c'était nécessaire. Siméon n'avait aucun mal à suivre le rythme, mais Raphaël était un humain. Il était plus lent que nous et avait besoin de plus de repos. Siméon le portait lorsqu'il était trop fatigué pour continuer. Cela nous permit de parcourir une grande distance. Le troisième jour, alors que le soleil était haut dans le ciel, Ichoryllia apparut à l'horizon.

Mon royaume bien-aimé. J'avais passé toute ma vie à me consacrer à son peuple, à essayer d'en faire un endroit meilleur, tout comme mes parents l'avaient fait avant moi.

Mon cœur se brisa quand je l'aperçus. Elle était loin de la belle ville dont je me souvenais ; celle-ci était en ruines. Le mur du sud était en morceaux, le corps du coupable gisait encore sur le sol : un dragon. Ils récoltaient sa chair et ses écailles. Même de loin, je pouvais voir les gens se rassembler pour en découper un morceau pour eux-mêmes. Des dizaines de gardes tentaient de maintenir l'ordre. L'odeur de la mort flottait dans l'air jusqu'à nous.

Je m'accroupis derrière des buissons. Je parlai à voix basse, même si nous étions suffisamment loin pour que personne ne puisse nous entendre.

— Il y a beaucoup trop de monde ici. Passons par l'entrée nord de la ville.

Les hommes acquiescèrent.

— Bonne idée. Espérons qu'il n'y ait pas un autre cadavre de dragon au nord.

Cette idée ne m'avait pas traversé l'esprit.

— Si c'est le cas, nous trouverons un endroit où le mur est détruit pour pouvoir nous faufiler dans la ville sans être remarqués.

Nous restâmes à l'abri de la forêt et contournâmes lentement la ville. Heureusement, le reste d'Ichoryllia était en meilleur état que la partie sud. Je me demandais si mon peuple allait bien, si Samantha les avait aidés, ou si elle était restée au château, ignorant les supplications du peuple. Je ne savais même pas dans quel état se trouvait le château. Tout mon être me poussait à y aller et à prendre soin de mon royaume, mais je ne pouvais pas. L'image d'Émeraude me traversa l'esprit, ses yeux d'un vert profond me fixant alors que nous étions seuls. J'espérais que les bêtes n'avaient pas détruit le magasin d'esclaves.

Attends-moi, j'arrive.

Le soleil était bas dans le ciel, mais ses rayons étaient encore puissants lorsque nous arrivâmes du côté nord. La forêt était dense, et le sol parsemé de rayons dorés et d'ombres. Je marchai accidentellement sur un champignon, dont l'odeur riche et terreuse emplit mes narines tandis que je m'accroupis pour mieux voir la ville. Mes doigts s'enfoncèrent dans la mousse moelleuse et humide du tronc d'arbre à côté de moi, contre lequel je m'étais appuyé. Je fus soulagé de constater qu'il n'y avait pas de cadavres de dragons de ce côté-ci d'Ichoryllia. Le mur était en bon état. Cependant, il y avait plus de gardes que d'habitude, ainsi que de nombreuses caravanes et des gens—probablement parce qu'ils ne pouvaient pas entrer par l'autre entrée.

— Comment allons-nous entrer ? demanda Raphaël.

Il était accroupi à côté de Siméon, qui fixait toujours la ville. Des affiches à mon effigie étaient sûrement encore placardées partout dans la ville, offrant une grande récompense pour ma capture. N'importe qui me reconnaîtrait si je me montrais, et je ne pouvais compter sur la loyauté de personne, pas même celle des gardes. Après tout, ils étaient au service de Samantha. Elle régnait sur le royaume par la peur et punissait la trahison avec cruauté. Elle exerçait un contrôle sur les gardes et les Miłonblooders. Cela suffisait à garantir l'obéissance d'une grande partie de la population également.

Mes pensées se tournèrent vers Lysandre. Il avait servi mon père tout au long de son règne et avait été pour moi comme un second père. Je pouvais lui faire confiance. Il avait prouvé sa loyauté depuis des centaines d'années. Si je parvenais à le retrouver, il me ferait entrer clandestinement dans la ville.

Un léger bruissement rompit le silence. Des flèches sifflèrent dans les airs. Siméon repoussa son compagnon. Les flèches les manquèrent de peu. Je me levai, scrutant attentivement la forêt à la recherche de notre agresseur. Le loup de Siméon grogna.

— Montre-toi, lâche ! Je ne te laisserai pas le toucher ! hurla-t-il.

Je perçus l'odeur d'ombres en mouvement. Elles étaient rapides—des maîtres de la forêt. Un guerrier elfique. Il était vêtu de cuir, se déplaçait comme le vent, se fondant dans les arbres et la nature, utilisant la forêt comme camouflage. Siméon combattait déjà l'un d'eux lorsqu'un autre surgit de nulle part pour attaquer Raphaël. L'humain n'avait aucune chance face à des créatures magiques. Il n'était pas entraîné au combat. Je m'interposai entre eux et bloquai le coup avec mon épée.

— Cache-toi, lui ordonnai-je.

Un deuxième guerrier rejoignit celui que je repoussais. Je parai leurs coups assez facilement. Il semblait que mes pouvoirs combinés de vampire et de loup-garou me rendaient plus fort que je ne le pensais.

J'entendis un grognement. Je tournai la tête un instant et vis le bras de Siméon se faire entailler par un couteau. Il tituba, un deuxième coup lui effleurant la cuisse.

— De l'argent. Ils utilisent de l'argent ! cria-t-il, mais je m'en doutais déjà depuis que j'avais vu la louve blessée à la meute.

Mes mouvements étaient fluides, presque surnaturels, tandis que j'esquivais et parais chaque attaque, mais je n'allais pas me débarrasser des elfes aussi facilement. Mon épée transperça l'armure du plus grand, faisant jaillir le sang. J'envoyai une vague de pouvoirs vampiriques vers l'autre, le faisant reculer brusquement. Le plus grand se jeta sur moi de toutes ses forces, mais il n'était pas assez rapide. J'esquivai son attaque, puis profitai du fait que son flanc était sans défense pour l'empaler de mon épée, jusqu'au cœur. Il s'effondra dans un halètement.

Le guerrier elfique fronça les sourcils en me regardant, puis s'exclama : « Vous êtes l'ancien roi d'Ichoryllia. »

Je souris d'un air malicieux.

— Alors, tu me connais.

Il balbutia en reculant d'un pas.

— Vous… Vous êtes trop puissant.

— Laisse-moi te montrer à quel point je suis puissant, suggérai-je en m'approchant de lui.

— Je dois prévenir le roi, s'écria le guerrier elfique avant de s'enfuir.

J'aurais pu le poursuivre, mais je reportai mon attention sur Siméon. Il avait besoin de mon aide. Son combat était devenu chaotique. Il tournait sur lui-même, tailladant, se jetant en avant, mais il était trop blessé et trop lent pour toucher son assaillant, probablement à cause de l'argent. Plus loin, j'aperçus Raphaël. L'humain se cachait derrière un buisson, paralysé par la peur.

Je n'attendis pas et me jetai sur l'elfe qui combattait mon ami. L'elfe ne s'y attendait pas, mais para mon coup avec une force respectable. J'imprégnai mon épée de ma force vampirique et le frappai de toutes mes forces. La lame s'enfonça dans l'os de son poignet. L'elfe tira dessus, essayant désespérément de sauver sa main. Quand je parvins enfin à retirer la lame de son poignet, l'elfe saisit sa main inerte et recula d'un pas. Il n'hésita pas et s'enfuit avant que je puisse frapper à nouveau. J'aurais pu le rattraper, mais il était plus important de m'occuper du loup-garou gisant devant moi.

J'appelai Raphaël à venir tandis que j'évaluais l'état de Siméon. Il était gravement blessé par l'argent. Cela ne semblait pas aussi grave que la louve de la meute l'autre jour, mais il avait besoin d'être soigné, et rapidement.

Raphaël enlaça son compagnon, les larmes coulant sur ses joues.

— Je ne peux pas le perdre, sanglota-t-il.

Je balayai du regard la forêt qui nous entourait, sans apercevoir d'autres elfes. Y avait-il quelqu'un à Ichoryllia suffisamment compétent pour soigner Siméon ? Je ne pensais pas que les médecins royaux s'y connaissaient beaucoup en loups-garous. Je pouvais toujours leur demander de continuer sans moi. Les loups-garous n'étaient pas appréciés de tous les vampires, mais ils seraient capables d'aller trouver un guérisseur. Au moment même où je pensais cela, le loup-garou s'évanouit, ruinant mon plan. Raphaël ne pouvait pas le porter tout seul, et je ne pouvais pas me montrer en ville.

— On dirait que tu aurais besoin d'un coup de main, dit une voix grave derrière moi.

Je me retournai, me demandant comment j'avais pu ne pas le remarquer quelques instants plus tôt. Un grand vampire chauve se tenait dans l'ombre d'un arbre. Il portait une chemise noire et un pantalon en cuir marron. Bien que son ton fût amical, je ne lui faisais pas confiance.

— Tu étais là depuis le début ? demandai-je.

Il acquiesça.

— Je sais qu'il vaut mieux ne pas me jeter dans une mêlée avec des assassins elfiques, des loups-garous et l'ancien roi.

Il savait qui j'étais, ce qui signifiait qu'il en avait peut-être après la récompense.

— Que veux-tu ?

L'homme désigna Siméon, dont l'état empirait de minute en minute.

— On dirait que ton ami a besoin d'aide.

Il avait raison, mais ça ne me plaisait pas.

— Qu'est-ce qui me dit que je peux te faire confiance ? demandai-je.

L'homme haussa les épaules.

— Rien, mais on dirait qu'il ne s'en sortira pas si tu ne le fais pas.

Je détestais qu'il ait raison. Je serrai les poings. Il était seul. Je pouvais l'affronter s'il attaquait.

— Tu ne m'as même pas dit qui tu es, et tu t'attends à ce que je te suive aveuglément ?

L'homme gloussa.

— Le fait que tu ne saches pas qui je suis signifie que j'ai bien fait mon travail. Je m'appelle Vince. Je suis le maître de la guilde des voleurs.

Mon sang se glaça. La guilde des voleurs. Je les avais cherchés partout quand j'étais roi. Même avec mes meilleurs hommes, ils avaient toujours une longueur d'avance sur nous.

— Pourquoi un hors-la-loi comme toi nous aiderait-il ? Tu en as sûrement après la prime sur ma tête.

L'homme ricana.

— Ça ne m'étonne pas que tu penses ça. En fait, l'un de nos membres te cherchait il y a quelque temps. Tu as peut-être rencontré Caleb, un assassin chevronné. Quoi qu'il en soit, j'ai entendu dire qu'il y avait une belle somme d'argent à gagner pour te retrouver… *mort ou vif*, ajouta-t-il en insistant sur les derniers mots. J'avais pensé à essayer de mettre la main sur la récompense à l'époque, mais j'ai changé d'avis et j'ai décidé de t'aider.

Un oiseau aux plumes rouges s'envola d'une branche entre nous, brisant la tension l'espace d'un instant.

— Pourquoi ? demandai-je.

— Les membres de la guilde des voleurs sont une famille—tous, qu'ils soient vampires ou humains, mais les nouvelles lois que la reine a instaurées constituent une menace pour tous nos membres humains. As-tu vu l'état de cette ville ? Même les orcs attaquent maintenant ! Je veux que la reine parte. Tu es ici pour récupérer ton trône, n'est-ce pas ?

— Oui, mais je dois d'abord trouver quelqu'un, répondis-je.

L'homme acquiesça.

— Je comprends, et je ne te demanderai pas de quoi il s'agit. Dans mon métier, on ne pose pas de questions. Laisse-moi t'aider, et ensuite tu m'aideras en te débarrassant de cette garce qui nuit à ma famille.

Ça me semblait louche. Pouvait-on vraiment lui faire confiance ? Probablement pas à long terme, mais, pour l'instant, il avait besoin de moi, et j'avais besoin de lui. Siméon gémit.

— Il va mourir ! s'écria Raphaël, paniqué.

— On dirait que je n'ai pas vraiment le choix de toute façon, dis-je.

— Bonne réponse, répondit le maître de guilde. Suis-moi.

Je pris le loup-garou blessé dans mes bras et suivis Vince à travers la forêt, Raphaël nous emboîtant le pas. Nous nous éloignâmes d'Ichoryllia, et je me demandai un instant si nous étions menés dans un piège. Je me sentais vulnérable, et je détestais ça, mais l'état de Siméon se détériorait, et je m'inquiétais pour lui.

— Tu connais quelqu'un qui peut soigner un loup-garou blessé par l'argent ? demandai-je tandis que nous marchions.

— Ne nous sous-estime pas. Nous avons l'habitude de soigner toutes sortes de blessures et d'empoisonnements. Nous avons des contacts, répondit-il d'un ton désinvolte tandis que nous marchions.

Nous traversâmes un petit ruisseau et marchâmes à travers des fougères et d'autres plantes. Il n'y avait pas de sentiers ici, mais Vince semblait avoir déjà parcouru cet endroit des milliers de fois. Nous arrivâmes finalement à une petite grotte, à peine assez grande pour que nous puissions nous tenir debout. La pierre était constamment humide, recouverte d'une fine couche de terre argileuse. À peine étions-nous entrés que la température chuta de manière significative.

— Où nous emmènes-tu ? demandai-je.

Vince se tourna vers nous.

— Où crois-tu ? À la guilde.

Je repensai à toutes les fois où je l'avais cherchée en tant que roi, et voilà qu'on m'y conduisait. Avant même que je puisse essayer de me souvenir de son emplacement, Vince ajouta :

— On change régulièrement l'emplacement de l'entrée.

— Comment faites-vous ça ? Vous creusez des grottes ?, ai-je plaisanté.

— Tu ne peux pas imaginer le labyrinthe de tunnels qui s'étend sous Ichoryllia. C'est facile d'en trouver un nouveau à utiliser comme entrée, en bloquant l'ancien.

Je savais de quoi il parlait. J'avais entendu parler des tunnels sous la ville. Ils avaient été creusés par d'anciens souverains il y a plusieurs millénaires. Ceux qui s'y étaient aventurés n'étaient jamais revenus et avaient été portés disparus. J'avais toujours pensé que je devrais envoyer quelques gardes pour explorer et cartographier les tunnels, mais personne ne voulait y aller. Des rumeurs circulaient selon lesquelles des monstres y vivaient et des fantômes y hantaient les lieux, voire les deux si l'on demandait à la bonne personne. Je m'étais promis d'y aller un jour, mais je n'en avais jamais eu l'occasion, toujours trop occupé par mes devoirs royaux.

Nous marchâmes pendant un bon moment. La grotte changea plusieurs fois de direction. Nous arrivâmes à des embranchements et suivirent Vince sans réfléchir. Finalement, la structure de la grotte changea, et au lieu de marcher sur des rochers glissants recouverts d'argile, les murs étaient désormais faits de pierres et de briques. Je compris que nous étions désormais dans les égouts de la ville. Une odeur d'œufs pourris m'envahit les narines, et j'eus un haut-le-cœur. Malgré tout, nous continuâmes à suivre le maître de guilde.

À un moment donné, nous arrivâmes à une échelle.

— Tu peux grimper ? demanda Vince.

— Pas avec lui dans les bras, mais je peux voler, répondis-je.

— Bien, alors passe devant, commenta-t-il.

Je volai le long de l'échelle. L'odeur nauséabonde s'atténua. Les tunnels ici étaient vastes, construits en briques. Les plafonds étaient voûtés et ruisselaient de condensation, le vieux mortier noirci par des siècles d'humidité entre les briques. De faibles lanternes brûlaient à l'huile fumante, leur faible lueur projetant de longues ombres le long des murs, suffisantes pour guider ceux qui avaient à faire là, mais maintenant les intrus dans la pénombre. Les tunnels étaient immenses et interconnectés, une ville secrète sous la ville.

Deux gardes de la guilde se tenaient en haut, me regardant d'un air renfrogné. Le premier était grand et avait une cicatrice qui allait de la joue à l'oreille, et le second était plus petit. Il portait une épaisse barbe noire et une moustache. Il était plus rondouillard, mais semblait capable de frapper fort. C'étaient tous deux des humains, et j'aurais pu les prendre à moi seul si je n'avais pas eu Siméon dans les bras.

— Qui es-tu ? demanda le premier.

— Je suis ici avec le maître de la guilde, répondis-je, soucieux d'éviter les ennuis.

Raphaël gravit lentement l'échelle, à bout de souffle.

— Je ne le vois pas, répondit le garde.

Vince finit par monter l'échelle.

— Si j'avais su que ce type mettrait autant de temps à grimper, je serais passé en premier, dit-il. Baissez la garde, Joe, Frank. Ce sont nos invités, et nous avons besoin d'un guérisseur.

Frank, le plus petit, acquiesça et s'éloigna en courant. Joe se détendit et nous laissa passer.

— Allons dans la salle commune. On va l'allonger sur un lit, dit Vince en nous guidant à travers les tunnels de la guilde.

J'observai la guilde des voleurs pendant que nous marchions. Après tout ce temps, cela me semblait irréel d'être ici maintenant. Chaque pièce avait été réaménagée pour répondre aux besoins de la guilde : salles d'armes, chambres fortes, quartiers d'habitation, et même des tavernes et des cuisines. Certaines pièces servaient de marchés pour le monde souterrain. Des receleurs vendaient des bijoux et des pierres précieuses, des tailleurs cousaient de fines capes à partir de soieries volées, des apothicaires colportaient des poudres et des teintures à la légalité douteuse, et des scribes du marché noir falsifiaient des documents à la faible lueur de bougies vacillantes. Au cœur du labyrinthe se trouvait la salle du maître de la guilde. Une longue table dominait la pièce, entourée de chaises à haut dossier sculptées dans du bois volé. Des cartes de la ville s'étalaient sur le plateau, marquées d'itinéraires, de repaires et de cibles. Le siège du maître de la guilde était légèrement surélevé, adossé à l'ombre et flanqué de gardes. C'était encore plus impressionnant que je ne l'avais imaginé.

Mais au lieu de la bande de brutes que j'avais imaginée, je vis des enfants, des adolescents et des adultes qui semblaient être des réfugiés. Certains s'occupaient des plus jeunes, d'autres leur enseignaient des compétences. Ils partageaient tout ce qu'ils avaient. Beaucoup n'avaient presque rien. Oui, il y avait quelques piles de butin, mais la plupart des objets étaient loin de constituer une fortune. Des armures et des armes rudimentaires, des meubles grossiers, des vêtements en lambeaux et un peu de nourriture. C'était bien loin de ce que j'avais en tête lorsque j'essayais de les arrêter en tant que roi.

Comme s'il lisait dans mes pensées, Vince a pris la parole :

— Beaucoup d'orphelins finissent ici. On les recueille, on leur donne ce dont ils ont besoin pour grandir et on leur apprend à survivre. On ne prend que ce dont on a besoin. Le reste, tout ce que tu as entendu pendant ton règne, ce sont des contrats qu'on accepte, donnés par les riches. Ces sales boulots qu'ils ne veulent pas faire ? Ils nous engagent pour les faire. Ça paie bien, alors on le fait. Bien sûr, nous avons volé de belles choses, et nous ne sommes pas innocents, mais dans l'ensemble, nous faisons ce qu'il faut pour survivre.

J'étais sans voix. J'avais été élevé dans la haine de ces gens et dans la conviction qu'ils étaient des meurtriers sans cœur. C'était loin de ce que j'avais imaginé, et je ne savais plus quoi penser.

Vince nous conduisîmes dans un grand salon où se trouvaient plusieurs lits. Une vieille femme dormait sur l'un d'eux.

— Mettez-le dans ce lit, dit Vince en désignant le lit à côté d'elle. Voici Dana. Elle vivait dans la rue, elle mendiait. Un jour, une riche dame a décidé qu'elle n'aimait pas la voir près de son manoir. Elle nous a demandé de l'éliminer, mais à la place, nous l'avons amenée ici. Maintenant, elle a un endroit qu'elle peut appeler chez elle. Elle aime s'occuper de tout le monde comme s'ils étaient ses petits-enfants.

J'allongeai Siméon sur le lit. Le loup-garou avait de la fièvre et ne bougea pas. Raphaël s'assit, inquiet, sur le bord du lit.

— Par ici, dit Vince à quelqu'un à l'extérieur de la chambre.

Frank entra, suivi d'un vieil homme aux cheveux blancs et au nez aquilin. Son visage portait plusieurs cicatrices, bien qu'il ne semblait pas être un combattant avec sa silhouette frêle. Il portait une mallette noire.

— Voici Joseph. Il pourra le soigner, dit Vince en faisant de la place pour l'homme au chevet de Siméon.

Joseph ouvrit la mallette, révélant un assortiment de fioles et d'outils.

— Savez-vous ce qu'il a ? demanda le vieil homme.

— Il a été attaqué avec de l'argent, répondis-je.

— Hmm, il faut se dépêcher, marmonna-t-il en sortant une grosse seringue de sa mallette.

Il prit une fiole et en aspira le contenu dans la seringue. Cela ne ressemblait pas à ce que le guérisseur avait fait auprès de la meute de loups-garous.

— Que faites-vous ? demandai-je. Ne devriez-vous pas jeter un sort ou appliquer des feuilles sur ses veines ?

L'homme ricana.

— Est-ce que j'ai l'air d'avoir des pouvoirs magiques ? Je suis humain, mais cette potion que j'ai va neutraliser l'argent qui coule dans ses veines. Je l'ai achetée au marché noir à un alchimiste réputé.

Je fixai l'homme, bouche bée. Bien sûr, les humains n'avaient pas de pouvoirs magiques, mais j'avais espéré qu'il aurait un moyen de faire de la magie, ou peut-être qu'il serait un hybride. Peu importe. Tant que son remède fonctionnait, c'était tout ce qui comptait. Il trouva facilement une veine, ses gestes trahissant des années d'expérience. Il injecta le liquide dans le bras de Siméon.

— Maintenant, nous attendons que ça fasse effet, dit-il, satisfait.

— Combien de temps cela prendra-t-il ? demanda Raphaël.

— Sa fièvre devrait baisser rapidement, mais il faudra quelques heures avant que son état ne s'améliore sensiblement.

Vince acquiesça.

— Merci, Joseph.

Il regarda Raphaël.

— Tu peux prendre un lit dans la chambre et passer la nuit ici.

— Merci. Je ne voudrais pas le laisser seul, répondit Raphaël, visiblement reconnaissant.

Mes pensées se tournèrent vers ma compagne — je ne pouvais plus attendre. Je devais retourner auprès d'elle dès que possible.

— Raphaël, je dois partir seul. Reste avec Siméon, assure-toi qu'il se remette complètement et obtiens les informations demandées par l'Alpha. Je dois partir à la recherche d'Émeraude.

— Je comprends, répondit-il sérieusement. Siméon serait d'accord aussi. Fais attention à toi.

J'acquiesçai et me tournai vers Vince.

— Peux-tu m'aider à entrer en ville discrètement ? Je dois me rendre à la boutique d'esclaves, près du moulin détruit.

Le maître de guilde sourit.

— Bien sûr. Suis-moi.

Je suivis Vince à travers les tunnels. Nous reprîmes le chemin par lequel nous étions venus, puis empruntâmes une autre route. Les gens nous regardaient passer, certains chuchotant entre eux, mais je les ignorais.

— Ces gens sont nés sans chance, marmonna Vince tandis que nous marchions.

Des vampires et des humains étaient assis dans ces salles, la plupart dissimulés sous des capuches et se cachant dans l'ombre.

Cela me dérangeait de voir tous ces gens, coincés dans ces tunnels, menant une vie de vols et de meurtres. Je devais trouver un moyen de réglementer correctement leurs activités et de les détourner du crime lorsque je reviendrais sur le trône.

— Avez-vous déjà songé à devenir gardes royaux ? demandai-je.

Le maître de la guilde éclata de rire.

— Tu plaisantes ? Tu m'imagines en armure, partant combattre des hors-la-loi ?

— Je veux dire, comme une unité d'élite.

— Je n'ai jamais entendu parler d'unités d'élite, rétorqua le vampire en se baissant pour éviter un tuyau suspendu trop bas.

Je fis de même et dis :

— Il n'y en a pas, mais il pourrait y en avoir une. Nous pourrions nous allier, et vous n'auriez pas besoin d'être des hors-la-loi. Nous pourrions trouver une utilité à la guilde des voleurs. Les assassins pourraient s'avérer utiles au royaume.

L'homme s'arrêta et se retourna, un sourire aux lèvres.

— Écoute, ça a été toute ma vie, et pour beaucoup d'autres, c'est tout ce qu'ils connaissent. Je ne suis pas très chaud à l'idée d'une alliance, mais on pourra en parler une fois que tu auras repris ton trône.

Je savais que ce ne serait pas facile de remporter cette bataille, mais c'était un début.

— Marché conclu. Une fois que j'aurai repris mon trône, nous pourrons discuter. Comment vais-je te contacter ?

— Je te trouverai.

Sur ces mots, il désigna un tunnel qui partait vers la droite et montait.

— Suis ce chemin. Il ne te mènera pas directement au moulin détruit, mais il te conduira dans les rues voisines. Tu devras parcourir le reste à pied dans la ville. Fais attention, la reine a des yeux partout.

Je gloussai.

— Ne t'inquiète pas. Je ferai attention.

Je suivis le chemin qu'il m'avait indiqué.

Chapitre 10 (Samantha)

Les marais

Je m'agenouillai devant la statue d'Alastor. Après tout ce qui venait de se passer, j'avais besoin de mettre de l'ordre dans mes pensées. Je fermai les yeux et récitai la prière. Un sentiment de paix m'envahit tandis que je communiais avec lui. *« Mon cher Alastor, j'ai tant besoin de ta grâce. Je ne comprends pas pourquoi les dragons ont attaqué. J'ai fait tout ce que tu m'as demandé. Je recueille tes essences aussi vite que possible. »*

J'attendis. Par le passé, il était venu à moi et m'avait répondu, mais cette fois-ci, seul le silence suivit. Je pris une profonde inspiration. *« Je suis nerveuse à l'idée d'aller chercher la relique dans le temple englouti, mais je comprends qu'il s'agit d'une épreuve que tu m'envoies. Je ne te décevrai pas. »*

Alors que je prononçais ces mots, un sort inconnu résonna dans mon esprit. Il s'imprima instantanément dans ma mémoire, comme si je l'avais toujours connu. Puis, un avertissement : *« Tu pourras respirer sous l'eau, mais la durée varie, et cela coûte beaucoup de mana, tu ne pourras donc le lancer qu'un nombre limité de fois. »*

Je me figeai. Il m'avait entendue, m'avait même donné ce dont j'avais besoin pour réussir, mais son avertissement résonnait en moi. Je devrais faire attention. Je ne voudrais pas me retrouver à court de mana une fois l'effet du sort dissipé. « Merci », murmurai-je.

Je me levai. J'avais beaucoup à faire avant de partir pour les marais. Les réparations de la ville prendraient bien plus de temps que prévu. Les soldats avaient fini de déblayer les débris des places principales et des grandes rues, de sorte que les charrettes pouvaient désormais passer, ce qui aiderait à évacuer les débris restants plus rapidement. Le bilan s'élevait à plusieurs centaines de morts, et autant de disparus. Je n'avais pas prononcé de discours pour rassurer la population, ça aurait été inutile. Tous étaient occupés à survivre et à rechercher leurs proches. Les gens fouillaient leurs maisons en ruines à la recherche de pièces d'or pour acheter de la nourriture, qui se faisait rare. Nous devions nous dépêcher de rétablir les routes commerciales afin que le grain des fermiers puisse parvenir aux boulangeries. En somme, le chemin serait long avant que notre grande ville ne soit restaurée.

Les soldats avaient démoli la grande tour de l'horloge endommagée par les dragons et qui menaçait de s'effondrer sur les quelques maisons épargnées autour d'elle. Nous l'avions détruite étage par étage, en prenant soin de laisser tomber les morceaux sur les ruines et d'établir un périmètre de sécurité. C'était profondément triste de voir ce monument idyllique de notre grande ville tomber en morceaux. Nous en reconstruirions une nouvelle quand tout cela serait terminé.

Les images de l'attaque des dragons me hantaient chaque fois que je fermais les yeux. Viktor avait essayé de me faire changer d'avis, mais je ne pouvais m'empêcher de penser à la destruction qu'ils avaient causée. J'avais ramené à la vie *un* dragon. Un seul. Comment y en avait-il soudainement autant ? La rage m'envahit. Ils avaient dévasté mon royaume. Je devais découvrir l'origine de ce qui s'était passé, et je savais exactement qui pouvait m'aider.

Je me dirigeai vers les chambres protégées contre la magie. Élaine était la personne idéale pour mener cette enquête. Elle n'aurait d'autre choix que de se plier à mes ordres. Les gardes se tenaient à sa porte, comme je l'avais demandé, et ils se mirent au garde-à-vous à mon arrivée.

— Votre Majesté ! dirent-ils respectueusement.

— Ouvrez la porte, leur dis-je.

Ils s'inclinèrent, et l'un d'eux se précipita pour retirer le loquet de la porte et l'ouvrir. Elle était là, à la fenêtre de sa chambre. Ses cheveux blancs et violets étaient sales, son regard abattu. Je ne l'avais pas laissée sortir de sa chambre, pas même pour se laver. Le risque que sa mana se régénère hors de ces murs était trop grand. J'avais d'abord pensé à la tuer, mais je me suis dit qu'elle pourrait m'être utile.

L'elfe se tourna vers moi. Son visage se déforma en une expression de terreur.

— Non ! hurla-t-elle en tendant la main vers son sac posé au sol.

Ses armes avaient été confisquées, et la porte était déjà fermée derrière moi. Je fis un geste de la main.

— Je ne suis pas venu pour te tuer.

Elle s'arrêta, stupéfaite, laissant tomber ce qu'elle tenait dans le sac. J'entendis son cœur ralentir, mais elle restait immobile, attendant que je parle.

— Que sais-tu des dragons ? demandai-je.

Elle entrouvrit la bouche et réfléchit un instant avant de répondre.

— Que veux-tu dire ?

Je pinçai les lèvres, agacée, et croisai les bras.

— Les dragons. Tu les as vus. On a ressuscité Scorchfire, et maintenant il y en a des dizaines.

Son regard se porta vers la fenêtre avant de revenir vers moi.

— Ah, ça ! Oui. Bien sûr que je les ai vus.

— Comment est-ce possible ? insistai-je. Je n'ai pas beaucoup de patience, alors je te conseille de répondre rapidement.

— Je serais ravie de répondre, s'empressa-t-elle de dire, mais je n'en sais pas plus que toi. J'étais en mission pour ramener Scorchfire à la vie, tout comme toi, avant que tu ne l'assassines.

Ses derniers mots étaient empreints de ressentiment, mais je me moquais bien de ce qu'elle pensait.

— Allez, tu es une mage. Je n'arrive pas à croire que tu ne saches rien. Où ils nichent, leurs œufs, n'importe quoi.

Elle secoua la tête.

— J'en sais un peu, mais j'ai concentré l'essentiel de mes recherches sur la magie des dragons et la cause de la mort de Scorchfire. C'était mon sujet principal, expliqua-t-elle.

— C'est embêtant, répondis-je, pensant à voix haute.

J'avais espéré qu'elle aurait une réponse. Je ne pouvais pas risquer que les citoyens se révoltent par peur des dragons une fois que je serais partie. Je ne voulais pas non plus qu'elle sache que je serais partie. Elle devait croire que j'étais là pour qu'elle n'essaie pas de s'enfuir. J'ordonnai :

— Je vais demander aux serviteurs de t'apporter tous les livres sur les dragons de la bibliothèque, et tu pourras découvrir ce qui s'est passé.

Elle resta bouche bée.

— Pourquoi ferais-je cela ?

— Qu'as-tu d'autre à faire ? Observer les oiseaux ? rétorquai-je.

Comme elle ne répondait pas, j'ajoutai :

— Tu es une mage, n'est-ce pas ?

Elle acquiesça lentement.

— Voilà. Tu peux te rendre utile, et qui sait, peut-être que j'épargnerai ta vie.

C'était un mensonge éhonté. Je me débarrasserais d'elle dès que je n'aurais plus besoin d'elle, mais je voulais qu'elle s'accroche à un peu d'espoir pour qu'elle fasse ce que je demandais.

— Peut-être que tu me laisseras partir ? demanda-t-elle.

Je souris d'un air narquois.

— Je vais y réfléchir, mentis-je.

Je sortis de la pièce. Les gardes étaient toujours là. Un serviteur passa, transportant de la nourriture vers les cuisines, alors je l'arrêtai.

— Va à la bibliothèque, prends tous les livres que nous avons sur les dragons et apporte-les à Élaine.

Il s'inclina profondément.

— Oui, Votre Majesté.

— Tu as le droit de lui apporter d'autres livres si elle te les demande, mais elle ne doit en aucun cas se rendre elle-même à la bibliothèque.

Je me tournai également vers les gardes pour m'assurer qu'ils m'avaient bien entendu. Ils acquiescèrent d'un signe de tête. Satisfaite, je me dirigeai vers mon bureau. Viktor s'y trouvait, penché sur des parchemins. Il portait une chemise noire qui moulait son corps d'une manière que j'adorais, soulignant son physique athlétique.

— Tu es plutôt beau aujourd'hui, lui dis-je.

Il leva les yeux du parchemin qu'il tenait, un sourire illuminant son visage.

— Merci, ma reine.

— Que regardes-tu ? demandai-je en désignant le parchemin.

— Les rapports des gardes. Il y a eu une nouvelle attaque d'orcs ce matin, mais les gardes ont réussi à les repousser sans faire de victimes. Les cadavres ont été brûlés. Il reste la question du cadavre du dragon près du mur sud. Les gardes l'ont découpé en morceaux et les distribuent au peuple. Cela fournit beaucoup de viande, et c'est aussi un excellent moyen de se débarrasser du corps. Mieux vaut en profiter tant qu'il n'est pas pourri.

— Tu apprends vite et tu raisonnes comme un vrai roi, le félicitai-je.

Il avait beaucoup étudié pour compenser le fait de ne pas avoir reçu d'éducation royale dans son enfance.

— C'est mon devoir, répondit-il fièrement.

On frappa à la porte, mais je savais qui c'était avant même d'ouvrir. Je reconnaissais l'odeur de mon animal de compagnie où que ce soit. Jason se tenait devant moi, les yeux bruns rivés au sol.

— Pardonnez-moi de vous déranger, mais quelqu'un souhaite vous voir, dit-il respectueusement.

J'étais surprise : ce n'était pas à lui de s'occuper des visiteurs.

— Où est Lysandre ? demandai-je.

C'était à lui de s'en charger.

Jason me regarda calmement. Il était désormais habitué à ma présence et n'était plus nerveux lorsque je venais le voir, ce qui rendait son sang encore plus délicieux. La simple pensée éveilla le désir en moi. Il s'en rendit probablement compte lui aussi, car ses joues rougirent.

— Il est parti en ville faire quelques courses. Il a dit qu'il serait de retour à la tombée de la nuit. Les serviteurs essaient de pallier son absence, mais je suis intervenu pour les aider.

Il hésita, tripotant ses doigts.

— Je n'ai pas demandé la permission, j'espère que ça ne pose pas de problème.

Je souris, satisfaite de sa réponse. Je me rapprochai de lui, inhalant le délicieux parfum de sa peau humaine, captivée par les battements de son cœur. Mes dents s'allongèrent et je me léchai instinctivement les lèvres. Je pouvais voir en lui les signes évidents que j'avais appris à reconnaître, sachant qu'il le voulait aussi, ce qui le rendait irrésistible. Viktor se leva et passa son bras autour de moi, brisant la tension entre nous.

Il me murmura à l'oreille, d'une voix si basse que les humains ne pouvaient l'entendre :

— Souhaites-tu que je te laisse seule pour que tu puisses te nourrir ? Je pourrais moi aussi me nourrir de mon animal de compagnie, si tu fais une pause.

Son offre était tentante, même si je m'étais abreuvée il n'y a pas longtemps. Je faisais attention à ne pas boire trop souvent, pour ne pas risquer que mon animal de compagnie souffre de malaise dû à la perte de sang ou ne tombe malade. C'était plus de la gourmandise et du désir de toute façon. De plus, quelqu'un voulait me voir. Je secouai légèrement la tête en direction de Viktor, puis reportai mon attention sur l'humain devant moi.

— Ça va, Jason. Merci d'aider en l'absence de Lysandre.

L'homme eut l'air soulagé par ma réponse.

— Qui souhaite me voir ? demandai-je.

— Un homme avec une capuche sombre. Il dit qu'il sait où se trouve Nathan.

Je me raidis. Je n'avais pas eu de nouvelles de Nathan depuis très longtemps. Le souvenir de ses yeux noisette que je détestais me revint. Je lui en voulais de m'avoir échappé ; je voulais qu'il disparaisse pour de bon. Je gardai la tête haute, essayant de cacher mes émotions.

— Conduis-moi à lui.

Viktor prit mon bras tandis que nous suivions Jason dans les couloirs. Il nous conduisit dans une petite pièce que nous réservions habituellement aux nobles en visite au palais. Outre un lit, il y avait un petit bureau et un canapé.

— J'attendrai ici au cas où vous auriez besoin de moi, dit mon animal de compagnie.

J'acquiesçai d'un signe de tête, et nous entrâmes dans la pièce.

À notre arrivée, l'invité était assis sur le canapé, les coudes posés sur les cuisses, les mains jointes, le regard fixé sur le sol. Sa longue cape noire s'étalait à ses côtés, sa capuche dissimulant ses yeux. Je sentis qu'il s'agissait d'un vampire. Il se leva à notre arrivée, gardant les yeux à une hauteur où la grande capuche les cachait. Je remarquai qu'il était de petite taille, mais je ne pouvais pas voir son visage.

— Votre Majesté, dit-il d'une voix aiguë.

Je m'attendais à une voix plus grave.

En le regardant, il était évident qu'il n'avait pas sa place au château. J'aurais pu parier qu'il était un criminel rien qu'en le regardant. Je préférais rester loin de gens comme lui. Viktor me tira plus près contre lui, comme pour me rassurer et me montrer qu'il était là pour moi.

— Qui êtes-vous ? demandai-je sur la défensive.

Le vampire s'éclaircit la gorge.

— Vous n'avez pas besoin de savoir. Disons simplement que je reste dans l'ombre.

Sa réponse m'exaspéra. Je savais qu'il avait raison. Je n'avais pas vraiment besoin de connaître son nom. Mais c'était tout de même irrespectueux, et je voulais qu'il me réponde.

— C'est ta reine qui le demande, l'ai-je interpellé.

Il m'ignora et poursuivit :

— J'ai vu Nathan. Il est en ville.

Je serrai les dents, m'efforçant de ne montrer aucune réaction. Je détestais qu'il semble se moquer de mon titre. Mais le retour de Nathan était une nouvelle à laquelle je devais faire face.

— Ainsi, le roi hybride est revenu pour mourir dans les cendres de son propre royaume. Apporte-moi sa tête, et je t'accorderai des terres, du pouvoir, ou de l'or, beaucoup d'or.

L'homme haussa les épaules.

— Je me fiche des terres ou du pouvoir. J'ai tout l'or dont j'ai besoin.

À en juger par la façon dont il l'avait dit, il était clair que je ne parviendrais pas à le convaincre. Dommage, ça aurait été bien d'avoir quelqu'un d'autre pour faire le sale boulot à ma place.

— Où l'as-tu vu ? demandai-je.

— Je l'ai vu dans des endroits où la royauté n'a pas sa place. En bas, là où seules les ombres rôdent. Attendez qu'il remonte à la surface. Je ne veux rien en échange des informations que j'apporte. Je veux juste qu'il disparaisse de mon territoire de chasse.

Je ne connaissais pas beaucoup de vampires qui parlaient de territoires de chasse, à part les escrocs et les meurtriers. Cela faisait de lui un informateur très peu fiable.

— C'est une information insignifiante si tu ne me dis même pas où aller le chercher.

— Ce n'est pas comme si vous saviez qu'il était en ville avant que je ne le dise, m'avertit le vampire. J'aurais peut-être dû attendre qu'il se présente au palais et le regarder vous tuer.

Ce vampire m'agaçait au plus haut point. Si quelqu'un d'autre m'avait parlé ainsi, je l'aurais fait exécuter sur-le-champ. Je caressai l'idée de le faire une fois que j'aurais obtenu toutes les informations dont j'avais besoin.

— Pourquoi devrais-je te faire confiance ? demandai-je.

Il aurait pu être là pour me piéger. S'il était si impliqué dans des affaires louches, je ne pouvais pas m'attendre à ce qu'il soit honnête.

Il répondit d'un ton désinvolte :

— Je n'ai rien à gagner à mentir à ce sujet. Je veux qu'il disparaisse.

— D'accord. Mais il pourrait être n'importe où. Ce n'est pas comme si je pouvais envoyer des soldats parcourir la ville, surtout après l'attaque.

— J'ai entendu dire qu'il s'intéressait au magasin d'esclaves, répondit l'inconnu.

Je me demandai ce qu'il pouvait bien chercher à s'y procurer. Puis je me souvins qu'il ne pouvait boire que du sang humain. Cela signifiait-il qu'il n'avait pas sa vassale avec lui ? Voilà quelque chose que je pouvais utiliser contre lui.

— Tu es utile après tout, répondis-je.

— Tu veux que je m'occupe de Nathan ? demanda Viktor.

— J'aimerais bien, oui, répondis-je.

Je reportai mon regard sur le vampire. Il tenait quelque chose dans sa main. Je n'eus pas le temps de voir ce que c'était qu'il l'eut déjà lancé ; le verre se brisa contre le sol en pierre à mes pieds.

Une vapeur pâle se forma instantanément, s'enroulant vers le haut et envahissant rapidement la pièce. Elle n'avait aucune odeur, causant seulement une pression soudaine dans les poumons, un poids qui écrasait le souffle avant que la douleur ne suive.

J'inspirai brusquement—et m'étouffai.

Viktor réagit une fraction de seconde plus tard, toussant d'un son rauque et anormal. Le poison s'enfonçait en moi, m'empêchant de respirer, transformant l'air en un mur suffocant.

— La fenêtre, a-t-il croassé.

Nous nous précipitâmes ensemble, guidés par l'instinct. La pierre grinça lorsque j'ouvris la fenêtre d'un coup sec. L'air froid s'engouffra, dispersant la vapeur en volutes frénétiques. Le poison se dilua, se dissous. Nous prîmes une profonde inspiration d'air pur, exempt de toxines. Lorsque la brume se dissipa enfin, la pièce était vide.

La porte était entrouverte. Jason se tenait sur le seuil, l'air paniqué.

— Vous allez bien, Votre Majesté ? demanda-t-il frénétiquement.

— Où est-il ? demandai-je.

Il fallut une fraction de seconde à Jason pour comprendre de qui je parlais.

— Il est sorti en disant que la discussion était terminée. Je n'ai rien trouvé d'inhabituel jusqu'à ce que j'entende une toux et que j'ouvre la porte.

La colère monta en moi lorsque je compris que le vampire s'était servi de cela comme d'une diversion pour s'échapper. Il savait que je me débarrasserais de lui dès que je n'aurais plus besoin de ses informations. Seuls des éclats de verre jonchaient le sol.

Je m'agenouillai, la jupe de ma robe effleurant le sol. Je passai mes doigts dans les éclats de verre. Je m'immobilisai. De la poussière s'accrocha à ma peau, trop fine pour être de la cendre, trop brillante pour être de la poudre. Elle avait une teinte bleutée à la lumière.

Mon visage s'assombrit lorsque je compris de quoi il s'agissait.

Viktor m'avait rejoint, et il avait tout de suite compris rien qu'en le regardant.

— De l'aconit, dit-il. Distillé.

Ce n'était pas le genre de produit amateur que l'on trouve chez les revendeurs louches au coin des rues. C'était le genre raffiné et de haute qualité que l'on trouve dans les coffres royaux. Je frottai la poudre entre mes doigts. Elle résista, huileuse d'une manière qu'aucun poison ordinaire n'était jamais. Alchimiquement conçut pour se disperser rapidement, mais pour persister juste assez longtemps.

— Une suspension volatile, murmurai-je. Activée par inhalation et neutralisée par l'air frais.

Ma main se referma lentement en un poing.

— Cette formule n'a jamais été dévoilée.

— Non, acquiesça Viktor.

Son regard se porta vers la fenêtre ouverte et l'embrasure vide.

— Elle était scellée dans le coffre-fort du château.

Un silence pesant s'installa. Les implications s'insinuaient comme du givre. Le voleur nous avait dérobé quelque chose. Il avait choisi la seule chose qui ne nous tuerait pas et qui constituerait la meilleure diversion pour lui permettre de s'enfuir.

Je me levai, en essuyant les résidus de ma main.

— Il savait ce que ça ferait.

— Oui, dit Viktor doucement. Il devait avoir quelqu'un à l'intérieur. Un informateur.

Pendant ce temps, Jason restait là, sans voix.

— Vous voulez que je fasse quelque chose ? demanda-t-il avec hésitation.

Je secouai la tête.

— Ce n'est pas une tâche pour un animal de compagnie. Je choisirai quelqu'un de confiance et je trouverai le traître. En attendant, veille à ce que ce vampire ne revienne jamais au palais. Dis aux gardes de le surveiller et de le tuer sur-le-champ s'ils l'aperçoivent aux alentours du palais.

Jason s'inclina et quitta la pièce pour exécuter mes ordres immédiatement. Je me sentirais mieux si nous attrapions ce vampire.

— Nous devons découvrir comment il est entré dans la chambre forte, ajoutai-je à l'intention de Viktor.

Il acquiesça.

— Tu crois qu'il mentait à propos de Nathan ? demanda-t-il.

Je secouai la tête.

— Non. Il a vraiment l'air de vouloir que Nathan parte. Je pense qu'il voulait juste s'assurer de pouvoir partir librement.

— Ça fait du sens. Pourquoi penses-tu que Nathan veut aller au magasin d'esclaves ? demanda Viktor d'un air pensif.

Je me souvins qu'il ne connaissait pas l'ancien roi aussi bien que moi.

— Il a besoin d'humains. Il ne peut rien manger ni boire d'autre que du sang.

Viktor fit les cent pas dans la pièce, attrapant nonchalamment un livre dans la bibliothèque, sans vraiment le regarder. C'était une de ses habitudes. Il avait besoin de bouger pendant qu'il réfléchissait.

— Alors quoi ? On garde le magasin d'esclaves ?

Je secouai la tête.

— C'est trop évident. Il s'attendra à ce que le magasin soit gardé.

— Hum... Viktor reposa le livre et se dirigea vers le bureau pour jouer avec la plume dans l'encrier. Et si on l'attirait ailleurs ? On peut lui tendre un piège. Quelque chose auquel il ne pourra pas résister.

Je m'assis sur la chaise à côté du bureau.

— L'éloigner du magasin d'esclaves pourrait être une bonne idée pour le prendre au dépourvu, mais comment vas-tu mettre en place un appât auquel il ne pourra pas résister ? demandai-je.

Viktor sourit.

— Nous savons qu'il veut des humains. Formons un convoi d'esclaves à envoyer en sacrifice pour apaiser les dragons. Nous choisirons des dizaines d'humains pour qu'il puisse sentir leur odeur aussi. Ça l'attirera. C'est là que nous le tuerons.

Des innocents seraient tués, et j'étais sûr que Nathan ne pourrait pas résister à l'envie de les sauver. Cela pourrait aussi servir à montrer aux gens que nous essayons d'apaiser les dragons. C'était une idée cruelle et parfaite.

— J'adore ! Gardons le magasin d'esclaves au cas où il essaierait de s'y rendre aussi.

Il acquiesça. J'ajoutai :

— Je te confie cette mission. Ça, et découvrir le traître qui a fourni des informations au voleur. Je pars ce soir pour récupérer la relique.

Viktor saisit ma main et l'embrassa.

— Ce sera fait, ma reine.

Quelques heures plus tard, j'étais prête à partir. Je portais une armure de cuir noir qui épousait mes formes et une petite capuche. Un couteau était suspendu à ma ceinture dans son fourreau. Je devrais pouvoir dissimuler mon identité ainsi vêtue. Compte tenu de ce qui était arrivé à la ville, je ne voulais pas que les gens sachent que je partais, même pour quelques jours seulement. Cela n'aurait pas été bien vu s'ils l'avaient su.

Viktor m'enlaça, son odeur virile m'enveloppant. L'espace d'un instant, j'aurais voulu me perdre en lui et oublier les soucis du royaume, mais j'avais choisi d'être prêtresse. Alastor était ma priorité absolue. Je devais le restaurer, et pour cela, je devais accomplir sa prophétie. Récupérer la relique n'était qu'un léger contretemps dans mon programme. C'était nécessaire pour garder le contrôle sur le peuple.

— Es-tu sûre de vouloir y aller seule ? demanda-t-il.

J'acquiesçai.

— Je serai plus discrète si je pars seule. Ne t'inquiète pas pour moi. Je suis puissante. De plus, j'ai besoin de toi sur le trône pour gérer tout le reste.

Il m'embrassa, et je savourai pleinement ce moment, sachant que je serais absente pendant quelques jours.

— Prends bien soin du royaume pendant mon absence, murmurai-je.

Il acquiesça et m'accompagna jusqu'aux portes du château. Les lourdes portes s'ouvrirent en grinçant, juste assez pour que je puisse me faufiler. Dissimulée dans l'ombre du début de soirée, je me déplaçai rapidement, mes pas silencieux sur les pavés usés.

La ville dormait d'un sommeil agité. Au-dessus d'elle planaient les ombres menaçantes des dragons, même dans la pénombre, nous rappelant leur présence. Une menace constante. Un rappel de la raison pour laquelle je cherchais la relique, et de mon échec à protéger ma ville.

Quelques vampires s'aventuraient dans les rues sombres, mais en raison de la récente attaque des dragons, les rues étaient presque désertes. Je pouvais voir les traces de la destruction infligée à la ville : des volets brisés, des poutres calcinées et des visages qui jetaient des regards à travers les fenêtres fissurées, trop effrayés pour sortir. Les dégâts étaient considérables, et les gens étaient sous le choc, même dans les endroits qui avaient été épargnés par l'attaque. Je gardai les yeux baissés. Mon cœur s'emballa à l'idée soudaine que les dragons pourraient peut-être me remarquer, percer mon déguisement et m'attaquer. Je levai les yeux un instant. Ils continuaient leur vol circulaire, imperturbables. Je poussai un soupir de soulagement et me dirigeai vers le mur de la ville, accélérant le pas. Les gardes de nuit postés au mur me remarquèrent à peine, me prenant pour une autre ombre quittant la ville.

Une fois passé le seuil de pierre et la porte, l'air changea. Le souffle humide de la forêt me parvint le premier, portant l'odeur du pin et de la terre. Le clair de lune se faufilait à travers les branches dénudées, reflétant une douce lueur argentée sur les bords de mon armure. Je m'arrêtai à la lisière de la forêt, jetant un dernier regard en arrière vers la silhouette des tours s'élevant au-dessus de la ville meurtrie. Pas de gardes, pas de serviteurs, pas de dragons, pas de couronne, seulement une femme s'avançant vers le danger de son propre gré.

Je me détournai des murs et disparus sous le couvert des arbres, engloutie par la forêt où personne ne me suivrait. La forêt se referma sur moi comme un linceul. Les nœuds dans mes épaules se dénouèrent, et mes doigts se détendirent à l'idée que les dragons ne pourraient pas passer sur ce sentier étroit. J'étais en sécurité. Du moins, pour l'instant.

Un tapis de feuilles humides recouvrait le sol, étouffant mes pas. Ma main effleura des racines enchevêtrées et de la mousse pendante, me guidant plus loin sur un sentier dont peu se souvenaient. Caspian m'avait montré de vieilles cartes à demi effacées qui indiquaient le chemin, dans de vieux livres dont les pages s'effritaient au toucher. On disait autrefois que le temple de Skyfall était le lieu où vivaient les saints ailés. On racontait que le sommet formait un pont entre les plaines élyséennes et le monde des vivants. Les rois consultaient les saints pour obtenir des conseils sur leurs problèmes. Mais le temple s'est effondré il y a des milliers d'années après une attaque menée par des rois cherchant à prendre le contrôle, menés par un traître. L'histoire avait depuis longtemps oublié l'identité du traître ou comment il avait réussi à y pénétrer. L'histoire raconte qu'il passa des mois à forger des alliances, à planifier son attaque. Peu à peu, il monta tous les souverains contre les saints, répandant mensonges et tromperies. Le moment venu, ils lancèrent un assaut contre le temple, cherchant à s'en emparer et à accéder aux plaines élyséennes. Les saints ne pouvaient permettre qu'une telle chose se produise et n'eurent d'autre choix que de détruire leur propre temple, coupant ainsi le pont vers l'au-delà.

Tous les saints s'enfuirent juste avant que le temple ne s'effondre dans les eaux en contrebas, sauf un : Alexandre. Certains disaient qu'il fut piégé dans les ruines et ne put s'échapper. D'autres affirmaient qu'il resta volontairement pour veiller sur le monde des vivants, se sacrifiant pour les mortels. D'autres encore prétendaient qu'il était tout simplement incapable de retourner aux plaines élyséennes et avait perdu tout espoir. Quoi qu'il en soit, selon la légende, c'est lui qui fabriqua un bouclier, une relique, capable de protéger les mortels. Il n'existait aucune description concrète de cette relique, ni aucun livre contenant de croquis de son apparence ; seules de vagues légendes racontaient qu'elle reposait dans le temple englouti. Je savais que je la reconnaîtrais dès que je la verrais. Je trouverais cette relique.

Plus j'avançai, plus les arbres se firent denses, leurs troncs tels des sentinelles silencieuses montant la garde. Des chouettes s'agitèrent au-dessus de ma tête, leurs yeux me fixant d'un air inquiétant tandis que je passai. Un frisson me parcourut l'échine. Je suivais les anciens repères : des pierres à demi enfouies dans la terre, les sillons à peine visibles laissés par les roues des charrettes, lissés par des siècles d'abandon. L'air s'alourdissait à chaque pas, teinté d'une odeur d'eau stagnante.

Enfin, les bois commencèrent à s'éclaircir, laissant place à une étendue de marais qui s'étalait vers le nord-ouest. La brume s'accrochait aux tiges en voiles pâles et mouvants. Le sol aspirait légèrement le cuir de mes bottes à chaque pas. Des flaques noires reflétaient les étoiles au-dessus, seulement troublées par les ondulations des grenouilles disparaissant dans l'eau. Les grenouilles étaient toutefois le cadet de mes soucis. Je savais que ces marais abritaient les marrowyrms, des créatures géantes ressemblant à des serpents qui se nourrissaient de chair.

Je luttai pour prendre une grande inspiration. L'air était lourd, étouffant et difficile à respirer, et portait l'odeur de l'eau stagnante et des algues, empestant la végétation en décomposition. Je plissai le nez. Il était étrange de penser que personne n'était venu ici depuis plusieurs siècles. Cela donnait une impression inquiétante, comme si l'endroit tout entier était à la fois vivant et mourant.

Je m'arrêtai au bord d'un étroit sentier de planches, usé par les intempéries et à moitié pourri, qui s'étendait dans la brume. D'après les anciennes cartes que j'avais consultées, le temple devait se trouver plus loin, vers le centre des marais. Une colonne brisée émergeant de l'eau indiquait probablement autrefois la direction à suivre pour y parvenir. Je serrai ma cape autour de mes épaules et m'avançai, quittant la sécurité de la forêt pour le silence trompeur du marais.

Je marchai prudemment le long du sentier de planches. Il bougeait à chacun de mes pas, et je me demandai s'il était sûr vu son état. Bien sûr, j'aurais pu voler, mais je voulais économiser ma mana pour mon arrivée au temple. J'aurais besoin de beaucoup de mana pour lancer le sort de respiration sous l'eau qu'Alastor m'avait enseigné. Comme je ne savais pas combien d'heures je passerais dans le temple, je préférais ne prendre aucun risque. Se noyer serait une façon stupide de mourir, surtout alors que j'étais si près d'accomplir la prophétie.

L'eau s'agita à mes côtés. Au début, ce n'était qu'une ondulation, se propageant largement à travers une mare d'obscurité. Puis une ombre se déroula sous la surface, immense et patiente. Mon cœur s'emballa lorsque j'aperçus la faible lueur des écailles. Un marrowyrm. Je serrai les poings alors qu'il s'éleva devant moi, sa tête perçant la surface dans un sifflement, ses yeux jaunes brillant comme des lanternes dans le brouillard. Il se déplaça rapidement, l'eau explosant alors qu'il se dressa sur sa queue. Le serpent était deux fois plus grand que moi, son corps aussi épais qu'un tronc de chêne, l'eau ruisselant de ses écailles comme une pluie. Son rugissement était grave, créant une vibration intense qui me secoua jusqu'aux os. Cette chose avait faim, et elle avait décidé que j'étais son repas.

Il frappa sans avertissement. Je me jetai sur le côté, projetant de la boue tout autour de moi. Ce faisant, je tombai de l'autre côté des planches de bois et dans le marais. L'eau était froide et profonde. Je ne voyais rien d'autre que l'obscurité, des lianes et des morceaux de végétation en décomposition. La panique s'empara de moi. L'eau était l'habitat naturel du marrowyrn, où il était agile et rapide.

À travers l'eau boueuse, j'aperçus la silhouette de son long corps sinueux nager tout près. L'eau s'incurvait autour de lui, révélant sa forme. J'étais morte si je ne sortais pas de l'eau, mais les planches de bois s'étaient brisées sous l'attaque de la créature. Je nageai aussi vite que possible, cherchant désespérément un endroit où m'échapper. Bientôt, je sentis un gros rocher devant moi, près de la surface de l'eau, et je m'y hissai. Il était assez grand pour que je puisse faire quelques pas, ce qui me permettait de me déplacer. Mes pieds étaient toujours dans l'eau, mais au moins je pouvais me tenir debout. Je serais capable de me défendre ainsi.

Je sortis mon couteau de son étui. Il était petit comparé à la taille gigantesque de la bête, mais c'était mieux que rien. Je régulai ma respiration et essayai de me calmer pour que ma main ne tremble pas.

Le serpent se jeta à nouveau sur moi, la gueule grande ouverte, assez pour m'avaler tout entier. J'esquivai son attaque et donnai un coup de lame sous sa gorge. Les écailles déviérent la lame, mais la blessure fut suffisamment profonde pour arracher un sifflement de douleur au marrowyrm. La créature se cabra, balayant la boue de sa queue, me frappant en plein dans la poitrine et me projetant dans les lianes au bout du rocher, juste au bord de l'eau. Une douleur fulgurante me transperça les côtes. L'air quitta mes poumons dans un halètement suffocant, la boue envahissant ma bouche. Je m'agrippai aux lianes pour ne pas tomber dans l'eau.

Je m'agenouillai et toussai. La créature grogna, me rappelant qu'elle n'avait pas l'intention de lâcher prise. Je me relevai.

Il était clair que je ne m'en sortirais pas sans mes pouvoirs. Cela ne servait à rien d'économiser ma mana pour le temple si je me faisais tuer avant d'y arriver.

D'une main, je tins mon couteau, et de l'autre, je traçai la prière à Alastor avec mes doigts. Je rassemblai les forces issues de ses essences en me concentrant : le nain, l'elfe et le dragon. *Que sa volonté me guide.* Je lançai le couteau vers l'avant, espérant qu'il s'imprègne de son pouvoir. Ma surprise initiale fit bientôt place à la joie lorsque je vis des traînées de feu brûlantes fendre le marais. Alastor avait entendu mon appel. Le marrowyrn hurla lorsque les flammes rencontrèrent l'eau près de son corps, la vapeur s'élevant en nuages suffocants. Il se débattit, ses anneaux déchirant la terre et la végétation morte.

Saisissant l'occasion, je bondis sur son dos, enfonçant le couteau incandescent entre ses écailles. Le serpent se tordit violemment, mais je m'y agrippai, enfonçant la lame plus profondément jusqu'à ce que le feu parcoure la blessure. Dans un dernier rugissement tremblant, la créature s'effondra. Le marrowyrn commença à s'enfoncer lentement dans la boue qui l'avait vu naître. Je me dépêchai de retirer ma dague et remontai sur le rocher pour éviter de m'enfoncer avec lui.

Le silence revint, rompu seulement par ma respiration saccadée. La brume s'écarta, révélant ce que le serpent avait gardé : des piliers de pierres brisés s'élevant de travers du marais, à moitié enfoncés mais indéniables—les vestiges du temple de Skyfall. L'eau clapotait avidement à son entrée, sombre et sans fond.

Chapitre 11 (Caleb)

Flammes

J'ouvris les yeux. J'avais chaud et j'étais en sueur. Je me souvenais d'autres cauchemars. Ces derniers temps, ils tournaient toujours autour des dragons. Je me souvenais que celui-ci parlait de *nous* tous, les dragons, nous unissant sous l'Élu de la prophétie. Je ne savais pas trop ce que cela signifiait, mais je me souvenais clairement avoir pensé que j'étais l'un d'entre eux. Je sentais le sang du dragon brûler en moi. Il envahissait mes rêves, me torturait. J'étais faible, plus faible que je ne l'avais jamais été.

Les grognements des orcs tout près me rappelèrent où j'étais. C'était tôt le matin, à en juger par la lumière qui filtrait à travers la tente où nous étions enchaînés. À mes côtés se trouvait Summer, les joues rougies et mouillées de larmes. Dans son regard, je pus lire à la fois du soulagement et de la colère. Elle tira sur le mou de ses chaînes pour se rapprocher de moi autant que possible.

— Il était temps que tu te réveilles ! s'écria-t-elle, sa phrase s'achevant sur une note aiguë avant qu'elle ne sanglote à nouveau.

À travers notre lien, je sentis toute la tristesse qu'elle avait ressentie me transpercer l'estomac. J'étais sans voix, paralysé par un tel désespoir. Je voulais la serrer dans mes bras, mais je n'arrivais pas à bouger.

Elle ajouta :

— Ça fait quatre jours ! Tu sais à quel point j'étais inquiète ?

Ses paroles me laissèrent abasourdi. En quatre jours, Aeris aurait facilement pu nous retrouver. J'étais sûr qu'elle n'aurait eu aucun mal à attaquer un camp d'orcs pour me rejoindre, surtout après la trahison que j'avais commise. Le fait qu'elle ne fût pas là confirmait que le lien qui lui permettait de savoir où j'étais avait été rompu. Elle n'aurait pas perdu autant de temps si elle avait connu ma position. J'essayai de me redresser, mais j'étais trop faible.

Le rabat s'ouvrit brusquement. Summer eut à peine le temps de se lever qu'une paire de mains rugueuses s'empara de ses bras et les lui tordit derrière le dos.

— Laissez-la tranquille, rugis-je, luttant de toutes mes forces pour me relever, mais en vain.

Les orcs se précipitèrent à l'intérieur comme une marée.

Leurs rires gutturaux remplirent la tente tandis qu'ils me montraient du doigt.

— Il réveillé, dit l'un d'eux. On n'en a qu'un.

J'étais en colère contre moi-même d'être aussi faible, mais je dus me résigner à les regarder maltraiter ma compagne. L'un d'eux la gifla, pas assez fort pour l'assommer. Je grognai de rage. L'un des orcs me retint pour s'assurer que je n'interviendrais pas, même si j'étais trop faible pour me tenir debout. La louve de Summer grogna de colère, et je sentis sa fureur à travers notre lien. Même si elle voulait se battre, ils étaient trop forts et trop nombreux pour elle. Un autre la força à se mettre à genoux. Le sol lui mordit la peau.

— Tenez-la, grogna l'un d'eux.

Elle se débattit. Une main empoigna ses cheveux et lui tira la tête en arrière. Il pressa quelque chose contre ses lèvres.

— Non…, s'étouffa-t-elle.

Ils lui ouvrirent la bouche de force.

Elle eut un haut-le-cœur, fut prise de convulsions, mais ils lui pincèrent le nez et lui maintinrent la mâchoire jusqu'à ce qu'elle n'ait plus d'autre choix que d'avaler. Lorsqu'ils la relâchèrent, elle s'effondra en avant, toussant, le souffle lui arrachant la poitrine.

Les orcs rirent puis sortirent de la tente. L'un d'eux se retourna avant de partir, ajoutant en me montrant du doigt : « La prochaine fois, tu boiras aussi. » Leurs pas s'éloignèrent.

Une fois qu'ils furent partis, Summer tomba à genoux. Elle enfonça un doigt dans sa gorge jusqu'à ce qu'elle vomisse tout le contenu de son estomac, une fois, deux fois, la laissant haletante, faible, tremblante.

Elle s'essuya la bouche de ses doigts tremblants. J'étais assez près pour lui attraper la main et la tirer vers moi afin qu'elle m'aide à me redresser.

— Je suis désolé, murmurai-je. Je suis tellement désolé de ne pas avoir pu te défendre.

Elle secoua la tête.

— Ne t'en fais pas. Ils faisaient ça déjà quand tu étais inconscient. Je préfère vomir le poison plutôt que de le garder.

— Je suis tellement inutile, dis-je, plus à moi-même qu'à elle.

— Ne dis pas ça !, rétorqua-t-elle en tendant la main vers moi.

— Je ne te mérite pas, murmurai-je.

Elle sourit, sa main caressant doucement ma joue. Elle était fraîche contre la fièvre qui me ravageait.

— J'ai vu ton passé à travers notre lien. Tu as enduré beaucoup d'épreuves ; tu mérites quelque chose de beau dans ta vie.

— Mais j'ai fait beaucoup de mauvais choix, répondis-je.

— Je suis le cadeau que le destin t'a envoyé pour compenser tout ce qui t'est arrivé. Tu peux choisir d'être différent.

Je me figeai, surpris par ses paroles. J'étais un assassin depuis des siècles. Les étoiles illuminaient le ciel nocturne, mais celui-ci restait sombre, immuable. Mon cœur fit un bond lorsque je posai mon regard sur elle. De qui me moquais-je ? J'aurais fait n'importe quoi pour elle. Je changerais si cela était possible. Je serais le partenaire dont elle avait besoin, même si cela signifiait que je devais cesser d'être un assassin. Peut-être que je ne croyais pas que c'était possible, mais elle y croyait, et cela me suffisait.

— Tu as raison, murmurai-je, j'ai le choix maintenant. Je ferai tout ce qu'il faut pour te rendre heureuse.

Dans ses yeux, je pouvais voir mon avenir. Si je surmontais cette fièvre, nous construirions notre vie ensemble selon *ses* conditions. Qu'importe si je ne tuais plus—elle était tout ce dont j'avais besoin.

— Tu peux te lever ? demanda-t-elle.

Je poussai avec mes bras, déterminé à m'asseoir puis à me lever, mais mon corps refusa de coopérer. Ma tête se mit à tourner dès que je fis le moindre effort pour bouger. Vaincu, je secouai la tête. Summer serra les dents, mais je pouvais sentir son inquiétude à travers notre lien.

— Tu es trop faible, tu as besoin de sang pour reprendre des forces.

Elle tira sur ses chaînes de toutes ses forces, jusqu'à ce que son bras atteigne mes lèvres.

— Dépêche-toi, avant que les orcs n'entrent dans la tente. Et avant que tu ne refuses, je m'en sortirai tant que tu n'en prends pas trop.

Son parfum céleste de jasmin réveilla la faim en moi. Je sentais son sang battre dans ses veines. Elle avait raison, je devais me nourrir. J'aurais préféré que la première fois que je boive d'elle en tant que compagne soit un moment doux, intime et sensuel, mais je devais boire maintenant et reprendre des forces. Nous devions quitter cette prison, sinon nous ne vivrions jamais assez longtemps pour construire notre avenir ensemble.

Je plantai mes crocs dans son bras et humai lorsque la première goutte de son sang toucha ma langue. Summer laissa échapper un long gémissement qui me remplit de désir. Je m'enivrai de son nectar, me délectant d'elle, lié à elle corps et âme, ressentant ses pulsions et son plaisir. Alors que nos cœurs battaient à l'unisson, je lui insufflai une promesse : *« Je vais t'adorer comme tu le mérites quand nous sortirons d'ici. »*

Je pris soin de ne pas boire trop, ne voulant pas l'affaiblir. Elle soupira langoureusement alors que je retirais mes crocs de son bras, laissant ma langue panser la plaie.

— Je me souviendrai de ta promesse, murmura-t-elle, les yeux encore lourds de désir, ses lèvres humides frottant contre mon lobe d'oreille.

Dehors, le bruit des orcs changea soudainement. Des cris et le cliquetis des épées parvinrent jusqu'à nous. Il se passait quelque chose. C'était l'occasion de s'échapper.

L'adrénaline m'envahit, mêlée au sang que je venais de boire. Je fis un effort et parvins à me mettre debout. Mes côtes n'étaient toujours pas guéries, et une douleur aiguë me transperça à ce mouvement, mais je ne laissai rien paraître.

Summer sourit.

— Tu te sens mieux ? demanda-t-elle, même si je soupçonnais qu'elle savait que je cachais ma douleur.

Je pris un moment pour sentir mon corps. J'avais toujours une forte fièvre.

— Un peu. Assez pour me tenir debout.

— C'est déjà ça, répondit-elle.

Nous étions toujours enchaînés au poteau. Il fallait qu'on sorte d'ici. Quoi que ce soit qui détournait l'attention des orcs, il fallait qu'on en profite.

— Voyons si je peux faire quelque chose pour ça, dis-je.

C'était insensé de penser que je pouvais faire appel à ma magie dans cet état, mais je devais essayer.

Je me concentrai de toutes mes forces, essayant de retrouver en moi les vestiges de la magie d'Aeris. Même si notre lien était rompu, la magie que j'avais absorbée d'elle persistait, malgré l'omniprésence étouffante de la magie draconique. Je trouvai un fragment, froid et dur, et je me concentrai dessus. Je modelai la magie, la forçai à affluer dans mes mains, l'amplifiai, la pliai à ma volonté. Mes doigts devinrent froids, surmontant la fièvre l'espace d'un instant. Je saisis mes chaînes et celles de Summer. Je regardai la magie se propager lentement, recouvrant le métal, le givrant peu à peu au fur et à mesure. Lorsque les premiers maillons furent gelés, je tirai de toutes mes forces. L'effort était considérable, et Summer me soutint pour m'empêcher de tomber, mais je parvins finalement à briser le métal gelé, et les maillons de la chaîne se dispersèrent sur le sol.

C'était une petite victoire, la première que nous remportions depuis des jours, mais c'était loin d'être fini. Je me réjouirais une fois que nous serions loin d'ici.

Nous nous approchâmes de la sortie de la tente avec précaution. Chaque mouvement demandait un effort considérable. Mes jambes tremblèrent sous l'effort. Je transmis un message à Summer par notre lien, craignant de faire le moindre bruit : *« Si la déesse est là, on court aussi vite qu'on peut. »*

Il était impossible de distancer Aeris si elle était là, mais il fallait tenter *quelque chose*. Summer acquiesça par notre lien.

Je retins mon souffle en passant la tête hors de la tente pour voir ce qui se passait. Heureusement, l'entrée était déserte. Les gardes étaient partis combattre la cause de ce vacarme. Après avoir passé tant de temps dans l'obscurité de la tente, je dus cligner des yeux face à la lumière de l'aube envahie par la fumée.

Ce qui me frappa immédiatement, c'était l'odeur nauséabonde du sang. La mort flottait lourdement dans l'air. Le camp des orcs était en ruines. Des cadavres d'orcs gisaient partout dans les sillons entre les tentes. Les tentes étaient effondrées ou brûlées, leurs parois de peau recroquevillées sur elles-mêmes. Le foyer était jonché de muscles carbonisés et de membres sectionnés, et la grande tente centrale avait été détruite. À ce rythme, c'était un miracle que notre tente soit encore debout.

Nous nous frayâmes un chemin à travers les débris jusqu'à atteindre un espace entre les tentes qui nous permit de voir ce qui se passait. Un sentiment de soulagement m'envahit lorsque je réalisai qu'Aeris n'était pas à l'origine du carnage. Des dizaines de soldats combattaient les orcs. Je ne parvenais pas à les distinguer, mais mon instinct de prédateur me disait que certains étaient humains, vêtus d'armures sophistiquées. Des cris résonnèrent au milieu du carnage. Je voulais les aider, mais j'étais trop faible.

— Sauvons-nous, murmura Summer.

J'acquiesçai et la suivis.

Nous nous frayâmes un chemin à travers les débris, en restant discrets. Ma respiration était saccadée, et je dus ralentir à plusieurs reprises alors que des taches noires obscurcissaient ma vision. Un orqc s'accrochant encore à la vie tenta de m'attraper la cheville de sa main glissante de sang. Je le repoussai d'un coup de pied et continuai d'avancer. Nous nous faufilâmes entre des morceaux d'armures brisés et enjambâmes des cadavres. Chaque respiration était un coup de couteau dans mes côtes brisées. La liberté était proche désormais.

Puis, à travers le brouillard de fumée et le vacarme, nous entendîmes des grognements. Des voix humaines.

Je me figeai, repoussant instinctivement Summer derrière moi, bien que je puisse à peine tenir debout. Des silhouettes émergèrent de la lisière de la forêt : des soldats en armure abîmée, les armes levées, le regard méfiant balayant le carnage.

— Halte ! cria l'une d'elles, une femme arborant un insigne de capitaine sur son plastron.

Elle était recouverte de crasse, à tel point que je ne pouvais pas distinguer son visage. Son épée dégoulinait de sang noir — du sang d'orc.

Summer leva ses mains tremblantes.

— Nous sommes des prisonniers, dit-elle d'une voix rauque.

La capitaine nous examina, puis fit signe à un soldat derrière elle.

— Ils ont besoin de soins. Emmenez-les au camp.

Le poids de l'effort m'écrasa les jambes. Je m'effondrai. Deux soldats se précipitèrent pour me rattraper.

— Vous êtes en sécurité maintenant, dit la capitaine en balayant du regard le champ de bataille derrière eux. Le camp est tombé. Nous allons vous emmener au nôtre. Vous aurez de la nourriture, de l'eau, du repos.

Je jetai un dernier regard sur les ruines du camp des orcs, l'endroit qui avait failli devenir notre tombe.

Je perdis et repris conscience tandis que les soldats me portaient. Il y avait très peu de maux qu'un vampire ne pouvait soigner avec du sang. Et si c'était incurable ? Aucun pouvoir ne valait cela. J'avais été stupide, et j'allais en payer le prix. Le sang du dragon, qui bouillait encore en moi, se moqua de moi. J'étais sans doute en plein délire, mais j'eus l'impression d'entendre des mots murmurés : *« Vrak Drel'kaan Zarvok. »*

Puis tout devint noir.

Je me réveillai. La première chose qui me frappa fut l'odeur des herbes. Un goût dégoûtant persistait dans ma bouche. Je n'arrivais pas à mettre le doigt dessus, puis je me souvins des soldats. J'avais dû m'évanouir, et ils m'avaient amené ici. J'étais trop faible pour bouger, mais je pouvais voir des herbes, des potions et plusieurs lits. Je devinai que cela devait être l'infirmerie.

J'entendis la voix de Summer. Elle se trouvait un peu plus loin, et je ne pouvais pas la voir d'où j'étais.

— Est-ce qu'il va s'en sortir ? demanda-t-elle.

— La potion que j'ai concoctée devrait pouvoir le guérir physiquement, répondit un homme. Cependant, la magie qui coule dans ses veines dépasse mes pouvoirs. Je n'ai jamais vu de magie aussi puissante.

Summer demanda :

— Pensez-vous que ce soit la magie du sang de dragon qu'il a bu ?

L'homme resta silencieux un instant, puis jura.

— S'il a bu du sang de dragon, je ne peux rien faire pour lui. Le sang de dragon n'est pas seulement chargé de magie ; il possède une volonté propre, il est vivant. C'est lui qui décidera de son sort.

Summer eut le souffle coupé. Il y eut un silence, et les paroles de l'homme firent leur chemin dans mon esprit. Le sang de dragon était vivant. Je frissonnai à cette pensée. L'homme avait dit qu'il ne pouvait rien faire contre la magie du dragon, mais au moins, la potion guérirait mon corps. Ce serait un début.

— Comment en savez-vous autant sur le sang de dragon ? demanda Summer.

— En tant qu'herboriste, j'ai passé toute ma vie à soigner diverses affections. Un jour, j'ai rencontré un elfe dont le sang avait été mélangé à du sang de dragon par un sorcier fou. Il m'a transmis tout son savoir.

Je voulais leur parler, leur faire savoir que j'étais réveillé, mais j'avais la bouche desséchée. J'essayai d'émettre quelques sons, mais je n'y parvins pas.

— Espérons que tout ira bien, alors, répondit Summer.

Elle semblait inquiète. J'entendis des pas et espérai qu'ils se rapprochent, mais je réalisai qu'ils s'éloignaient.

L'homme dit :

— Je viens de lui donner une autre dose de la potion il y a quelques minutes. Laissons-lui le temps de se reposer et laissons la boisson faire son effet sur lui. Reviens dans quelques heures pour évaluer son état.

— Merci, Darryl, dit Summer avant de partir.

Je ne voulais pas qu'elle s'en aille. Je voulais ma compagne à mes côtés, mais j'avais de plus en plus de mal à rester éveillé. Je sentais que la potion commençait à faire effet. Je me sentais moins fiévreux. Ou était-ce le sang de dragon qui avait décidé de me laisser survivre ? Mais à quoi pensais-je donc… Je fermai les yeux, m'abandonnant au sommeil.

Je sentis le parfum du jasmin avant même d'ouvrir les yeux. Mes lèvres s'incurvèrent en un sourire. Elle était là.

Ses yeux s'illuminèrent de joie lorsque j'ouvris les yeux.

— Tu es réveillé !

Ce goût dégoûtant était toujours dans ma bouche, mais j'en étais reconnaissant car je ne me sentais plus fiévreux. Je tendis la main pour prendre celle de Summer. La douleur dans mes côtes avait beaucoup diminué. Elles n'étaient pas tout à fait guéries, mais ça ne faisait pas plus mal qu'une contusion, ce qui était déjà une grande amélioration.

— J'espère que je ne suis pas resté inconscient pendant des jours, lui ai-je dit, à moitié en plaisantant.

Je n'aurais pas voulu l'inquiéter comme la dernière fois, mais à en juger par son humeur, je parierais que ça n'a pas duré si longtemps.

— Ça ne fait que quelques heures.

Autour de moi se trouvaient quelques lits. Des soldats blessés y étaient allongés. Certains étaient seuls, d'autres avaient de la compagnie. Un homme élancé s'approcha après s'être occupé du lit à côté du mien. Ses cheveux noirs étaient attachés en chignon.

— Je vois que tu es réveillé. C'est bien. Je ne savais pas trop ce que la magie draconique allait décider, dit-il avec un sourire.

Je sentais que mes pouvoirs de vampire me revenaient peu à peu, et la brûlure du sang de dragon avait disparu. Avec un peu plus de temps, j'espérais que mes pouvoirs de guérison redeviendraient ce qu'ils étaient auparavant.

— Merci de m'avoir sauvée, dis-je à Darryl.

Je pouvais entendre les battements de son cœur et sentir l'odeur de sa peau.

L'homme haussa les épaules.

— Je commence à m'habituer à sauver des gens au bord de la mort. Ça me rappelle la fois où j'ai sauvé le roi ! Ou plutôt l'ex-roi, mais si tu veux mon avis, c'est le seul roi que je suivrai jamais.

— Que s'est-il passé ? demandai-je.

— Le pauvre gars était à peine en vie quand il est arrivé jusqu'à moi. Il avait été empoisonné, et je ne savais pas s'il allait survivre. Je ne sais pas comment il a été empoisonné, mais c'était un poison puissant, destiné à tuer. Ça m'a pris un certain temps pour le sauver.

J'étais sous le choc. C'était lui qui avait sauvé Nathan et m'avait empêché de tuer ma cible, mais tout cela me semblait si loins maintenant. J'avais trouvé ma compagne et je fuyais une déesse en colère. Si j'en croyais les visions que j'avais eues, les dragons étaient au bord de la guerre. Les paroles du dragon me revinrent à l'esprit. *« Vrak Drel'kaan Zarvok. »* Je n'avais aucune idée de ce que cela signifiait, mais je savais que c'était important.

— Vous êtes très doué, dis-je à l'homme.

Il acquiesça.

— Merci. Je ne fais que mon travail.

— Comment t'es-tu ramassé ici ? demanda Summer.

Darryl poussa un long soupir.

— C'est une longue histoire. Ma sœur a été kidnappée par des orcs, du moins c'est ce que m'a dit une elfe. Je ne l'ai pas vue depuis des années. Mon père est parti avec elle quand j'étais encore bébé pour rejoindre les Miłonblooders. Quand j'ai appris qu'elle était piégée ici, je me suis enrôlé dans le bataillon de la reine des vampires pour fermer la porte des Enfers. Voilà ce que nous sommes : l'armée de la reine Samantha, venue vaincre les orcs.

Summer eut le souffle coupé à l'évocation de la porte, mais mon esprit était obsédé par la reine des vampires. Elle était impitoyable. Elle n'aurait pas envoyé des gens ici à moins d'y trouver un intérêt personnel.

— Pourquoi la reine enverrait-elle un bataillon ? Krelgraz est infesté d'orcs depuis des siècles, demandai-je.

— Les orcs attaquent Ichoryllia, expliqua Darryl. La reine s'en fichait quand ils n'attaquaient que la ville des humains ou la meute des loups-garous. Maintenant qu'ils s'en prennent aux vampires, elle veut qu'ils disparaissent.

Tout s'expliquait désormais. La ville étant attaquée, elle n'avait d'autre choix que d'agir, sinon les citoyens finiraient par se soulever contre elle.

Néanmoins, envoyer un seul bataillon contre une île grouillant d'orcs qui n'attendaient qu'une occasion de faire couler le sang relevait de la mission suicide. Et ce pauvre homme, prêt à mourir pour sa sœur. Mon regard se posa sur Summer. J'aurais fait la même chose si elle avait été kidnappée par des orcs. Je me souvenais de ce que j'avais vu en buvant le sang de dragon : une guerre se préparait, et il était temps de trouver des alliés. Cet homme venait de me sauver la vie ; ce serait ingrat de partir sans l'aider. Je m'inquiéterais d'Aeris une fois ma dette payée.

— On va t'aider, dis-je.

Les yeux de Summer s'écarquillèrent. Darryl sourit.

— Merci. Toute aide sera la bienvenue, mais d'abord, tu dois te reposer. On en reparlera demain.

J'acquiesçai. Même si j'avais très envie de partir tout de suite, j'étais encore en convalescence et je ne me sentais pas encore capable de marcher.

— Je suis désolé de te laisser seule, dis-je à Summer.

Elle secoua la tête.

— Ce n'est pas grave. On m'a montré une tente. Tu pourras me rejoindre dès que tu seras suffisamment rétabli.

Un instant plus tard, ses lèvres se posèrent sur les miennes. Elle avait le goût du paradis, et je rêvais d'être seul avec elle.

— Bon, les tourtereaux, plaisanta Darryl. Vous aurez du temps pour vous dès que tu pourras te tenir debout.

Il me tendit une potion, et je réalisai que je n'avais aucune idée depuis combien de temps il la tenait. L'odeur qui s'en dégageait était sans aucun doute celle de celle qu'il m'avait donnée. Je plissai le nez.

— Je reviendrai demain matin, dit Summer en sortant de la tente.

Seul avec Darryl, je bus le remède, rempli d'espoir pour le lendemain.

Chapitre 12 (Élaine)

L'inconnu

Cela faisait plusieurs jours, peut-être même plusieurs semaines. J'avais perdu le compte. J'avais essayé de retourner dans la chambre d'Oswald, mais les gardes m'arrêtaient toujours avant même que je puisse sortir de ma chambre. Je n'arrêtais pas d'interroger les domestiques à son sujet, mais ils ne me répondaient jamais et ne me prêtaient aucune attention. Je n'arrivais toujours pas à récupérer ma mana. C'était frustrant.

La seule chose qui m'occupait était la pile de livres dans ma chambre. J'avais été terrifiée lorsque la reine m'avait rendu visite l'autre jour. J'avais été persuadée qu'elle était là pour achever ce qu'elle avait voulu faire le jour où nous avions ressuscité Scorchfire. J'avais été surprise de découvrir qu'elle ne voulait pas me tuer. Je suppose que la renaissance des dragons m'avait fait gagner un peu de temps, mais je n'étais pas dupe. Elle m'éliminerait dès que j'aurais trouvé les réponses qu'elle cherchait.

J'avais déjà lu la moitié des livres. Certains traitaient de choses que je savais déjà sur les dragons, mais d'autres contenaient des informations sur les dragonniers, dont j'ignorais l'existence jusqu'à aujourd'hui. Mes contacts avec les dragons avaient été limités. On m'avait toujours dit de rester loin d'eux, qu'ils étaient des créatures dangereuses. Au final, je n'avais vu Scorchfire qu'une seule fois avant qu'il ne soit tué. Le roi avait voulu apprendre comment obtenir la magie draconique et l'exploiter à son profit, c'était donc devenu mon principal sujet de recherche. Il y avait tant à découvrir sur ces créatures, et nous n'avions pas tant de livres à leur sujet dans notre bibliothèque.

Cependant, je n'étais pas plus près de comprendre pourquoi les dragons étaient revenus, et je n'avais toujours pas trouvé le moyen de m'échapper de ma prison. Il était vrai que j'étais impuissante pour le moment ; sans mes sorts ni arme, je n'étais pas plus forte qu'une humaine, et ils le savaient. J'attendais mon heure.

Je reportai mon attention sur l'extérieur. C'était ma seule autre distraction en dehors des livres. La nuit dernière, j'avais entendu du bruit provenant de la ville. Une odeur de feu s'était glissée par ma fenêtre, et je m'étais soudain demandé si c'étaient encore les dragons. Le bruit s'était rapidement arrêté, j'avais donc pensé que ça devait être autre chose, mais je ne voyais rien depuis ma fenêtre.

Les débris avaient été déblayés des rues principales. Les gens avaient recommencé à se promener dehors, jetant des regards méfiants vers le ciel au passage, et aidant ceux qui en avaient besoin. Cela me rappelait à quel point les gens pouvaient être résilients. Malgré l'état de la ville, ils essayaient toujours de reprendre le cours de leur vie et d'aider à la reconstruction. J'avais entendu des murmures parmi le personnel selon lesquels le corps d'un dragon gisait près du mur sud, mais la fenêtre de ma chambre donnait sur le nord. J'aurais aimé pouvoir le voir.

Le loquet de ma porte bougea, mais je ne me retournai même pas. Le serviteur apportait toujours le plateau de nourriture et repartait aussitôt. Comme je n'entendais pas la porte se refermer, je me retournai.

À la porte se tenait un homme—un humain. C'était la première fois que je le voyais. Il était bien habillé, ce qui était inhabituel, car la reine méprisait les humains. Ses yeux brun foncé me fixaient depuis l'embrasure de la porte. Je me levai, et il dit d'une voix grave :

— Ne t'approche pas.

J'obéis, envahie par la curiosité et ne voulant pas qu'il s'en aille.

— Qui êtes-vous ?

Il ignora ma question.

— Je suis venu t'apporter un message. Ton ami est mort.

Mes membres se glacèrent.

— Tu veux dire Oswald ? Tu en es sûr ? demandai-je, le cœur battant à tout rompre.

Je n'arrivais pas à y croire… C'était impossible.

Il serra les poings.

— Il a été tué. J'ai pensé que tu méritais de le savoir.

Il sortit aussi vite qu'il était entré. Je tombai à genoux lorsque le verrou se referma. J'avais envisagé cette possibilité dans les recoins les plus sombres de mon esprit, refusant de l'admettre pleinement. Je n'avais entendu aucun bruit provenant de sa chambre, mais j'avais espéré... Oswald était mort. Un cri s'échappa de mes lèvres tandis que je frappais le sol de mon poing. Toutes ces années que nous avions passées ensemble... *perdues*. Et maintenant, que restait-il ? Je n'avais qu'un sac contenant mes affaires, ma robe en cuir cloutée enchantée, et j'étais piégée dans une prison dorée, incapable de lancer des sorts ou de rentrer chez moi.

Les dragons avaient été restaurés, et la magie elfique sauvée. En tant que Grand Sorcier, cela avait été mon objectif principal, mais le prix à payer avait été terrible.

— Ma chère. Je t'en prie, réveille-toi.

La voix était chaleureuse et mélodieuse. J'ouvris les yeux et vis un elfe agenouillé à mes côtés. Ses cheveux roux bouclés étaient attachés en arrière, et ses yeux d'un vert profond étaient rivés sur les miens. Un air rassuré apparut sur son visage couvert de taches de rousseur lorsqu'il vit que j'étais réveillée.

— Est-ce que ça va ? demanda-t-il, mais j'étais trop hypnotisée par la sensation qui me parcourait pour répondre.

C'était apaisant et brûlant, et je souhaitais ardemment que cela ne s'arrête jamais. Je n'avais jamais rien ressenti de tel auparavant.

— Euh, oui, je crois, balbutiai-je.

Le sourire qu'il m'adressa illumina mon cœur, et tous mes soucis s'évanouirent l'espace d'un instant. Il me tendit la main pour m'aider à me relever. La magie coula entre nos doigts, mêlant étincelles et feu, légère et pure.

— Je t'ai cherchée partout, m'avoua-t-il alors que je me relevais.

Derrière lui se tenait le même serviteur humain qui était là auparavant. Celui qui m'avait annoncé la mort d'Oswald.

— Vraiment ? demandai-je, perplexe.

— Vous n'avez pas le temps pour des questions, dit le serviteur humain. La reine est peut-être absente du château pour quelques jours, mais si les gardes nous aperçoivent, nous sommes tous morts.

— Jason a raison, répondit l'elfe. S'il te plaît, nous devons nous dépêcher. Je t'expliquerai tout plus tard.

J'étais plus que prête à quitter cet endroit. Une fois debout, j'attrapai mon sac et suivis l'elfe. En passant devant Jason, je murmurai : « Merci. »

L'homme répondit :

— Si vous vous faites prendre, vous ne m'avez jamais vu.

Je ne comprenais pas pourquoi il nous aidait, mais je saisissais la gravité de ses paroles. J'acquiesçai d'un air sérieux.

Je pris une profonde inspiration dès que je quittai la pièce. C'était comme si un énorme poids avait été retiré de mes épaules. Le soulagement fut instantané, et je sentis ma mana commencer à se régénérer. Je me réjouis. Les couloirs n'étaient pas protégés contre les mages. Cela prendrait du temps, mais je serais capable de lancer à nouveau des sorts.

— Par ici, me murmura l'elfe en me prenant la main.

Je le suivis, sans savoir où nous allions. Je savais seulement que c'était la liberté, et cela me suffisait. Je savais que je pouvais lui faire confiance.

Il tournait à gauche ou à droite sans hésitation, comme s'il avait fait le chemin mille fois, jetant seulement un coup d'œil pour voir si les couloirs étaient vides. Nous empruntâmes un couloir sans issue. Il colla son oreille contre la dernière porte à gauche et écouta. Lorsqu'il fut satisfait, il ouvrit la porte. Elle donnait sur une petite pièce, aussi étroite qu'un placard, mais qui semblait s'étendre à l'infini.

— Vite, par les couloirs de service, insista-t-il.

Je le suivis, et il referma la porte derrière moi. Des bougies éclairaient le couloir.

— Comment sais-tu qu'il n'y aura pas de domestiques pour nous surprendre ? demandai-je.

— Je n'en sais rien, répondit-il, mais il vaut mieux que ce soient les domestiques qui nous voient plutôt que les gardes.

Il avait raison. Il serait plus facile de convaincre les domestiques si nous en avions besoin.

— Tu sais que je n'ai pas assez de mana pour me battre ? demandai-je.

Je voulais m'assurer qu'il sache qu'il ne pouvait pas compter sur moi.

Il lâcha ma main, et son contact me manqua immédiatement. Ses yeux brillaient légèrement d'une lueur verte dans l'obscurité.

— Je ne laisserais rien t'arriver, dit-il avec une telle assurance qu'il m'en coupa le souffle.

Je rougis légèrement et acquiesçai.

Plus loin, le couloir tournait à gauche. Je réalisai que nous étions probablement à l'intérieur des murs du château. À cet endroit, le couloir était plus large, assez large pour que deux personnes puissent marcher côte à côte. Au moment où nous tournâmes au coin, nous vîmes deux vampiresses devant nous. La première portait un panier rempli de linge, et la seconde portait des balais. Toutes deux sursautèrent en nous voyant. L'elfe se plaça devant moi pour me protéger, le bras levé en signe de défense.

— Si vous attaquez, vous êtes mortes, dit-il.

Les deux femmes secouèrent la tête.

— La traîtresse a chassé notre roi. Nous n'avons aucun intérêt à lui dire quoi que ce soit. Nous ne faisons que garder notre emploi pour nourrir nos familles.

Il relâcha sa posture.

— Vous ne devez dire à personne que vous nous avez vus, ordonna-t-il avec l'assurance de quelqu'un habitué à donner des ordres.

La vampire qui tenait le linge répondit :

— Nous ne le ferons pas, mais prenez garde, certains sont fidèles à la reine.

— Nous le serons, merci, dit l'elfe.

J'acquiesçai d'un signe de tête. Les vampiresses s'écartèrent pour nous laisser passer. Nous continuâmes notre chemin pendant un moment, et je ne savais plus très bien où nous nous trouvions dans le château.

— J'ai tellement de questions, avouai-je.

— Je sais. Mettons-nous d'abord en sécurité, répondit-il.

— Puis-je au moins connaître ton nom ? demandai-je.

— Akael, dit-il.

Je répétai ce nom dans ma tête. Il était parfait. À un moment, j'aperçus de la lumière provenant d'un couloir qui tournait à droite.

— Ah, c'est l'endroit dont Jason a parlé, dit mon sauveur alors que nous nous approchions.

Devant nous se trouvait une sortie. Le couloir menait à la cour du château. L'espoir m'envahit.

La liberté. Enfin.

Nous étions derrière le château, loin des portes principales. Aucun garde n'était en vue. Devant nous se tenait un serviteur portant un panier de pain frais. Il laissa tomber son panier en nous voyant, les miches roulèrent dans l'herbe, et il s'écria : « La prisonnière ! »

Aussi rapide que jamais, Akael se glissa derrière le vampire et lui couvrit la bouche de la main. Le vampire se débattit, mais l'elfe le maintenait fermement. Je sentis l'air s'emplir de mana tandis qu'Akael commençait à réciter des paroles. À cet instant, les yeux du vampire s'écarquillèrent. Il se débattit encore plus fort, essayant désespérément de se libérer. La main de l'elfe s'illumina de rouge avant que des flammes ne jaillissent. Le vampire donna des coups de pied de toutes ses forces, toussant et haletant alors qu'il tentait désespérément de respirer. Mais les flammes impitoyables poursuivirent leur chemin, rampant vers le haut, enveloppant les contours de son visage, son nez. Elles atteignirent ses cheveux, qui s'enflammèrent. L'odeur de chair brûlée emplit l'air.

Le vampire perdit connaissance, obligeant Akael à soutenir le poids de son corps tout en poursuivant son sort.

Il déposa le corps sur le sol, tout en gardant sa main sur sa bouche pour continuer à le brûler. Rapidement, le feu se propagea aux vêtements de laine du serviteur, les carbonisant et les faisant fumer. Heureusement, l'herbe était humide à cause d'une légère pluie tombée plus tôt, elle ne prit donc pas feu.

Akael maintint sa prise jusqu'à ce que la peau du visage du vampire soit noircie et couverte de cloques. Il ne respirait plus. Ce n'est qu'alors qu'il retira sa main.

— Je ne laisserai personne te faire de mal, dit-il.

Je fixai un instant cet homme, capable d'une telle force. Je me sentais en sécurité avec lui. Il m'avait protégée, et je savais qu'il n'hésiterait pas à le faire à nouveau.

— Dépêchons-nous au cas où quelqu'un l'aurait entendu, m'exhorta-t-il. J'ai une chambre à l'auberge. On devrait y être en sécurité, au moins pour cette nuit. Jason a juré qu'il tiendrait les gardes et les serviteurs éloignés de ta chambre jusqu'à demain. Aucun fidèle de la reine ne devrait avoir vent de ta disparition avant demain. Nous partirons avant l'aube.

Nous quittâmes la cour sans croiser personne d'autre. Nous marchâmes dans les rues les moins fréquentées, enjambant les débris, essayant de ne pas attirer l'attention. Étant deux elfes dans une ville de vampires, ce n'était pas si facile. Nous croisâmes un grand vampire aux yeux bleus perçants. Ses longs cheveux noirs et raides étaient attachés. À ses côtés se trouvait une petite vampiresse à la peau mate. Elle avait les yeux dorés et portait une broche sophistiquée pour maintenir ses cheveux en place. Elle portait une longue robe en dentelle raffinée. Elle était magnifique. Je remarquai qu'elle nous fixa un peu trop longtemps. Cela me rendit nerveux, et j'espérai qu'elle n'avait pas l'intention de nous attaquer.

Les vampires étaient tellement imprévisibles.

Le vampire passa tendrement son bras autour de sa taille.

— Viens, Esmeralda, dit-il en l'éloignant de nous.

Elle reporta son regard sur lui.

— Oui, Aleks, mon amour.

J'étais contente de les voir s'éloigner dans la rue. En approchant de l'auberge, nous avons croisé plusieurs vampires. Cependant, comme la nouvelle de mon évasion ne s'était pas encore répandue, les gens nous jetaient des regards curieux avant de poursuivre leur chemin. Nous arrivâmes finalement devant un bâtiment en briques grises. L'enseigne indiquait *« La dernière goutte »* et je trouvai que c'était un nom parfait pour une auberge. Les deux lanternes de chaque côté de la porte brillaient d'une lueur jaunâtre.

Même si j'aurais préféré être loin de la cité des vampires, c'était mieux que le château.

Nous entrâmes et découvrîmes que la salle était remplie des rires des clients. L'odeur d'alcool et de vin de sang emplissait l'air, mêlée à celle d'un ragoût frais, ce qui fit gargouiller mon estomac. Comme s'il lisait dans mes pensées, Akael fit signe au tavernier.

— Apportez deux bols dans ma chambre.

Le tavernier acquiesça. Je suivis l'elfe dans l'escalier en bois, qui craqua sous notre poids, usé par des années de passage. Sa chambre était l'avant-dernière porte à droite.

Le bruit provenant de la taverne en bas s'estompa lorsque la porte se referma derrière nous. La chambre était modeste : elle comprenait un lit simple aux draps fraîchement changés, ainsi qu'une petite fenêtre, un bureau en bois et une table ronde avec une chaise. Je poussai un soupir de soulagement. Nous étions enfin en sécurité, du moins pour le moment.

Akael ôta son manteau et le posa sur le lit. Il était encore plus beau ainsi. Il portait une chemise verte qui mettait en valeur ses muscles. Il se tenait droit, et chacun de ses mouvements était gracieux. Je veux dire, les elfes étaient gracieux par nature, mais lui l'était encore plus, et je me demandais qui il était vraiment. Je ne savais rien de lui, mais cela ne m'effrayait pas. J'étais enthousiaste et impatiente de découvrir qui il était.

Il était entré dans ma vie aussi soudainement qu'un éclair et avait déjà eu un tel impact. Maintenant que j'étais seule avec lui dans un endroit sûr, j'allais enfin pouvoir lui poser toutes mes questions.

Chapitre 13 (Erendriel)

Mumbur

Je partis pour Mumbur le jour même. J'avais demandé à Mathias de poursuivre les expériences en mon absence et de m'avertir en cas d'urgence. Les faucons pèlerins royaux étaient à sa disposition. Je n'avais rien emporté avec moi, à part ma précieuse rune, que je gardais toujours sur moi. Elle était une extension de moi-même. Je pouvais sentir son pouvoir, sa vie.

Il pleuvait à verse pendant que je marchais. Chaque goutte frappait les feuilles dans un cliquetis sec avant de ruisseler, trempant tout ce qui se trouvait en dessous. Mes cheveux étaient collés à mes joues, mes vêtements plaqués contre ma peau, mais je m'en moquais. La forêt en avait besoin. Les feuilles tremblaient sous le poids de l'eau, brillantes et éclatantes ; les fougères se déployaient comme des langues vertes pour s'abreuver à satiété. La mousse le long des racines gonflait, libérant le parfum terreux d'une vie renouvelée. Même les broussailles tordues semblaient respirer plus librement, leurs tiges assoiffées s'inclinant avec gratitude sous l'averse.

L'impatience me tirait comme une main sur ma manche. Je voulais—j'avais besoin—de lire les écrits trouvés dans les ruines au fond des mines. S'ils renfermaient véritablement des indices sur la prophétie de l'Oracle, alors chaque instant où je m'attardais était un instant perdu.

La pluie s'atténua alors que je m'enfonçai plus profondément dans la forêt, la tempête rugissante s'évanouissant en un murmure sous les branches épaisses. Mais peu à peu, la forêt commença à s'éclaircir. Les arbres s'espacèrent, leurs troncs s'affinèrent, leurs feuilles perdirent leur éclat. Les fougères cédèrent la place à des arbustes rabougris, et la mousse laissa place à des plaques de terre sèche et friable. L'air se réchauffa, et le vent changea. Il était plus chaud, plus rude, et portait une légère piqûre de sable.

Lorsque j'atteignis la dernière rangée d'arbres, la pluie avait complètement cessé. Derrière moi s'étendait un monde verdoyant débordant de vie, mais devant moi s'étendait un lieu cruel et impitoyable : le désert. Des terres de sables mouvants, de pierres déchiquetées, de crêtes fracturées et de sol craquelé où rien de tendre ne pouvait pousser.

Je continuai d'avancer. La poussière s'accrochait à ma cape émeraude trempée, transformant son éclat en boue. Le soleil tapait fort, impitoyable et sans filtre, et je maudis intérieurement de ne pas avoir emporté quoi que ce soit pour me protéger de son éclat brûlant.

Je marchai, impatient que la chaleur de l'après-midi s'atténue. Le soleil brûlait les pierres jusqu'à ce qu'elles scintillent d'une brume qui faisait vaciller ma vision. La sueur perlait sur ma peau, et je regrettais que l'orage de tout à l'heure ne se soit pas étendu sur ces terres misérables. L'air se rafraîchit enfin lorsque le ciel s'illumina de traînées écarlates. Le plateau s'étendait devant moi comme un champ de bataille abandonné par les dieux, sa surface craquelée jonchée de rochers acérés qui menaçaient de me tordre la cheville à chaque pas. Des vautours tournaient au-dessus de ma tête, et le cri lointain d'une rapace résonna à travers les canyons, aussi tranchant que le tranchant d'une lame d'épée. *Je préférais cela aux dragons. Je pouvais m'en sortir face à une poignée de rapaces et de vautours*, me dis-je.

Dans la brume qui s'élevait de la chaleur du désert, j'aperçus deux silhouettes, et l'espace d'un instant, je me demandai s'il s'agissait d'un mirage. En m'approchant, je me souvenus que j'étais sur la seule route reliant Mytvathyr à Mumbur à travers le désert. Marquée par des symboles gravés dans la roche, car le sable et les tempêtes rendaient impossible la création d'un véritable chemin. Les rares caravanes de marchands suivaient les marques sur les rochers lorsqu'elles passaient entre nos deux villes. Très peu de gens osaient s'y aventurer, compte tenu des conditions difficiles du désert, mais des gardes elfiques et nains patrouillaient tout de même pour assurer le passage en toute sécurité des marchands et des voyageurs.

Les silhouettes devinrent plus nettes, et je reconnus deux gardes elfiques en patrouille. Les deux hommes m'observèrent avec méfiance tandis que je m'approchais. Je souris, satisfait de la performance de mes gardes. C'était leur travail de s'assurer qu'aucun brigand n'attaquerait les marchands. Ils dégainèrent leurs épées à mon approche. Leurs expressions changèrent soudainement lorsque je fus assez près pour qu'ils me reconnaissent.

— Votre Majesté, s'écrièrent-ils d'un ton contrit. Nous ne vous avions pas reconnu.

— Vous faites du bon travail, répondis-je.

— Merci, dit le premier garde.

— Avez-vous intercepté beaucoup de malfaiteurs ? demandai-je.

— Nous en avons vaincu un groupe hier encore, répondit le second. Ils essayaient de se rendre à Mumbur. Nous les avons ligotés, puis traînés jusqu'au donjon de Mumbur. Les gardes du palais décideront de leur sort.

Je pourrais les transférer à Mytvathyr et les ajouter à mon armée de mutants. Ce serait peut-être une bonne utilisation pour ces prisonniers. À bien y réfléchir, j'espérais qu'il y ait beaucoup de prisonniers dans le donjon de Mumbur. Cela renforcerait encore davantage mon armée. J'avais hâte d'y arriver.

— Vous allez à la cité des nains ? demanda le premier garde.

— Oui, répondis-je.

— Qu'est-ce qui vous amène à Mumbur ? demanda le second, curieux.

La raison de ma visite ne les regardait pas, et j'étais sur le point de le dire quand le premier garde lança un regard sévère à l'autre.

— On ne demande pas ça au roi, espèce d'idiot ! Tu vas nous faire perdre la tête.

La peur envahit le second, qui marmonna :

— Je suis désolé, Votre Majesté ! Ne nous renvoyez pas, s'il vous plaît.

J'étais satisfait de leur réaction.

— Ne vous inquiétez pas. J'ai encore un long chemin à parcourir. Je ferais mieux de continuer.

— Bon voyage, dit le deuxième garde.

— Continuez votre bon travail, répondis-je avant de poursuivre mon chemin.

Lorsque le jour fit enfin place à la nuit, je trouvai refuge à l'ombre d'un rocher aussi haut qu'une tour. Les gobelins étaient les créatures les plus courantes dans ces contrées, mais ils se faisaient discrets depuis un certain temps. La route était patrouillée jour et nuit, ce qui rendait l'endroit encore plus sûr. Le ciel du désert s'ouvrait au-dessus de moi, vaste et indifférent, les étoiles telles des feux froids. Allongé, je tournai et retournai, écoutant le frottement de créatures invisibles sur la pierre et le sifflement lugubre du vent dans les fissures.

L'aube se leva sans apporter aucune chaleur. J'ouvris les yeux au son de griffes raclant la pierre, signe que je n'étais pas seul. Des silhouettes se dessinèrent à la lisière de la lumière naissante : des kobolds, à la peau écailleuse, tachetée et craquelée, les yeux brillants d'un jaune vif. Ils sifflaient entre eux, des lances barbelées et des filets déchiquetés serrés dans leurs mains griffues. Des créatures des cavernes et des marécages, jamais du désert. Leur présence ici était anormale, contre nature. Avaient-ils été attirés ici par les dragons ?

Je me levai debout, ma cape glissant de mes épaules. Le pouvoir s'agita dans le creux de ma poitrine, et la rune palpita dans ma poche. « *Tue-les* », murmura la voix comme elle l'avait fait lorsque nous avions combattu les nains. Mes sens obéirent à la voix, fascinés par la possibilité de voir le sang de ces créatures se répandre sur le sol.

Un kobold poussa un cri strident et se jeta sur moi, sa lance fonçant droit vers mes côtes. Ma main jaillit, les doigts se recroquevillant comme pour saisir quelque chose d'invisible. Un feu noir jaillit de ma paume, un jet de ténèbres si froid que l'air se fendit. Le kobold se figea en plein élan, son corps se desséchant jusqu'à devenir une enveloppe friable avant de s'effondrer en cendres.

Les autres reculèrent en claquant des dents, mais la faim et leur supériorité numérique l'emportèrent sur la peur. Ils se ruèrent de tous côtés.

Je me retournai, balayant l'air d'un geste du bras pour libérer un autre torrent de feu des ténèbres qui transperça deux kobolds d'un seul coup. Leurs cris déchirèrent le silence matinal, interrompus alors que leurs corps se dissolvaient dans le néant. Un autre bondit sur mon dos, ses griffes lacérant mes épaules. Je grognai et saisis son crâne. La puissance s'embrasa. Le kobold fut pris de convulsions, hurlant, jusqu'à ce que seule de la poussière s'écoule entre mes doigts.

« *Oui* », murmura la voix en moi. « *Oui, encore. N'arrête pas. Déchire-les, mon roi. Que leurs cris te couronnent.* »

Je frappai sans hésitation, mon corps bougeant avec une grâce qui n'était pas la mienne, chaque rafale de feu noir alimentée par la faim. Les kobolds se dispersèrent, leur courage s'effondrant sous le poids de ma fureur, mais je les traquai un par un. Des jets de ténèbres transpercèrent les rochers, laissant des traînées noires de givre là où ils frappaient.

Lorsque le dernier corps s'effondra en cendres, le silence revint. Je me tenais au milieu du désert, la poitrine haletante, les mains tremblant encore sous l'effet de la puissance. L'aube était désormais levée, la lumière du soleil s'étendant sur le plateau aride, mais je ne ressentais aucune chaleur. Je fermai les yeux et pris une profonde inspiration. À la fin de la journée, je serais à Mumbur.

Au fil de la journée, l'air devint de plus en plus chaud et sec, comme si le désert cherchait à me priver de mon souffle. Je passai devant les restes d'une vieille caravane, avec des chariots renversés et des os blancs éparpillés qui dépassaient du sable. J'accélérai le pas.

Dans l'après-midi, le désert porta un dernier coup. Un vent brûlant hurla à travers les canyons, me projetant du sable et des grains de poussière dans les yeux. Le monde se teinta de rouge sous la poussière. Je serrai ma cape plus fort autour de moi, m'en enveloppant le visage pour me protéger de la fureur de la tempête. Lorsque le vent se calma enfin, un silence pesant s'installa, rompu seulement par le sifflement de ma respiration épuisée.

Enfin, je pus apercevoir les remparts de la ville et les visages géants des rois nains sculptés qui me fixaient alors que le soleil redescendait à l'horizon. Je m'approchai de la ville, reconnaissant de savoir que j'allais passer la nuit dans un lit plutôt que dans le désert. La destruction de la ville devint évidente à mesure que je m'approchais des portes, me rappelant les dégâts que nous avions causés lors de notre attaque. Rien n'avait encore été réparé.

Je devrais demander à mes généraux un rapport détaillé. Mytvathyr était plus importante que la cité naine, mais avec le temps, je veillerais à sa restauration. Après tout, dans son état actuel, elle était vulnérable aux attaques, et avec la menace de la guerre contre les loups-garous et les humains, Mumbur ne tiendrait pas longtemps sans une défense plus solide.

Les gardes aux portes s'inclinèrent lorsqu'ils me reconnurent.

— Votre Majesté, dirent-ils avec respect.

— Laissez-moi entrer, ordonnai-je.

Ils ouvrirent les portes, me permettant d'entrer. La ville était aussi grise que lorsque j'étais venu avec mon armée. Construite de pierre et de métal, dépourvue de végétation, je me rappelai une fois de plus à quel point j'aimais ma cité elfique comparée à l'ennui qu'était Mumbur. Mais pour les gens d'ici, c'était leur foyer. Quelques nains arpentaient les rues, principalement des femmes et des enfants. La majorité des hommes avaient été tués lors de l'attaque de la ville. Ils me regardaient avec crainte quand ils me voyaient passer, se souvenant de l'assaut de la ville lorsque je l'avais conquise. Quelques-uns s'inclinèrent respectueusement. Bien. Ils savaient qui était aux commandes.

Les corps avaient été ramassés et les débris dégagés des routes, mais la reconstruction avançait lentement. Cependant, les boutiques étaient ouvertes et les gens avaient de quoi manger. C'était une bonne chose. La dernière chose dont j'avais besoin, c'était d'avoir à faire face à une famine ou à une épidémie.

Je savais que l'entrée des mines se trouvait au nord de la ville, mais je devais parler à mes généraux avant de m'y rendre. Il me semblait important de leur montrer que j'étais là pour eux et d'obtenir un rapport détaillé de la situation. Je suivis la route principale, surplombée par le château.

En gravissant la colline, j'aperçus la ville vue de haut. La dernière fois que j'étais venu ici, pendant la guerre, je n'avais pas pris le temps d'admirer le paysage. J'étais si haut que je pouvais voir les toits s'étendre jusqu'à l'autre bout de la ville, là où la rivière rejoignait la terre. Le bleu de la grande rivière était encore teinté de rouge et de violet par le coucher de soleil, comme si des pots de peinture avaient été renversés. Un sentiment de paix m'envahit à cette vue. Depuis combien de temps n'avais-je pas pris le temps d'admirer la beauté de la nature ? Je fus surpris moi-même de me sentir si calme malgré la guerre qui allait éclater.

Mon regard se porta sur le port commercial de la ville. Le joyau de cette cité, le butin que j'avais obtenu en tuant le roi et la reine des nains. Même alors que la nuit tombait doucement pour l'envelopper, l'endroit restait animé. Je remarquai une flotte de bateaux amarrés. Leurs drapeaux rouges, ornés d'une flamme orange en leur centre, se moquaient de moi. Les navires du Royaume du Soleil.

Je fronçai les sourcils. Le prince Vaelarion n'était-il pas déjà parti ? Il avait quitté Mytvathyr avant moi. Je ne l'avais pas aperçu en chemin, il devait donc être arrivé plus tôt dans la journée. Peut-être avaient-ils besoin de se réapprovisionner avant de partir. C'était une bonne chose pour nous. Plus d'or pour les magasins. Ils allaient voyager pendant des semaines en mer avant d'atteindre la terre ferme, cela semblait donc logique.

Et quelle immense flotte ! Ayant déployé tant d'efforts pour éviter de lui parler, je n'avais même pas demandé combien de personnes l'accompagnaient. Leur royaume devait disposer d'une armée redoutable et d'une flotte sans égal pour envoyer un prince à l'étranger avec autant de navires. J'espérais qu'ils partiraient rapidement. Je m'assurerais de vérifier qu'ils étaient bien partis demain ou après-demain.

Je continuai, déterminé à atteindre le château avant que les derniers rayons du soleil ne disparaissent. J'avais beaucoup à discuter avec mes généraux. Des gardes elfiques se tenaient aux portes, plaisantant entre eux et bavardant plutôt que de surveiller les intrus. Bien que la ville fût assez calme, c'était une honte de les voir agir ainsi.

— Est-ce ainsi que vous assurez la sécurité du château ? demandai-je d'un ton ferme.

Les deux soldats me reconnurent, et leurs visages se figèrent de peur.

— Oui, Votre Majesté ! répondit le premier.

— Euh, non, corrigea le second.

Leur comportement n'était pas digne de gardes royaux. Soit ils étaient incompétents et seraient renvoyés immédiatement, soit ils avaient une bonne raison, et je voulais savoir laquelle.

— Expliquez-vous, ordonnai-je.

— Vous voyez, nous n'avons pas eu de pause depuis dix jours, expliqua le premier, l'air mal à l'aise. Nous travaillons parfois quatorze heures d'affilée et avons à peine le temps de manger et de dormir, alors quand c'est calme, c'est agréable de se détendre.

— Quatorze heures ? demandai-je, incrédule.

On ne leur accordait pas non plus de jours de congé. À ce rythme, les soldats allaient bientôt être épuisés. À quoi pensaient mes généraux ?

— Laissez-moi entrer. Je vais m'assurer que les horaires soient modifiés, dis-je gentiment.

Les deux soldats eurent l'air soulagés. Ils acquiescèrent et ouvrirent la porte pour me laisser passer.

L'intérieur du château était sombre, mais quelques torches étaient allumées. Il semblait désert, et je me demandai où tout le monde était passé. Je me dirigeai directement vers la salle du trône. Les souvenirs de ma précédente visite me revinrent en mémoire. Je me souvenais avoir parcouru ces couloirs jusqu'à la salle du trône pour égorger le roi et la reine. Je me souvenais du regard déterminé de la reine, même dans la mort, suivi du moment où, dans un accès de rage, j'avais mutilé son corps. Ce fut un moment triste où j'avais perdu mon sang-froid. Je veillerais à ne plus jamais perdre le contrôle de moi-même.

La salle du trône était vide ; seuls les deux trônes, de la taille des nains, s'y trouvaient. Mais qui laisserait un palais sans personne pour surveiller la salle du trône ? Mes généraux avaient intérêt à avoir une bonne raison, sinon ils allaient m'entendre.

En quittant la salle, je croisai un serviteur nain qui passait par là. Il me regarda d'un air effrayé avant de s'incliner légèrement.

— Où sont les généraux ? lui demandai-je.

— Dans la salle de stratégie militaire, répondit-il d'une petite voix.

— Conduis-moi là-bas, ordonnai-je.

Le nain me fit signe de le suivre. Il avança à petits pas rapides dans un couloir menant à l'armurerie. Nous tournâmes à gauche, puis à droite. Des portraits de l'ancienne famille royale étaient toujours accrochés dans les couloirs. Je pris mentalement note de demander qu'on les retire. Quelques armures se dressaient sur des socles. Je m'attendais presque à ce qu'elles prennent vie, comme celles contre lesquelles nous avions combattu.

Des voix parvinrent à nos oreilles alors que nous approchâmes d'une porte ouverte. De toute évidence, les généraux étaient en désaccord. Je pouvais les entendre se disputer sur l'affectation des ressources et sur la priorité à donner.

Je poussai les portes cerclées de fer, dont les gonds grincèrent. Les généraux se turent lorsque j'entrai. Le bruit de mes bottes résonna sur le sol poli tandis que je parcourus la pièce du regard. Les murs étaient des chefs-d'œuvre de l'artisanat nain : d'immenses panneaux sculptés représentant les grandes batailles de leur histoire. Des guerriers formant des lignes de boucliers et des rois scellant des traités en les martelant sur des enclumes plutôt que sur du parchemin. Ces scènes sculptées étaient un souvenir de la gloire passée des nains. Elles me remplirent de rage : les nains n'étaient plus. C'était au tour des elfes de briller. Je ferais remplacer ces panneaux par des panneaux elfiques.

— Je vous confie un royaume, et vous vous comportez comme des enfants ? demandai-je, retenant à grand-peine ma fureur.

— Votre Majesté ! s'écria l'un d'eux.

Ils sortirent de leur torpeur et s'inclinèrent devant moi.

Je jetai un regard sévère à mes trois généraux : Lane, Dale et Rahul. Leurs yeux étaient remplis de nervosité. Ils regagnèrent tous leurs places légitimes tandis que je m'approchai de la table pour prendre la place d'honneur.

— Je viens dans ma ville et je constate qu'aucune réparation n'est en cours, que mes soldats travaillent quatorze heures par jour sans pause, et que mon château est désert ? Comment expliquez-vous cela ? demandai-je.

— Je vous avais dit qu'il fallait commencer les réparations, dit Lane aux autres, ses longs cheveux violets tressés et des chaînes ornant ses oreilles.

— Mais nous n'avons pas assez de ressources pour effectuer les réparations !, rétorqua Dale, plus grand et plus mince que les autres.

— Nous en aurions si nous avions extrait plus de pierre, rétorqua à nouveau Lane, les yeux des elfes des bois brillant d'un éclat bleu sous l'effet de l'émotion.

— Et comment proposes-tu qu'on extraye de la pierre alors qu'on n'a pas un seul soldat de libre ?, rétorqua Rahul, l'elfe noir.

Je me pinçai l'arête du nez alors que les trois commençaient à se disputer davantage. Cette conversation ne menait nulle part.

— Silence ! criai-je d'un ton ferme.

Ils s'arrêtèrent tous, le visage empreint de honte.

— Rahul, pourquoi n'as-tu pas de soldats de libres ? demandai-je.

C'était le premier et le plus gros problème à régler.

— Les citoyens nous ont signalé une attaque de trolls près du mur nord-est. Nous avons dû y poster des soldats. Avec ceux du mur ouest et ceux en patrouille, nos effectifs sont très dispersés.

— Mais nous n'avons pas vu de troll ni entendu parler d'attaques depuis que nous avons posté des hommes là-bas, ajouta Lane en levant le doigt.

— On ne peut pas prendre de risque, rétorqua Rahul, de minuscules étincelles magiques jaillissant du bout de ses doigts.

Il les remarqua et frotta ses doigts l'un contre l'autre pour les faire disparaître, puis se ressaisit.

— Pourquoi pas ? demanda Lane. S'il y en a vraiment un, on l'élimine, et le tour est joué.

Rahul secoua la tête.

— Tu as été élevé dans une grotte ? Tout le monde sait que les trolls ne peuvent pas être tués par des méthodes conventionnelles. Ils se régénèrent constamment.

Dale acquiesça.

— C'est vrai. Il faut les brûler ou leur jeter de l'acide dessus quand ils sont presque morts, sinon ils revivent.

Lane eut un petit hoquet.

— J'ai été élevé dans un cloître.

Ils avaient raison. Les trolls étaient des ennemis redoutables. Cela expliquait pourquoi les soldats ne se reposaient pas et pourquoi ils n'avaient pas le temps de réparer la ville, mais j'étais tout de même furieux. La ville était en piteux état.

— Pourquoi n'en entends-je parler qu'aujourd'hui ? Vous auriez dû envoyer un message pour demander des renforts et m'informer de la situation. Je vous faisais confiance, dis-je d'une voix forte. Vu l'état actuel de la ville, vous seriez submergés à la moindre révolte ou attaque.

— Nous ne voulions pas vous déranger avec cela, Votre Majesté, dit Dale d'une petite voix.

— C'est plutôt que vous ne vouliez pas que je voie à quel point vous êtes incompétents ! m'écriai-je en me levant et en frappant du poing sur la table.

Le silence envahit la pièce. Personne n'osait répondre ni même me regarder dans les yeux.

— Et si la ville était tombée ? Pensez-vous que j'aurais été content alors ? demandai-je.

Je n'arrivais pas à croire mes généraux. Ils étaient expérimentés, ou du moins c'est ce que je croyais. Il est vrai que c'était notre première véritable guerre depuis des siècles, et cela me remplissait d'effroi. Je me rassis en soupirant.

— Je suis là maintenant. Je vais aller voir par moi-même s'il y a un troll au nord-est, puisque nous ne pouvons pas nous permettre d'envoyer des troupes. Cela ne doit plus se reproduire.

— Oui, Votre Majesté, répondirent les généraux, l'air reconnaissants que je ne les punisse pas davantage pour leur erreur.

— Il se fait tard. Demain, avant mon départ, je veux un rapport complet sur l'état de la ville. Je vous dirai ce qu'il faut faire pendant mon absence.

Je quittai la pièce, laissant les généraux assis, en train de digérer leurs émotions, et me dirigeai vers la chambre que j'avais occupée lors de mon dernier séjour ici. Ce serait ma chambre pour la nuit.

Chapitre 14 (Nathan)

Fleurs de la mort

Je suivis le tunnel qui montait. Un petit ruisseau coulait au centre, et je marchai sur le côté, où le sol était sec. L'air frais m'accueillit, je savais donc que j'approchais de la surface. Les briques étaient plus récentes et en meilleur état ici. Je croisai un homme qui marchait, la capuche rabattue sur la tête. Il était vêtu d'un grand manteau en peaux d'animaux qui lui tombait jusqu'aux chevilles. Il leva à peine la tête pour me regarder, ses yeux bruns croisant les miens pendant une fraction de seconde avant de se reporter vers le sol, se collant contre le mur pour éviter de me frôler. Finalement, l'égout déboucha sur une rue. C'était la nuit, et j'en étais reconnaissant car il y aurait moins de regards. Me retrouver dans ma ville après avoir fui me fit réaliser à quel point c'était chez moi, même si j'étais recherché. C'était là que j'avais ma place. C'était ma ville, mon royaume. J'avais grandi ici, et j'étais le roi légitime.

Je pris une profonde inspiration. L'air sentait encore la fumée après les incendies qui avaient détruit tant de maisons. Mon pouls s'accéléra et je serrai les poings en repensant à la destruction qui avait eu lieu. Les gens méritaient mieux. Je reconstruirais cette ville une fois que j'aurais retrouvé mon trône, mais ma priorité absolue était Émeraude. Elle était bien plus importante que mon royaume. Aucun trésor ne pouvait se comparer à elle.

Tout autour de moi, il y avait des bâtiments détruits. Des pierres jonchaient le sol. Malgré tout, je reconnus la rue où je me trouvais. J'étais dans une petite rue résidentielle, à environ deux pâtés de maisons du moulin à vent détruit.

Je marchai dans la nuit, en évitant les gens. J'étais doué pour me déplacer sans me faire remarquer, mais je me trouvais dans une ville peuplée de vampires aux sens aiguisés. Les gens passaient sans me regarder, mais partout où j'allais, j'avais l'impression que le vent me murmurait : *« C'est le roi maudit. »*

Je longeai les murs et tournai dans la rue où se trouvait le magasin d'esclaves. Je pouvais déjà apercevoir les ailes brisées du moulin à vent au sommet des bâtiments, au bout de la rue. Je marchai aussi vite que possible, en restant dans l'ombre. Une femme sortit de sa maison juste devant moi, poussant un cri de surprise. Je me figeai, et nous restâmes là à nous regarder pendant un moment. *Si elle a l'intention de me dénoncer, je vais devoir la tuer*, pensai-je. Elle murmura : « Votre Majesté ! »

Je portai un doigt à mes lèvres et, de l'autre main, fis un geste vers le bas pour lui demander de baisser la voix. Elle acquiesça, parlant à peine plus fort qu'un murmure :

— Je ne dirai rien. Vous devez sauver la ville.

La tension se relâcha dans mes épaules.

— C'est bon de savoir que j'ai encore des gens de mon côté dans mon royaume.

— Ils sont nombreux, dit-elle avec passion. Beaucoup d'entre nous détestent la nouvelle reine. Cela fait si longtemps que personne ne vous a vu que nous pensions que vous étiez mort. C'est bon de savoir que vous êtes toujours en vie.

C'était plus que ce que j'avais espéré. Je pouvais utiliser cela à mon avantage.

— Prépare-toi, lui dis-je. Le jour où j'aurai besoin de toi approche. Ensemble, nous reprendrons cette ville.

La femme sourit.

— Je vais passer le mot. Nous serons prêts.

— Prends soin de toi, dis-je avant de prendre congé.

— Vous aussi, répondit-elle en s'éloignant dans la direction opposée à celle de la boutique d'esclaves.

Je continuai mon chemin dans la rue sinueuse, le cœur rempli d'un nouvel espoir. J'avais besoin d'alliés. Je pouvais compter sur les loups-garous, la guilde des voleurs et les citoyens qui m'étaient encore fidèles. Les choses semblaient enfin s'améliorer.

Le moulin détruit devint de plus en plus imposant à mesure que je m'en approchai. Il ne restait plus qu'un virage à prendre. En le passant, j'aperçus enfin le magasin d'esclaves. À ma grande consternation, une vingtaine de gardes royaux y étaient postés. La reine était donc déjà au courant… Combien d'entre eux étaient fidèles à Samantha ? Je ne pouvais pas prendre de risques. J'étais plus fort que les gardes, mais vu leur nombre, ils auraient pu me capturer, et je ne pouvais pas le permettre.

Au moment où j'allais faire demi-tour pour trouver un autre moyen d'entrer, une odeur familière me parvint. Je la connaissais si bien. C'était mon vieil ami, mon conseiller, Lysandre. Il sortait d'une maison de l'autre côté de la rue, portant des sacs, sa main libre s'appuyant lourdement sur sa canne. Il avait conseillé mon père pendant de nombreuses années et m'avait pratiquement élevé. Ses yeux bruns croisèrent les miens et il se figea. Il était tellement surpris qu'il resta là à me fixer, la bouche ouverte, pendant une seconde. Il regarda à gauche et à droite pour voir s'il y avait quelqu'un, puis parcourut la distance qui nous séparait à toute vitesse.

Sa voix était étouffée et pleine d'inquiétude.

— Votre Majesté ! Que faites-vous ici ? On va vous voir.

Je souris, sa présence m'apportant un sentiment de réconfort.

— Je suis heureux de te voir, mon ami.

— Moi aussi, mais on ne peut pas rester ici. Venez, m'a-t-il exhortée.

Je le suivis dans une ruelle étroite entre deux maisons. Ça sentait la nourriture pourrie, mais je n'y prêtai pas attention. Une fois hors de vue, il poursuivit :

— Si seulement vous saviez ce qui se passe au château depuis l'arrivée de Samantha. Je n'ai d'autre choix que d'obéir, mais assez parlé de moi. Je vous croyais mort !

Je gloussai et racontai à mon ami comment je m'étais échappé du château et comment Émeraude avait été kidnappée.

— Votre vassale ? demanda-t-il.

— Pas seulement ma vassale. Ma *compagne prédestinée*, répondis-je en insistant sur le dernier mot, tandis que je le suivais à travers les ruelles. Des rats se précipitèrent à travers les cartons qui jonchaient le sol.

Il eut le souffle coupé.

— Votre compagne ! s'exclama-t-il en s'efforçant d'enjamber une flaque d'eau.

— C'est pour ça que je dois aller au magasin d'esclaves. Elle est là, expliquai-je.

Son ton se durcit.

— Je vois.

— La reine devait être au courant. Je n'ai jamais vu autant de gardes pour une simple boutique, ajoutai-je, espérant qu'il puisse me dire ce que la reine savait de mes allées et venues.

Le vampire continua d'avancer, le regard toujours tourné vers l'avant.

— Je ne sais pas si la reine est au courant. J'ai passé toute la journée chez la couturière à essayer et à choisir de nouveaux vêtements. Mes anciens étaient usés. C'est là que vous m'avez trouvé.

Nous arrivâmes à un endroit où la ruelle s'élargissait. De chaque côté se trouvaient les cours de maisons mieux entretenues. De hautes haies bordaient les jardins, dont certains étaient éclairés par des lampes à huile, diffusant une faible lueur jaune dans l'obscurité de la nuit. Nous continuâmes, marchant plus aisément. Dans mon excitation d'avoir retrouvé mon vieil ami, je n'avais pas prêté attention au chemin que nous avions emprunté.

— Où allons-nous ? demandai-je à Lysandre.

Le vieux vampire sourit et ouvrit le portail d'un grand jardin.

— Par ici, fut tout ce qu'il répondit.

La cour était immense et le jardin bien entretenu. Il y avait une fontaine au milieu et plusieurs bancs. Les roses, fermées pour la nuit, devaient être magnifiques pendant la journée. C'était sans aucun doute la demeure d'un vampire noble.

— « Je connais un moyen d'entrer dans la boutique d'esclaves », dit Lysandre. Il désigna un banc. « Attendez-moi ici. »

— C'est absurde. Je vais venir avec toi, répondis-je, mais le vieux vampire secoua la tête.

— Mon vieil ami se méfie des nouveaux venus—il commence à perdre la tête. Il vaut mieux que j'y aille seul.

J'acquiesçai et regardai Lysandre s'éloigner.

Je décidai de rester où j'étais, observant un bouquet de tubéreuses. Les délicats pétales blancs caressaient le clair de lune. Quelques papillons de nuit virevoltaient autour d'elles, attirés par leur parfum sucré, crémeux et exotique. J'étais captivé par leur odeur enivrante, désirant plus que jamais serrer ma douce Émeraude dans mes bras.

Un bruit retentit derrière moi, et je me retournai. Je vis Lysandre revenir accompagné de quatre vampires. Mes sens s'éveillèrent. Quelque chose n'allait pas, et alors qu'ils s'approchaient, je vis qu'ils étaient vêtus d'armures de cuir. Je me raidis.

Lysandre s'arrêta et laissa les quatre jeunes vampires s'approcher.

— Que signifie tout cela ? demandai-je.

Mais le vieux vampire ne répondit pas. Il se contenta de s'appuyer sur sa canne et de regarder les autres se rapprocher de moi. Le premier portait un marteau en métal qu'il devait soulever à deux mains. Le deuxième et le troisième étaient armés de poignards, tandis que le dernier, un vampire menaçant au crâne rasé et couvert de tatouages, brandissait une épée.

Le vampire tatoué se jeta sur moi avant que je n'aie le temps de réfléchir. Je poussai un sifflement de douleur lorsque l'acier me lacéra l'avant-bras. Je rugis et giflai l'attaquant, envoyant le vampire s'écraser contre un banc de pierre dans une pluie d'éclats. Un autre, armé d'un poignard, était déjà à ma gorge avant que je puisse réagir. Ses ongles me lacérèrent la poitrine, du sang chaud coulant le long de mon torse, mais je n'eus pas le temps d'y penser lorsque le poignard de l'autre me transperça profondément la cuisse. Mon corps vacilla, la douleur s'intensifiant jusqu'à devenir brûlante.

Le loup s'éveilla en moi. Il ne se laisserait pas vaincre ainsi sans revoir notre compagne. La métamorphose fut rapide et prit les vampires par surprise. Ma vision s'aiguisa et ma respiration résonna. Il réclamait la violence, et je cédai à sa volonté.

J'attrapai un vampire en plein vol, serrant ma mâchoire autour de son cou. Il perdit l'équilibre et je le projetai sur le pavé. Je le clouai au sol jusqu'à ce que son crâne heurte le sol avec un craquement sourd, l'éliminant.

Celui au marteau attaqua ensuite. Je parvins facilement à esquiver ses assauts sous ma forme de loup, car j'étais rapide et agile. Dans la confusion, le vampire tatoué abattit son épée vers l'avant et finit par la planter dans celui qui tenait le marteau. Il jura, et je les tailladai alors qu'ils étaient distraits. Mes griffes lacérèrent la chair du vampire au marteau, faisant couler des rivières de sang. Il tituba et tomba en arrière. Pendant ce temps, Lysandre n'avait pas bougé. J'aperçus une lueur d'inquiétude sur son visage, mais il demeura immobile, appuyé sur sa canne.

Les deux derniers vampires rugirent et attaquèrent ensemble : l'un enfonça son poignard dans mon omoplate, l'autre dans ma jambe. Mon loup gémit de douleur, mais l'instinct prit le dessus. Je déchirai la gorge du vampire, armé d'un poignard, avec mes griffes, le sang nous éclaboussant le visage, mais au même moment, le dernier vampire m'entailla le dos. Une vague de douleur brûlante se propagea et me força à reprendre ma forme de vampire, nu. Chaque respiration faisait jaillir la douleur de la blessure dans mon dos, comme si elle s'amplifiait à chaque inspiration. Je restai allongé un moment, essayant de reprendre mes esprits.

Le vampire tatoué me frappa au visage avec sa botte alors que j'étais allongé là. La douleur était aveuglante. Mes pouvoirs de guérison vampiriques, combinés à ceux de mon loup-garou, agirent de concert, et je sentis la peau se refermer. La blessure n'était pas complètement guérie et me brûlait encore, mais j'ai pu me relever.

Le vampire tatoué recula, abasourdi. J'en profitai pour lui saisir fermement la tête et la tordre jusqu'à ce que son cou craque comme du bois sec. Le cadavre s'effondra, pris de spasmes.

Seuls Lysandre et moi restions dans la cour. Il me fixa sans ciller. S'il avait peur, il le cachait bien. Je pris l'épée et un pantalon sur l'un des vampires tombés au sol, sans jamais quitter Lysandre des yeux.

— Tu n'aurais jamais dû exister, dit-il d'une voix glaciale.

Toutes ces années, tout ça juste pour entendre ces mots. Sa trahison me faisait plus mal que n'importe quelle lame.

— Ton père était censé épouser ma fille aînée. Mais non, il a fallu qu'il tombe amoureux de ta mère. Une *louve-garelle*. La douleur était telle que ma fille s'est donné la mort.

Ma poitrine se serra et j'eus le souffle coupé. Je voulus répondre, mais aucun son ne sortit.

Lysandre poursuivit :

— Je ne suis peut-être pas aussi habile que mes assassins, mais je peux encore me battre.

Il tira sur l'extrémité de sa canne, révélant une lame dissimulée. Il se jeta sur moi. Je parai ses coups, acier contre acier. Chaque frappe déchirait la chair, chaque riposte faisait cliqueter les os. Chaque coup me rappelait un souvenir, me paralysant dans la douleur de sa trahison. Une entaille sur mes côtes. Un coup de pied à la poitrine. Une lame sur ma joue. Mon sang coulait de mes blessures, déjà affaibli par le combat précédent. Il continuait à me taillader sans relâche, déversant sa rage sur moi.

Je voulais crier pour qu'il s'arrête, mais je ne pouvais pas prononcer les mots. Il était clair qu'il ne s'arrêterait pas tant que je ne serais pas mort. Mon épée s'enfonça profondément dans sa chair. Lysandre tituba, le sang coulant à flots, mais son regard resta froid.

— Tu es une erreur de la nature. Une obscénité du destin, déclara-t-il.

J'enfonçai mon épée dans la gorge de Lysandre. Le vieux vampire émit un gargouillement, et du sang coula de sa bouche. Sa respiration devint saccadée, sifflante, puis superficielle. Il s'effondra au sol et je me laissai tomber sur lui, continuant sans relâche. Je frappai pour effacer les mots qu'il avait crachés avec tant de mépris. Je frappais pour oublier sa trahison. Je frappai jusqu'à ce que la trahison cesse de me faire mal à l'âme. Quand j'eus fini, le vampire avait disparu depuis longtemps, les yeux fixés sur le néant.

Je vacillai, trempé de sang. Le mien, celui de mon vieil ami, celui des assassins. Mes poumons brûlaient, mon corps tremblait et j'avais l'impression que le feu léchait chaque blessure. Je titubai dans la ruelle, à travers les portes, chaque pas plus lourd que le précédent. J'avais été blessé plus gravement que je ne le pensais. Mon sang coulait à flots. La blessure dans mon dos s'était rouverte.

Les pavés se mirent à vaciller sous mes pieds et ma vision se brouilla. Je tombai contre une clôture, glissai le long de celle-ci, le souffle saccadé. Dans mon esprit, je ne pensais qu'à Émeraude.

La dernière chose que j'entendis fut le bruit de mon propre sang coulant sur la pierre.

Puis le monde s'est assombri.

Chapitre 15 (Samantha)

Le temple de Skyfall

Je me tins devant l'eau sombre, les ruines du temple de Skyfall s'élevant comme des dents cassées hors du marais. Ma respiration était superficielle, de la buée s'échappant de mes lèvres tandis que je murmurai les mots du sort de respiration aquatique qu'Alastor m'avait enseigné. L'air trembla, et un léger scintillement parcourut ma peau—un mince voile de magie glissant sur ma bouche et mon nez. La respiration suivante fut douce et froide, l'air d'un autre monde.

J'avançai d'un pas.

L'eau se referma sur moi tandis que je descendis les marches à l'intérieur du temple, réduisant la nuit au silence. Tout ralentit. Mes cheveux flottaient comme de la soie sombre, mon armure scintillant dans la faible lumière qui filtrait d'en haut. La pierre blanche qui avait autrefois été rayonnante avait pris la teinte terne des vieux os. D'étranges formes dérivaient devant moi : des fragments de pierre ancienne, des colonnes effondrées, les ossements de ceux qui étaient venus avant moi et avaient échoué.

La salle dans laquelle je m'aventurai s'était effondrée vers l'intérieur. Des vestiges de statues se dressaient contre ses murs, et des fragments de marbre brisé jonchaient le sol. La tête d'une statue me fixait. Rongée par les algues et la pourriture, son visage n'était plus serein. Ses ailes gisaient plus loin, à demi enfouies dans le sable et les sédiments. Un autel se dressait au centre de la salle, toujours debout malgré une colonne effondrée qui l'avait écrasé.

Plus je nageais en profondeur, plus il faisait froid. La pression montait autour de moi, mais mon sort tenait bon. Le temple avait un air fantomatique, ses flèches autrefois dorées désormais étouffées par la mousse et les bernacles. Des statues de rois de toutes les races bordaient un chemin, leurs visages érodés, les mains tendues à jamais vers une lumière qui ne brillait plus. Je reconnus également des divinités, comme Hécate, la déesse des vampires. Je fronçai les sourcils. Une fois de plus, Alastor n'était pas représenté. C'était une preuve supplémentaire que mon dieu tout-puissant avait été négligé pendant des milliers d'années. Il était grand temps de rectifier cela, et ce serait fait lorsque sa prophétie s'accomplirait.

Je passai de pièce en pièce, espérant que le sort de respiration aquatique tiendrait bon. Il aurait peut-être été sage de le réciter à nouveau pour le renouveler, mais c'était risqué. Je ne savais pas combien de temps il durerait, et il avait consommé une bonne partie de ma mana. J'estimai que je pourrais le réciter au plus deux autres fois avant d'être à court de mana.

Je me retrouvai dans une vaste salle qui ressemblait à une salle du conseil. Au centre de la pièce se trouvait une immense table de pierre partiellement recouverte de sédiments, de crustacés et d'algues. Je pouvais imaginer à quel point cette salle avait dû être majestueuse autrefois. Je marchai, en prenant appui contre les pierres pour me propulser dans l'eau, fouillant partout dans l'espoir d'y trouver la relique, mais en vain.

Je sortis et j'empruntai un couloir. Il me conduisit à une salle bien plus petite et plus modeste. Les portes étaient entrouvertes, comme si elles avaient été enfoncées de l'intérieur lors d'une bataille ancienne. Je me faufilai à l'intérieur, mes mains effleurant les sculptures sur la porte, des scènes représentant des saints marchant parmi les rois, leurs ailes déployées, la lumière jaillissant de leurs mains.

Dans cette pièce, je trouvai plusieurs épées rouillées, corrodées et partiellement recouvertes d'algues. Aucune lumière ne filtrait dans cette pièce. Je me déplaçai avec précaution, n'ayant pas besoin de lumière pour voir dans l'obscurité. Des fresques défraîchies ornaient les murs. Bien qu'elles aient passé des années sous l'eau, le bleu était encore clairement visible, ainsi que des traces de jaune, de blanc et de vert. Il était encore possible de distinguer ce qu'elles représentaient, car elles avaient été sculptées directement dans les murs de pierre du temple : un royaume s'agenouillant devant des êtres rayonnants, une figure ailée brandissant un bouclier vers les cieux, tandis que des dragons s'enroulaient dans les nuages.

La relique.

Le bouclier du dernier saint. Une légère secousse parcourut le temple. Je me retournai brusquement. Le silence ici était trop complet, trop vigilant. Quelque chose était éveillé. J'en étais sûre.

Je continuai d'avancer, à la recherche d'un coffre, d'un piédestal, de tout ce qui aurait pu contenir la relique. Mais au loin, là où le couloir débouchait sur le cœur submergé du temple, quelque chose d'immense bougeait—sinueux, ancien, et pas tout à fait mort. Le lieu de repos des saints n'avait pas été laissé sans défense.

Je resserrai ma prise sur ma lame. Peu m'importait ce qui gardait la relique. Je ne quitterais pas les profondeurs sans elle.

Les secousses s'intensifièrent, et des morceaux de roche tombèrent du plafond, me forçant à sortir de la pièce pour entrer dans une autre, percée d'un trou béant. Le clair de lune filtrait à travers les eaux brisées au-dessus. Les murs étaient sculptés d'ailes et d'étoiles, désormais déformées par le souffle lent et le courant de l'eau. Au centre se trouvait un autel, à moitié enfoui dans la vase, et derrière lui se dressait une statue massive, ou du moins ce que je croyais être une statue. Jusqu'à ce qu'elle bouge.

Le mouvement fut d'abord subtil, un frémissement se propageant à travers la boue. Puis, de derrière l'autel, une forme commença à s'élever—des ailes squelettiques largement déployées, les restes de plumes depuis longtemps décomposées, remplacées par des filaments d'ombre et d'os. Son corps était tordu, drapé de vestiges d'armure fusionnés avec du corail et de la pierre. Son visage, autrefois humain, était fendu par des lignes de veines noircies et la faible lueur d'une magie qui avait mal tourné.

Quand il parla, sa voix résonna comme de l'eau se répercutant sur la pierre : creuse, ancienne, et empreinte de douleur.

— Ainsi… un autre vient.

Je ne m'attendais pas à ce que la créature puisse parler sous l'eau, jusqu'à ce que je réalise que la pièce était imprégnée d'une telle magie que le son s'y propageait plutôt que dans l'air.

Je levai mon épée.

— Je viens chercher la relique, dis-je d'une voix ferme, même si mon pouls battait à tout rompre dans mes oreilles.

Un rire grave et creux se répercuta dans l'eau.

— Tu cherches le bouclier du saint ailé, comme l'ont fait tes rois avant toi. Mais tu arrives trop tard. Le temple est tombé à cause d'une trahison, et moi…

Il pencha la tête, la faible lueur verte de ses yeux me transperçant.

— Je suis ce qui reste de son gardien.

La créature s'approcha, sa silhouette à la fois fluide et terrifiante.

— La malédiction du traître me retient prisonnier. On m'a arraché mes ailes, mon âme est enchaînée à cette ruine. Depuis des milliers d'années, je garde ce qui ne peut être racheté.

Je retins mon souffle en réalisant qu'il s'agissait d'Alexandre, le dernier saint, ou du moins ce qu'il restait de lui. Transformé en ce garde mort-vivant, il était lié à cet endroit, condamné à le protéger pour l'éternité. Il ne restait plus rien du saint qu'il avait été autrefois.

— Tu ne gardes rien d'autre que des os et de la pourriture.

Les griffes de la créature se recroquevillèrent, troublant le courant.

— Je garde sa *volonté*. Et sa volonté est de souffrir jusqu'à ce que les purs récupèrent la relique. Mais toi…

Il se pencha en avant, sa voix résonnant comme un murmure dans mon crâne.

— Ton cœur n'est pas pur. Tu es une reine des ténèbres, souillée par le mal.

Je serrai les dents, la rage montant en moi.

— Tu ne sais rien de mon cœur ni de ma foi.

— Je *connais* le poids du sang sur tes mains. Je le sens dans l'eau.

Ces mots me transpercèrent profondément, car ils étaient vrais. J'avais tué beaucoup : des hommes, des bêtes, et même des innocents, mais la pureté n'avait plus aucune importance désormais. La survie, le destin et l'accomplissement de la prophétie, voilà quelles étaient mes vérités.

Le gardien déploya ses ailes osseuses, remplissant la salle d'une tempête de limon et d'ombres.

— Alors prouve ta valeur, usurpatrice. Rachete le sang que tu as versé… ou noie-toi sous la malédiction qui m'a condamné.

L'eau bouillonna violemment alors qu'il attaqua, ses ailes squelettiques fendant le courant, ses griffes acérées comme des épées. J'esquivai tout en murmurant une incantation, envoyant une vague d'énergie brûlante à travers l'eau. L'affrontement fut silencieux mais dévastateur, la lumière contre l'ombre, la volonté contre la malédiction.

Le gardien frappa à nouveau, ses griffes tranchant mon armure, s'enfonçant dans ma peau. Je grimaçai, mon sang se mêlant à l'eau. Lorsque mon regard revint sur le gardien, ses ailes brillaient d'une aura, faisant scintiller le blanc de ses os. Une série d'os se matérialisa entre chacune de ses ailes, surgissant de nulle part. Je n'eus pas le temps de me demander de quel genre de magie il s'agissait avant que le gardien ne fasse un geste de la main, lançant simultanément les os dans ma direction. L'un d'eux se logea dans ma jambe, tandis qu'un autre transperça ma cape. Ils étaient aussi tranchants que des poignards.

Je saisis l'os à deux mains et tirai dessus. Il était enfoncé profondément dans le muscle, et je hurlai en l'arrachant. La créature rit une fois de plus.

— Tu ne vois pas à quel point c'est inutile ? Tu as déjà perdu.

Je lançai une vague de magie dans sa direction, mais cela n'eut aucun effet. Si ma magie ne pouvait l'atteindre, alors mon couteau le ferait.

Je m'approchai, mais il nageait bien plus vite que moi. La créature battait des ailes avec frénésie, et le courant me plaqua contre une paroi. Le gardien s'approcha, sans crainte, jouant avec moi comme un prédateur avec sa proie. Mais je n'allais pas me laisser intimider. J'attendis qu'il soit assez près et j'enfonçai mon couteau dans sa poitrine. La lame s'enfonça dans l'armure, et je souris, ravie d'avoir pris le dessus. Je retirai le couteau, me préparant à une deuxième attaque, quand je vis la blessure se refermer.

Le gardien sourit malicieusement devant ma consternation.

— On ne peut pas tuer ce qui est déjà mort !

Sa griffe me frappa, m'entaillant la joue et m'envoyant valdinguer à travers la pièce, à travers les ruines d'armoires en bois pourri. Je restai allongé là un moment, à réfléchir à la situation. Ma magie ne l'affectait pas, pas plus que mon couteau. Comment étais-je censé le vaincre ? Mon regard se posa sur le plafond, qui s'ouvrait sur les eaux du marais. Pourrais-je nager assez vite pour m'échapper ? Mais à quoi cela me servirait-il de m'enfuir sans la relique ? *Alastor, j'ai besoin de tes conseils.*

Flottant au-dessus de l'eau, le gardien matérialisa un autre ensemble d'os. J'étais morte si je restais là. J'attendis qu'il soit prêt à les lancer et me cachai derrière une colonne à la dernière seconde, évitant de justesse l'attaque.

Le gardien était piégé ici par une malédiction. Je me suis alors souvenue d'un sort que j'avais appris quand j'étais jeune prêtresse. C'était ma dernière chance. Je récitai les mots, et ma lame s'embrasa de flammes blanches. Ce n'était pas un feu de destruction, mais un feu de libération.

— Si je ne peux pas te tuer, alors je te *libérerai.*

J'enfonçai le couteau dans la poitrine de la créature, et la lumière jaillit. Le gardien hurla de douleur. Ses ailes se dissolurent en cendres et en bulles, les os se transformèrent en poussière qui s'éleva en spirale vers la faible lueur de la lune au-dessus, tandis que la malédiction fut brisée et que le saint trouva le repos.

Le temple retomba dans le silence. Je restai seule, agenouillée dans l'eau immobile. Devant moi, là où se tenait le gardien, l'autel brillait faiblement. À l'intérieur reposait la relique, un orbe de métal pâle, gravé d'ailes et de veines de lumière, sa surface intacte et exempte d'algues malgré les siècles qui s'étaient écoulés.

Je tendis la main, mes doigts tremblant lorsqu'ils l'effleurèrent, craignant qu'une quelconque magie ne la protège. Une chaleur réconfortante se répandit dans mon bras. C'était fascinant, la chose la plus belle que j'aie jamais vue. Je pouvais sentir le pouvoir qui s'en dégageait. Si fort. Si pur.

Je la rangeai soigneusement dans mon sac. Je sentis une oppression dans ma poitrine et réalisai que j'avais du mal à respirer. Le sort commençait à s'estomper. Rapidement, je récitai à nouveau les mots du sort, mais j'avais utilisé du mana lors du combat contre le gardien. Par conséquent, il m'en restait juste assez pour lancer le sort une deuxième fois. Heureusement, j'avais ce pour quoi j'étais venue.

Convaincue que j'aurais assez d'air, je décidai de nager à travers le toit effondré du temple jusqu'à atteindre la surface. Au-dessus de l'eau, la nuit était calme.

Je me hissai sur l'une des planches de bois, heureuse d'être de retour sur la terre ferme et d'avoir la relique en ma possession. La fatigue de toutes ces épreuves m'envahit. J'avais hâte de retourner au château pour me reposer. J'accélérai le pas.

Chapitre 16 (Élaine)

Veneficus Dei

J'étais seule avec Akael. De l'air frais entrait par la fenêtre ouverte, mais j'avais l'impression qu'il faisait trop chaud dans la pièce. J'avais des papillons dans le ventre et j'avais envie de son contact.

— Tu dois avoir beaucoup de questions, dit-il pour rompre le silence.

Tout ce qui venait de se passer me revint à l'esprit. De son arrivée au château pour me sauver jusqu'à notre fuite. Je voulais tout savoir. Il n'était pour moi qu'un mystérieux inconnu, et pourtant, j'avais l'impression de le connaître et de pouvoir lui faire confiance. Et je n'oserais jamais avouer ces pensées qui me rongeaient depuis que j'avais posé les yeux sur lui pour la première fois.

— Je ne sais même pas par où commencer, avouai-je.

Il rit d'une voix douce que je trouvais séduisante.

— Alors, je vais commencer par le début. Je suis Akael Vaelarion, prince du Royaume du Soleil.

J'écarquillai les yeux.

— Prince ? l'interrompis-je.

Cela expliquait pourquoi il se déplaçait avec tant de grâce, ou pourquoi il s'adressait aux serviteurs que nous croisions avec une autorité si naturelle. Il sourit encore plus à ma question. Que pouvait bien vouloir un prince de moi ?

— Oui, je suis le plus jeune prince de mon royaume.

— Mais le Royaume du Soleil est loin d'ici, fis-je remarquer, me remémorant les détails de la ville tirés des parchemins que j'avais consultés.

En tant que Grand Sorcier, on attendait de moi que je connaisse les royaumes environnants afin d'être au courant de tout conflit éventuel.

— Pourquoi venir jusqu'ici ?

— En effet, c'est loin. Depuis ma naissance, l'Oracle avait prédit que mon âme sœur ne se trouvait pas dans mon royaume. On m'a dit qu'elle était la mage des dieux et qu'elle vivait dans un royaume lointain.

Mon cœur fit un bond à l'évocation des mots « âme sœur ». Je n'avais jamais été du genre à croire au destin prédéterminé, mais je ne pouvais nier l'attirance que je ressentais pour Akael. Je n'avais d'autre choix que d'admettre que les âmes sœurs existaient.

— Es-tu en train de dire que je suis ton âme sœur ? demandai-je, même si je connaissais déjà la réponse.

Il acquiesça, m'offrant le plus beau des sourires, qui fit fondre mon cœur.

— Cela va à l'encontre de tout ce que je croyais savoir. Cependant, mon âme aspire également à la tienne. Mais tout cela va si vite, admis-je.

— J'attendrai avec joie tout le temps qu'il te faudra, ma dame. Quand ton cœur sera prêt, je serai là.

Je lui fus reconnaissante de sa réponse. L'amour n'était pas quelque chose qu'il fallait précipiter, même s'il était mon âme sœur.

— Le monde est vaste. Comment m'as-tu trouvée ? demandai-je.

— J'ai envoyé des messagers dans tous les royaumes de tous les continents. L'Oracle m'avait révélé que je devais trouver le mage des dieux, c'est donc ce que j'ai cherché. Puis enfin, à Mytvathyr, j'ai entendu parler du *veneficus dei*. J'ai su que c'était toi.

C'était vrai que les serviteurs m'avaient toujours appelé ainsi, mais c'était difficile à accepter. Mes mains tremblèrent et mon cœur battit à tout rompre.

— Alors, tu as fait tout ce chemin, tu as voyagé pendant des semaines, juste pour me trouver ? répondis-je.

— Cela aurait été un objectif qui aurait valu le déplacement. Cependant, je suis venu parce que l'Oracle a dit que toi et moi devions mener une guerre contre les grandes ténèbres qui menaçaient de s'étendre au monde entier.

Cela semblait être une tâche titanesque. Je n'étais qu'une simple mage.

— Je… Je ne suis pas sûr d'être assez forte pour cela.

— Peu importe que tu croies ou non en tes capacités. Les dieux croient en toi. *Je* crois en toi.

C'était trop pour moi à supporter d'un seul coup. Restaurer la magie elfique avait été un lourd fardeau, mais c'était une tâche qui incombait à un mage, et je l'avais accomplie. Cependant, je ne voulais pas que le destin du monde repose sur mes épaules.

— J'aurais pu mourir à tout moment aux mains de la reine, piégée dans ce château sans mes pouvoirs magiques. Je ne suis qu'une elfe ordinaire. Je ne veux pas être mêlée aux dieux !

Akael m'attrapa les mains. Son contact était chaud, réconfortant. Je me calmai immédiatement, mais une larme solitaire coula sur ma joue. Il l'essuya doucement.

— Réfléchis, Élaine. Tu dis que tu n'es qu'une elfe ordinaire, mais je vois ces deux joyaux magiques incrustés. Ils sont réputés puissants, et je n'ai jamais entendu parler de quelqu'un capable d'en porter deux et de survivre. Comment peux-tu ne pas voir la personne que tu es ?

J'avais l'impression que mes jambes allaient se dérober sous moi. Je suppose que cela se voyait, car Akael m'attira doucement vers la table. Je m'assis sur la chaise en bois froide et pris une profonde inspiration.

On frappa à la porte. Akael l'ouvrit, prit les deux bols de ragoût des mains du tavernier, puis la referma. Il m'apporta le mien et mangea le sien debout, car il n'y avait qu'une seule chaise.

— Mange tant que c'est chaud, dit-il entre deux bouchées.

Le choc avait suffi à me faire oublier que j'avais faim, mais l'odeur du ragoût me le rappela. Le ragoût était délicieux, surtout après avoir mangé uniquement du pain sec ces derniers jours. Je mangeai en silence tandis que mes pensées s'emballaient dans ma tête.

Akael posa son bol vide sur la table. Ses yeux d'un vert profond me fixèrent avec gentillesse, ou peut-être était-ce de la tendresse ? Je me demandais si je ne me faisais pas des idées. Il avait dit qu'il était mon âme sœur. J'avais toujours entendu dire que les âmes sœurs pouvaient se reconnaître entre elles. Je n'avais jamais cru à ces sornettes, encore moins aux dieux ! Mais je ne pouvais nier ce que je ressentais pour lui. J'avais l'impression que tous mes repères, toutes les certitudes sur lesquelles j'avais fondé ma vie, étaient soudainement faux—que tout ce que j'avais cru impossible était vrai. Et maintenant, j'étais confrontée à un destin que je n'avais pas choisi, que je ne désirais pas.

— Quand je suis arrivé à Mytvathy, dit-il pendant que je mangeais, j'ai demandé une audience avec le roi. J'ai tout de suite su qu'il y avait quelque chose de louche dans la façon dont il répondait à mes questions. Il m'a dit que tu étais partie dans la cité des nains pour faire quelque chose en rapport avec la magie.

— Quoi ? demandai-je, manquant de m'étouffer avec ma nourriture.

— Oui, je savais que c'était un mensonge. Les nains ne possèdent pas de magie. Cela ne faisait aucun sens, et la façon dont il hésitait en parlant en disait long. J'ai donc dit que j'attendrais ton retour et je suis resté au château. Je savais qu'il serait obligé de m'accueillir. Je suis un prince, après tout.

— Mais pendant que je restais au château, j'ai interrogé les serviteurs sur l'endroit où tu te trouvais. Sylvia a fini par tout me raconter.

Je souris en entendant le nom de la vieille servante. Je l'aimais comme une mère.

— Elle m'a dit que le roi t'avait envoyé dans la cité des vampires porter un prisonnier à la reine. Que personne ne t'avait revu depuis, et qu'elle s'inquiétait beaucoup pour son *veneficus dei.* Que tu étais partie depuis trop longtemps, et que tu étais leur seul espoir.

— J'ai quitté le château le jour même et j'ai voyagé jusqu'ici pour te retrouver. Ça n'a pas été facile, mais j'ai réussi à nouer des contacts avec quelques personnes au palais. J'ai attendu que la reine soit hors de la ville avant de te secourir. C'était plus sûr ainsi.

Je restai sans voix. Le roi avait menti sur l'endroit où je me trouvais. Ce n'était pas vraiment une surprise, mais cela me faisait tout de même mal. Après tout, il m'avait trahie le jour où il m'avait envoyé livrer le prisonnier à Ichoryllia, mais c'était là un nouvel exemple qui venait aggraver la blessure. Je devrais remercier Sylvia à mon retour au château. Si jamais je retournais au château, bien sûr, puisque je ne pouvais plus faire confiance au roi.

— Merci de m'avoir sauvée, finis-je par dire.

Akael s'agenouilla et me prit la main. Il y déposa un baiser doux qui fit monter le rouge à mes joues.

— C'est le moins que je puisse faire pour toi, ma chère. Tu es mon âme sœur. J'aurais été jusqu'au bout du monde pour te retrouver.

Ses paroles me revinrent à l'esprit.

— Mais comment sommes-nous censés combattre les ténèbres, rien qu'à nous deux ? Nous ne savons même pas ce que c'est, demandai-je.

— Je ne suis pas venu seul. Une armée m'attend au port de Mumbur. Une autre flotte a jeté l'ancre au sud, les soldats se cachant dans la forêt.

Je réfléchis un instant. Je savais que le roi avait succombé aux ténèbres. J'avais senti la magie noire s'infiltrer dans le château, en lui. Ou peut-être faisait-il référence à Samantha et aux Miłonblooders.

Les paroles de Scorchfire me revinrent à l'esprit.

— *Zarvok Drel'kaan*. C'est ce que le dragon a dit avant de mourir. Ça, et *Ruun to ruun. Mor'thuun noth.*

— Le dragon t'a parlé ? demanda Akael, toujours à genoux.

— Oui, je l'ai entendu me parler avant qu'il ne meure. Ce n'est peut-être rien, mais…

— Les dragons ne parlent pas à n'importe qui, interrompit le prince.

— Sais-tu ce que cela signifie ? demandai-je, espérant que son royaume en savait plus que moi sur les dragons.

Il secoua la tête en souriant.

— Non, mais il nous suffira de trouver un dragon qui le sache.

— Tu proposes qu'on aille voir un dragon ? demandai-je, incrédule.

J'avais vu ce que ces créatures pouvaient faire à une ville.

— Et s'ils nous attaquent ?

Akael se leva et haussa les épaules.

— Il nous suffira d'en trouver un qui acceptera de te parler.

— Et où proposes-tu qu'on trouve un dragon ? demandai-je.

Il désigna la fenêtre.

— Il y a des dragons partout dehors, ma chère.

Il avait raison.

— Oui, on devrait faire ça demain, répondis-je.

J'avais bien mangé et je me sentais rassasiée. La fatigue de la journée me submergea.

— As-tu d'autres questions ? me demanda-t-il. Parce que j'aimerais tout savoir sur toi !

Cela me rendit heureuse et fit battre mon cœur à toute allure.

— Oui, que veux-tu savoir ? demandai-je.

— Parle-moi de toi. Ce que tu aimes, qui tu es.

Je réfléchis un instant avant de répondre, essayant de choisir ce que je voulais dire. Être grand sorcier avait occupé une place si importante dans ma vie qu'il me semblait naturel de commencer par là :

— J'ai commencé à travailler pour le roi alors que je n'avais que cinq ans, choisie pour mes pouvoirs magiques.

— Si jeune ? interrompit Akael.

Sa réaction me surprit, car n'importe qui vivant à Mytvathyr serait au courant, mais après tout, il avait grandi dans le Royaume du Soleil, il était donc logique qu'il n'en sache rien.

— Le roi sélectionne les elfes les plus doués en magie à cet âge. C'est pareil pour tous les elfes du royaume, répondis-je.

— N'aurais-tu pas préféré rester avec ta famille ? demanda le prince.

Sa question me prit au dépourvu.

— Je n'ai même jamais envisagé cette possibilité. C'est la tradition, répondis-je.

— Et si tu étais reine, maintiendrais-tu cette tradition ? demanda-t-il, les yeux rivés sur les miens.

Je réfléchis. Je n'avais jamais remis en question l'ordre établi. Je me souvenais des familles qui refusaient d'envoyer leurs enfants au château, risquant leur vie en les cachant. C'était peut-être une tradition, mais je réalisai qu'elle brisait de nombreux cœurs. Quel mal y aurait-il à laisser les enfants auprès de leurs familles ?

— Je ne suis pas certaine, répondis-je.

Akael sourit.

— Bien, nous ferons comme tu le souhaites quand tu seras reine à mes côtés.

L'entendre dire cela à voix haute me semblait inconcevable.

— J'ai encore du mal à croire que je serai reine un jour.

Il prit ma main, son contact était chaleureux, et la serra.

— Tu es mon âme sœur. Bien sûr, j'aimerais que tu deviennes ma femme un jour, mais je serai patient. Je veux que nous ayons le temps de faire connaissance, et je respecterai ton choix.

— Merci de ne pas me mettre la pression, dis-je.

J'avais hâte de découvrir la personnalité d'Akael. J'aimais ce que j'avais vu jusqu'à présent. J'avais l'impression de pouvoir tout lui dire.

Je bâillai malgré moi, la fatigue était trop forte.

Akael sourit.

— Nous avons eu une longue journée. Tu devrais te reposer, dit-il en désignant le seul lit de la pièce.

— Et toi ? demandai-je, rougissant soudainement en réalisant les implications de ma question.

Ses lèvres s'incurvèrent en un sourire.

— Même si j'adorerais dormir près de ma magnifique âme sœur, je dormirai par terre. Nous aurons le reste de notre vie pour apprendre à nous connaître. Nous partirons avant l'aube.

J'acquiesçai. J'utilisai la petite douche attenante à la chambre. Il n'y avait pas d'eau chaude, mais je m'estimais chanceuse d'avoir de l'eau courante. Ma mana étant déjà à moitié restaurée, je chauffai l'eau directement dans le tuyau. C'était un sentiment incroyable de pouvoir enfin me débarrasser de toute la saleté qui s'était accumulée pendant mon séjour au château et au cours de mon voyage. J'avais l'impression que cela faisait une éternité que je n'avais pas pu profiter de l'eau sur ma peau.

Une fois sortie, je pris le temps de nettoyer ma robe de cuir clouté. J'étendis les vêtements sur une chaise pour les faire sécher et ne gardai que mes sous-vêtements. Je passai mes doigts dans mes cheveux bouclés pour essayer de les démêler un peu. En me regardant dans le miroir de la salle de bains, je me dis que j'avais l'air un peu plus présentable qu'auparavant, peut-être même jolie.

Le regard d'Akael était chargé de désir lorsqu'il m'aperçut sortir avec mes sous-vêtements. Je souris, ravie de l'effet que j'avais sur le prince. Il me donnait l'impression d'être la plus belle elfe du royaume. J'avais hâte de mieux le connaître.

— Bonne nuit, Akael, dis-je en allant me coucher.

L'elfe s'apprêtait déjà à dormir sur le plancher à côté du lit.

— Bonne nuit, ma chère.

Je fermai les yeux, reconnaissante de pouvoir dormir loin du château, la tête pleine de ce qui m'attendait.

Chapitre 17 (Nathan)

Le piège

Le soleil réchauffa ma peau. Mes muscles me faisaient mal même sans bouger, mais je savais que mes blessures avaient commencé à guérir. Tout autour de moi, des pas résonnèrent. Y avait-il d'autres assassins envoyés pour m'achever ? J'ouvris les yeux et me redressai brusquement, prêt à me battre. Deux enfants hurlèrent et coururent se réfugier derrière la jupe d'une femme. Je me détendis en voyant qu'il n'y avait pas de menace immédiate. J'avais mal à la tête, et mon corps n'appréciait pas mon mouvement brusque. Je regardai autour de moi. J'étais dans une cour, sous le toit d'un auvent extérieur ressemblant à une tente. Je me demandai comment j'étais arrivé là. J'étais sûr de m'être endormi dans la rue.

Une femme s'approcha. Elle portait un grand tablier par-dessus sa longue jupe bleue ample. Ses cheveux roux étaient attachés en arrière, et elle m'adressa un sourire chaleureux. De petites mains s'agrippèrent à l'arrière de sa jupe, et j'aperçus les regards à la fois effrayés et curieux sur les visages des deux enfants qui avaient crié.

— Allez, les enfants, je vous avais dit de ne pas déranger Sa Majesté les réprimanda-t-elle doucement.

Ses yeux bleus se posèrent à nouveau sur moi.

— Comment vous sentez-vous ?

— Mieux, répondis-je d'une voix rauque.

Ce n'était pas tout à fait vrai, mais mes pouvoirs de guérison me permettraient bientôt de me rétablir complètement.

— Allez chercher Maria, dit-elle aux enfants.

Les deux s'élancèrent vers la grande maison au fond de la cour.

— Je m'appelle Sherry. On vous a trouvé dans la rue un peu plus loin à l'aube. On vous a traîné sous l'abri extérieur avant que les premières patrouilles de gardes ne passent.

Au fond de la cour, j'aperçus les portes menant à la ruelle où je m'étais effondré après le combat.

— Merci, dis-je.

Si les gardes m'avaient vu, je serais mort ou prisonnier. Je ne savais pas trop ce qui était le mieux.

Les deux enfants revinrent, accompagnés d'une vampiresse. Elle était habillée de la même façon que Sherry. Une douzaine d'enfants, vampires et humains, l'accompagnaient. Ils couraient dans tous les sens, curieux et prudents, chuchotant entre eux.

— Ah, vous êtes réveillé, dit-elle avec un sourire. Bienvenue dans notre orphelinat.

— Un orphelinat ? demandai-je.

Je ne me souvenais pas qu'il y ait eu un tel établissement à Ichoryllia pendant mon règne. Cela devait être très récent.

Comme si elle lisait dans mes pensées, elle poursuivit : « C'était la maison de Lord Legeais avant qu'il ne soit assassiné. Il n'avait ni enfants ni héritier. Nous avons été ravis de découvrir qu'il avait légué sa fortune à nous, ses serviteurs. Nous avons décidé de transformer le manoir en orphelinat. »

Sherry poursuivit :

— Les parents des enfants que vous voyez ici ont été soit tués, soit envoyés dans des centres de reproduction humaine, soit envoyés à Krelgraz.

— À Krelgraz ! m'écriai-je. L'île regorge d'orcs sauvages et armés. Ils vont se faire massacrer.

Certains enfants se couvrirent le visage quand je prononçai ces mots, et je regrettai de leur avoir dit cela. Le regard désapprobateur de Sherry en disait long.

— Ce n'est pas ce que je voulais dire, commençai-je, essayant de me rattraper devant les enfants.

Maria dit :

— Ce n'est pas grave. Même si ces enfants ne savent pas quand ni s'ils reverront leurs parents, ils sont en sécurité ici. Ils ont de l'amitié et une famille.

Sherry ajouta, la voix pleine de haine :

— La reine a détruit la vie de tant de gens.

Une petite fille aux cheveux blonds comme le blé s'approcha, interrompant la conversation.

— Est-ce vrai que tu as un loup en toi ?

Un petit garçon, qui ne devait pas avoir plus de six ans, la rejoignit, les cheveux bruns en bataille.

— J'ai entendu dire que tu avais des pouvoirs magiques.

— Les enfants, je vous en prie ! dit Sherry, mais je lui fis signe de les laisser faire.

Ces enfants avaient tant perdu et avaient été témoins de trop de tristesse pour leur jeune âge. Pourtant, ils avaient conservé leur innocence, et c'était magnifique à voir.

— Ça va, vraiment, dis-je à la femme, qui semblait satisfaite de ma réponse. J'ai bien un loup en moi et des pouvoirs magiques. Tous les vampires ont des pouvoirs magiques.

Un autre garçon s'approcha, ses crocs légèrement visibles lorsqu'il parla.

— Mais j'ai entendu dire que les tiens étaient différents.

J'ai acquiescé.

— C'est vrai. Ma magie est différente.

À ce moment-là, tous les enfants se rassemblèrent autour de moi pour écouter, la peur semblant avoir disparu ou leur curiosité étant trop grande pour qu'ils restent à l'écart.

— On peut voir ton loup ? demanda le garçon vampire.

— Je peux le caresser ? demanda la petite fille.

Je ris.

— Gardons la démonstration pour un autre jour, d'accord ?

Ils étaient déçus, mais acquiescèrent. Je me levai et m'adressai aux femmes.

— Pourquoi m'avez-vous aidée ? Je n'ai pas grand-chose à offrir.

Maria secoua la tête.

— Au contraire, vous avez tout à offrir, Votre Majesté. Nous vous demandons seulement de destituer la reine.

Elle en parlait comme s'il s'agissait d'une simple formalité. J'avais l'espoir de tant de gens sur mes épaules, et je ne les décevrais pas.

— Je comprends pourquoi vous méprisez la reine. Oui, j'ai l'intention de reprendre mon trône, dis-je, ces mots résonnant au plus profond de mon âme.

Les enfants poussèrent des cris de joie, et les deux femmes sourirent chaleureusement. Maria essuya une larme sur sa joue. Elle articula *« merci »* sans émettre le moindre son.

— Il y a cependant quelque chose que je dois faire avant, ajoutai-je. Je cherche quelqu'un, et je pense qu'elle se trouve au magasin d'esclaves.

Elles acquiescèrent, et Sherry fit un geste en direction de la maison.

— Tu devrais manger avant de partir. Cela te permettra de mieux guérir et de reprendre des forces. Ce serait un honneur de t'avoir parmi nous pour le petit-déjeuner.

À côté de la maison, il y avait un grand espace recouvert de dalles beiges plates. Une longue table à l'aspect usé trônait au milieu des pierres, entourée d'un groupe de chaises de différentes tailles. Deux hommes apportèrent des assiettes, tandis qu'une femme servait la nourriture sur la table.

— On prend le petit-déjeuner dehors tous les matins quand il fait chaud et qu'il y a du soleil, dit une petite fille.

Je me suis dit que je devais leur tenir compagnie encore un peu. J'avais besoin de manger de toute façon.

— Eh bien, allons prendre le petit-déjeuner, répondis-je.

Les enfants coururent vers la table, ravis d'avoir un invité.

— C'est un cadeau pour les enfants de vous avoir parmi nous, dit Sherry tandis que nous marchions.

— C'est moi qui devrais vous remercier. Non seulement vous m'avez sauvé, mais vous m'offrez aussi à manger. Quand je reprendrai mon trône, je promets de vous aider.

J'aurais beaucoup de gens à aider quand je serais à nouveau roi. Tant de choses avaient été détruites, et tant de personnes avaient été blessées en un laps de temps remarquablement court. Je ne faisais que mépriser davantage Samantha pour ce qu'elle avait fait.

Je m'assis sur l'une des chaises de taille normale. La petite fille de tout à l'heure s'assit à côté de moi sur une petite chaise qui aurait pu être faite pour une poupée.

— Je m'appelle Molly, dit-elle d'un ton désinvolte, en remettant en place ses mèches blondes tout en parlant. C'est ma chaise. Les autres ne peuvent pas s'y asseoir, alors elle est réservée rien que pour moi. Ça me fait me sentir spéciale, conclut-elle.

— Eh bien, même sans cette chaise, tu es spéciale, ai-je répondu.

Molly rayonna tandis que les autres enfants prirent place. Quelques garçons se disputèrent une chaise jusqu'à ce que Sherry les sépare et leur attribue leurs places. Sherry s'assit à côté de moi, et Maria à l'autre bout de la table afin qu'elles puissent garder un œil sur tout le monde. Les autres domestiques, ou devrais-je plutôt les appeler les maîtres du manoir, prirent place autour de la table. Des corbeilles de fruits frais, du pain et des brioches, ainsi que des œufs pochés, ornaient la table. Des conversations joyeuses s'engagèrent tout autour tandis que tout le monde mangeait. Nous étions à l'abri de la route principale grâce au manoir et suffisamment en retrait pour ne pas être vus depuis la ruelle. Je me laissai emporter, oubliant mes soucis le temps d'un repas.

— Ça fait quoi de vivre dans un château ? demanda Molly pendant que nous mangions.

La première chose qui me vint à l'esprit, ce furent les obligations que cela impliquait. Chacun de mes gestes était scruté par tout le monde. Je devais toujours regarder par-dessus mon épaule pour m'assurer que personne ne me poignardait dans le dos. Mais c'étaient des enfants. Ils rêvaient probablement de robes et de bals, de chevaux, de combats à l'épée et d'armures étincelantes. Je décidai de ne pas briser leurs rêves.

— On apprend à manier l'épée dès le plus jeune âge. On lit des livres et on apprend à penser comme un roi. Notre devoir est de servir notre royaume et de prendre soin du peuple. C'est un rôle important.

Les yeux des enfants brillaient tandis que je parlais.

— Est-ce que tu danses avec des princesses ? demanda Molly.

Je repensai au bal que j'avais organisé pour annoncer mon mariage avec Samantha. À l'époque, j'étais si heureux. J'y avais rencontré mon demi-frère, même si je ne savais pas encore qui il était. Je me souvenais encore à quel point Samantha était magnifique dans sa robe de satin rouge foncé. Comme j'étais naïf à l'époque.

— Oui, bien sûr. Nous organisons des bals et nous dansons au son de la musique.

La petite fille sourit.

— Oh, j'aimerais tellement pouvoir danser à un bal ! s'exclama-t-elle.

— Et si on organisait notre propre bal ? proposa Sherry.

— Vraiment ? demanda Molly, toute excitée.

Les garçons ne semblèrent pas très convaincus que ce fût une bonne idée. Je retins mon rire, pensant que dans quelques années, ils apprécieraient probablement la danse plus qu'ils ne pouvaient l'imaginer. La première danse avec une fille à l'adolescence était toujours si stressante, mais elle éveillait le désir des premiers amours.

— On achètera de nouvelles robes pour les filles et de jolies chemises pour les garçons. Ça va être génial ! Et on pourra monter notre propre orchestre ! ajouta Sherry.

Des acclamations éclatèrent.

— Tu viendras ? demanda Molly.

J'acquiesçai.

— Si tu m'invites.

Des trompettes royales résonnèrent dans la rue. Tout le monde cessa de parler. Une annonce allait être faite. Nous n'avions pas besoin d'aller dans la rue pour l'entendre, et j'étais reconnaissant de rester ici, à l'abri du regard des soldats.

Une voix forte se fit entendre : « Oyez, oyez, citoyens ! Sachez qu'aujourd'hui, cet après-midi, une caravane transportant des esclaves humains sera envoyée en sacrifice. Il y aura une exécution publique par le feu. La reine espère que cela apportera la paix avec les dragons. Quiconque tentera d'intervenir sera considéré comme un traître et tué sur-le-champ. »

Émeraude.

Mes pensées se tournèrent immédiatement vers elle. Elle était coincée dans ce magasin d'esclaves depuis trop longtemps.

— Elle va tuer d'autres innocents, siffla Sherry.

— Je dois les sauver, dis-je avec conviction.

— C'est peut-être un piège, suggéra Maria.

— *C'est* un piège. Mais si elle est parmi eux ? Je ne peux pas la laisser se faire tuer, rétorquai-je.

J'en voulais à Samantha de faire ça.

— Tu pourrais aller d'abord au magasin d'esclaves pour voir si elle est là ?, suggéra Sherry.

Je secouai la tête.

— Je n'ai pas assez de temps. Si je n'arrive pas assez vite à la caravane, il sera trop tard. L'intercepter est ma seule option, mais je ne peux pas y arriver seul. Je m'attends à ce qu'elle soit lourdement gardée.

— Que vas-tu faire ? demanda Sherry.

Je n'eus pas besoin d'y réfléchir. Je le savais déjà.

— Je ne peux pas prendre le risque que ma compagne soit sacrifiée aux dragons. Je dois retourner à la guilde des voleurs et demander leur aide pour intercepter le convoi.

Tout le monde avait l'air grave.

— Tu sais comment t'y rendre ? demanda Maria.

Je secouai la tête.

— Je ne sais pas trop. Je n'y suis allé qu'une seule fois. Je sais comment entrer dans les égouts, mais c'est un véritable labyrinthe de tunnels.

Maria répondit :

— Alors, laisse-moi te montrer le chemin. Comme ça, tu ne perdras pas des heures à errer.

Je la regardai, surpris qu'elle sache où c'était. Elle avait un sourire entendu.

— N'oublie pas que nous étions autrefois des serviteurs. La guilde des voleurs aide les plus démunis, et nous les aidons en retour. Il y a plus à cela que ce que tu as pu entendre quand tu régnais. Viens.

Nous étions de retour à la guilde des voleurs en un rien de temps. Je me dirigeai d'abord vers la pièce où j'avais laissé Raphaël et Siméon. Le loup-garou était en bien meilleure forme que la dernière fois que je l'avais vu. Il était assis dans son lit, riant et discutant avec Raphaël. Ses yeux s'écarquillèrent lorsqu'il m'aperçut.

— Nathan, dit-il chaleureusement.

— Tu sembles aller beaucoup mieux, répondis-je.

Il acquiesça.

— Je me suis levé ce matin et j'ai pu marcher dans la pièce. Ce n'est pas encore fini. L'argent a gravement blessé mon loup, mais il est en bonne voie de guérison.

— C'est bon à entendre, répondis-je.

J'étais sincèrement heureux que mon ami aille mieux. Il était dans un état pitoyable la dernière fois que je l'avais vu.

— En attendant, nous profitons de l'hospitalité de la guilde, ajouta Raphaël. Je suis sorti me promener en ville pour voir dans quel état elle se trouvait. L'Alpha nous a demandé de recueillir des renseignements sur la cité des vampires.

— Quoi ? demandai-je.

— J'ai fait attention. Personne ne m'a vu, répondit Raphaël précipitamment.

— Je t'avais dit de m'attendre, rappela Siméon à son amant.

— C'est juste le temps que tu ailles mieux, insista-t-il.

— Tu as de la chance d'être en vie, lui dis-je.

— Tu es un humain dans une ville de vampires. Ils peuvent sentir ton odeur humaine, dit Siméon.

L'humain leva les yeux au ciel, mais j'étais d'accord avec ce que disait le loup-garou.

— N'oublie pas que tu es une proie, du bétail, aux yeux des vampires. Siméon a raison. Tu ne devrais pas y aller seul.

Le loup-garou sourit devant mon soutien.

— Tu es de son côté, toi aussi ? demanda Raphaël, exaspéré. J'essaie juste d'être utile.

— Tu lui es utile ici, répondis-je, tandis que le loup-garou acquiesçait d'un signe de tête.

Siméon regarda l'humain avec des yeux pleins de tendresse. Raphaël ouvrit la bouche comme pour parler, puis se ravisa. L'humain finit par répondre :

— Tu as raison. C'est ici que je dois être.

Un moment de silence s'écoula avant que Siméon ne dise :

— Tu n'es sûrement pas venu juste pour voir comment j'allais.

J'acquiesçai.

— Même si j'aurais aimé que ce soit le cas, tu as raison. Je suis venu parce qu'il a été annoncé qu'une caravane remplie d'esclaves humains serait envoyée par la reine en sacrifice aux dragons.

Les deux hommes me regardèrent, stupéfaits. Ils comprirent immédiatement qu'Émeraude pourrait faire partie de cette caravane.

— Tu vas te faire tuer, répondit le loup-garou d'un ton sinistre. La reine sait que tu voudras récupérer ta compagne.

Je serrai les poings.

— Je sais. Mais je préfère mourir en essayant de la sauver plutôt que de vivre sans elle. Tu imagines si elle était dans la caravane et qu'elle se faisait tuer, et que je n'avais rien fait pour la sauver ?

Le simple fait de prononcer ces mots me faisait mal. Je ne pourrais pas me le pardonner si cela arrivait.

Les hommes acquiescèrent d'un air grave.

— J'aimerais pouvoir t'aider, mais je ne suis pas encore assez rétabli pour me battre. Le mieux que je puisse faire, c'est d'envoyer des informations à ma meute par l'intermédiaire d'un messager de la guilde pour les informer de la situation ici, et qu'ils se préparent à la guerre, dit Siméon.

Je souris.

— Je comprends. Je suis venu ici pour demander l'aide de la guilde, mais je voulais d'abord te voir.

À ce moment-là, Vince entra dans la pièce.

— Ah, Maria m'a dit que tu étais à la guilde. Je me doutais que tu serais ici.

— Ça tombe à pic, répondis-je.

— J'imagine que tu es ici pour la caravane envoyée en sacrifice ? demanda-t-il en croisant les bras.

J'acquiesçai.

— C'est bien ce que je pensais. J'ai immédiatement pensé à toi quand j'ai appris la nouvelle. Suis-moi.

— Prends soin de toi, dit Raphaël alors que je suivais le maître de la guilde hors de la pièce.

Nous traversâmes une série de couloirs jusqu'à arriver dans une grande pièce. Des montagnes de richesses s'empilaient dans un coin, derrière des armoires. Bien que rien ne les gardât, je devinais qu'elles appartenaient au maître de la guilde et que personne n'oserait jamais y toucher.

Plusieurs bureaux et tables étaient alignés contre un mur, avec des piles de documents et quelques livres sur des étagères. Au centre de la pièce se trouvait une grande table. Une poignée d'hommes et de vampires y attendaient, certains assis, d'autres debout faute de chaises. Une carte de la ville était posée sur la table.

— Nathan, voici mes meilleurs combattants. Assassins chevronnés ou anciens gardes, ce sont les meilleurs éléments dont nous disposons pour sauver les esclaves.

Je regardai les hommes. Ils étaient tous prêts à risquer leur vie pour sauver des innocents. Un sentiment étrange m'envahit. J'étais désormais allié à ceux que j'avais autrefois pourchassés, et j'étais sur le point de combattre les gardes qui m'avaient autrefois été fidèles.

Vince désigna la carte. Il avait tracé à l'encre l'itinéraire présumé de la caravane. Elle partira probablement du château, suivra la route des marchands et se dirigera vers l'entrée nord de la ville, puisque la carcasse d'un dragon bloquait toujours l'entrée sud. Vince désigna une place avec son index.

— Au troisième virage, quand la caravane atteindra la grande place, c'est là que nous attaquerons. Nous aurons largement la place de nous fondre dans la foule et d'arrêter la caravane. La place est assez grande pour que nous puissions nous battre, et pour que la foule se disperse et empêche d'autres innocents d'être blessés.

C'était le dernier virage avant la sortie de la ville. C'était notre meilleure chance.

— C'est un bon plan, acquiesçai-je.

— On n'a pas de temps à perdre. C'est l'après-midi et la caravane est probablement sur le point de partir, ajouta Vince. Allons-y.

Nous nous répartîmes en groupes de quatre pour ne pas attirer l'attention et traversâmes les ruelles sombres. Certaines avaient des murs si étroits qu'aucun rayon de soleil ne pouvait les traverser, tandis que d'autres comportaient des passerelles de fortune faites de planches sur les toits, plongeant le sol dans une ombre éternelle. Finalement, nous arrivâmes sur la place. Des dizaines de personnes s'étaient rassemblées pour regarder passer la caravane. Malgré la foule nombreuse, l'atmosphère était plutôt calme. Tout le monde savait que la caravane allait à sa perte, qu'elle allait être brûlée, pour des dragons qui s'en fichaient complètement. Ce n'était qu'un autre acte cruel de la reine.

Je reconnus Sherry et Maria dans la foule, accompagnées d'autres employés de l'orphelinat. J'étais soulagé que les enfants ne soient pas avec elles. Quelques regards croisèrent le mien. Ils savaient qui j'étais, mais ne le laissaient pas paraître. La tension montait en moi. Ma respiration s'accéléra. *« Mienne »,* murmura mon loup dans ma tête, aussi anxieux que moi. L'attente me rendait fou. Tout se jouait à cet instant.

Vince se trouvait dans la foule, de l'autre côté de la route que la caravane allait emprunter. Les autres membres de la guilde se mêlèrent eux aussi à la foule. Des pigeons se posèrent sur la route en roucoulant. Ils picoraient des graines, inconscients des événements qui allaient se dérouler.

Après ce qui me sembla une éternité, je vis l'avant de la caravane approcher. En tête, quatre gardes ouvraient la marche. Suivaient cinq voitures fermées, chacune tirée par deux chevaux et conduite par deux gardes. Je connaissais bien ces voitures. Elles pouvaient accueillir confortablement quatre personnes, voire six si on s'y entassait. Quatre autres gardes à cheval fermaient la marche. De toute évidence, la reine avait prévu qu'il pourrait y avoir des troubles, mais je m'y attendais. Peu m'importait que ce soit un piège. Je libérerais ma bien-aimée Émeraude.

Les pigeons s'envolèrent à l'approche de la caravane. Comme convenu, nous attendîmes que la première calèche nous dépasse. Une fois qu'elle fut passée, je fis un signe de tête à Vince, qui me répondit. Il mit ses doigts dans sa bouche et siffla bruyamment.

C'était le signal.

Je bondis vers les chevaux tirant la première calèche. Ils hennirent et s'arrêtèrent brusquement, l'un d'eux se cabrant sur ses pattes arrière.

— Hé ! Qu'est-ce que tu fais ? cria l'un des gardes, tandis que l'autre tentait de se relever en s'agrippant au bord de la calèche pour se stabiliser.

Je dégainai mon épée et tranchai les rênes du cheval le plus proche de moi. Il s'élança à travers la foule, les gens bondissant pour l'éviter.

Au même moment, les autres avaient eux aussi lancé leur attaque, immobilisant la caravane. Les gardes quittèrent leurs positions pour riposter tandis que la foule se dispersait en criant. J'eus le temps d'apercevoir les employés de l'orphelinat se joindre à l'attaque, ainsi que d'autres citoyens qui avaient décidé qu'ils ne pouvaient pas laisser la reine sacrifier des innocents.

— Comment pouvez-vous vivre avec les atrocités que vous commettez ? ai-je crié au garde qui menait le premier chariot alors qu'il sautait à terre pour m'affronter avec son épée, mais c'était une cause perdue.

Ce n'étaient pas les hommes qui m'avaient autrefois servi, probablement des Miłonblooders qui étaient fidèles à la reine.

L'acier claqua contre l'acier, le son résonnant dans mes oreilles tandis que je repoussais mon adversaire. Le garde montra les crocs de frustration, mais j'étais plus rapide, plus fort. Ma lame frappa bas, forçant le Miłonblooder à trébucher.

Un de moins.

Mais avant que je ne puisse achever mon adversaire, un mouvement se dessina dans mon champ de vision périphérique. Les quatre gardes qui ouvraient la caravane se rapprochaient, les yeux brûlants de fureur. Ils avaient probablement reçu l'ordre de me tuer à tout prix.

— Tuez-le ! siffla l'un d'eux en se précipitant vers moi.

Mon loup grogna. Il n'allait pas se laisser impressionner par quatre vampires. Je les affrontai de front. L'acier tourbillonnait autour de moi—des coups de lame de tous côtés, coordonnés, précis. J'esquivai un coup, en bloquai un autre avec ma lame, mais un troisième passa, s'enfonçant dans mon épaule. Je sifflai alors que la douleur me transperçait. Furieux, je me retournai, saisis l'attaquant à la gorge et enfonçai mes crocs profondément.

Du sang chaud m'emplit la bouche, riche et savoureux, nourrissant la bête qui sommeillait en moi. Une vague de force envahit mes membres tandis que le garde se débattait, puis s'affaissait. Je poussai le corps de côté, montrant les crocs aux autres. Je sentais déjà mes pouvoirs de vampire se renforcer grâce au sang, qui cicatrisait la blessure causée par l'épée.

— À qui le tour ? grognai-je.

Deux d'entre eux se jetèrent sur moi. Mon épée en abattit un d'un coup brutal qui fendit son armure et sa chair. L'autre me pressa de ses attaques, mais je lui enfonçai mon pied dans la poitrine, l'envoyant rouler au sol.

Autour de moi régnait le chaos. Mes alliés affrontaient les gardes restants. Vince était un maître du combat, et les autres s'en sortaient bien aussi. Nous avions l'avantage, et le nombre de gardes diminuait. L'air était chargé de l'odeur nauséabonde du sang. Derrière la ligne de corps en armure, les chars se tenaient immobiles. Nous entendions les esclaves hurler à l'intérieur et frapper contre les portes.

Un sifflement aigu déchira l'air, et une pluie de flèches s'abattit sur nous.

Je levai ma lame de justesse pour en dévier une. Une autre me frappa au bras, perçant la chair. Je hurlai de douleur. Tout autour de moi, des hommes et des femmes tombaient, transpercés en plein élan, leurs cris résonnant contre les murs.

— Continuez à vous battre ! hurla Vince d'une voix rauque.

Mon loup rugit, et mon pouls battit à tout rompre. Ma concentration se resserra, chaque coup alimenté par la fureur. Je me frayai un chemin à travers le dernier garde, lui arrachant l'épée des mains et enfonçant sa propre arme dans la poitrine du vampire.

Puis, le silence.

Les gardes gisaient éparpillés, brisés sur les pierres. L'espace d'un instant, un soupir de soulagement m'envahit.

Mais tout aussi vite, le chaos revint. Des flèches enflammées plurent sur les chars. Ils allaient les brûler ici, sur la place.

Les flammes s'élevèrent instantanément, la fumée s'enroulant vers le ciel tandis que des cris s'élevaient de l'intérieur. L'odeur du bois brûlé me frappa comme un coup de poing. Je serais maudit si je laissais Émeraude brûler.

Je me précipitai en avant, ignorant la douleur lancinante dans mon bras. J'enfonçai ma lame dans l'espace entre la porte et le châssis, l'imprégnai de ma magie vampirique, et arrachai la serrure de la première calèche.

La porte s'ouvrit avec fracas et six personnes en tombèrent, toussant, le visage blême de panique.

— Courez ! aboyai-je en tirant une victime pour la remettre debout et en la poussant hors de danger.

Un autre wagon gémit sous les flammes. Je bondis vers lui, arrachant la serrure de la même manière que je l'avais fait pour le premier. D'autres esclaves se précipitèrent dans l'air suffocant de fumée, hurlant tandis qu'ils s'éloignaient en titubant. Toujours aucun signe d'Émeraude.

L'une après l'autre, je les arrachai, les bras me faisant souffrir le martyre, les poumons en feu, mais je ne m'arrêtai pas. Je ne pouvais pas. Pas tant qu'il y avait des vies à l'intérieur. Pas tant qu'elle pouvait s'y trouver.

Derrière moi, les flèches sifflaient toujours, mais je faisais abstraction de tout cela. Tout ce qui comptait, c'était le prochain verrou, la prochaine porte, la prochaine âme arrachée aux flammes.

Les flèches cessèrent enfin lorsque j'atteignis le dernier wagon et libérai les esclaves. Quelques femmes, et même un enfant, en sortirent. Mais pas Émeraude. Je restai là, paralysé par cette prise de conscience. Un mélange de gratitude et de défaite m'envahit. Mon espoir de la retrouver avait été anéanti, mais cela signifiait qu'elle était toujours là-bas. Dans le magasin d'esclaves, attendant que je vienne la sauver.

Une main se posa sur mon épaule. Vince se tenait à mes côtés, le visage rayonnant de fierté.

— Les assassins ont éliminé les archers. On a réussi ! On les a tous sauvés.

Tout autour de nous, les gens applaudirent. Les gardes étaient morts ou avaient pris la fuite. Au milieu de la foule, un homme et une femme se frayèrent désespérément un chemin vers les calèches. Ils fondirent en larmes et se précipitèrent pour prendre leur enfant dans leurs bras. Les gens s'approchèrent pour nous remercier. Ils crièrent « Vive le roi Nathan », reconnaissant mon véritable titre, mais je ne ressentis rien de tout cela. Mon cœur était engourdi. J'avais besoin de la femme que j'aimais.

— Je vais au magasin d'esclaves, dis-je d'un ton résolu.

J'avais déjà perdu beaucoup trop de temps. Peu m'importait que les gardes me voient. Qu'ils viennent, je les abattrais. Je récupérais ma compagne, un point c'est tout. Mon loup grogna en signe d'approbation.

Vince acquiesça d'un air grave et fit signe à un groupe d'assassins.

— On vient avec toi.

Chapitre 18 (Caleb)

À toi pour toujours

Je me réveillai le matin en me sentant mieux que je ne l'avais été depuis des jours. Mes muscles me faisaient encore mal, mais seulement comme s'ils étaient contusionnés. Je sentais la magie draconique en moi, vivante et vibrante, ainsi qu'un sentiment d'acceptation. Ce changement était si soudain que je savais qu'il n'était pas uniquement dû aux potions de l'herboriste. Il l'avait dit lui-même : la magie draconique avait sa propre volonté. Je ne pouvais que supposer que le sang du dragon avait décidé de me laisser vivre et de s'allier à moi—quoi que cela puisse signifier. Je sentais sa magie couler en moi. Je devrais apprendre à communiquer avec elle et à la contrôler.

Je m'assis, désireux de me lever et de marcher. Je voulais voir Summer, la serrer dans mes bras et me rattraper pour ces derniers jours. Qu'est-ce que je racontais ? Me rattraper pour tout le temps écoulé depuis que je l'avais rencontrée. Elle avait pris soin de moi pendant que j'étais malade. Il était temps pour moi de jouer mon rôle de compagnon. J'avais hâte de lui montrer qui j'étais vraiment.

Darryl entra dans la tente, ses longs cheveux noirs détachés. Il sourit en m'apercevant.

— Je vois que tu vas mieux.

— Beaucoup mieux, merci, répondis-je.

— Vas-tu toujours tenir ta promesse ? demanda-t-il.

Je n'étais qu'à moitié surpris qu'il me pose cette question.

— S'il y a bien une chose qui me caractérise, c'est que je tiens toujours parole. J'ai dit que je t'aiderais, et je le ferai.

L'homme afficha un large sourire, dévoilant ses dents.

— Incroyable. Summer va sûrement passer bientôt. Je l'ai vue manger dans la tente principale ce matin.

Mon cœur fit un bond à l'idée de la voir. J'avais hâte de me noyer dans ses grands yeux chocolatés.

— Et si tu essayais de te lever pour voir comment tu te sens en attendant ? demanda l'homme.

L'homme m'avait vu à l'article de la mort la veille. Il était normal qu'il pense que j'aurais besoin de plus de temps pour me reposer. Je me pliai à sa demande et je sortis du lit. L'homme se précipita vers moi lorsqu'il me vit marcher d'un pas décidé, craignant que je ne tombe par terre. Il me regarda, stupéfait, en me voyant tenir debout bien droit.

Je lui fis un clin d'œil.

— On dirait que je vais beaucoup mieux maintenant.

Darryl resta sans voix, la bouche grande ouverte.

— Wow, finit-il par souffler. Je n'aurais jamais imaginé ça, surtout après avoir vu dans quel état tu étais hier. Je suppose que le sang de dragon a décidé que tu en étais digne.

Je gloussai.

— Je suppose.

— Même le roi ne s'est pas remis aussi vite quand je l'ai soigné, ajouta-t-ilt, émerveillé.

Je me demandai si cela signifiait que j'étais désormais plus fort que Nathan, mais cela n'avait pas d'importance. J'avais désormais de nouveaux objectifs.

— On dirait que tu tiens beaucoup à lui, commentai-je.

Darryl acquiesça.

— C'est un homme bon. Il se soucie profondément de son peuple et vient en aide à tous ceux qui en ont besoin. Nous avons voyagé ensemble, et j'ai pu constater par moi-même à quel point c'est un leader.

Je réfléchis à ses paroles. C'était une facette de Nathan que j'ignorais. Vivant dans les bidonvilles, je ne m'étais toujours soucié que du travail, de mon prochain salaire et d'une vie meilleure. Je me demandais ce que je ferais si nos chemins se croisaient à nouveau.

Un cri de surprise retentit à l'entrée de la tente. Summer se tenait là, ses cheveux noirs tressés, et son parfum floral m'envoûtaient. Je pus sentir son bonheur à travers notre lien.

— Tu vas mieux ! s'exclama-t-elle avec enthousiasme.

— Comme tu peux le voir, petite louve, la taquinai-je.

Elle traversa la pièce en courant, Darryl s'écartant pour la laisser passer. Elle se jeta directement dans mes bras, m'obligeant à reculer d'un pas pour amortir son élan. Son étreinte était pleine d'amour, et je la serrai tout aussi fort dans mes bras.

— Tu m'as manqué, murmurai-je sans rompre notre étreinte.

— J'avais peur de te perdre, répondit-elle.

Sa voix trahissait à quel point ces derniers jours avaient été difficiles, mais aussi la douceur de la promesse que tout irait mieux. Bien sûr, il nous fallait encore sauver la sœur de Darryl, puis nous éloigner d'ici et trouver un endroit où nous cacher d'Aeris.

— Anne veut te voir, dit Darryl.

Je lâchai Summer et me retournai.

— Anne ?

Il acquiesça.

— La capitaine. C'est elle qui t'a trouvée dans le camp des orcs et qui t'a amenée ici.

Je me souvenais d'elle. Elle était couverte de boue et du sang de ses adversaires. Elle m'était apparue comme une guerrière. Darryl poursuivit :

— Je lui ai fait mon rapport et lui ai dit que tu avais accepté de nous aider. Elle a demandé à te voir dès que tu irais mieux.

— D'accord, alors ne la faisons pas attendre, répondis-je.

J'avais hâte de voir la femme qui nous avait sauvés.

Je suivis Darryl et Summer hors de la tente. Ce faisant, j'évaluai mon état. Je n'avais aucun mal à les suivre. Mes sens étaient en éveil, mes instincts de vampire attirant mon attention sur les battements de cœur autour de moi. D'un autre côté, je sentais une énergie sauvage sommeiller en moi, attendant le moment propice pour agir. J'étais impatient de voir le dragon qui sommeillait en moi passer à l'action. C'était comme si je n'avais jamais été malade.

Je balayai du regard le campement. Le camp s'étendait à travers la plaine ravagée. La fumée de petits feux s'élevait vers le ciel. Je pouvais voir des dizaines de soldats : des humains, des elfes et des vampires. Ils portaient l'odeur d'anciennes batailles et le poids de trop nombreux morts. Pourtant, sous leur épuisement, il y avait de l'unité. Les tentes, disparates par leur composition et leur teinte, se dressaient côte à côte. Les tentes humaines, grossières et rapiécées, portaient les traces de réparations hâtives. Les abris elfiques scintillaient faiblement là où des runes de préservation luttaient pour tenir le temps à distance. Les tentes des vampires étaient plus sombres, mais même celles-ci arboraient des coutures humaines et des nœuds elfiques le long des ourlets— symbole d'un travail partagé, de mains qui ne se souciaient plus de savoir à qui elles appartenaient tant qu'elles tenaient bon.

Des chemins de terre piétinée serpentaient entre les rangées, menant au cœur du campement où une seule bannière s'élevait au-dessus des autres. Sous celle-ci, une longue table se dressait sous un auvent tendu, servant de tente principale pour les repas et les discours importants. Plusieurs personnes étaient encore en train de manger lorsque nous passâmes devant.

— Les gens s'entraident, expliqua Darryl tandis que nous marchions. Parfois, les gens oublient que nous sommes des humains, des elfes et des vampires. Il n'est pas rare de voir un vampire tendre une coupe de sang réchauffé à un humain épuisé, puis se rendre compte que les humains ne boivent pas de sang. Parfois, les elfes racontent des histoires dans leur langue ancienne, puis les traduisent pour que les autres puissent les comprendre. Tout le monde aide, quel que soit son rang. Entretenir les feux, affûter les armes ou aider quelqu'un dans le besoin. C'est ce qui nous rend forts.

— J'ai eu de la chance et on m'a fait visiter le campement pendant que tu te remettais, dit Summer. Un guerrier vampire, Stephan, m'a montré où tout se trouvait, puis m'a conduite à ma tente. Il était très gentil.

J'étais content que Summer ait été bien traitée par tout le monde pendant que j'étais cloué au lit.

Nous arrivâmes devant une autre grande tente : celle de la capitaine. Elle était légèrement à l'écart des autres, assez proche pour rester parmi les hommes, mais suffisamment éloignée pour inspirer le respect. Sa toile était renforcée par des peaux plus épaisses afin de mieux protéger de la pluie et des cendres. Le tissu portait de légères taches de boue séchée et quelques déchirures réparées à l'aide de points de couture irréguliers.

À l'entrée, je remarquai un humain et un vampire qui montaient la garde. Darryl expliqua :

— La capitaine les met par paires, en tirant parti de leurs différences comme d'atouts. Les elfes pour leur vue et leur magie, les humains pour leur endurance et leur ingéniosité, et les vampires pour leur vitesse et leur force. Bien sûr, les compétences de chacun varient, mais le capitaine dit que nous mélanger donne les meilleurs résultats. Cela aide aussi à mieux accepter les autres et nos différences. Ici, nous sommes une famille.

J'aimais cette façon de penser. J'avais autrefois approuvé les nouvelles règles de la reine contre les humains, les considérant comme des proies, mais le fait d'avoir une compagne louve-garelle m'avait ouvert les yeux. Je ne considérerais jamais Summer comme une proie. Elle était la personne la plus précieuse de ma vie.

Je réalisai que les gens étaient plus que la race dans laquelle ils étaient nés. On pouvait le sentir dans l'atmosphère de ce camp. Les gens avaient un but. Ils étaient fiers. Je n'avais jamais vu cela au cours de mes années en tant qu'assassin, et je sentais que Summer avait sa place parmi eux. Si elle avait sa place, alors moi aussi.

— Bien dit, s'exclama une voix féminine depuis l'intérieur de la tente.

Une femme apparut à l'entrée de la tente, ses longs cheveux blonds attachés en arrière, ses yeux bruns à la fois bienveillants et déterminés.

— Je m'appelle Anne.

Je me souvenais que Darryl l'avait mentionnée plus tôt.

— Capitaine, dit Darryl respectueusement à la femme.

La femme nous regarda avec bienveillance.

— Je suis ravie de vous voir en meilleure forme qu'hier.

— Merci pour votre hospitalité, dit Summer.

J'acquiesçai d'un signe de tête.

— Merci de nous avoir sauvés.

— Venez, dit Anne.

Nous suivîmes la capitaine à l'intérieur de la tente. L'air sentait l'huile, l'acier et la fumée. Un petit lit était adossé à l'un des côtés de la tente, soigneusement fait mais visiblement rarement utilisé. À côté se trouvait un coffre contenant des effets personnels. Une armure reposait sur un support près du lit, polie et prête à l'emploi. Quelques armes gisaient à portée de main : une épée, un poignard et même une arbalète.

Au centre de la tente, une table en bois brut dominait l'espace, jonchée de cartes, chacune alourdie par des poignards et des pierres. Des taches d'encre et des coulures de cire témoignaient des longues nuits passées à planifier. Nous suivîmes la capitaine jusqu'à la table, et elle désigna l'une des cartes. C'était un gros plan de Krelgraz sur lequel étaient dessinés les principaux camps. Je n'avais pas l'habitude de le voir ainsi et je faillis ne pas le reconnaître au premier coup d'oeil.

— Voici l'île. Ici, au centre, se trouvent les vestiges de l'ancienne cité humaine. C'est là que se trouvent la plupart des orcs. Nous sommes ici, au sud-est de l'île, un peu plus loin des principaux campements orcs. C'est ainsi que nous parvenons à éviter d'être attaqués quotidiennement.

Je vis une croix au-dessus d'un campement d'orcs et je me demandai si c'était celui où nous avions été retenus. D'autres petits camps avaient été marqués d'un X dans cette zone. Tous les camps d'orcs situés autour de notre campement avaient été détruits, ce qui en faisait une zone sûre.

Elle poursuivit :

— C'est ici, au nord de notre position, que nous pensons qu'ils gardent leurs prisonniers.

Darryl serra les poings en entendant cela, et je me souvins que sa sœur était retenue captive par les orcs.

— Et enfin, ici, quelque part à l'ouest, c'est là que nous pensons que se trouve la porte d'entrée vers les Enfers. C'est notre objectif ultime.

— Vous plaisantez ? demandai-je.

Prisoners
Gate to the Underworld?

Tout le monde me regarda, stupéfait. Personne n'oserait parler ainsi au capitaine, mais je m'en moquais.

— C'est au cœur de la civilisation des orcs. On va se faire tuer si on va là-bas.

La capitaine avait le regard sévère, ses yeux bruns froids lorsqu'elle parla.

— C'est notre cible principale, et la raison pour laquelle nous avons été envoyés ici.

— Je croyais que vous étiez ici pour sauver la sœur de Darryl, rétorquai-je.

Certes, cela ferait beaucoup de monde pour sauver une seule personne, mais cette île était tellement peuplée d'orcs qu'il faudrait une armée de cette taille pour y parvenir.

Anne secoua la tête.

— Ce n'est qu'une petite mission que nous avons accepté d'accomplir en plus de notre objectif principal.

— C'est *mon* objectif principal, précisa Darryl. La sauver, elle et les autres prisonniers.

— Nous sommes tous d'accord pour sauver des gens, ajouta le capitaine, mais la seule raison pour laquelle la reine nous a envoyés ici est de fermer la porte des Enfers.

— Tu veux dire que la seule raison pour laquelle elle vous a envoyés ici, c'est pour vous faire massacrer et éviter que le peuple ne se rebelle contre elle, corrigeai-je.

Anne avait le regard tranchant comme des poignards. Je me moquais bien de ce qu'elle pensait. Je n'étais pas du genre à m'abstenir de le dire à voix haute.

— Vous pouvez me détester autant que vous voulez, ça reste la vérité, et vous le savez, ajoutai-je.

N'importe qui d'expérimenté l'aurait compris.

La femme se pinça le nez et soupira.

— C'est peut-être vrai, mais ça ne veut pas dire que je ne ferai pas tout ce qui est en mon pouvoir pour empêcher que des gens soient tués. Je pense pouvoir compter sur toi pour ne pas parler de ça en dehors de ma tente. Ça saperait le moral des gens, et de toute façon, tu devrais nous être reconnaissant d'avoir été sauvé plutôt que de critiquer notre mission.

Summer avait un regard qui me suppliait de me taire. La dernière chose que je voulais, c'était que ma compagne soit en colère contre moi.

— Je suis reconnaissant d'avoir été sauvé. Tu as raison. Je vais essayer d'aider et voir comment je peux protéger tout le monde.

La capitaine acquiesça, satisfaite de ma réponse. Je jetai un coup d'œil à Summer, qui semblait également satisfaite. Mon attention se reporta sur Anne, qui expliqua la stratégie. Nous devions commencer par secourir les prisonniers au nord. Pour y parvenir, nous ferions un détour vers l'est le long de la plage afin d'éviter un camp orc secondaire sur l'île. Cela nous permettrait d'approcher les prisonniers sans trop attirer l'attention. Nous devrions laisser des hommes ici pour défendre le campement, mais c'était notre meilleure chance. Anne ne voulait pas que Darry vienne. En tant qu'herboriste et guérisseur, il restait généralement en dehors des combats et soignait les blessés à leur retour au camp, mais il insista pour venir avec nous. Si sa sœur était là-bas, il voulait faire partie de ceux qui la sauveraient. Le capitaine l'autorisa pour cette fois.

Il fut convenu que nous partirions au crépuscule, pour profiter de la nuit. Nous devions essayer de dormir en attendant.

Darryl prit une profonde inspiration alors que nous sortions de la tente du capitaine.

— Je n'arrive pas à croire que je vais revoir ma sœur après plus de vingt ans. J'ai tant de choses à lui dire, tant de questions. J'avais perdu tout espoir de la revoir un jour.

Une pensée me traversa l'esprit : les orcs étaient impitoyables avec leurs prisonniers et n'hésiteraient pas à les empoisonner ou à les torturer, comme ils l'avaient fait avec Summer et moi. Je n'osai pas lui dire qu'elle était peut-être déjà morte. Mieux valait entretenir ses espoirs.

— Comment vas-tu la reconnaître après tout ce temps ? demanda Summer.

— Une elfe nommée Caeda est venue me voir alors que j'étais à Mytvathyr. Elle m'a parlé de ma sœur Paisley. Elle et Caeda étaient amies, elle savait donc qui j'étais. Paisley avait dix ans quand mon père est parti avec elle, mais elle ne m'a jamais oubliée. Cela fait des années qu'elle essaie de me retrouver. J'étais trop jeune pour m'en souvenir, mais on m'a dit que ma sœur avait de longs cheveux noirs et des yeux d'un bleu glacial. Je sais que je la reconnaîtrai quand je la verrai.

Cet homme avait attendu cela depuis si longtemps. J'espérais qu'il puisse retrouver sa sœur.

— Retrouvons-nous au crépuscule, ajouta Darryl précipitamment. J'ai des choses à préparer. As-tu besoin d'indications pour trouver ta tente ? demanda-t-il à Summer.

Mon cœur fit un bond. J'attendais d'être seul avec elle depuis ce qui m'avait semblé une éternité.

— Ça va. Je sais où elle se trouve, répondit-elle.

L'homme prit congé, et je suivis Summer, impatient de rejoindre sa—*notre*—tente.

Le soleil était haut dans le ciel. Nous aurions quelques heures de repos avant de partir. Les vampires n'avaient pas besoin de beaucoup de repos, mais je savais que les loups-garous en avaient davantage besoin que nous, alors je m'assurerais que Summer ait le sommeil dont elle avait besoin. Nous marchâmes en silence à travers le campement. Même si nous n'étions là que depuis un jour, Summer tournait à gauche et à droite comme si elle connaissait les lieux comme sa poche. Nous passâmes devant des rangées de tentes, saluant les gens au fur et à mesure. Chaque rangée se ressemblait, mais Summer me les décrivait toutes différemment. La rangée où se trouvait le chef cuisinier, celle où se trouvait le réparateur d'armures, celle où se trouvait la tente de Stephan…

Je sursautai en entendant le nom du vampire.

— Tu sais où se trouve la tente de Stephan ?

C'était idiot, mais je n'avais pas pu m'en empêcher. Summer gloussa doucement.

— Je ne suis pas entrée *dans* sa tente. Il l'a juste mentionnée au cas où j'aurais besoin de quelque chose.

— Je te jure que s'il tente quoi que ce soit, j'arracherai tous les doigts qui te toucheront.

Elle leva les yeux au ciel.

— Arrête de t'inquiéter, d'accord ? Tu es mon compagnon. C'est toi que j'aime.

— Ce n'est pas toi que je ne crois pas. Tu es si belle que j'ai du mal à croire que d'autres puissent te résister.

Elle secoua la tête.

— Je comprends. Ma louve est tout aussi possessive envers toi, au cas où tu l'aurais oublié.

Je ris et secouai la tête.

— On peut remercier le lien d'âmes sœurs prédestinées pour ça, n'est-ce pas ?

Elle sourit.

— De toute façon, personne ne pourrait jamais te remplacer, mon assassin de l'ombre.

Les coins de ma bouche se relevèrent. C'était la première fois qu'elle m'appelait ainsi, et j'adorais ça.

— Attends de voir ce que ton assassin va te faire quand nous serons seuls.

Ses yeux lancèrent un regard complice.

— J'ai hâte de le découvrir, dit-elle en désignant la tente devant nous.

Je la suivis à l'intérieur, impatient de l'avoir rien que pour moi. La tente était petite, mais nous avions un lit de camp et de l'intimité, et c'était tout ce qui comptait.

— Nous y voilà, dit Summer en se tournant vers moi.

— Tu ne sais pas depuis combien de temps j'attends d'être seul avec toi.

— Oh, crois-moi, je le sais.

La façon dont elle le dit me fit comprendre qu'elle en avait autant envie que moi. Je passai ma main dans ses cheveux. Elle s'approcha et m'enlaça. Perdu dans son amour, je réalisai à quel point elle m'avait manqué. Ce moment était notre premier en tant que compagnons, en tant que couple. J'allais faire en sorte qu'il soit tout ce qu'il devait être. Un grognement s'échappa de ma poitrine tandis que je saisis ses hanches et la serrai fort contre moi. Je pris une profonde inspiration, m'imprégnant de son parfum enivrant. La chaleur de son corps rayonnait dans le mien, contrastant avec ma fraîcheur naturelle. Incapable de résister plus longtemps à la tentation, je dévorai ses lèvres. Summer gémit dans notre baiser, me faisant fondre encore davantage. Elle était la seule déesse que je vénèrerais.

La seule dont j'avais besoin.

Mon cœur battait à tout rompre, et je mourais d'envie de la prendre, mais je voulais me racheter pour la façon dont notre relation avait commencé. Je l'allongeai sur le lit et murmurai :

— Laisse-moi te montrer à quel point je t'aime.

Son sourire recelait la promesse du péché, doux comme de la soie et tranchant comme de la sorcellerie. Elle me dévora du regard, et son loup ronronna doucement.

— Mmm, avec plaisir, mon assassin de l'ombre.

Elle enroula ses jambes autour de moi, me rendant fou. Je la désirais comme je n'avais jamais désiré personne auparavant. C'était plus que de la simple luxure. Cette nuit était la promesse que je prendrais toujours soin d'elle. J'embrassai doucement sa peau, descendant vers sa poitrine, lui retirant ses vêtements au fur et à mesure. Sa peau portait les cicatrices des combats qu'elle avait menés, mais elle était parfaite en tout point. Je l'enveloppai d'une douce vague de caresses magiques et léchai la peau fine de sa hanche, lui donnant la chair de poule. Touchée à la fois par ma magie et par mes mains, elle laissa échapper un long gémissement sensuel, me remplissant encore davantage de désir. Elle balança ses hanches tandis que je remontais vers ses seins. La façon dont elle gémissait quand je léchais ses tétons dressés était à tomber par terre.

— Voyons combien de fois je peux te faire crier mon nom, et peut-être qu'ensuite tu me supplieras de te prendre, murmurai-je, mon souffle chaud sur sa peau.

Je me positionnai entre ses jambes. Son odeur me rendait fou, et je gémis de désir. Je dévorai avidement sa douce chatte. Ses gémissements étaient doux et retenus, sachant que nous étions dans une tente, mais je me moquais bien qu'on nous entende. Qu'ils sachent à qui elle appartenait. Qu'ils sachent à quel point je l'aimais.

Je continuai à la lécher, son souffle s'accélérant. La main de Summer agrippa mes cheveux et tira doucement tandis qu'elle cambrait ses hanches, haletante. Elle était parfaite, et la voir s'effondrer sous ma langue fit de moi son esclave. Je ne désirais rien de plus que de la prendre, mais j'allais attendre le bon moment. J'agrippai ses hanches, la maintenant en place tandis que je me délectais de son intimité.

Son corps trembla, et elle hurla : « Mon Dieu, oui ! »

J'arrêtai de la lécher et souris.

— Ce n'est pas un dieu qui te fait ça, petite louve. Dis-le, dis mon nom.

— Caleb, dit-elle alors qu'elle chevauchait sa vague d'extase, ses hanches se balançant, avide de mon contact.

— Bonne fille, ronronnai-je.

Je voulais me déshabiller ; ma bite était fin prête pour elle, mais je voulais qu'elle me le demande. Je la pénétrai avec mon doigt, trouvant cet endroit qui la faisait frémir. J'alternai entre son clitoris et son intimité humide. Ses gémissements me fascinaient, et elle a joui à nouveau, son corps se cambrant contre moi. Putain, elle était parfaite.

— Allez, dis-le. Je veux t'entendre me supplier, l'ai-je taquinée.

— D'accord, prends-moi, s'il te plaît ! Je t'en supplie.

Un grondement profond résonna dans ma poitrine. Je me mordis la lèvre inférieure tandis que j'ôtais mes vêtements à la hâte, les arrachant presque. Je m'enfonçai en elle, incapable de retenir un gémissement.

— Tu es si mouillée et chaude pour moi, sifflai-je.

Elle se resserra autour de mon pénis, et je dus prendre un moment pour éviter de jouir, car c'était trop intense. Grâce au lien qui nous unissait en tant que compagnons prédestinés, je pouvais sentir son plaisir et son amour. Elle m'attrapa par les épaules, me rapprochant d'elle, m'enfonçant plus profondément en elle.

Je grognai. Mes instincts prirent le dessus, et la faim me rongeait. J'en voulais plus.

— Tu n'as pas idée à quel point je veux ton sang. Laisse-moi te marquer à nouveau. Comme ça aurait dû être la première fois.

En réponse, elle poussa ma tête vers son cou, trop absorbée par les sensations pour me répondre. Ses mains explorèrent mes fesses, mon dos et mon torse, comme si cela ne suffisait jamais, découvrant chaque centimètre de mon corps. Ses ongles s'enfoncèrent dans ma peau alors que je plantai mes crocs dans son cou. Elle gémit une fois de plus, son corps se cambrant de plaisir.

Je gémis lorsque la première goutte toucha ma langue.

Son sang était encore plus divin que d'habitude, ravissant le monstre qui sommeillait en moi. Je la berçai tandis que je buvais, savourant chaque coup de hanches, chaque gorgée, dans ce paradis interdit. Tout ce que je voulais, c'était elle, pour toujours, rien qu'elle. Elle jouit à nouveau, tremblante, et je retirai mes crocs de son cou. Elle était aussi ivre de plaisir que moi. Un grognement s'échappa de sa poitrine. Ses yeux clignèrent, et ses yeux bruns habituels devinrent dorés.

— Magnifique, murmurai-je, émerveillé.

— Je ne peux pas la retenir, dit-elle, haletante.

— Alors ne la retiens pas, répondis-je.

Les canines de Summer s'allongèrent alors que sa louve prenait le dessus. Elle poussa ses hanches plus vite et plus fort, prenant les commandes bien qu'elle fût sous moi. J'adorais cette sensation de perdre le contrôle, laissant volontiers ma compagne prendre les devants. D'un seul coup, elle enfonça ses dents dans mon cou. La douleur fut immédiatement remplacée par l'extase, et je jouis, incapable de résister davantage. Être mordu était une sensation nouvelle, mais j'adorais ça. Sa louve voulait me faire sienne, tout comme je l'avais revendiquée.

Une vague d'amour et de fierté m'envahit à l'idée que sa louve tenait autant à moi que moi-même. Je restai là, lui laissant le temps dont elle avait besoin pour me marquer. Avec sa louve aux commandes, toutes les sensations étaient primitives et intenses. Je comprenais tout ce qu'elle ressentait pour moi. J'admirai la beauté de son âme pendant une fraction de seconde avant que Summer ne reprenne le contrôle. Ses yeux retrouvèrent leur couleur normale alors qu'elle retirait ses crocs de ma peau, léchant la blessure, ce qui me donna des frissons.

— Maintenant, tu es à moi, dit-elle, satisfaite.

Je souris.

— Oui, petite louve. Je serai à toi pour toujours.

Je m'allongeai à ses côtés, me laissant glisser dans le sommeil à cet instant parfait.

Chapitre 19 (Erendriel)

L'âme de la montagne

Dormir dans la chambre royale des nains était toujours une expérience étrange. La pièce était somptueuse, mais tout y était trop petit. Le lit, bien que prévu pour deux, était tout juste assez grand pour que je puisse m'y allonger en diagonale. J'ai néanmoins bien dormi, car le matelas était d'une qualité royale. J'avais tout de même hâte de retourner dans mon propre château, mais j'avais beaucoup à faire avant de pouvoir rentrer chez moi. Je n'avais pas prévu de faire autre chose que de consulter les écrits de l'Oracle, mais la ville était dans un tel état de délabrement que je ne pouvais pas l'ignorer.

Tout d'abord, je devais m'occuper de cette affaire de troll. Je ne pouvais pas laisser une telle créature attaquer Mumbur. Elle risquait de causer des dégâts considérables. J'enfilai une armure légère provenant des stocks de mon armée stationnée ici sous ma robe et ma capuche. Mon épée était bien dissimulée. S'il y avait vraiment un troll, je devais être prêt.

Avant de partir m'occuper du troll, je devais m'assurer que la ville était entre de bonnes mains. Mes généraux semblaient plus confiants lorsque j'arrivai dans la salle de stratégie militaire. Les cheveux blonds de Dale étaient attachés en arrière par une lanière de cuir, sa peau jaunâtre rayonnant sous le soleil matinal. Lane avait toujours ses tresses violettes de la veille. Quant à Rahul, l'elfe noir avait les cheveux courts et noirs et des yeux rouges qui brillaient.

— Messieurs, avez-vous préparé le rapport que je vous avais demandé ?

Les trois hommes acquiescèrent, et Dale sortit le rapport et commença à le lire. Le rapport détaillé sur l'état de la ville était accablant. Des maisons avaient été détruites, tout comme les murs et les fortifications. Même la seule école et la maison du guérisseur avaient été endommagées.

— Pratiquement tout ce qui n'est pas commercial ou destiné aux mines a été touché, ajouta Dale.

— Je ne m'étais pas rendu compte que nous avions causé autant de dégâts, dis-je d'un air pensif.

Cela ne faisait aucun sens. Quelque chose clochait.

Dale s'éclaircit la gorge.

— Moi non plus.

Certes, nous avions tué des gens, mais nous avions pratiquement été directement au château. C'est là que je compris ce que cela pouvait être. Ça ne pouvait être que ça. C'était mauvais, et ça m'irritait au plus haut point.

— Lane. Va inspecter la ville. Je soupçonne que certains citoyens pourraient saboter la ville.

Les généraux eurent l'air choqués.

— Tu crois ? demandèrent-ils.

J'acquiesçai.

— Je suis convaincu que nous n'avons pas détruit toute la ville. Quiconque sera surpris en train de saboter doit être tué sur-le-champ.

— Compris, répondit Lane.

— Et la reconstruction ? demanda Dale.

Je soupirai. Nous manquions de main-d'œuvre. La plupart des hommes servaient dans l'armée des nains, ils avaient donc été tués pendant la guerre. Les ouvriers restants travaillaient principalement dans les boutiques et les boulangeries, fournissant de la nourriture à la population ou générant des profits en or. C'était bien que l'économie tourne, mais nous avions besoin que les gens aient des maisons où rentrer à la fin de la journée. Les maisons étaient faites de pierres et de métaux qu'il fallait extraire, et il ne me restait presque plus de mineurs dans la ville.

— Envoyez une lettre à Mytvathyr. Nous avons besoin de travailleurs elfiques pour aider à la reconstruction et à l'exploitation minière. Il faudra beaucoup de temps pour remettre Mumbur dans un état acceptable, mais j'ai de l'or dans mon trésor que je peux consacrer à cela. Nous commencerons par reconstruire la maison du guérisseur et l'école.

L'elfe acquiesça, prenant des notes pendant que je parlais.

— Quant à l'armée, poursuivis-je, il faut former de nouveaux soldats. Cela prendra des années, et rien ne peut être fait pour accélérer leur préparation. Rahul, veille à ce que tous les garçons de plus de quatorze ans commencent leur entraînement militaire dans les casernes.

L'elfe noir acquiesça. Cela leur donnerait quelques années d'entraînement avant qu'ils ne deviennent adultes. Ce n'était pas l'idéal. Pour l'instant, je devrais garder tous les soldats elfiques qui se trouvaient ici et les utiliser avec parcimonie. Les loups-garous et les humains nous ayant déclaré la guerre, je ne pouvais pas laisser la cité elfique sans défense non plus.

— Autre chose, Votre Majesté ? demanda Dale.

C'était déjà beaucoup.

— Je m'occuperai du troll. Cela réduira le nombre de soldats nécessaires dans le nord-est. Ainsi, les hommes pourront se reposer.

— Merci, Votre Majesté, dit Lane.

J'étais pour partir quand je me souvins d'autre chose.

— Encore une chose, ajoutai-je.

Les généraux attendirent tous que je parle.

— Les navires du Royaume du Soleil sont toujours amarrés au port. Allez vous renseigner sur leurs intentions et renvoyez-les.

Dale acquiesça.

— Ce sera fait.

Satisfait, je me retournai et quittai la pièce. Je m'aventurai dans la réserve. Là, je trouvai ce que je cherchais : une fiole d'acide. Comme je savais que j'allais affronter un troll, j'avais besoin de cela pour le tuer définitivement. Sans cela, la créature se régénérerait de ses blessures. Enfin, j'avais tout ce dont j'avais besoin pour mon voyage.

L'air frais du matin m'accueillit dès que je mis le pied dehors. Je suivis le chemin qui descendait vers l'entrée nord-est de la ville, mes bottes craquant sur les pierres brisées. J'observai les dégâts. Les toits s'étaient effondrés, et les vestiges des maisons s'affaissaient sous leur propre poids. J'étais heureux d'avoir demandé à des ouvriers elfiques de venir aider. Les gens méritaient mieux que cela. Quelques citoyens fouillaient les ruines en silence, à la recherche de tout ce qui pouvait être récupéré. D'autres se tenaient en petits groupes, chuchotant entre eux. J'espérais que nous trouverions le responsable de tout cela, car nous n'avions pas attaqué de ce côté de la ville. J'étais désormais certain de ma théorie selon laquelle quelqu'un sabotait la ville, et cela me remplissait de rage.

La dévastation s'estompa au fur et à mesure que je continuais vers le nord. Les décombres se transformèrent en débris épars, puis en simple poussière au bord de la route. L'air changea, désormais moins âcre, teinté plutôt par l'odeur de pain cuit qui flottait depuis quelque part devant moi. Lorsque j'atteignis la longue rangée de boutiques, la transformation était frappante.

Cette rue semblait avoir été épargnée de tout. Pas de vitrines brisées, pas de traces de brûlures, pas de pierres effritées. Au contraire, des auvents colorés flottaient dans la brise, des marchands balayaient le pas de leur porte et les premiers clients échangeaient des pièces. C'était un contraste saisissant avec l'autre côté de la ville, comme si l'on passait de la nuit au jour. La violence de ce contraste pesait lourdement sur ma poitrine tandis que je continuais à marcher.

Une douzaine de soldats étaient postés à la porte nord-est et dormaient à mon arrivée—voilà pour la protection de la ville. Je ne pouvais toutefois pas leur en vouloir. Je savais qu'ils étaient surmenés. J'allais régler ce désordre, permettant ainsi aux hommes de se reposer correctement et à la ville d'être à nouveau protégée. Il était effrayant de voir à quel point Mumbur était fragile en ce moment. Le moindre problème pouvait faire s'effondrer la ville et déclencher une révolte.

Je poussai moi-même les lourdes portes de fer, espérant laisser les gardes dormir, mais le grincement bruyant du métal les réveilla en sursaut. Ils se précipitèrent sur leurs pieds, saisissant leurs armes à la hâte.

— Ce n'est que moi, dis-je, comme si être roi était une chose insignifiante.

— Votre Majesté ! s'exclama l'un d'eux nerveusement.

L'elfe des bois avait les yeux cernés et ses cheveux étaient en bataille sous son chapeau de capitaine. Il était évident que la situation actuelle la mettait à rude épreuve.

— Je m'occupe de votre troll. Vous pourrez vous reposer une fois que ce sera fait.

Ils s'arrêtèrent un instant, réalisant ce que je venais de dire, et baissèrent leurs arcs et leurs épées. Un sourire reconnaissant se dessina sur leurs visages. La capitaine répondit :

— Merci, Votre Majesté. Prenez soin de vous.

— Savez-vous où il se trouve ? demandai-je, réalisant que mes généraux avaient été avares de détails.

Un deuxième garde s'avança. Ses longs cheveux bleu foncé étaient tressés et contrastaient avec sa peau vert clair. Il était jeune, à peine assez âgé pour servir comme soldat, réalisai-je.

— Les citoyens ont dit qu'il venait au crépuscule des tunnels au nord, dans la montagne de Carlpar. Ils disent que c'est le repaire de la créature.

Mon regard suivit le chemin devant moi, remarquant la chaîne de montagnes au nord. Je me demandais si elles étaient liées aux mines.

— Merci, je m'y rends de ce pas, répondis-je en m'avançant.

Je marchai à travers les hautes herbes et les buissons, me frayant un chemin vers la montagne. Il y avait quelques arbres. Pas assez pour former une forêt dense, mais suffisamment pour abriter des animaux et des oiseaux. Deux écureuils coururent devant moi, l'un poursuivant l'autre. Ils se rendirent soudain compte de ma présence et firent demi-tour, se précipitant pour trouver refuge dans les arbres. Quelques merles chantaient au loin. J'appréciai la plénitude de la nature, qui me rappelait la forêt des elfes, à l'exception de l'absence de créatures magiques. Tout était si calme et normal que je commençai à penser qu'il n'y avait peut-être pas de troll. Je marchais depuis plus d'une heure et je n'avais vu aucun signe de sa présence. Peut-être que les habitants avaient joué un tour aux gardes. Mais à mesure que je m'approchai de la montagne, je sentis qu'elle était malade, si tant est qu'une montagne puisse l'être. Je sentis un bourdonnement, faible et inquiétant, à travers mes bottes alors que je m'approchai.

Plus je m'approchais, plus le bourdonnement s'intensifiait, et les oiseaux se turent. J'atteignis enfin le pied de la montagne Carlpar. Elle était majestueuse, son sommet se perdant dans les nuages. J'aurais cru qu'il n'y avait pas de trolls s'il n'y avait pas eu cette odeur qui s'échappait du tunnel. La puanteur était nauséabonde, et je ravalai ma bile. Je ne m'attendais pas à ce que la créature me laisse venir jusqu'à son repaire. Les trolls étaient connus pour être territoriaux. Ils faisaient généralement payer les voyageurs pour traverser leurs terres. Il était plutôt inhabituel de pouvoir marcher librement sur leur territoire.

Je pénétrai dans le tunnel sombre. J'ignorai l'odeur du mieux que je pus, le cœur battant à tout rompre. Le bourdonnement entendu plus tôt était si fort qu'il résonnait dans ma poitrine. Je me raidis, me préparant à une attaque venant de n'importe quel côté.

Heureusement, ma vision nocturne me permettait de bien voir dans l'obscurité. Au moins, je ne serais pas pris en embuscade.

Le tunnel était assez haut pour que je puisse marcher debout, mais il se rétrécissait et serpentait à mesure que j'avançais. Je sentis une présence omniprésente de magie autour de moi. Des stalactites pendaient du plafond comme des dents acérées, m'obligeant à me baisser de temps à autre alors que le chemin descendait et tournait.

À ma grande surprise, plus j'avançais, plus il faisait chaud. Au début, ce n'était qu'une chaleur subtile, si subtile que je ne l'avais pas remarquée. Les cavernes étaient censées être fraîches, voire froides—le genre d'endroits où le souffle s'embue dans l'air et où les murs suintent de condensation. Bientôt, la chaleur devint lourde et oppressante, m'enveloppant comme un épais manteau invisible. Des gouttes de sueur perlèrent sur mes tempes et coulèrent le long de ma colonne vertébrale, et l'air lui-même sembla suffisamment dense pour être bu.

Une légère vibration rythmée parcourait le sol à intervalles réguliers, telle le battement de cœur de la montagne.

Je remarquai qu'à mesure que la chaleur augmentait, les pierres se transformaient de façon étrange. Elles étaient fondues et lisses par endroits, comme de la cire. Je ne connaissais aucun feu capable de faire cela à des pierres. La seule chose qui me vint à l'esprit fut les dragons. Leur retour aurait-il un impact ici, dans les profondeurs souterraines ? J'étais presque certain que le bourdonnement que je ressentais était une ancienne magie remontant des profondeurs. Une ancienne magie ou un être doué de conscience réveillé de son long sommeil par le retour des dragons.

Je commençai à craindre de ne pas rencontrer le troll, mais quelque chose d'autre, quelque chose de plus dangereux. Une secousse se fit sentir sous mes pieds. De la poussière tomba comme de la neige. Puis vint le son—grave et rauque, un lent souffle s'échappant d'une gorge de gravier. Je me figeai, retenant mon souffle. Le troll fit son apparition sur le sentier.

Il était énorme, au moins trois fois plus grand que moi. Son dos était voûté, sa peau fissurée comme de la pierre noircie. À travers les fissures couraient des veines rouges vif, pulsant faiblement à chaque respiration. Ses yeux étaient ternes et voilés, comme recouverts d'une pellicule de cendre. Je regrettai d'être venu seul , mais je rassemblai mon courage. J'étais un roi, et je disposais d'une puissante magie. Je pouvais y arriver.

Je dégainai mon épée mais restai où j'étais, les jointures blanchissant tandis que je serrais fermement la poignée. J'essayai de lui parler d'abord.

— Pourquoi attaques-tu la ville ?

La créature ne chargea pas, m'observant attentivement. Elle tenta de répondre, mais seul un grognement s'échappa. J'étais stupéfait, car les trolls étaient généralement assez intelligents pour parler. Peut-être pas en phrases structurées, mais quelques mots. C'était généralement ainsi qu'ils obtenaient des gens qu'ils payaient pour obtenir la permission de traverser leur territoire.

Le troll tituba en avant, traînant ses jointures dans la poussière, produisant un lent grincement de pierre contre pierre. Il tendit une main massive et tremblante vers le canal de magma qui coulait à côté du tunnel. Lorsque ses griffes effleurèrent le bord, un soupir s'échappa de sa poitrine, grave et presque plaintif. Le bourdonnement s'intensifia, et je le sentis. Une lueur de quelque chose sous la peau craquelée, et un regard terrifiant. Du désir.

Puis la chaleur monta en flèche. Le cours de lave s'illumina et le corps du troll fut pris de spasmes. Il rugit, titubant en arrière, la poitrine s'ouvrant en deux dans un jaillissement de vapeur et de lumière. Le troll s'effondra à genoux, griffant la roche, comme s'il cherchait à s'enfouir dans la montagne.

Je compris alors.

Quelle que fût la magie qui s'était réveillée, elle s'était emparée de l'antre du troll. Il s'était enfui vers la ville, mais les gardes l'avaient attaqué et repoussé. Le troll était retourné dans son antre, mais la magie qui persistait dans les montagnes s'infiltrait dans sa chair, le brûlant de l'intérieur.

La tête du troll frôla le plafond alors qu'il se précipita vers moi en hurlant. Le plafond se fendit et des pierres se mirent à pleuvoir des fissures. Je parai sa charge, ma lame venant à bout de son poing. Sa main était si énorme qu'elle aurait pu m'écraser le crâne d'un seul coup. Je poussai de toutes mes forces, gémissant sous l'effort. Nous étions à égalité, ou du moins, aucun de nous ne parvenait à prendre le dessus. Il retira sa main et je faillis tomber en avant. Le troll était fort, mais lent. J'en profitai pour le frapper au bras, imprégnant mon épée de la magie de feu noir que je possédais. La lame lui fendit le bras, et la créature hurla, faisant trembler les murs. Je n'attendis pas et enfonçai mon épée dans sa poitrine. Du sang enflammé jaillit des blessures. À ce moment-là, il se tordait de douleur. Je n'attendis pas et continuai à frapper, sachant que je ne pouvais pas le laisser se régénérer.

Lorsque le troll s'effondra, la montagne trembla avec lui. Je savais que ce n'était pas tout à fait fini. Les trolls se régénéraient avec le temps. Je pris la fiole d'acide que j'avais apportée avec moi. Je la versai sur la créature, sentant l'odeur âcre de sa peau se liquéfier et se désintégrer, l'empêchant de se régénérer et l'achevant pour de bon. Le feu qui coulait dans ses veines vacilla une fois, puis s'éteignit.

Je me tins au-dessus de lui, à bout de souffle, la chaleur autour de moi s'étant quelque peu atténuée, rendant tout un peu plus supportable. Pendant un long moment, je ne pus bouger. Le bourdonnement était toujours là, et je me demandais si je devais partir à la recherche de sa source. Le troll avait été tué, et c'était ce qui comptait pour la ville, mais je ne pouvais pas me résoudre à rentrer tout de suite. Je voulais savoir ce qui produisait ce bourdonnement. J'avais *besoin* de le savoir. Je sentis une veine battre sous la peau de mon cou, et mon cœur s'emballa à l'idée d'en trouver la source. Une chose capable de faire vibrer une montagne entière était probablement bien trop puissante pour que je puisse la tuer. Cependant, j'estimai qu'en tant que roi, je devais déterminer si elle représentait une menace pour la ville.

Je m'enfonçai plus profondément dans le tunnel. Je sentis la montagne résonner dans tout mon corps.

Puis vint le murmure.

Doux. Sans mots. Mais vivant.

Il effleura mon esprit comme le souffle de quelque chose d'immense et d'endormi, juste au-delà du voile de la pensée.

Je m'enfonçai davantage jusqu'à atteindre une grande salle, le cœur creux de la montagne. En son centre se trouvait une lumière vive d'énergie pure s'élevant en spirale dans l'obscurité de la montagne. Autour d'elle flottaient des éclats de pierre, suspendus comme pris dans des courants invisibles. Je plissai les yeux car la lumière était trop vive, mais je pouvais discerner la forme de quelque chose au centre de tout cela. À mi-chemin entre la forme et l'ombre. C'était une silhouette, mais je ne savais pas vraiment ce qu'elle était. Le corps semblait avoir été sculpté dans du cristal, et ses veines brillaient d'une lueur dorée. Son visage, s'il en avait un, était lisse et sans traits, et pourtant, d'une certaine manière, il me *regardait*.

Le bourdonnement s'intensifia, des mots se formant à la limite de la compréhension.

— Le feu d'en haut ravive le feu d'en bas. Les dragons respirent, et moi aussi.

Je sursautai en l'entendant parler. Il savait que j'étais là. L'être pencha la tête. Je sentis ses pensées envahir mon esprit, s'y frayer un chemin de force, violant mes secrets les mieux gardés. Je m'agenouillai malgré moi, submergé par la simple magnitude de la présence de cet être. Ce n'était ni une créature ni une bête élémentaire. C'était l'âme de la montagne, réveillée et liée à la même magie qui avait ressuscité les dragons.

Je pensai au troll l'espace d'un instant, à la façon dont la magie s'était infiltrée en lui. À quel point il avait été désemparé. Je compris alors que j'étais le suivant.

— Tous ceux qui habitent mes os m'obéiront, murmura l'être. La pierre, la chair et les flammes. Ils sont à moi.

Mon esprit était en ébullition. Des nains. Des mineurs. Toute créature vivant au sein de la montagne serait asservie à celle-ci. Je devais vérifier si la montagne était reliée aux mines de Mumbur.

— Tu vas t'étendre, dis-je d'une voix rauque. Tu vas tous les dévorer.

— Pas s'ils me servent, répondit-elle. Pas si *tu* me sers.

Cette voix poussait contre ma volonté, immense et patiente. Je sentis son cœur hésiter, l'air frémissant de chaleur.

C'est l'instinct, et non le courage, qui me sauva. Je lançai un jet de flammes noires sur l'être. C'était inutile—trop faible pour le blesser—mais cela brisa le contrôle mental. C'était toute l'ouverture dont j'avais besoin.

Je m'enfuis.

Je ne me souvenais pas de la remontée, seulement du tremblement de mes membres, de l'impression que quelque chose d'ancien m'observait battre en retraite. Je courus aussi vite que possible, craignant qu'il ne me rattrape. J'essayai de me convaincre qu'il ne pourrait pas m'atteindre si j'étais assez loin, même si toute la montagne vibrait de sa force. Je courus de toutes mes forces jusqu'à atteindre l'extérieur.

Là, je me laissai enfin tomber dans l'herbe, reprenant mon souffle. J'entendais encore le bourdonnement d'où j'étais, mais je sentais qu'il ne pouvait pas m'atteindre. Ou du moins, je me fis croire qu'il ne le pouvait pas. Après tout, il avait dit que tout ce qui vivait à l'intérieur de la montagne lui appartenait. Peut-être que sa magie n'atteignait pas l'extérieur. Une chose m'est alors apparue clairement : je devais me dépêcher de vérifier que les mines ne communiquaient pas avec la montagne. Je savais que les mines se trouvaient dans une chaîne de montagnes, mais je ne connaissais pas assez bien la région pour être sûr qu'elles ne s'étendaient pas jusqu'ici. La ville serait en danger si c'était le cas. Cela, et les écrits de l'Oracle dans les ruines.

Une deuxième vague d'énergie m'envahit lorsque je pris conscience de cela. Je courus vers la ville, mes jambes me portant comme si je volais. J'eus la chance que la route descende vers la ville, ce qui rendit le trajet plus facile. Le soleil était haut dans le ciel mais commençait à descendre.

C'était encore l'après-midi lorsque j'atteignis les remparts de la ville. Les mêmes gardes qui s'y trouvaient le matin étaient toujours là. L'un d'eux sculptait un morceau de bois, tandis que les autres discutaient. Je ralentis pour reprendre mon souffle, essayant d'avoir l'air de la royauté. Un large sourire apparut sur les visages des gardes à mon arrivée. Le capitaine demanda :

— L'avez-vous trouvé ?

J'ai pris un air solennel, essayant de cacher la peur que m'inspirait ce que j'avais découvert.

— Le troll a été tué.

Un autre garde répondit :

— Avec tout ce sang sur lui, si le troll n'avait pas été mort, je ne pense pas que le roi aurait pu rentrer.

Le capitaine eut l'air gêné. Je ris de cette remarque.

— Ce n'est rien. Ça aurait pu être le sang d'une autre créature, suggérai-je.

Le premier garde sourit.

— Tout est-il revenu à la normale ? demanda un autre.

Il semblait clairement se demander s'ils pourraient se reposer. Je réfléchis un instant à l'âme de la montagne. Avant toute chose, je devais vérifier si les mines y étaient reliées, mais que ce soit le cas ou non, la surveillance du mur à cet endroit pourrait être allégée. Les gardes pourraient ainsi se reposer un peu. Je préférais ne pas les alerter tout de suite au sujet d'un être doué de conscience—j'avais besoin d'en savoir plus d'abord.

— Oui, je vais en parler aux généraux.

Les hommes et les femmes se regardèrent, partageant en silence un sentiment de joie.

— Nous vous sommes extrêmement reconnaissants, Votre Majesté, conclut la capitaine.

J'acquiesçai et poursuivis mon chemin vers la ville. Les gens me regardaient passer. Je devais offrir un spectacle impressionnant. Malgré tout, je gardai la tête haute et me dirigeai vers le château. Là, Dale m'attendait juste derrière les portes d'entrée.

— Votre Majesté, dit-il.

— J'ai tué le troll. Allégez la surveillance aux remparts et laissez les hommes se reposer, mais avant cela, envoyez un groupe sceller le tunnel dans la montagne. Personne ne doit y descendre.

Ses yeux verts me fixèrent.

— Il y a encore des mages à Mumbur, n'est-ce pas ? demandai-je.

J'avais laissé Ambrel et Ritori ici. Les mages étaient des ressources précieuses et pouvaient renverser le cours de la guerre. Leur magie pouvait s'avérer très utile.

— Oui, répondit mon général.

— Demande-lui de sceller le tunnel à distance. Je suis certain qu'il dispose d'un sort qui fera l'affaire.

— Ce sera fait, dit Dale avant de s'incliner.

Chapitre 20 (Nathan)

Le magasin d'esclaves

Je me dirigeai vers la rue des commerces, porté par l'adrénaline. La rue était baignée dans la lumière rouge du soleil couchant, amplifiant la couleur du sang qui maculait mon visage. Je voulais voir ma compagne. J'avais *besoin* de la voir. J'avais perdu trop de temps.

Des avis de recherche recouvraient toujours la ville, mais ils étaient inutiles. Avec les récents événements liés à l'attaque des dragons sur la ville, de plus en plus de gens voulaient se débarrasser de la reine. Vince et les assassins me suivaient, et les gens s'écartaient sur notre passage. Nous devions offrir un spectacle impressionnant. Certains s'inclinèrent même en signe de respect.

« Pour Alastor ! » crièrent quelques Miłonblooders avant de se jeter sur nous, mais nous leur tranchâmes facilement la gorge. Ce n'étaient que de fervents partisans de la reine, pris dans leur folie.

La caravane faisant diversion, il n'y avait aucun garde dans les rues.

Nous arrivâmes rapidement devant le magasin d'esclaves, dont la porte rouge se moquait de moi. L'établissement n'était ni luxueux ni doté d'une enseigne. C'était un bâtiment gris et sale dont les briques avaient été érodées par le temps. Un peu plus loin se dressait le moulin à vent détruit, ses pales brisées toujours suspendues.

Je tournai la poignée et constatai que la porte était verrouillée. Mon loup grogna. Je n'hésitai pas une seconde à enfoncer la porte de mon épaule. Deux coups suffirent à la défoncer et à nous ouvrir le passage.

À l'intérieur se trouvaient deux vampires. L'un était plus âgé, l'autre un jeune adulte. Le plus âgé portait une veste bon marché, sans doute pour se donner de l'importance. C'était certainement le propriétaire de l'établissement. Le plus jeune était probablement un apprenti. J'étais dégoûté ! Qui, sain d'esprit, voudrait apprendre le métier de marchand d'esclaves ?

Ils nous crièrent dessus pour notre intrusion.

— Mon magasin ! Comment osez-vous ? hurla le vampire plus âgé.

Quatre vampires armés sortirent de l'ombre, brandissant des épées. Ils avaient les épaules larges et l'air de vampires qui avaient déjà tué. Qu'ils soient mercenaires ou gardes, je m'en fichais. J'aurais tué quiconque se serait interposé entre Émeraude et moi. Vince et les assassins s'occupèrent de trois d'entre eux, tandis que je m'occupai du quatrième.

Le vampire était fort, il me lança son épée, mais j'étais plus rapide et plus fort. Je parai chaque coup et j'enfonçai mon épée dans sa poitrine à plusieurs reprises. J'étais si près de retrouver la femme que j'aimais. Cela ne faisait que me retarder davantage. J'attaquai le vampire sans relâche, même lorsqu'il fut trop faible pour riposter. Je ne m'arrêtai que lorsque son corps s'effondra sans vie sur le sol. Vince et les autres avaient déjà tué les autres vampires armés et se tenaient là, à m'observer, gardant un œil sur le propriétaire du magasin et son apprenti pour les empêcher de s'enfuir.

Je me tournai vers le propriétaire du magasin. Mes crocs étaient sortis, appuyés contre mes lèvres, tandis que j'aboyai :

— Les esclaves ! Conduis-nous jusqu'à eux.

Je me tins à cinq centimètres du visage du vampire, mon épée contre sa gorge. Il recula jusqu'à ce qu'il touche le mur derrière lui. J'étais si près de lui que l'odeur de vieux cigares dans son haleine me fit suffoquer. Mais rien ne pouvait me détourner de mon objectif, et le grognement qui s'échappa de ma poitrine ne laissait aucune place à la négociation. J'entendis le cœur du vieux vampire battre plus vite et je sentis l'odeur de sa sueur. La peur. Bien. Il avait raison d'avoir peur, car je pouvais à peine me retenir de le mettre en pièces.

— Stuart, ouvre le chemin, dit-il au jeune.

— Oui, Malicio, répondit l'apprenti, les yeux écarquillés et les lèvres tremblantes.

Le jeune homme chercha à tâtons la bonne clé pour ouvrir la porte à l'arrière de la boutique. L'endroit sentait le moisi et la saleté. Les murs étaient jaunis et le sol recouvert de poussière.

— Comment peux-tu vivre avec toi-même ? demandai-je en les poussant en avant, les forçant à avancer et à se dépêcher.

— Je, euh… C'est une bonne affaire, balbutia Malicio.

Je m'abstins de lui dire ce que je pensais, plus intéressé par la recherche d'Émeraude que par toute autre chose.

Nous descendîmes un escalier en colimaçon qui tenait à peine aux murs et arrivâmes enfin aux premières cellules. Elles étaient si petites que les humains ne pouvaient pas s'allonger complètement. Ils dormaient à même le sol sans couvertures, vêtus uniquement de haillons. Avec l'odeur d'urine qui flottait dans l'air, il était clair qu'ils n'avaient pas non plus accès à des toilettes. Les prisonniers étaient mieux traités dans les cachots du château. J'étais outré. Personne ne méritait de vivre dans ces conditions. Je ne pouvais pas les laisser ainsi.

— Ouvre la cellule ! ordonnai-je.

Stuart chercha la confirmation de son maître.

— Fais ce qu'il dit, répondit le vieux vampire, effrayé.

La lourde porte métallique grinça lorsque le jeune vampire l'ouvrit. L'homme dans la cellule recula d'un pas, effrayé à ma vue. J'essayai d'adoucir mon ton malgré la rage qui m'envahissait.

— Tu n'as rien à craindre. Tu es libre. Sauve-toi.

L'homme cligna des yeux, surpris. Puis il murmura avant de s'enfuir : « Merci. »

Les autres esclaves s'étaient tournés vers nous, observant ce qui se passait. Ils nous regardaient bouche bée.

J'ordonnai :

— Ouvrez toutes les cellules. Vous êtes tous libres !

— Mais mon commerce…, protesta Malicio.

— Est un commerce sale et répugnant, achevai-je sa phrase en serrant les dents.

Malicio se jeta soudainement sur moi, ses ongles acérés me griffant. Il avait sorti ses crocs et bondit sur moi, essayant de boire mon sang.

L'imbécile.

— Tu crois pouvoir affronter le roi ? ricanai-je.

Le vieux vampire ne représentait aucun défi. Je lui lacérai le bras, le sang jaillissant à flots. Il n'était pas plus menaçant qu'une mouche agaçante. J'aurais pu le briser comme une brindille sèche, mais je me dis que c'était plus amusant de le garder en vie. J'envoyai une vague d'énergie si puissante qu'elle le projeta dans la cellule que l'homme occupait quelques instants auparavant. Il fut assommé par l'impact, du plâtre tombant du vieux mur en ruine.

— Ferme la porte, ordonnai-je à Stuart.

Il acquiesça immédiatement, la main tremblante.

— Je te l'ouvrirai plus tard, balbutia-t-il à son maître.

— Maintenant, ouvre toutes les cellules, poursuivis-je d'un ton ferme par-dessus les acclamations des victimes.

Je me réjouissis à l'idée que le vieux vampire allait devoir regarder toute sa *marchandise* retrouver leur liberté sans pouvoir rien y faire.

Le jeune vampire fit ce que je lui demandais et ouvrit les cellules une à une. Je le suivis dans le couloir, regardant chaque femme et chaque homme s'éloigner. Ils me saluaient d'un signe de tête en passant devant moi, un sourire reconnaissant sur le visage. Certains lancèrent des injures à Malicio, une maigre récompense pour ces humains qui avaient été enfermés ici pendant des semaines, avant de s'enfuir.

Mais aucun d'entre eux n'était Émeraude.

— Où sont les autres cellules ? demandai-je avec colère lorsque nous arrivâmes au bout du couloir et qu'Émeraude était toujours introuvable.

— C'est la dernière, répondit le jeune vampire terrifié.

— Une jeune femme. Cheveux bruns. Yeux verts. Ma vassale, le mot roula sur ma langue maintenant que je savais qu'elle était ma compagne, mais le jeune vampire ne pouvait la connaître que sous ce titre. Où est-elle ?

Je sentis son pouls s'accélérer. Il savait qui elle était.

— Elle n'est pas ici, répondit-il.

— Où est-elle ? demandai-je à nouveau, me rapprochant encore plus de lui. Je n'hésiterai pas à te mettre en pièces si tu n'as pas la réponse.

J'avais déjà connu la faim, cette envie irrépressible de boire le sang de quelqu'un qui pouvait nous rendre fous, mais jamais rien d'aussi fort que mon désir de détruire ce vampire ici et maintenant.

Il déglutit, sa pomme d'Adam bougeant dans sa gorge.

— Vendue, répondit-il.

Je frappai le mur juste à côté de sa tête, le jeune vampire fermant les yeux et hurlant de peur. Il me fallut toute mon énergie pour empêcher mon loup de prendre le dessus à cet instant. J'avais besoin de plus d'informations.

— Qui l'a achetée ? exigai-je.

— Je ne peux pas…

Ses yeux croisèrent les miens, et il changea d'avis.

— Le roi. Le roi des elfes a envoyé ses émissaires pour l'acheter. Il a payé trois fois le prix. Il l'a emmenée il y a quelques nuits, murmura-t-il. Épargnez-moi, je vous en prie.

Des larmes répugnantes coulaient sur son visage. Je ne lui devais aucune pitié. Il avait choisi de travailler ici, de fermer les yeux sur ce qui se passait. J'enfonçai mes crocs dans son cou, le maintenant en place de mes mains, mes ongles acérés s'enfonçant dans sa chair. J'arrachai un morceau de chair, et Stuart poussa un cri strident. Le sang coulait à flots, mais mon intention n'était pas de boire, mais bien de tuer. J'arrachai de la chair avec mes crocs partout où je le pouvais. J'aurais pu l'achever rapidement avec de la magie, mais je voulais le voir souffrir comme il avait fait souffrir des humains sans défense. Finalement, il ne put plus supporter son propre poids et s'effondra au sol. À l'aide de mes pouvoirs magiques, je plongeai ma main dans sa poitrine, cherchant son cœur à tâtons. Quand je le trouvai, je refermai mes doigts autour de lui, l'écrasant. Il était dense et ferme, chaud, et du liquide coula entre mes doigts tandis que je serrais. Je retirai ma main lorsque je sentis qu'il cessait de bouger, satisfait. J'essuyai ma main sur les vêtements du vampire.

— Qu'est-ce qu'on fait maintenant ? demanda Vince.

— Nous allons rendre visite à Mytvathyr. Mais d'abord, répondis-je en jetant un coup d'œil autour de nous, brûlons cet endroit jusqu'au sol pour qu'il ne puisse plus jamais être utilisé.

Vince et les assassins sourirent d'un air entendu à ces mots. Malicio, qui était toujours enfermé dans la première cellule, cria :

— Non ! Vous ne pouvez pas faire ça !

— Qu'est-ce qu'on fait de lui ? me demanda l'un des assassins.

Je gloussai.

— Qu'il brûle avec son commerce.

Malicio hurla :

— Non, non. Je ne veux pas mourir.

Je l'ignorai en passant devant sa cellule. Il ne méritait pas de réponse. Les assassins et Vince s'emparèrent de torches et mirent le feu à l'arrière du magasin. L'endroit, vieux et mal entretenu, prit rapidement feu, et la fumée s'épandit autour de nous.

De retour à l'avant du magasin, je hurlai de toutes mes forces. Je poussai et renversai le comptoir en bois, qui s'arracha du solde toutes mes forces, des larmes de rage coulant sur mes joues. Je détruisis les étagères et jetai tous les meubles contre les murs dans un accès de désespoir. Je savais que cela ne ramènerait pas Émeraude, mais je devais le faire.

Une fois que j'eus terminé, je restai debout dans le magasin, haletant. Erendriel. Ce salaud. Il vaudrait mieux qu'il ne lui ait pas fait de mal, sinon je le détruirais.

Une odeur chatouilla mes narines. Légère, presque imperceptible. Une odeur de pêches. Je suivis cette odeur et trouvai une mèche de cheveux perdue dans la poussière derrière l'un des comptoirs que j'avais renversés. Émeraude. Elle avait dû se battre avec ses ravisseurs et l'avait perdue à ce moment-là. Une larme coula sur ma joue.

— Attends-moi, j'arrive, murmurai-je.

Cette mèche de cheveux, aussi insignifiante qu'elle puisse paraître, me donna assez de force pour ne pas me perdre. Je la glissai dans ma poche.

Je sortis du magasin, suivi par Vince et les assassins. Le magasin brûlait intensément, témoignant de la rage qui brûlait en moi. Vince posa sa main sur mon épaule.

— Je suis désolé, mon ami. Je ne peux pas te suivre jusqu'aux terres elfiques. J'ai des tâches à accomplir avec la guilde ici.

— Je comprends, répondis-je. Prends soin de mes amis. J'irai seul.

— Nous serons là quand tout cela sera terminé et que tu seras prêt à reconquérir ton trône, ajouta Vince pour me rappeler sa loyauté.

Je me séparai d'eux alors qu'ils se dirigeaient vers la guilde des voleurs. Je marchai avec détermination vers l'entrée nord de la ville. Des souvenirs de ma fuite de la ville avec Émeraude et Xavier me revinrent à l'esprit. Si seulement j'avais su alors quel désastre ma vie allait devenir… aurais-je changé les décisions que j'ai prises ?

Rien ne m'arrêterait.

Pas même les dieux.

Chapitre 21 (Élaine)

La reine des dragons

La douce voix d'Akael me tira de mon sommeil. « Élaine, réveille-toi. »

Une main douce effleura ma joue, et je souris en ouvrant les yeux. Ses boucles rousses encadraient son visage comme des flammes, ses yeux étaient pleins de promesses interdites.

— C'est déjà l'heure ? demandai-je.

Les rideaux étaient ouverts. Dehors, il pleuvait, mais je pouvais voir les nuages s'estomper à l'horizon et la faible lueur du soleil levant. Mon cœur s'emballa quand je réalisai que nous serions bientôt loin de la ville des vampires. J'avais hâte de partir.

Il s'était passé trop de choses dans cette ville. Trop de chagrin et de mal. Je ne savais plus vraiment où était ma maison ni où j'irais après avoir surmonté tout cela, mais quelque chose au plus profond de moi me disait que je serais chez moi tant que je serais avec Akael.

— Oui. Es-tu prête à affronter ton destin ? me taquina-t-il.

— Quand tu dis ça comme ça, ça me donne envie de m'enfuir, avouai-je.

— Tant que tu me laisses t'accompagner, répondit-il.

— Je ne crois ni au destin ni aux dieux, mais je veux comprendre ce que Scorchfire m'a dit, et m'éloigner de cette maudite ville.

— C'est ça l'esprit, dit-il en riant.

Je pris mon sac contenant mes affaires. En bas, l'aubergiste dormait dans une chaise, la tête posée sur le comptoir, alors nous nous glissâmes dehors sans faire de bruit. Les rues étaient désertes, puisque la plupart des gens dormaient encore. La pluie était fine et froide, et mouillait mes cheveux.

Nous marchâmes dans les rues vides, en direction du nord de la ville. Aucune cloche n'avait encore annoncé ma disparition du château. Il semblait que Jason avait tenu parole, mais ce n'était qu'une question d'heures avant que cela ne change. Nous devions partir avant cela.

Nous passâmes devant une vieille église. Les pierres étaient noircies par le temps, et de la mousse poussait entre elles. Les portes blanches, autrefois magnifiques, étaient usées et beiges, mais le bâtiment conservait une apparence majestueuse. Nous traversâmes une vaste pelouse parsemée de bancs vides. On aurait dit qu'ils attendaient que les gens se réveillent et viennent leur rendre visite. Cette zone avait été épargnée par les attaques des dragons. Sans leur présence constante dans le ciel, on aurait pu les oublier.

À mesure que nous approchions des portes nord de la ville, il n'y avait plus aucun dégât.

J'eus le souffle coupé en voyant les gardes vampires postés à l'entrée. L'un d'eux était grand, avec une peau bronzée, les bras musclés et le visage couvert de tatouages. Le second était légèrement plus petit, avec de longs cheveux et de multiples anneaux aux oreilles. Akael me serra la main pour me rassurer.

Il murmura :

— Souviens-toi, ils ne te cherchent pas. Tu n'as rien à craindre.

— C'est vrai, j'avais presque oublié, répondis-je, reconnaissante qu'il me le rappelle.

Les gardes nous observèrent tandis que nous nous approchions. Mon cœur battait à tout rompre dans ma poitrine, et je n'arrêtais pas de me dire de me calmer. Les vampires pouvaient le sentir, et je ne voulais pas éveiller leurs soupçons ni leur faim. Nous étions deux elfes quittant la cité des vampires. Rien de plus.

— Bonne journée, messieurs, dit Akael aimablement, alors que nous franchissions la porte.

— Bonne journée, voyageurs, répondirent simplement les gardes.

Je ne répondis pas, trop occupée à garder un visage impassible et à retenir mon souffle. Je m'attendais à ce qu'ils nous rappellent et se lancent à notre poursuite d'un moment à l'autre, mais nous continuâmes à marcher. Rien. Lorsque nous fûmes suffisamment loin de la ville pour que les portes paraissent minuscules, et que nous pénétrâmes enfin à la lisière de la forêt, je me détendis. Je poussai un grand soupir, et l'elfe à mes côtés sourit, serrant affectueusement ma main dans la sienne.

— Je te l'avais bien dit, dit-il d'un ton taquin.

Je rougis légèrement.

— Je sais, mais je ne pouvais pas m'empêcher de m'inquiéter.

— Tu t'inquiètes trop, dit-il, ses magnifiques yeux verts me captivant.

— Et toi, tu ne t'inquiètes pas assez, répondis-je.

— J'ai confiance en l'Oracle. Quoi qu'il se soit passé, nous nous en serions sortis indemnes. Tu es la *veneficus dei*. Il n'y a rien que tu ne puisses accomplir.

— Encore ce terme. Tu le dis comme si j'étais une déesse.

Il m'adressa un sourire sexy.

— Tu es ma déesse autant que tu le souhaites, ma chère. Je meurs d'envie de te vénérer.

Ses mots me coupèrent le souffle, et une chaleur monta en moi. Je ne pouvais nier l'effet que le prince avait sur moi. J'enjambai un tronc d'arbre tombé sur le chemin, puis je ramenai mes pensées à notre discussion.

— Mais j'ai failli mourir dans le château des vampires. Je ne suis pas immortelle.

Il acquiesça.

— Oui, et c'est pourquoi la prophétie m'a conduit jusqu'à toi. Je te protégerai et veillerai à ce que nous accomplissions notre destin.

Il parlait avec une telle conviction, mais je doutais de moi-même. Tout ce que je voulais, c'était retrouver une vie normale, être heureuse, mais tout s'accrochait à moi comme des lianes qui resserraient leur étreinte à mesure que j'essayais de m'en libérer. Ma vie n'avait été qu'une succession de catastrophes depuis que j'étais devenue grand sorcier, et j'étais épuisée, mais les paroles du prince résonnaient en moi, et j'en comprenais la gravité.

— Akael, je…

Je ne trouvai pas les mots pour terminer ma phrase. Je savais qu'il avait raison, que je veuille y croire ou non. Il était si sûr de lui que je décidai de me laisser emporter par sa folie. Peut-être que les dieux existaient vraiment, et que nous allions réussir. Après tout ce qui m'était arrivé, c'était peut-être finalement le moment où tout allait s'arranger.

— Tu as raison, murmurai-je.

Il sourit et approcha son visage du mien. L'instant d'après, ses lèvres étaient sur les miennes, comme une douce brise qui emporta mon cœur. Il m'enlaça, me serrant contre lui, et je ne pus m'empêcher de fondre dans ses bras. Tous mes soucis s'évanouirent. Je posai mon front contre le sien lorsque nous nous séparâmes, à bout de souffle. Nous restâmes ainsi, à nous regarder, les mots étant inutiles pour exprimer ce que nous savions tous les deux.

— Viens, ma chère. Continuons, dit-il enfin en s'écartant.

Je regrettais que ce moment soit passé et je me promis que la prochaine fois, je lui dirais ce que je ressentais.

— Où ? demandai-je.

— À la recherche d'un dragon qui te parlera, répondit-il.

— Ah oui, les dragons, répétai-je.

Ce n'était pas que j'avais oublié, mais cela me semblait irréel.

Danielle

Nous marchions depuis des heures. Le soleil était haut dans le ciel et des dragons volaient au-dessus de nous. On aurait presque dit qu'ils nous suivaient, mais c'était probablement juste mon imagination.

J'étais tellement absorbée par les dragons, les yeux rivés vers le ciel tandis que j'avançais, que je ne remarquai pas que nous n'étions plus seuls.

— Ton argent ou ta vie.

La voix était rauque et menaçante. Devant nous se tenait un groupe de cinq hommes armés de couteaux et vêtus d'armures de cuir. Ils pensaient avoir l'avantage, mais ce n'étaient que des humains. Rien que nous ne puissions gérer.

Je n'avais plus mon épée, car les vampires me l'avaient prise, mais j'avais toujours l'artefact. Je pris le couteau dans ma main ; le manche s'y adaptait parfaitement. Akael se plaça en position défensive devant moi, tirant son épée.

— Je ne vous laisserai pas la toucher, dit-il.

L'homme se jeta sur Akael pour l'attaquer, mais Akael para le coup. Les autres se ruèrent à leur tour sur nous. Le cliquetis de l'acier contre l'acier résonnait. Je récitais les mots, heureuse de pouvoir à nouveau compter sur mes sorts. La magie me vint facilement, et je lançai des dagues de glace sur mon agresseur. La glace transperça son armure, touchant ses organes vitaux. Il s'effondra mort sur le sol avant même d'avoir pu m'atteindre. Je me retournai et enfonçai la lame de mon couteau dans la chair d'un autre. L'homme s'effondra immédiatement. Je ne comprenais pas comment il était mort si vite, alors qu'il ne s'agissait que d'un seul coup de couteau. Je m'attendais à ce qu'il oppose davantage de résistance. C'est alors que je réalisai que l'artefact renfermait une magie inconnue. Je me retournai pour chercher mon prochain assaillant, mais je constatai qu'ils gisaient tous au sol.

Je ne savais même pas si on pouvait appeler ça un combat, tant cela avait été facile. Les hommes avaient sous-estimé leurs ennemis. Akael était à peine essoufflé lorsqu'il se tourna vers moi.

— Ça va ? me demanda-t-il.

Je souris.

— J'ai survécu à pire que ça.

Il désigna le couteau que je tenais à la main.

— Pas mal. Je n'en ai jamais vu de pareil.

— Je l'ai trouvé dans les mines de cristal alors que je cherchais autre chose. Je ne sais pas exactement à quoi il sert, mais il possède clairement des pouvoirs magiques.

L'elfe acquiesça.

— Rien n'arrive par hasard. C'est l'artefact qui t'a trouvé.

Je gloussai et rangeai le couteau. La forêt débordait de vie tandis que nous marchions. Elle n'était pas aussi belle que celle près de chez moi, mais elle me remplissait tout de même de joie. Nous arrivâmes à une grande clairière où des fleurs blanches poussaient entre les brins d'herbe.

La terre gémit. Une ombre s'abattit sur moi, et la forêt se tut. Je retins mon souffle, émerveillée, tandis qu'un grand dragon descendait du ciel, ses ailes—*elle*, compris-je sans savoir comment je le savais—battant avec une force tonitruante. Akael me protégea de son corps et dégaina son épée.

— Reste en arrière, dit-il tandis que nous observions la magnifique bête.

La dragonne se posa dans la clairière dans un tourbillon de vent qui me fouetta les cheveux en arrière, ses serres creusant de profonds sillons dans le sol. Le sol trembla sous son poids tandis que la créature repliait ses ailes d'un geste lent et majestueux. Ses ailes étaient entièrement blanches, mais elles viraient au violet du milieu jusqu'aux extrémités. Je me rendis compte que je l'avais déjà vue lorsque j'étais piégée dans le château. Ou peut-être était-ce elle qui m'observait. Je n'étais plus certaine de quel sens ça allait.

Les grands yeux verts du dragon m'observèrent, pleins d'intelligence. Akael se détendit lorsqu'il vit qu'elle n'attaquait pas.

Elle était massive, ancienne et majestueuse.

Je me figeai sous son regard, sentant une force aussi ancienne que la race elfique elle-même. L'espace d'un instant, je me souvins du moment où Scorchfire m'avait parlé. « *Zarvok Drel'kaan* », avait-il dit. Au moment même où j'y pensais, je le ressentis à nouveau : ce mal de tête lancinant et cette présence étrangère en moi, un lien mental.

« Tu as raison », dit le dragon dans mon esprit. *« Zarvok Drel'kaan. Tu es le mage de Dieu. »*

Je restai là, sous le choc. D'abord les serviteurs, puis Akael, l'Oracle, et maintenant les dragons le disaient. Il était inutile de lutter. Autant accepter mon destin. Je décidai d'essayer de lui parler.

« Scorchfire avait dit : Ruun to ruun. Mor'thuun noth. Qu'est-ce que cela signifie ? »

J'aurais juré apercevoir un sourire sur le visage du dragon.

« Vok'rath vekhul, zar'kaan vekul. Ruun to ruun. Mor'thuun noth », répondit-elle. *« Une flamme s'éveille, toutes les flammes reviennent. Du sang au sang. La mort n'est pas la fin. »*

Je réfléchis à ses paroles. Une flamme s'éveille, toutes les flammes reviennent. La dragonne poursuivit, la curiosité et l'amusement transparaissant dans le ton de sa voix : *« C'est la première fois que tu parles à une dragonne, et c'est la première chose que tu demandes ? »*

« Avec tout ce qui se passe, j'ai pensé que c'était assez important », rétorquai-je.

De la fumée s'échappa de ses narines tandis qu'elle émit un son qui ressemblait à un rire, ou du moins c'est l'impression que j'eus. Akael leva la main et fit un pas en avant.

— Tu peux lui parler ? murmura-t-il.

J'acquiesçai. Il me regarda bouche bée avant de sourire.

— Je le savais ! Je savais qu'on trouverait un dragon qui te parlerait.

Il fit un pas de plus. La dragonne agita la queue, ce qui fit hésiter l'elfe.

Je fis signe à Akael.

— Il vaudrait peut-être mieux faire connaissance avec elle avant de s'approcher davantage.

— C'est une femelle ? demanda l'elfe.

Je me rendis compte que je n'avais pas posé la question au dragon avant de le dire, mais j'en étais tellement convaincue que je n'avais aucun doute. Je la regardai pour confirmation, et elle acquiesça. *« Tu peux m'appeler Safira. »*

— Elle s'appelle Safira, dis-je à Akael, qui ne pouvait pas l'entendre.

« J'ai tant de choses à te raconter. Monte sur mon dos. Les cieux attendent leur reine », me dit-elle.

Je fixai le dragon, indécis, puis Akael.

— Elle veut que je monte sur son dos.

Il répondit :

— Alors vas-y. C'est ton destin, ma chère.

— Mais comment vais-je m'accrocher à elle ? Je n'ai rien. Ce n'est pas comme un cheval avec une selle. Au moins, si j'avais une corde ou quelque chose pour m'attacher à elle afin de ne pas tomber.

L'elfe réfléchit un instant.

— Et si on fabriquait une corde en cuir ?

— Avec quoi ? Tu connais un sort qui permettrait de faire ça ?

Il esquissa un sourire.

— Je sais exactement où trouver du cuir. Attends-moi.

Je jetai un regard désolé à Safira.

« Désolé pour le retard, j'ai juste besoin de quelque chose pour m'accrocher à toi », expliquai-je.

Elle cligna des *yeux. « Tu n'as pas besoin de t'expliquer. Je comprends. Je ne voudrais pas que tu tombes du ciel. Voyons voir ce qu'il va nous proposer. »*

Quelques minutes plus tard, Akael revint en courant, portant cinq armures de cuir.

— Où as-tu…

J'étais sur le point de demander quand je réalisai qu'il s'agissait des armures des voyous que nous avions tués.

Il sourit devant mon étonnement.

— Si on les découpe comme ça, dit-il en entaillant soigneusement les armures avec son épée, on peut obtenir des lanières de cuir.

Je compris ce qu'il voulait dire, sortis ma dague et l'aidai. Bientôt, nous eûmes tout un tas de lanières de cuir de différentes tailles.

— Tissons-les ensemble. Ce sera plus solide, suggérai-je.

Akael acquiesça, et c'est ce que nous fîmes. Une fois notre travail terminé, je me retrouvai avec une longue corde de cuir. Safira semblait approuver. J'avalai ma salive, réalisant que le moment était venu de monter sur son dos. J'étais tellement nerveuse, non seulement à cause de sa taille, mais aussi à l'idée de voler. Je n'avais jamais volé auparavant. L'idée m'avait toujours semblé séduisante, mais maintenant que j'avais l'occasion de le faire, j'avais l'estomac noué à cette pensée. Je m'approchai lentement de Safira. Elle semblait encore plus imposante, mais son regard était paisible et rassurant.

Je ne savais pas trop comment monter sur elle. Voyant cela, elle déplaça sa queue et sa patte pour former un escalier improvisé afin de m'aider à atteindre son dos. Ses écailles étaient froides et dures au toucher. C'était une armure redoutable. Je me hissai sur son dos, et elle me donna un coup de museau pour m'aider à atteindre le sommet

— Tiens bien la corde, dit Akael depuis le sol.

Il se fraya prudemment un chemin jusqu'à l'autre côté de Safira, puis me lança la corde. Je faillis tomber de son dos en essayant de l'attraper.

— Attention !, s'écria mon prince, mais je parvins à me rattraper.

J'étais contente que la corde en cuir soit assez longue pour faire le tour du cou de Safira. Elle avait plusieurs cornes qui dépassaient à la base de ses épaules. Je m'installai entre deux grosses cornes, un peu comme sur un siège improvisé.

« Je voulais qu'elle soit assez longue pour faire le tour de ton corps », lui dis-je, craignant que la corde ne lui fasse mal, mais elle balaya cette idée d'un revers de main.

« Ça ne me dérangera pas. On trouvera mieux la prochaine fois. »

Je compris à ses paroles qu'elle sous-entendait que nous volerions ensemble plus d'une fois. J'enroulai la corde autour de ma taille, m'attachant à elle, puis fis un nœud serré. Je gardai mes mains autour de la corne et de la corde. C'était le mieux que je pouvais faire. J'espérais que cela ferait l'affaire.

« Toi et moi, nous sommes liés », dit-elle en se préparant à voler.

Mes yeux se posèrent sur Akael, et mon cœur battait la chamade. Il avait reculé de plusieurs pas pour nous laisser de l'espace. Sentant sans doute ma nervosité, Safira me dit : *« Ne t'inquiète pas, je te ramènerai saine et sauve auprès de lui. »*

Je m'agrippai à deux mains, mes jointures blanchissant sous la force que j'exerçais, surprise par le mouvement de Safira lorsqu'elle déploya ses ailes. Ses mouvements étaient calculés, délibérés. Assise sur elle, je pouvais sentir son incroyable force. Akael sourit en nous regardant.

« Accroche-toi bien », fut le seul avertissement que je reçus avant que Safira ne bondisse en avant, les ailes largement déployées. La force était si grande que je me sentis écrasée contre son dos. Chaque battement me poussait vers l'arrière et vers le bas. Je serrai mes jambes aussi fort que possible autour d'elle et restai près de son cou pour éviter les rafales de vent. Sans la corde, je

serais probablement tombée, et j'en étais tellement, tellement reconnaissante ! Le ciel et les nuages remplacèrent rapidement la forêt.

Safira grimpa rapidement, traversant des couches de nuages qui ressemblaient à un épais brouillard lorsque nous les traversions. Une fois au-dessus des nuages, les rafales se calmèrent. La vue était magnifique, et l'espace d'un instant, ma peur disparut. Ils recouvraient le ciel comme un troupeau de moutons blancs dans un pré. Je n'avais jamais rien vu de tel, et j'étais émerveillée.

« Celui que vous appelez Scorchfire. Il faisait partie des Premiers, lié à la lignée originelle des dragons. À sa mort, il a donné son sang pour nous ramener tous à la vie. »

Ses paroles me ramenèrent à la réalité. Je m'accrochai à elle pendant que nous parlions. *« Tu veux dire l'un des premiers descendants du dragon sacré Aurelion ? Celui qui a créé la race des elfes avec la demi-déesse ? »*

Elle suivit un courant d'air qui descendit sous les nuages, puis remonta. J'eus un haut-le-cœur. J'essayai de m'habituer à cette sensation en prenant de profondes inspirations.

« Si tu parles de notre père qui a conduit à la création de ta race, alors oui. Scorchfire était l'un des premiers descendants, tout comme moi. Il s'est laissé tuer pour que nous puissions revivre. »

Et juste ainsi, elle m'avait expliqué la renaissance des dragons. J'étais époustouflée, et j'avais tant de questions.

« Attends, tu es aussi une descendante du dragon sacré ? » demandai-je, réalisant soudain ce qu'elle venait de dire.

Pendant que nous volions, d'autres dragons nous rejoignirent. Ils volaient tout près au-dessus de nos têtes, puis faisaient des pirouettes autour de nous. Je me sentais observée, mais en sécurité.

« Tout comme tu es une descendante directe de la demi-déesse Celestia. Tu es la dernière descendante directe de la première génération d'elfes que la demi-déesse et le dragon sacré ont créée. »

Ses paroles me donnèrent la nausée. J'étais tellement sous le choc que je ne réagis même pas lorsqu'elle contourna le sommet d'une montagne qui se dressait devant nous. Les autres dragons dansaient avec nous dans les airs. C'était une magnifique valse, mais je ne pouvais pas accepter d'être la descendante d'une demi-déesse. Cela ne pouvait pas être vrai.

Elle poursuivit : *« Nous manquons de temps. L'heure de ton destin approche, et tu vas devoir te montrer à la hauteur des attentes des dieux. Sinon... »*

J'étais submergé et je luttais pour retenir les larmes qui me montaient aux yeux. *« Sinon quoi ? »* demandai-je, la gorge nouée.

« Sinon, le monde sombrera dans les ténèbres. »

Je restai silencieuse un instant, réfléchissant à tout ce qu'elle venait de dire, retenant mes larmes. Il semblait qu'Akael avait raison. J'avais déjà compris que je ferais mieux de l'accepter, mais c'était bien plus que cela. Le poids de la responsabilité pesait lourdement sur mes épaules. Je repensai à Sylvia, que j'aimais comme une mère. Elle m'avait toujours dit que j'étais *veneficus dei*. Si j'étais une descendante de Celstia, alors il était de mon devoir de protéger le monde.

« Je ne comprends toujours pas comment j'ai pu ignorer les origines de ma lignée », dis-je, plus à moi-même qu'à Safira.

Elle répondit quand même. « *Les dieux n'ont jamais approuvé l'amour de Celestia et d'Aurelion. Ils ont tenté d'éradiquer ta lignée pendant des siècles. Sachant cela, tes parents ont dissimulé ta véritable identité. En réalité, aucun autre mage que toi n'aurait pu ressusciter Scorchfire. Tu portes en toi un fragment de l'âme d'Aurelion et de Celestia. Tu es née pour diriger les dragons et les elfes.* »

J'étais sous le choc. « *Les dieux ne sont-ils pas censés être bons ? Je suis le mage des dieux, n'est-ce pas ?* »

La dragonne parla avec la sagesse de celle qui a vécu plusieurs siècles. « *Les dieux ne sont pas parfaits. Ils sont jaloux et avides de pouvoir. Bien que certains offrent leur protection aux mortels, tous ne sont pas bons. L'une d'entre eux, en particulier, complote pour semer la destruction dans le monde. Celle qui est responsable des ténèbres qui règnent sur le roi des elfes.* »

Une soudaine rafale de vent faillit me faire tomber du dos de Safira, et je m'agrippai plus fermement à la corne. « *J'avais senti ses ténèbres. Il n'est plus le roi avec lequel j'ai grandi. Il est froid et hostile.* »

Le dragon renifla. « *Le roi corrompu doit tomber. Tu es la souveraine légitime. Zar'kaan shal vektharn drel. De la lignée brisée, la flamme entière renaîtra. La fille de l'âme née du serment invoquera la flamme, et les dieux brûleront.* »

Safira m'envoya des images qui m'étaient étrangères. Des images d'époques révolues et de guerres. Je vis des ancêtres que je n'avais jamais connus se battre pour protéger notre lignée contre les ennemis. Je vis des dragons décimés. Et enfin, je vis ma mère réciter un sort. J'entendis mon père lui murmurer qu'il espérait que cela suffirait à me permettre de survivre. Je ne les avais pas revus depuis que j'avais été enrôlée comme mage au service du roi. Je me souvenais à peine de leur visage. Je compris à quel point ils m'aimaient.

« Comment en sais-tu autant ? » demandai-je.

Un dragon rugit à nos côtés, et d'autres répondirent à son appel. Je me demandai ce que cela signifiait.

« J'ai vécu pendant des milliers d'années, entourée de mes semblables qui m'ont transmis leur savoir », répondit-elle.

« Dois-je combattre un dieu ? » demandai-je. Cela semblait être une tâche intimidante.

« N'oublie pas que tu contrôles désormais les dragons. Tu possèdes également l'éclat du droit du sang. »

« L'éclat du droit du sang ? » demandai-je.

« Je l'ai senti parmi tes effets. Une dague imprégnée de la force de tes ancêtres, transmise de génération en génération. Elle avait été perdue il y a plusieurs générations, mais elle a retrouvé le chemin vers toi. »

Je repensai immédiatement à l'artefact en forme de poignard que j'avais trouvé dans les champs de cristal. Je me souvins qu'il semblait avoir été fabriqué à partir de peau de dragon durcie. J'avais soupçonné qu'il pouvait avoir un lien avec les dragons.

Autour de moi, les dragons rugirent et virevoltèrent dans les airs, comme s'ils cherchaient à attirer mon attention. *« Que font-ils ? »* demandai-je.

Safira répondit : *« Ils prêtent serment à leur reine. »*

Je les regardai avec admiration. La fierté et la paix m'envahirent. Une grande tâche m'attendait, mais je n'étais pas seule. J'avais une armée de dragons. Je pensai à Akael, qui m'attendait dans la clairière. Lui aussi avait son armée avec lui. Avec mon âme sœur à mes côtés, les dragons et les pouvoirs de ma lignée, je savais que j'y arriverais.

Je régnerais sur les dragons et les elfes, et je renverserais le roi corrompu.

« Viens, retournons auprès de ton bien-aimé », dit Safira.

Nous retournâmes à la clairière. Mon cœur se mit à battre plus fort lorsque je vis le sourire d'Akael, qui nous attendait. Le sol trembla lorsque nous atterrîmes, projetant des feuilles et de la poussière dans les airs.

Je me jetai directement dans les bras que mon prince m'avait réservés. C'était chaleureux et réconfortant, et je me surpris à vouloir me rapprocher encore plus de lui. J'embrassai ses lèvres.

— Comment c'était ? demanda-t-il.

— Le baiser ou le vol ? le taquinai-je.

Il sourit à ma question.

— Les deux.

Je lui racontai tout ce que Safira m'avait dit. Il m'écouta avec beaucoup d'intérêt. Quand j'eus enfin terminé, il marqua une pause. Il prononça un seul mot :

— Impressionnant !

Je gloussai.

— J'étais submergée au début, mais maintenant, ça me semble possible.

Il acquiesça.

— Nous devons aller rejoindre mes troupes. Elles nous attendent plus loin dans la forêt, au sud de la cité elfique. Elles se trouvent à l'endroit où deux arbres tombés forment une croix, mais c'est très loin d'ici. Je crains que nous n'y arrivions pas avant la tombée de la nuit.

« Sais-tu où c'est ? » demandai-je au dragon.

Elle baissa son aile, m'invitant à monter. *« Viens, je t'y emmène. Ce sera plus rapide. »*

— Je peux venir aussi ? demanda Akael. Je la regardai et sentis son assentiment.

— Oui, elle est d'accord, répondis-je.

Nous nous élevâmes dans les airs, parcourant rapidement la distance. Pendant ce temps, je sentais que Safira communiquait avec d'autres dragons. Elle les ralliait à notre cause, leur disant de nous suivre. À mesure qu'ils se rapprochaient, je pouvais les entendre me parler. C'était une communication plus faible que mon lien avec Safira, mais je pouvais les comprendre. Tous disaient la même chose : *« C'est un honneur, ma reine. »*

« Puisque tu es destinée à régner sur nous et que tu possèdes un fragment de l'âme d'Aurelion, tu peux communiquer avec tous les dragons », expliqua Safira, sachant que j'allais poser la question.

Ils étaient si nombreux que lorsque nous arrivâmes à l'endroit où les troupes d'Akael campaient, nous avions désormais plus de cinquante dragons avec nous.

« D'autres viendront nous rejoindre », ajouta Safira. *« Nous attendrons ton signal. »*

« Merci », répondis-je en descendant de son dos. Les dragons se posèrent dans la clairière à côté de Safira. J'avais des courbatures, et je me rendis compte qu'il me faudrait un certain temps pour m'habituer à chevaucher un dragon.

Nous parcourûmes la courte distance qui séparait la clairière de la forêt où les soldats elfiques avaient établi leur campement. Ils étaient en proie à la panique lorsque nous arrivâmes. L'un d'eux s'avança vers nous. Son armure arborait un insigne, et je devinai qu'il s'agissait du capitaine. Il avait de longs cheveux blancs, ses yeux brillaient d'une lueur orange et sa peau était légèrement jaunâtre. C'était sans aucun doute un haut-elfe, ou du moins l'un de ses parents l'était. Le capitaine reconnut le prince et s'inclina avant de courir vers nous.

— Votre Majesté ! Vous êtes sains et saufs. Préparez-vous, il y a des dragons. Nous devons nous protéger, dit-il avec crainte.

Akael les arrêta d'un geste de la main.

— Vous n'avez rien à craindre. Les dragons sont avec nous.

Les soldats écarquillèrent les yeux.

— Vraiment ? Demanda le capitaine.

Le prince acquiesça.

— Maintenant, inclinez-vous devant votre reine.

Ils me regardèrent tous un instant, puis s'inclinèrent profondément. Je rougis. Je n'étais pas habituée à cela.

— Levez-vous, s'il vous plaît, dis-je.

Ils obéirent. Le capitaine posa la main sur son cœur.

— C'est un honneur de vous servir, ma reine, dit-il.

Akael posa la main sur l'épaule du capitaine.

— C'est mon âme sœur. Tu ferais bien de la protéger, Sephirot.

La lumière déclinait déjà, et les oiseaux chantaient dans les arbres, se préparant pour la nuit.

— Mangeons. Je meurs de faim, dit Akael.

La journée avait été longue, et je ne pouvais qu'être d'accord avec lui. Sephirot nous conduisit au campement. L'odeur du sanglier rôtissant dans une grande marmite de bouillon aux légumes emplissait l'air alors que nous approchions de la tente où les repas étaient servis. *« Ça va aller ? »* demandai-je à Safira par notre lien tandis que nous nous éloignions.

« Ne t'inquiète pas pour moi », répondit-elle. *« Nous allons chasser et passer la nuit ici. »*

Je m'assis à côté d'Akael près du feu, un bol de ragoût à la main. Le petit-déjeuner de ce matin semblait si lointain, et le repas était délicieux.

— Nous avons établi le camp juste assez loin pour éviter d'être repérés par Erendriel, expliqua Akael pendant que nous mangions. Du moins, c'était le but, ajouta-t-il en regardant son capitaine.

— Je le confirme, Votre Majesté. Nos éclaireurs ont vu passer des patrouilles, mais aucune ne s'est aventurée aussi loin. Le roi n'a aucune idée de notre présence ici, confirma Sephirot.

— Excellent, répondit le prince.

— Devrions-nous attaquer demain ? demanda le capitaine.

— Qu'en pensez-vous, ma chère ? demanda Akael.

J'étais fière qu'il me demande mon avis. Sa confiance en mon avis me remplissait d'une agréable chaleur.

Je repensai à la facilité avec laquelle le roi avait vaincu les nains quelques semaines auparavant. Je savais que nous devions affronter Erendriel, mais je craignais qu'avec tous ces mages et son armée, nous ne perdions beaucoup d'hommes. Attaquer de plusieurs fronts pourrait contribuer à disperser leurs soldats et nous donner un avantage.

— Vous avez aussi des troupes à Mumbur ? demandai-je pour confirmation, me souvenant de ce qu'Akael avait dit auparavant.

Le prince acquiesça.

— On pourrait d'abord créer une diversion là-bas, suggérai-je.

— Que suggères-tu ? demanda-t-il.

— Nous attaquons d'abord Mumbur. Cela obligera Erendriel à envoyer des troupes pour défendre la ville. Nous attendons que cela se produise, puis nous frappons Mytvathyr. Attaqué sur les deux fronts, ses forces seront dispersées.

— C'est un bon plan, dit Akael.

Nous nous assîmes près du feu. Je regardai mon prince discuter avec ses troupes. Je pouvais voir l'amitié qui les liait ; malgré son titre, des années de collaboration les avaient rapprochés. Cela contrastait fortement avec la façon dont Erendriel travaillait avec ses troupes.

J'avais hâte d'en savoir plus sur Akael. C'était mon âme sœur, mais je ne savais pas encore grand-chose de lui. C'était la première fois que nous pouvions nous détendre et profiter de ce moment ensemble depuis que nous avions fui le château des vampires. Akael passa son bras autour de moi, me serrant contre lui tandis qu'il parlait d'un ton enjoué. Les elfes se présentèrent à moi et me parlèrent de leurs passe-temps ; l'un adorait fabriquer des bracelets, un autre jouait de la guitare, ils voulaient tous rendre hommage à leur nouvelle reine. Je n'étais pas habituée à tant d'attention.

La soirée finit par prendre un air de fête. Certains chantaient autour du feu, tandis que quelques-uns se mirent même à danser. Pendant un moment, j'oubliai la tâche qui pesait sur mes épaules.

Mais à mesure que la nuit avançait, la fatigue m'envahit.

— Retirons-nous, dis-je à Akael, désireuse d'être seule avec lui.

Un magnifique sourire illumina son visage. Il annonça aux soldats que nous allions nous retirer pour la nuit, les laissant faire la fête ensemble.

— Ma tente est par là. Mes troupes l'ont préparée, sachant que je devais revenir avec toi, dit-il alors que nous quittions les autres.

La tente du prince se dressait près du centre du camp. Sa toile de soie était d'un noir charbon profond, bordée de fil d'or. À la lueur des torches voisines, le tissu scintillait faiblement, comme des braises sous les cendres. À son sommet flottait sa bannière : une flamme orange sur fond noir, vacillant dans le vent nocturne comme si elle était vivante. Je trouvais que le symbole de son royaume reflétait la personnalité de mon prince : pleine de passion et de puissance.

Des gardes flanquaient l'entrée, mais même eux gardaient une distance respectueuse. Ils nous saluèrent d'un signe de tête lorsque nous passâmes. À l'intérieur, l'atmosphère s'adoucit. Le sol était recouvert d'épaisses fourrures et de tapis tissés. C'était chaleureux et accueillant. Une table basse supportait quelques cartes enroulées, une coupe en argent et une bougie à moitié consumée. Akael retira ses bottes en entrant, poussant un soupir de soulagement. Je fis de même, sentant la fourrure douce sous mes pieds et libérant la tension accumulée au cours de la journée de voyage.

— Comment te sens-tu ? me demanda-t-il.

Je pris une profonde inspiration. Il s'était passé tant de choses aujourd'hui, mais je me sentais mieux que je ne l'aurais cru.

— Ça fait beaucoup de révélations en une seule journée, mais je vais bien. J'ai mal aux cuisses et aux épaules à force d'avoir chevauché, répondis-je.

— Laisse-moi t'aider, proposa-t-il.

Il fit le tour de moi et se plaça derrière. Sa poitrine se pressa contre moi tandis qu'il se penchait en avant pour défaire le haut de ma robe en cuir cloutée. Je le laissai faire. Ses doigts, rudes à cause des combats, retirèrent délicatement le tissu et écartèrent mes cheveux, dévoilant la peau nue de mes épaules. Il effleura ma peau du bout de son index, me donnant des frissons dans le dos. Ses lèvres déposèrent des baisers chauds sur mes épaules, et je fermai les yeux, me perdant dans la sensation qui m'envahissait. Ses grandes mains se posèrent sur mes épaules et les massèrent. Mes muscles tendus se détendirent à mesure que les nœuds se dénouaient. C'était à la fois doux et puissant, exactement là où j'en avais besoin.

La voix d'Akael était chaude contre ma peau.

— Fais attention, ma chère. Si tu soupires ainsi, je risque de ne pas pouvoir te résister.

Ces mots firent naître en moi un désir intense. Je jetai un coup d'œil au lit. Il était plus grand et plus raffiné que n'importe quel lit de soldat, recouvert de draps épais et bordé de fourrure, assez large pour deux.

— Peut-être que je ne veux pas que tu me résistes, murmurai-je avec audace.

Le prince poussa un gémissement profond.

— Oh, tu n'auras pas à me le dire deux fois.

Il cessa de me masser et me fit pivoter dans ses bras pour que je lui fasse face. Ses yeux verts brûlaient de désir. Tout à coup, j'eus conscience de mon désir ardent pour lui, mon cœur battant à tout rompre.

Il saisit mon visage et pressa ses lèvres contre les miennes. Nos vêtements ne tardèrent pas à tomber au sol. Mes mains glissèrent le long de ses muscles, découvrant son corps pour la première fois tandis qu'il s'empara du mien. J'admirai la beauté de son corps, sculpté par le combat. Chaque cicatrice racontait une histoire, et j'avais hâte de toutes les entendre, mais pas ce soir. Ce soir, je le voulais lui.

Il me couvra de baisers.

— Tu es tellement parfaite, murmura-t-il, et à cet instant, je le crus. Enveloppée par ses caresses , submergée par son parfum, je me sentais comme la plus belle elfe du monde.

Akael m'allongea sur le lit de camp, son érection pressée contre moi. Il était si proche. Je ne voulais que lui. Tout de suite.

— Akael, prends-moi.

— Pas encore, ma chère. Tu mérites d'être vénérée comme la reine que tu es.

Sur ces mots, sa bouche descendit le long de mon corps, laissant derrière elle des baisers et des coups de langue. Il taquina mes tétons dressés, la chaleur montant en moi alors qu'il se frayait un chemin vers mon centre brûlant. Je haletai quand sa langue trouva mon clitoris, l'encerclant dans un sens, puis changeant de direction. Je gémis, prise dans une tempête de plaisir. Mon pouls s'accéléra alors qu'il continuait, mes hanches se cambrant.

— Encore, gémis-je.

— Oh oui, répondit le prince entre deux coups de langue. Avec plaisir.

Il me dévorait à présent. Je m'agrippai aux draps, les jambes tremblantes. C'était si bon.

Il ajouta :

— Allez, ma chère. Laisse-moi entendre ton chant séduisant.

Il enfonça un doigt en moi, redoublant d'efforts avec sa langue, déclenchant une vague impossible à retenir. Je criai son nom en extase : « Akael ! »

— C'est tellement séduisant, murmura-t-il.

Il continua à me lécher, enfonçant son doigt en moi, mes parois palpitant contre lui. Je poussai mes hanches, incapable de me retenir.

— Prends-moi, haletai-je.

Je voulais le sentir en moi. Je voulais l'entendre gémir à son tour. C'était toute la motivation dont il avait besoin. Il retira son doigt et le lécha. Ses lèvres trouvèrent immédiatement les miennes, le goût de ma moiteur persistant dans sa bouche. Il me pénétra d'un seul coup, sa queue glissant facilement en moi. Il était dur et de taille parfaite, me touchant exactement comme il fallait. J'eus un autre orgasme presque instantanément alors qu'il s'enfonçait en moi. Son corps et le mien s'emboîtaient comme si nous étions faits l'un pour l'autre. Il gémit, poussant de plus en plus fort. Je sentis la pression monter à nouveau, mes tétons dressés frottant contre son torse, mes parois se resserrant autour de lui. Il poussa encore, son souffle chaud roulant contre moi.

Je me palpitai alors que l'extase m'envahit une fois de plus, Akael jouissant simultanément. Ses coups de reins ont ralenti jusqu'à ce qu'il s'allonge doucement sur moi, prenant soin de ne pas mettre tout son poids sur moi.

Il prit un moment pour reprendre son souffle. Son sourire était absolument charmant, et je sus alors que je ne pourrais jamais vivre sans lui.

— Je t'aime, murmurai-je.

— Oh, ma chère. Je t'aime plus que je n'ai jamais aimé, avoua-t-il.

Il m'embrassa à nouveau. Nous nous glissâmes sous les couvertures, et je contemplai l'elfe à mes côtés. Il était mon âme sœur, mon tout, mon prince. Avec lui, je me sentais en sécurité, belle et aimée. Akael m'enlaça, et je me perdis dans son affection.

Chapitre 22 (Caleb)

Paisley

Nous nous levâmes juste au moment où le soleil se couchait. J'étais encore plein d'énergie après mon moment avec Summer, me souvenant encore de son loup et de son instinct sauvage et délicieux. Un ronronnement s'échappa de sa poitrine, doux et réconfortant.

— J'ai aussi beaucoup aimé, dit-elle, un sourire aux lèvres.

— Dommage qu'on ne puisse pas recommencer tout de suite, répondis-je.

Elle rit.

— Allons nous occuper des orcs. On aura tout le temps de recommencer. Je te mordrai autant que tu veux.

Elle me fit un clin d'œil en prononçant ces derniers mots. L'idée qu'elle me morde m'excitait plus que je ne voulais l'admettre.

— Avec plaisir, petite louve.

Nous rejoignîmes les autres.

L'atmosphère était lourde, chargée de tension, alors que nous nous préparions à partir. Les feux furent éteints un à un, leurs braises écrasées sous les bottes, jusqu'à ce qu'il n'en reste plus qu'un. Quelques personnes resteraient au camp, le chef et une poignée de combattants pour le protéger. Ils resteraient discrets et espéreraient ne pas attirer l'attention des orcs pendant notre absence. Les ordres furent donnés à voix basse.

Darryl me regarda avec un air grave.

— J'attends ce moment depuis si longtemps, dit-il, plus à lui-même qu'à moi.

J'acquiesçai, comprenant à quel point il voulait sauver sa sœur. J'espérais qu'elle était encore en vie.

Le ciel au-dessus de nous arborait encore la pâle lueur du coucher de soleil, qui s'estompait en indigo. Bientôt, il ferait assez sombre pour nous dissimuler—assez sombre pour traverser sans être vus les terres qu'aucune armée sensée n'osait franchir. Le territoire des orcs était semé d'embuscades et de feux de garde. Le contourner, en contournant les plus grands campements, était notre seule chance.

À l'avant, les éclaireurs elfiques ouvraient la marche, leurs yeux brillant déjà faiblement dans la pénombre. Ils se déplaçaient en silence, leurs capes se fondant dans le crépuscule. Derrière eux venaient les humains, réguliers et solides, le bruit de leurs armures étouffé sous les tissus. Les vampires fermaient la marche. Nous étions parfaitement adaptés au voyage nocturne, nos visages pâles n'étant guère plus que des lueurs dans l'obscurité. Summer resta à mes côtés, et je réalisai qu'elle était la seule autre loup-garou du groupe.

Personne ne parlait. Le seul bruit était le rythme doux des bottes, le craquement du cuir et le léger bruissement des branches alors que nous nous enfoncions dans les contrées sauvages de l'est. Après discussion, il avait été décidé d'éviter de marcher directement sur la plage. Nous aurions été trop faciles à repérer. Rester dans la forêt était plus lent à cause des racines et des obstacles, mais plus sûr. L'air se fit plus froid, chargé d'humidité avec la brume qui s'élevait du sol et de la rivière toute proche. Quelque part, très loin à l'ouest, un roulement de tambour sourd résonna à travers les collines. Il s'agissait des signaux de guerre des orcs, lointains mais suffisamment proches pour glacer le sang. Je retins mon souffle, pensant la même chose que tout le monde : j'espérais que notre campement était en sécurité. Il était trop tard pour faire demi-tour. Il n'y avait rien d'autre à faire qu'avancer, alors c'est ce que nous fîmes.

Nous passâmes devant les ruines antiques de la cité humaine qui s'était autrefois dressée sur ces terres. Je fixai les vestiges de cette civilisation oubliée : des décombres, des murs encore debout et des maisons à moitié effondrées. Je n'aimais pas ça. N'importe quel bâtiment encore debout pouvait servir de cachette à des ennemis. J'utilisai mes sens aiguisés de vampire, essayant de détecter le moindre bruit, les nerfs à fleur de peau. Heureusement, je ne détectai rien. L'endroit semblait désert.

« Je ne sens rien non plus. C'est une bonne chose », m'envoya Summer par notre lien. Sa louve était elle aussi inquiète, à fleur de peau, prête à bondir sur tout ce qui bougeait.

« Ne t'inquiète pas, je te protégerai », lui murmurai-je, même si je savais qu'elle était capable de se défendre toute seule.

Son loup s'apaisa, son rythme cardiaque ralentit. Summer répondit : *« On se protégera l'un l'autre. »*

Je lui envoyai une vague d'affection. *« Je ne voudrais pas qu'il en soit autrement, ma petite louve. »*

Les elfes s'arrêtèrent brusquement. Au même moment, j'entendis des cœurs battre non loin de nous, juste à notre gauche. Il y avait un campement d'orcs. Ils se trouvaient juste de l'autre côté de quelques buissons et de murs délabrés. Je me sentis soudain reconnaissant envers ces ruines. Ce campement n'était pas censé être là, il ne figurait pas sur la carte, et s'il y avait un campement à proximité, il y avait aussi des pièges.

Nous modifiâmes immédiatement notre trajectoire, nous dirigeant plus à l'est, plus profondément dans le terrain accidenté où des pierres acérées et des racines tordues ralentissaient nos pas. C'était plus sûr ainsi, cachés sous les branches épaisses où la lumière de la lune atteignait à peine. Les elfes, maîtres des bois, nous indiquèrent les chemins les plus sûrs à suivre.

Au moment où la lune apparut à l'horizon, notre campement avait disparu depuis longtemps de notre champ de vision. Dans l'obscurité de la nuit, la forêt semblait hantée. Nous aperçûmes de temps à autre le scintillement d'un feu de camp orc au loin. Quelques patrouilles orcs passèrent près de nous—trop près pour notre tranquillité d'esprit. Chaque fois que nous en apercevions une, notre cœur s'emballait, nous nous arrêtions net jusqu'à ce que les patrouilles soient hors de vue. Heureusement pour nous, ces créatures ne possédaient pas de pouvoirs magiques. Nous aurions pu neutraliser une patrouille d'orcs, mais cela aurait alerté leur campement si la patrouille ne revenait pas. Nous devions rester discrets jusqu'à ce que nous trouvions les prisonniers.

Nous marchâmes plus loin, même si certains d'entre nous commençaient à montrer des signes de fatigue. Je passai mon bras autour de Summer pour la soutenir, et elle appuya sa tête contre moi. J'aperçus des vampires soutenant des humains fatigués ou des elfes aidant ceux qui étaient tombés. Ces petits gestes passaient parfois inaperçus, mais permettaient à tout le monde de tenir le coup. Sous le voile de la nuit, notre armée hétéroclite devint quelque chose de rare et de tacite : une seule et même entité.

Nous nous glissâmes dans un fossé et nous arrêtâmes juste avant la dernière rangée d'arbres. Le camp des orcs s'étendait devant nous comme une blessure sombre à travers la plaine : des halos de fumée autour des feux de garde, des tentes trapues entourées de pieux acérés, et le reflet terne des armures là où les torches frappaient le métal. Aucune cage n'était visible d'ici ; seulement un labyrinthe de silhouettes et les mouvements lents et bourrus des patrouilles. Tout le monde retint son souffle, comme si la nuit elle-même risquait de nous engloutir.

— Où sont les prisonniers ? me chuchota Darryl, comme si j'avais la réponse.

— Ils sont probablement plus loin, suggéra Summer.

— Il faut qu'on sache où ils sont, répondit Darryl.

J'étais d'accord avec lui. Au moment où je pensais aller lui parler, Anne s'approcha de nous.

— Reste là, ordonna-t-elle à Darryl. Je sais que tu penses te précipiter là-bas pour sauver ta sœur, mais tu te feras tuer si tu le fais. Nous allons d'abord explorer les lieux.

L'homme eut l'air coupable. Le désespoir pouvait pousser les hommes à faire des bêtises.

— Je vais m'assurer qu'il reste avec nous, dis-je.

La capitaine acquiesça, satisfaite. Elle fit signe à un mage elfique de s'approcher. Il était maigre comme un roseau, le visage dissimulé sous une capuche, mais ses yeux brillaient d'une lueur violette.

— Tu sais ce qu'il te reste à faire, Thalion, lui dit la capitaine.

Thalion ne répondit rien. D'un petit geste habile, il dessina un sigil dans l'air et murmura des mots anciens. L'air autour de lui frémit, et une pâle translucidité se répandit sur sa peau. L'invisibilité l'enveloppa comme une brume, et il se fondit dans l'obscurité. Je fus émerveillé. Je n'avais jamais vu personne utiliser un sort d'invisibilité.

— C'est impressionnant, dis-je.

Anne acquiesça.

— Très utile, commenta-t-elle.

— N'y a-t-il pas un moyen de le lancer sur tout le monde ? demandai-je.

Cela pourrait être bien plus avantageux ainsi. La capitaine secoua la tête.

— Non, et avant que tu ne poses la question, le sort se dissipe si tu essaies d'interagir avec quoi que ce soit. Comme ouvrir une porte, voler un objet ou tuer quelque chose. L'utiliser pour aller en éclaireur est la façon la plus efficace de s'en servir.

En tant qu'assassin chevronné, j'étais un maître de l'ombre, mais même *moi,* je n'avais pas la capacité de devenir invisible. Je me demandai s'il y avait un moyen pour moi de l'apprendre.

Les minutes s'écoulèrent. Nous attendîmes, chaque homme et chaque femme s'autorisant à s'asseoir un instant. Pourtant, malgré l'apparence détendue, je pouvais voir des doigts humains crispés sur les poignées de leurs épées, des elfes aux yeux plissés, et des vampires aux dents allongées, attendant, prêts à boire le sang de leurs ennemis.

Un rire d'orc lointain résonna à travers le champ, mais aucun bruit de combat. Darryl commençait à s'inquiéter. Summer lui parlait de choses et d'autres, essayant de lui occuper l'esprit.

Je ne savais pas exactement quand le mage était revenu, seulement qu'il était toujours invisible. Thalion réapparut d'un coup avec la dernière syllabe du sort, juste à côté de nous. Tout le monde se rassembla, surtout Darryl, qui mourait d'envie d'avoir des nouvelles de sa sœur.

— Le camp est plus grand que ce que la carte indiquait, dit-il.

Il dessina avec ses doigts dans la terre.

— Deux cercles extérieurs de tentes, trente à quarante guerriers en faction dans ces cercles. Des sentinelles postées par paires à l'extérieur. À l'intérieur de ces cercles se trouvent des fosses de ravitaillement—des tonneaux, des peaux—et trois feux imposants qui marquent le centre. Au centre se dresse une plateforme de bois brut entourée d'un cercle de cages de fer. J'ai pu voir les prisonniers entassés dans deux rangées de cages. Il y en avait d'autres, mais je n'ai pas pu m'approcher davantage.

— As-tu vu une femme aux longs cheveux noirs et aux yeux bleus ? l'interrompit Darryl.

L'elfe secoua la tête.

— Je suis désolé, je ne pouvais pas distinguer les visages, répondit-il avant de poursuivre sa description. Le cercle intérieur est gardé par les plus grands orcs, aux bras plus épais, dont beaucoup sont équipés de crochets de lancer et de boucliers enflammés. Un orc muni d'une corne d'alarme patrouille dans le camp. Il y a des cloches d'alarme rudimentaires, conçues pour avertir les orcs du camp, mais elles ne sont pas assez fortes pour alerter tout le monde dans les environs. C'est cet orc à corne d'alerte qui pourrait poser problème s'il sonne l'alerte.

Un silence s'installa après le rapport, dont la gravité pesait comme du fer froid.

— Impossible de les faire sortir en cachette, dit la capitaine à voix basse, les doigts crispés. Pas sans percer ce centre. Si nous essayons de prendre une cage à la fois, l'alarme attirera les autres sur nous. Nous ne pouvons pas risquer la vie des prisonniers.

Un vampire sur le flanc esquissa un sourire qui n'avait rien d'amusé.

— Il n'y a aucun honneur à laisser mourir des innocents parce que nous avons été effrayés.

Je posai une main sur l'épaule du Thalion, exprimant à haute voix ce que tout le monde pensait.

— Alors, nous ferons ce qui doit être fait. Nous frapperons au cœur et en finirons ce soir—en silence, avec précision et rapidité. Nous n'aurons aucune pitié pour ceux qui gardent les cages.

Tous les regards se tournèrent vers la capitaine. Elle me regarda et acquiesça.

Elle élabora un plan d'attaque.

— Nous devons d'abord nous occuper de l'orc à la corne. Tu lances à nouveau le sort d'invisibilité et tu te faufiles derrière lui.

— Je n'ai pas assez de mana pour le lancer à nouveau, répondit Thalion.

Un autre elfe leva la main.

— Alors je m'en chargerai.

Anne acquiesça.

— Merci, Eldrin. Nous allons nous séparer et nous préparer. Nous attendrons deux sabliers avant d'attaquer. Cela devrait te laisser assez de temps pour le tuer sans te laisser exposé une fois que le sort d'invisibilité aura pris fin.

Elle nous fit signe.

— Nous allons nous diviser en trois groupes. Je veux un groupe d'archers et de guerriers pour le premier cercle extérieur, un pour le deuxième, et j'ai besoin de guerriers pour le cercle intérieur et les prisonniers. Chaque groupe sera chargé de désactiver immédiatement les alarmes et les cloches pour empêcher l'arrivée de renforts.

Les gens se divisèrent en trois groupes. Je rejoignis celui qui se dirigeait vers le cercle intérieur, accompagné de Summer et Darryl. Nous étions une vingtaine. Notre groupe était principalement composé de vampires, car nous étions plus forts que les humains et les elfes. Anne était également avec nous.

Avant notre départ, elle nous donna une dernière consigne.

— Une fois que vous aurez atteint votre objectif et éliminé les ennemis, allez aider le groupe suivant. Si l'attaque tourne au désastre, battez en retraite vers notre camp, mais assurez-vous qu'aucun orc ne vous suive.

Tout le monde comprit ce qu'elle voulait dire. Nous étions tous prêts à donner notre vie, mais espérions que cela n'irait pas jusque-là.

Nous attendîmes pendant qu'Eldrin jetait le sort d'invisibilité. Anne retourna le sablier. Les archers préparèrent leurs flèches, et les autres armèrent leurs armes. Nous observâmes attentivement le sable qui s'écoulait régulièrement.

Certains murmurèrent des prières, d'autres jurèrent à voix basse, la gravité de la situation se lisant sur leurs visages. Ils savaient quelle serait l'issue : l'acier contre l'acier, le sang contre le sang. Mais ils savaient aussi que revenir les mains vides et les espoirs anéantis serait pire.

La lune glissa sur une fraction du ciel et projeta un éclat d'argent sur le chemin. Le dernier grain de sable tomba pour la deuxième fois.

Nous n'entendîmes pas de corne d'alarme, ce qui était une bonne chose. Cela signifiait aussi que nous devions nous dépêcher. Les orcs auraient rapidement submergé un mage seul, et son sort d'invisibilité aurait pris fin dès qu'il aurait tué la patrouille.

Nous nous déplaçâmes comme des ombres, poussés par l'objectif désespéré de réduire le camp en cendres et de sauver les survivants. La nuit nous engloutit, mais pas pour longtemps. Les sentinelles extérieures furent rapidement neutralisées. Je regardai le premier groupe pénétrer dans le cercle extérieur. Je continuai mon chemin, avec Summer à mes côtés. Darryl suivait un peu plus loin derrière.

Je tranchai la gorge d'une autre sentinelle avec aisance. Il y avait de l'agitation provenant du deuxième cercle extérieur. Je me retournai pour voir Eldrin se battre contre des guerriers orcs. Le cadavre de l'orc qui tenait la corne d'alarme gisait au sol, plus loin dans le deuxième cercle extérieur. Le mage tentait d'empêcher les autres orcs d'atteindre la corne, mais il était submergé. Il ne tiendrait pas longtemps.

— Dépêchez-vous, exhortai-je le deuxième groupe en désignant le combat.

Le groupe s'y précipita, et certains elfes visaient déjà les orcs de leurs flèches, apportant leur aide à distance. Je voulais rester, mais je ne pouvais pas m'écarter du plan. Il semblait que le combat tournait déjà à notre avantage. Je me frayai un chemin vers le cercle intérieur avec les autres.

Des feux brûlaient à l'intérieur du cercle intérieur, et les orcs qui montaient la garde étaient lourdement armés. Je pouvais lire les intentions de Summer grâce à notre lien. Nous bondîmes sur le premier, l'attaquant ensemble sans échanger un mot. Nous étions rapides, silencieux, brutaux. Le premier orc s'effondra rapidement au sol.

Je me concentrai sur l'orc suivant. Nous tuâmes tous les orcs qui se dressaient sur notre chemin. Ma force était sans pareille, et j'en étais stupéfait. C'était sans doute un don du sang de dragon que j'avais bu.

Des étincelles jaillirent lorsque ma lame rencontra le fer brut. Un à un, les orcs tombèrent. Derrière moi, j'entendis le bruit des autres en train de massacrer les orcs. Pendant une fraction de seconde, je regardai Summer se battre comme si elle était le cœur même de la bataille. Ses mouvements étaient sauvages et instinctifs. Je souris, impressionné par elle, me rappelant la chance que j'avais de l'avoir pour compagne.

Je parai de justesse un coup alors qu'un orc m'attaquait avec son fléau. J'étais plus fort que lui et je repoussai son attaque. J'enfonçai mes dents dans la gorge de l'orc et je bus une grande gorgée de son sang. Il était aigre et amer. Dégoûtant. Toutefois, je bus sa vie jusqu'à ce qu'il s'effondre.

Il y avait moins d'ennemis à présent, et je criai :

— Ouvrez les cages !

Darryl était déjà là, à genoux près de la première serrure, son sac de fioles et d'outils renversé sur le sol. L'odeur de fumée et d'acide alchimique se mêla dans l'air. Ses doigts travaillèrent avec une précision fiévreuse, débouchant une petite fiole qui siffla au contact du métal. La serrure fondit en un flot de liquide noirci.

Les premiers prisonniers se libérèrent en titubant, les yeux écarquillés et vides sous le choc. Je rattrapai un homme avant qu'il ne tombe, le stabilisant d'une main encore glissante de sang.

— Allez à l'entrée du camp, ordonnai-je.

Nous passâmes de cage en cage, les potions de Darryl tranchant les serrures comme une lame dans la glace, Summer tenant la ligne, et moi les protégeant de chaque assaut. La nuit résonnait de grognements, de cliquetis d'acier et du bruit sourd des corps s'effondrant.

— Paisley, cria Darryl en ouvrant l'une des cages.

Une femme aux longs cheveux noirs se tenait debout dans la cage. Ses yeux d'un bleu vif contrastaient avec l'obscurité de la nuit. Elle semblait fragile, fatiguée, mais vivante, et ressemblait de manière frappante à son frère.

— Darryl, est-ce toi ? demanda-t-elle avec hésitation.

L'homme acquiesça, et la femme se jeta dans ses bras. Des larmes coulèrent sur leurs joues. C'était de douces retrouvailles, vingt-sept ans plus tard, et bien que je sois heureux pour eux, je leur rappelai :

— Nous n'avons pas le temps. Nous devons faire sortir tout le monde.

Ils acquiescèrent. Paisley resta près de Darryl tandis qu'il ouvrait les cages restantes. Au moment où il ouvrit la dernière, un sentiment de victoire m'envahit. Nous avions réussi, nous avions sauvé les prisonniers et retrouvé la sœur de Darryl. Il ne restait plus qu'à retourner au camp.

C'est alors que le son retentit.

Pas le son grave et retentissant de la corne d'alarme qui aurait rassemblé tous les orcs de la vallée, mais le clang métallique et aigu d'une cloche. Petit, frénétique, proche.

Je tournai brusquement la tête vers le bruit, les yeux plissés. De l'autre côté du camp, un orc mourant pendait à une corde reliée à une cloche d'alarme rudimentaire. Même en saignant, la créature l'avait tirée. Le tintement résonnait encore dans l'air froid, porté par le vent.

— Bordel, sifflai-je. Ils seront sur nous dans quelques minutes.

J'entendais déjà le rugissement lointain des voix des orcs et le grondement des bottes provenant des camps extérieurs.

— Dépêchez-vous ! dit Summer aux derniers prisonniers.

Ils coururent de toutes leurs forces vers l'entrée.

— Repliez-vous, ordonna Anne.

Tout le monde courut vers l'entrée. Alors que j'étais sur le point de les suivre, je remarquai que Darryl et Paisley ne venaient pas.

— Qu'est-ce qui se passe ? demandai-je avec insistance.

— Elle ne peut pas courir, elle est trop faible, expliqua Darryl.

Je maudis notre situation. Je savais que cet homme ne la laisserait pas derrière lui, et il n'y avait pas de temps à perdre. Nous devions battre en retraite immédiatement, sinon nous n'y arriverions pas. Je ne voulais perdre aucun d'entre eux.

— Je vais la porter, dis-je.

Summer revint vers nous ; elle était partie en avant et avait remarqué que nous étions à la traîne.

— Ils sont déjà là. Anne et les autres ont tué suffisamment d'orcs pour permettre aux prisonniers de s'échapper, mais ils sont trop nombreux et ils se sont enfuis. Nous devons trouver un autre moyen de sortir, tous les quatre.

Je cherchais désespérément une solution. La situation était rapidement passée d'excellente à désastreuse. Vu l'état de Paisley, nous n'avions aucune chance face aux orcs.

— Alors, on ira dans l'autre sens, dis-je.

— Mais c'est dans la direction opposée à notre campement, répliqua Darryl.

— On n'a pas le choix, aboyai-je.

L'homme comprit l'évidence. Nous nous enfuîmes aussi vite que possible. Le chemin menant de l'autre côté du camp était très peu surveillé. La plupart des orcs avaient été attirés par les combats plus tôt et gisaient déjà au sol. Summer tua une sentinelle égarée pendant que je portais Paisley dans mes bras, qui ne pesait presque rien. Darryl n'arrêtait pas de dire qu'il avait des potions pour soigner sa sœur, mais nous n'avions pas le temps pour ça. Cela devrait attendre.

Nous quittâmes finalement le camp par le côté opposé à celui par lequel nous étions entrés. Avec un peu de chance, nous pourrions le contourner par la forêt et rejoindre rapidement notre campement. Le soleil se levait à l'horizon. Bientôt, nous ne pourrions plus profiter de la couverture de la nuit et serions encore plus exposés.

Nous entamâmes notre périple à travers la forêt. Paisley insista pour marcher, alors je la laissai faire. Cela me libéra les bras au cas où nous serions attaqués, mais cela ralentit aussi notre allure, car elle marchait avec difficulté. Une fois à l'abri des arbres et suffisamment loin des orcs, je permis à Darryl de fouiller parmi ses potions pour en trouver une qui aiderait sa sœur.

— Comment m'as-tu trouvée ? demanda-t-elle tandis qu'il fouillait dans sa sacoche.

— C'est grâce à Caeda, répondit-il en lui tendant une potion contenant un liquide vert.

Les yeux de la femme s'écarquillèrent lorsqu'elle reconnut le nom de son amie. Elle se pinça le nez avant de boire la potion d'un trait.

— Oh, j'ai tellement de questions et tant de choses à te raconter, dit-elle en lui rendant la fiole vide.

— Moi aussi, ajouta Darryl.

Leur conversation aurait facilement pu durer des heures. La potion avait été bue, et nous devions reprendre la route. Je les interrompis.

— Ce n'était qu'une petite pause ; nous ne pouvons pas nous permettre de rester trop longtemps. Il fait déjà jour. Nous devons retourner au camp. Vous pourrez parler quand nous serons en sécurité.

Ils acquiescèrent tous les deux. Summer me prit la main et la serra tandis que nous marchions. Sa peau était chaude, et tout ce que je voulais, c'était retrouver ses bras, seul. Darryl nous suivait avec sa sœur.

La matinée était chaude, et j'estimais que nous serions de retour au campement vers midi si nous avions de la chance. Un frisson glacial me parcourut soudainement le corps.

Puis je sentis sa présence.

Mon corps trembla et j'avalai ma salive. Je connaissais cette magie. Mon pouls s'accéléra et je luttai contre l'envie de m'enfuir. Cela ne servirait à rien.

— Pourquoi on s'arrête ? demanda Darryl.

— Que se passe-t-il ? demanda Summer.

Elle pouvait sentir ma terreur.

— Elle nous a trouvés, répondis-je.

Je lui insufflai des souvenirs de la déesse dans l'esprit, et elle se figea de peur.

— Oh non, furent les seuls mots qui sortirent de sa bouche.

— Quelqu'un pourrait-il nous expliquer ce qui se passe ? demandèrent Darryl et Paisley, qui n'avaient aucune idée de ce qui se passait.

Je n'eus pas besoin d'expliquer. Une voix retentit, forte et glaciale.

— Alors, tu pensais pouvoir te cacher de moi.

Chapitre 23 (Samantha)

Retrouvailles

Les portes du château s'ouvrirent à la tombée de la nuit. Je traversai la cour, couverte de boue, le regard vide, ma cape déchirée. J'étais au-delà de l'épuisement. Les gardes me barrèrent le passage.

— Halte ! dirent-ils.

Je leur lançai un regard sévère.

— Ne reconnaissez-vous pas votre reine ? demandai-je.

Ils ne faisaient que leur devoir, et j'aurais dû leur en être reconnaissante, mais à ce moment-là, tout ce que je voulais, c'était rentrer dans mon château.

Ils m'observèrent et ouvrirent la bouche de stupéfaction. Ils se regardèrent et chuchotèrent. J'avais été absente pendant près de deux jours entiers. Je devais avoir une mine épouvantable, indigne d'une reine, mais j'étais trop fatiguée pour m'en soucier.

— Nous ne vous avions pas reconnue, Votre Majesté, dit l'un d'eux d'un ton apologétique.

Ils s'écartèrent pour me laisser passer. Je ne dis rien. Je me contentai de faire un signe de la main en passant.

Viktor vint à ma rencontre à mi-chemin dans la cour, courant vers moi. L'espace d'un instant, son sang-froid vacilla. Le soulagement et l'incrédulité se lisaient sur son visage avant qu'il ne saisisse mes mains, la voix basse et tremblante.

— Tu es vivante.

Quelques mots qui révélaient clairement ses véritables sentiments. J'étais reconnaissante de le voir. Mes lèvres esquissèrent un léger sourire, fatiguée mais fière.

— À peine.

Il m'attira vers lui, armure et tout, son étreinte ferme et chaude contre ma peau froide. Je me laissai respirer. L'odeur du marais s'accrochait encore à moi, la terre, la pourriture et la fumée.

Lorsque je m'écartai, je détachai la sangle qui tombait sur ma poitrine et sortis de sous ma cape la relique. La lumière se reflétait sur sa surface métallique pâle, mettant en valeur les veines lumineuses et les ailes gravées.

Viktor la fixa, émerveillé.

— Tu l'as trouvée…

— Oui, ma voix était calme, respectueuse. Le temple existe. Les légendes sont vraies.

Il tendit la main comme pour la toucher, puis hésita.

— On dirait qu'elle est vivante.

J'acquiesçai, la fatigue adoucissant mon expression.

— Elle l'est. Et elle me reconnaît désormais.

Pendant un instant, le silence s'installa entre nous, lourd de tout ce qui avait été risqué et de tout ce qui aurait pu arriver. Puis Viktor sourit, écartant doucement une mèche de cheveux mouillés de ma joue.

— Viens. Tu trembles. Laisse-moi prendre soin de toi.

J'acquiesçai, heureuse de le laisser prendre les devants. Il me guida à travers les couloirs, passant devant des serviteurs surpris et des courtisans silencieux, jusqu'à ce que nous atteignions les bains royaux. De la vapeur s'élevait au-dessus de l'eau, parfumée d'herbes et d'huiles. J'hésitai un instant avant de le laisser détacher l'armure abîmée, pièce par pièce, chaque fermoir tombant avec un cliquetis sourd qui résonnait dans l'air immobile.

Les mains de Viktor étaient douces. Je n'étais plus une reine. Je n'étais qu'une vampire dans les bras de son amant, et rien d'autre n'avait d'importance. Les ecchymoses le long de mes côtes, le sang séché sur mes bras… toutes ces traces de combat s'estompèrent sous l'eau chaude. Il parlait peu, mais son regard me disait tout : la peur qu'il avait portée en lui depuis mon départ, l'émerveillement devant mon retour, et le soulagement de me voir encore debout devant lui.

Quand il me rejoignit enfin dans l'eau, il m'attira contre lui. La tension qui nous liait tous les deux s'évanouit lentement, ne laissant que le rythme tranquille de notre respiration et le doux clapotis de l'eau entre nous.

Pendant un moment, le monde en dehors de la vapeur et de la chaleur cessa d'exister. Pas de reliques, pas de trônes, pas de guerre imminente—seulement deux âmes réunies.

Plus tard, alors que j'étais trop épuisée pour tenir debout, il m'emporta dans notre chambre. J'essayai de parler—de lui raconter ce que j'avais vu, le gardien, la malédiction—mais les mots se dissolvaient sur ma langue.

— Demain, murmura-t-il. Tu pourras tout me raconter demain.

J'acquiesçai, m'abandonnant à l'épuisement qui me poursuivait depuis les marais. Alors que mes paupières se fermaient, Viktor déposa un baiser sur mon front, la faible lueur de la relique pulsant toujours sur la table à côté de nous—silencieuse, vigilante, et dans l'attente.

La lumière du soleil filtrait à travers les hautes fenêtres, pâle et froide. L'odeur de la pluie flottait dans l'air—elle était tombée pendant la nuit, lavant la cour mais laissant le ciel chargé de nuages. Je souris, heureuse d'être dans ma chambre.

Mes muscles me faisaient mal quand je me levai, mais mes pouvoirs de régénération de vampire avaient déjà guéri les blessures les plus graves. Je m'assis près de la cheminée, enveloppée dans une robe de soie sombre, mes cheveux tombant librement sur mes épaules. La relique reposait sur la table à côté de moi, enveloppée dans un linge blanc qui ne pouvait cacher la faible lueur qui pulsait en dessous. Lorsque Viktor entra, je ne levai pas immédiatement les yeux.

L'odeur des œufs et du jambon emplit la pièce, me rappelant que cela faisait longtemps que je n'avais pas mangé. Je lui étais reconnaissante de m'avoir apporté le petit-déjeuner.

— Merci, dis-je lorsqu'il me tendit un plateau.

Des fruits frais et du pain accompagnaient le repas. Viktor versa deux tasses de café avant de s'asseoir en face de moi, souriant.

— Tu avais l'air d'avoir besoin de dormir un peu plus, dit-il doucement.

Je le regardai.

— Tu devrais entendre ce que j'ai vu.

Et je lui racontai tout, entre deux bouchées. Tout : la descente dans les eaux sombres, le combat contre le marrowyrn, la voix du gardien résonnant dans le temple, et la bataille qui avait failli me coûter la vie. Viktor écouta sans m'interrompre, ses yeux rivés sur moi, sa main serrant parfois plus fort sa tasse. Quand j'eus fini, le silence s'installa.

Finalement, il expira.

— J'aurais dû venir avec toi. J'aurais pu te protéger. Je ne sais pas ce que j'aurais fait si tu étais morte.

Sa voix était pleine de chagrin et de tendresse.

Pendant un moment, aucun de nous ne parla. Puis je me redressai légèrement, le ton plus vif, mon repas terminé.

— Maintenant, dis-moi. Que s'est-il passé ici pendant mon absence ?

Viktor hésita l'espace d'un battement de cœur, mais je le remarquai.

— Beaucoup de choses, dit-il. Le roi des elfes a envoyé des émissaires. Il fait appel à notre alliance dans la guerre.

Je poussai un petit rire sans joie.

— Qu'il fasse ce qu'il veut. Je ne lui dois rien.

Viktor fronça les sourcils.

— L'ignorer ne passera pas inaperçu.

— Je me moque de me faire remarquer, répondis-je d'un ton dur comme l'acier. Que les elfes mènent leur propre guerre. Je suis sur le point d'accomplir la prophétie d'Alastor.

Il plongea son regard dans sa tasse.

— Comme tu veux.

Mes mots suivants furent plus doux, mais empreints de détermination.

— Et Nathan ?

La question sembla rester en suspens. Viktor serra les mâchoires.

— Il s'est échappé.

Je me tournai brusquement vers lui.

— Il s'est échappé ?

— Il a massacré les gardes. Tous, sans exception. Il a libéré les esclaves de la caravane, réduit le magasin d'esclaves en cendres, puis a disparu avant l'arrivée des renforts.

Je jurai. Ma main se crispa sur l'accoudoir de mon fauteuil, le faible bourdonnement de la magie contenue vacillant sous ma peau.

— Cet imbécile agaçant, sifflai-je. Il ne cesse de m'échapper. La prochaine fois, je m'occuperai de lui moi-même.

— Les rapports indiquent qu'il s'est battu comme jamais auparavant, ajouta Viktor en m'observant attentivement. Plus fort et plus rapide.

Les paroles du roi elfique me revinrent à l'esprit. Il avait parlé de l'Oracle et d'une prophétie lorsque je l'avais rencontré pour la première fois. Je n'y avais pas prêté grande attention lorsque nous avions conclu notre accord en cette nuit fatidique précédant le mariage. Si les paroles de l'Oracle étaient vraies, Nathan pourrait devenir bien plus qu'une simple nuisance.

Ma colère brûlait, silencieuse et froide—non pas la fureur d'une souveraine méprisée, mais celle d'une femme qui avait vu une partie de son plan s'effondrer.

Cet homme devait mourir.

Après un long silence, je demandai, espérant de meilleures nouvelles :

— Et Élaine, a-t-elle trouvé quelque chose ?

Viktor secoua la tête.

— Pas encore. Avec tout ce qui s'est passé, je n'ai pas eu le temps d'aller la voir moi-même. Les domestiques disent qu'on s'occupe bien d'elle.

— Elle ne devrait pas être traitée aux petits soins, rétorquai-je sèchement. Elle devrait travailler. Chaque heure, chaque souffle, jusqu'à ce qu'elle ait une réponse.

Ma voix s'adoucit un instant plus tard, mais le ton restait sec.

— Je vais lui rendre visite. Je veux savoir ce qu'elle a découvert, ou ce qu'elle cache.

Viktor acquiesça.

— Comme tu voudras.

Je me levai, déterminée à m'habiller et à vérifier les progrès de l'elfe.

— Tu as fait du bon travail pendant mon absence. Demande aux gardes de convoquer tout le monde. Ils doivent savoir que j'ai la relique. Avec un peu de chance, cela les calmera.

Viktor sourit d'un air séducteur.

— As-tu besoin d'aide pour t'habiller ? demanda-t-il en haussant un sourcil.

— Si tu peux contrôler tes doigts espiègles, peut-être, répondis-je sur le même ton.

Le vampire rit, s'approcha de moi et m'embrassa sur les lèvres.

— Je ne peux rien promettre.

Je lui pris la main et le conduisis vers la garde-robe. Entre baisers et caresses, je fus enfin vêtue d'une longue robe royale noire bordée d'or.

Je parcourus les couloirs familiers, les gens s'inclinant respectueusement à mon passage. C'était bon d'être de retour dans mon château. Je me dirigeai vers le couloir où se trouvait la chambre d'Élaine. Mon sang se glaça quand je vis qu'il n'y avait pas de gardes devant sa porte.

Je déverrouillai la porte et l'ouvris en grand. Mon regard balaya la pièce, confirmant mes soupçons.

Élaine avait disparu.

— Lysandre ! criai-je.

Mon animal de compagnie marchait dans un couloir plus loin.

— Jason, l'appelai-je.

L'humain sursauta, nerveux.

— Votre Majesté, dit-il avec empressement en s'approchant. Vous êtes de retour !

J'ignorai ses paroles.

— Amenez Lysandre ici immédiatement !

— Il n'est pas revenu, Votre Majesté, balbutia-t-il.

Je me remémorai les événements qui s'étaient déroulés avant mon départ du château. Lysandre était en ville, et Jason donnait un coup de main au château.

— Comment ça, il n'est pas revenu ? Depuis plusieurs jours ?

— Oui, Votre Majesté, répondit l'homme d'un ton nerveux.

Cette journée était en train de dégénérer. J'allais envoyer des gardes à sa recherche. En attendant, Lysandre étant absent, je devais nommer quelqu'un d'autre pour diriger les serviteurs.

— Qu'est-il arrivé à la prisonnière ? demandai-je, espérant que l'humain le saurait.

— Je n'en ai aucune idée, répondit-il. Comment est-elle ?

— Elle est disparue. Voilà comment elle est, rétorquai-je trop durement.

Mon animal de compagnie recula, effrayé. Je pris une inspiration. Ce n'était pas sa faute, et je ne voulais pas qu'il ait peur de moi—cela gâcherait son sang. Il m'avait fallu bien du temps pour l'apprivoiser.

J'adoucis le ton.

— Sais-tu pourquoi il n'y avait pas de gardes, Jason ?

L'homme tripotait ses doigts, évitant mon regard.

— Non, Votre Majesté.

— Savais-tu qu'elle avait disparu ? Qui lui a apporté ses repas ? demandai-je.

Les serviteurs avaient reçu l'ordre de lui apporter ses repas tous les jours. L'un d'entre eux avait forcément remarqué sa disparition. À moins qu'elle n'ait tué le serviteur aujourd'hui. Ou… j'avais un traître dans le château.

— Je ne sais pas, Votre Majesté, répondit Jason nerveusement.

L'homme n'avait manifestement rien vu, et je ne voulais pas déverser ma colère sur lui. Je lui souris du mieux que je pus compte tenu des circonstances.

— Ce n'est pas grave, dis-je doucement pour rassurer l'humain.

J'entendis son cœur ralentir à ces mots. Deux gardes passèrent dans le couloir à ce moment-là.

— Gardes !

Ils se tournèrent vers moi.

— Oui, Votre Majesté.

— Sonnez l'alarme, la prisonnière s'est échappée. Envoyez des régiments à sa recherche. Je veux qu'elle soit ramenée dans sa chambre—et trouvez-moi les serviteurs qui étaient chargés de son repas, ainsi que les gardes qui étaient censés se tenir devant sa porte. Je veux les voir dans la salle du trône cet après-midi.

Ils acquiescèrent, effrayés.

— À vos ordres.

— Envoyez des hommes à la recherche de Lysandre. Il est parti depuis trop longtemps.

Ils acquiescèrent à nouveau et attendirent.

— Il n'y a rien d'autre. Allez-vous-en, crachai-je avec colère.

Je soupirai en les regardant partir. Ce n'était vraiment pas ma matinée. Sans la mage, je n'avais aucune idée de la raison pour laquelle les dragons étaient revenus. Je m'approchai de la fenêtre de la chambre et remarquai qu'il n'en restait plus un seul dans le ciel au-dessus de la ville. J'étais tellement épuisée à mon retour la nuit précédente que je ne l'avais pas remarqué.

Je me tournai vers Jason, qui m'avait suivi jusqu'à la fenêtre.

— Quand les dragons sont-ils partis ? demandai-je d'un air pensif.

L'homme me regarda d'un air curieux.

— Je n'ai pas remarqué. Ma chambre n'a pas de fenêtre.

— Et qu'est-ce que tu faisais dans le couloir ? lui demandai-je.

Ce n'est pas qu'il n'avait pas le droit de se déplacer dans le château. Mon animal de compagnie pouvait aller et venir à sa guise, puisqu'il avait prouvé sa loyauté. J'espérais simplement changer de sujet pour que ma journée ne soit pas complètement gâchée.

— J'allais donner un coup de main à la lessive, répondit-il.

Je secouai la tête, désapprobatrice.

— Tu es toujours en train d'aider.

— Oui, parce que Lysandre est absent, expliqua-t-il.

Ce n'était pas le rôle d'un animal de compagnie. Je regardai l'homme, humant son odeur, fixant sa peau, sentant la chaleur qui émanait de lui. La soif m'envahit. Je savais comment m'assurer que cette journée ne serait pas gâchée.

— Jason, dis-je en m'approchant de lui.

Mes crocs s'allongeaient déjà.

— Ça ne me dérange pas que tu donnes un coup de main de temps en temps, mais tu n'es pas un serviteur au château. Laisse-les s'occuper des corvées.

L'homme recula silencieusement, suivant mes mouvements tandis que je le poussais vers le lit qu'Élaine avait occupé les nuits précédentes. L'humain déglutit, et son cœur s'emballa. Il battait vite, fort, de manière envoûtante. Je me léchai les lèvres. Cela faisait plusieurs jours que je ne m'étais pas fait ce plaisir, et soudain, plus rien d'autre n'avait d'importance.

— Il est temps que je te rappelle ta place au château, dis-je en poussant doucement l'humain sur le lit.

Il soupira d'anticipation. Je grimpai sur lui et souris en sentant la bosse dans son pantalon. Il s'était clairement ennuyé de moi.

— Bon garçon, dis-je en léchant la peau de son cou.

Il m'agrippa par la taille, me serrant fermement contre lui.

— Est-ce que tu le veux, Jason ? demandai-je, mes lèvres caressant sa peau au gré de leurs mouvements.

— Oui, maîtresse, supplia-t-il en poussant ses hanches contre moi.

J'enfonçai mes crocs dans son cou. L'homme poussa un cri d'euphorie. Je gémis de plaisir lorsque les premières gouttes touchèrent ma langue, connectée à lui, ressentant son extase.

Rien ne valait le sang frais. Jason dormait encore dans le lit, épuisé par la perte de sang et par le fait qu'une vampire l'ait chevauché jusqu'à l'extase tant de fois. Je souris. Les humains avaient une endurance si faible comparée à la nôtre.

Je partis et me dirigeai vers la salle du trône. Je croisai Viktor alors que je passais devant l'entrée du château.

— Te voilà ! dit-il. Alors, a-t-elle trouvé quelque chose sur les dragons ?

Le simple fait de m'en souvenir raviva ma colère.

— Elle s'est échappée, répondis-je d'un ton bourru.

— Comment ? demanda-t-il.

— Je ne sais pas, mais j'ai bien l'intention de le découvrir, répondis-je.

— Eh bien, je voulais te faire savoir que le message a été transmis aux citoyens par les gardes. Ils seront dans la cour du château cet après-midi pour écouter ton annonce.

— Parfait, répondis-je.

Au moins une chose se passait bien, me dis-je.

— J'ai fait apporter ton repas dans la salle de musique, ajouta Viktor.

Sa prévenance me fit plaisir. Je réalisai soudain depuis combien de temps je n'avais pas pris le temps de m'y rendre. J'aurais tout le temps de me détendre une fois que la prophétie d'Alastor se serait accomplie, me dis-je.

— Merci, tu me connais si bien, répondis-je.

Il m'offrit son bras, et je l'acceptai volontiers. J'appréciai sa compagnie tandis que nous nous dirigeâmes vers la pièce. Je souris à la vue du piano—la seule chose capable de me faire oublier le stress du pouvoir. Assise sur le banc se trouvait l'une des servantes du château, qui regardait Viktor avec intensité. Il acquiesça, et elle se mit à jouer une douce mélodie.

Dans un coin de la pièce se trouvait une petite table avec deux assiettes et une rose dans un petit vase.

Viktor me conduisit jusqu'à la table.

— J'ai pensé que cela te ferait plaisir. Tu es toujours tellement occupée.

J'étais émue par le temps que le vampire avait pris pour réfléchir à tout ce que j'aimais.

— C'est mon morceau de musique préféré, mon repas préféré et ma fleur préférée. Viktor, c'est tellement touchant.

Une larme coula sur ma joue tandis que je posai ma main sur mon cœur. Le roi sourit largement.

— C'est une réaction encore meilleure que ce que j'espérais.

Il prit ma main et l'embrassa avant de me tirer ma chaise. Je m'assis et attendis un instant que Viktor me rejoigne. Il était peut-être jeune, mais il s'était complètement transformé depuis qu'il était devenu roi. Je devais admettre que je ne pouvais plus vivre sans lui. J'aimerais bien continuer ma vie à ses côtés une fois que tout ceci serait terminé. Une vie plus simple. Peut-être même avoir des enfants, comme il le désirait tant.

Le repas était délicieux, et le vin de sang était d'excellente qualité. Il était riche et savoureux. Nous mangeâmes en écoutant la douce symphonie jouée au piano. L'espace d'un instant, j'oubliai mes problèmes.

— Merci pour tout ça, murmurai-je à Viktor.

— C'est tout naturel pour la vampiresse que j'aime, répondit-il.

Une tarte aux bleuets nous fut servie en dessert tandis qu'une valse était désormais jouée au piano. Lorsque nous eûmes terminé, je remarquai des voix provenant de l'extérieur, de l'entrée du balcon.

— Ils t'attendent, dit Viktor.

Il me tendit la main, et je la prise. Nous nous dirigeâmes vers le balcon, et je vis des centaines de personnes rassemblées là, qui m'attendaient. Je reconnus Seigneur Dumoulin, mon réparateur de piano, dans la foule, en compagnie de sa compagne. Elle se démarquait avec sa longue robe de soie et de dentelle. Elle ressemblait presque à une princesse. Le seigneur la gâtait manifestement, mais je souris, heureuse de leur amour et du fait qu'il l'ait transformée en vampire sans problème.

Une odeur de loup-garou me frappa, et je scrutai la foule, cherchant d'où elle provenait. Mon regard se posa sur un homme grand et chauve, accompagné d'un humain petit et rondouillard, et d'un homme à la peau d'ébène. Viktor fit mine de retourner à l'intérieur pour me laisser tout l'espace, comme d'habitude, mais je le retins.

— Reste avec moi. Il est tout à fait naturel que le roi accompagne sa reine.

Le vampire sourit fièrement.

— Avec plaisir.

Mon cœur battit soudainement la chamade lorsque je me rendis compte que la relique avait été laissée dans ma chambre.

— J'ai oublié la relique, murmurai-je à Viktor.

Il sourit.

— J'y ai pensé.

Derrière lui, un serviteur apparut, portant un grand coussin de soie blanche. Au centre, sous un tissu, je distinguai la relique, dont la magie pulsait discrètement.

— Merci, répondis-je.

J'étais vraiment reconnaissante que Viktor soit à mes côtés aujourd'hui. Certaines personnes avaient cessé de parler, nous désignant du doigt sur le balcon, attendant que nous prenions la parole, tandis que d'autres ne nous avaient pas remarqués.

— Peuple d'Ichoryllia, dis-je d'une voix forte.

J'attendis que les autres se taisent. Lorsque la foule fut silencieuse, je poursuivis, pesant chaque mot avec soin, marquant des pauses entre mes phrases.

— Ce que nous avons vécu est une tragédie. Vous avez perdu des enfants, des épouses, des familles et des amis lors de l'attaque des dragons. Vous avez peur et vous êtes en colère, et vous avez le droit de l'être, mais je vous ai écoutés. J'ai voyagé, combattu des créatures et risqué ma vie.

J'attendis de voir si quelqu'un allait réagir ou dire quelque chose, mais ils restèrent silencieux. Je fis signe à Viktor. Il prit le coussin de soie des mains du serviteur et vint à mes côtés.

— Contemplez, dis-je d'une voix forte en soulevant le tissu. La relique imprégnée des os et de la volonté du dernier saint ailé. Un bouclier contre les dragons.

L'orbe scintillait sous la lumière du soleil. Les gens observaient dans un silence absolu. J'attendis. Je m'attendais à une réaction, des applaudissements peut-être, ou des acclamations. Rien. J'avais risqué ma vie pour eux, pour leur montrer que je me souciais d'eux. Pour prouver que je n'étais pas la cause de leurs souffrances. Et que faisaient-ils ? Ils ne montraient même pas de reconnaissance.

— Tu devrais peut-être l'activer, murmura Viktor à mon oreille.

Quelle idée géniale, mais je me rendis compte que je ne savais pas comment faire.

Alastor, donne-moi la force.

Ces mots résonnaient dans mon esprit. *« Reliquiae praeteritorum, activa. Protege nos ab igne qui de caelo pluit. »*

Je les récitai. L'orbe scintilla, s'élevant du coussin, lévitant dans le ciel au-dessus de la cour. Certains s'écrièrent d'admiration, d'autres se cachèrent, effrayés. Un groupe d'enfants se dissimula derrière la jupe de la femme qui les accompagnait. L'orbe émit un sifflement, et une lumière s'étendit à travers le ciel au-dessus de la ville. Elle était fine et transparente, mais elle scintillait ; une couverture protectrice placée au-dessus de nous.

— Contemplez la magie qui nous protège désormais des dragons, dis-je d'une voix solennelle.

Certaines personnes se mirent à applaudir lentement, puis tout le monde les imita. Bientôt, la foule éclata en acclamations. Je regardais, satisfaite.

Mais ces acclamations furent de courte durée.

Une douzaine d'orcs firent irruption dans la cour. Des cris retentirent de toutes parts. Les parents protégèrent leurs enfants. Les plus forts combattaient les créatures tandis que les autres s'enfuyaient. Certains s'envolèrent dans le ciel car trop de gens bloquaient les issues au sol. Cependant, les jeunes, les malades et les humains ne pouvaient pas voler. Ils tentèrent donc de se frayer un chemin à travers la mêlée. Plusieurs corps gisaient déjà sur le sol.

— Envoyez des renforts aux gardes dehors ! criai-je aux domestiques.

Ils s'empressèrent de le faire. Les gardes qui se trouvaient déjà dehors combattaient les créatures. Bientôt, les renforts arriveraient. Viktor m'attrapa dans ses bras et m'entraîna à l'intérieur.

— Nous ne devons pas rester ici.

Je jetai un dernier regard aux gens qui se faisaient massacrer. Les gardes arrivaient. Ils allaient bientôt venir à bout des orcs.

— Tu as raison. J'ai déjà risqué ma vie pour récupérer la relique. Ça suffit, dis-je en le suivant à l'intérieur.

Chapitre 24 (Erendriel)

La prophétie

J'entrai dans le château de Mumbur et aperçus un serviteur nain qui passait par là. Je l'arrêtai.

— Préparez-moi un plat et apportez-le dans mon bureau.

Le serviteur s'inclina profondément et obéit. Je me dirigeai directement vers la chambre royale que j'occupais.

La douche fut rafraîchissante, et cela me fit du bien de me débarrasser de toute cette saleté. Cependant, je ne m'attardai pas, sachant très bien qu'un repas m'attendait. J'enfilai mes habits royaux de soie, que j'avais fait nettoyer. Avec mes longs cheveux blancs soigneusement retenus par une broche et ma couronne, j'avais enfin l'air d'un roi. Mes yeux gris-bleu reflétaient la confiance et l'autorité tandis que je me regardais dans le miroir.

Une délicieuse odeur de caille et d'épices me monta au nez lorsque j'entrai dans mon bureau. Comme je l'avais demandé, le serviteur m'apporta une assiette, un verre de vin et une carafe d'eau. Ce n'est qu'à la première bouchée que je réalisai à quel point j'avais faim. Je dévorai rapidement tout, en arrosant le tout d'une généreuse gorgée de vin.

C'était la fin de l'après-midi, mais j'étais impatient de me rendre aux mines et de consulter le message de l'Oracle. Il était toutefois impératif de vérifier si les mines étaient reliées à la montagne.

Je quittai le bureau et me dirigeai vers la salle de stratégie. Comme je m'y attendais, j'y trouvai Rahul, Dale et Lane. Les trois elfes se tournèrent vers moi lorsque j'entrai.

— Avons-nous une carte de la région ? demandai-je sans perdre de temps.

Nous en avions quelques-unes au château de Mytvathyr, mais elles ne donnaient que des détails approximatifs sur le royaume des nains.

— Oui, Votre Majesté, répondit Dale.

Il se dirigea vers un bureau adossé au mur du fond. Il ouvrit un grand tiroir et en sortit une carte, qu'il déroula sur la table au centre de la pièce.

Il me fallut un moment pour m'orienter, car la carte naine n'était pas annotée de la même manière que les nôtres. Je finis par trouver la montagne de Carlpar, dont les lettres étaient légèrement effacées. Heureusement, elle n'était pas reliée aux mines. Celles-ci se trouvaient dans la chaîne de montagnes de Vuradun, qui s'étendait à travers la partie nord de Mumbur. Heureusement, les montagnes s'arrêtaient juste avant Carlpar, et une vallée les séparait. Avec un peu de chance, cela suffirait à empêcher la créature de prendre le contrôle du royaume et des mineurs.

— Vouliez-vous vérifier quelque chose, Votre Majesté ? demanda Lane avec hésitation.

Je décidai de tout raconter à mes généraux. Ils devaient être au courant au cas où quelque chose arriverait à la ville pendant mon absence.

— C'est terrible, dit Rahul d'une voix inquiète.

— Comme je vous l'ai dit, je ne pense pas que cette créature puisse quitter la montagne. C'est pourquoi nous allons bloquer le tunnel, pour empêcher quiconque d'y entrer. La ville devrait être en sécurité.

Je ne savais pas trop si j'essayais de les convaincre ou de me convaincre moi-même. Enterrer un problème ne le résolvait pas, et j'étais sûr qu'il finirait par refaire surface, mais nous ne pouvions pas nous en occuper pour l'instant.

Dale acquiesça, comprenant.

— N'en parlez à personne. Il ne faut pas que les citoyens paniquent, et les gardes ont besoin de se reposer. Formons une armée et reconstruisons la ville, afin d'être prêts en cas d'attaque.

— Oui, Votre Majesté, répondit Rahul.

— Bon. Passons maintenant à la véritable raison pour laquelle je suis venu ici, ajoutai-je, pensant qu'au vu de tout ce qui s'était passé, c'était une très bonne chose que je sois là. Vous avez envoyé un message au sujet d'écrits anciens qui ont été découverts.

— Oui, c'était moi, Votre Majesté, répondit Lane.

— Bien, montre-moi le chemin.

Je suivis Lane à travers la ville tandis que nous nous dirigions vers le nord-ouest, où les mines de Vuradun étaient à moitié enfouies sous les falaises. Bien que les nains les entretiennent, le vent soufflait constamment dans cette région, transportant de la poussière, du sable et des débris qui s'accumulaient à l'entrée de la mine, qu'il fallait déblayer chaque semaine pour éviter qu'elle ne soit obstruée.

Me souvenant de ce que disait la lettre, j'étais très enthousiaste.

— Es-tu sûr de ce que vous avez trouvé ? demandai-je.

— Assez pour vous amener ici, répondit Lane.

La lueur de sa torche vacilla sur les parois, révélant de vagues gravures—des lignes et des symboles qui ne ressemblaient en rien à ceux des nains.

— Ils ont creusé ces tunnels trop profondément dans les tunnels et ont découvert quelque chose de bien plus ancien. Une ruine entière enfouie sous la montagne.

Je fronçai les sourcils.

— Ancienne à quel point ?

Lane serra les lèvres.

— Plus anciennes que les royaumes des hommes. Plus anciennes que les premiers chants des elfes.

Nous descendîmes pendant des heures, l'air devenant de plus en plus froid et lourd. Le passage étroit s'élargit soudainement en une vaste cavité, et nos voix nous parvinrent déformées par l'écho. Je m'arrêtai net, le souffle coupé.

Devant nous s'étendait une cité engloutie—ou ce qu'il en restait. Des piliers gisaient renversés dans l'obscurité, à demi ensevelis sous la pierre, des ponts de basalte sculpté enjambaient de profonds gouffres, et une faible lueur bleue scintillait en dessous, reflétée par des veines de cristal qui parcouraient la roche.

— Ce n'est pas l'œuvre des nains, dis-je doucement, remarquant que la roche avait été sculptée par endroits d'une manière qui n'aurait pas pu être réalisée avec un pic ou un marteau.

Lane acquiesça.

— Les mineurs ont dit la même chose. Les murs sont soudés aux joints, comme s'ils avaient été façonnés par la magie. Il y a des glyphes partout.

La lueur de sa torche passa sur l'une de ces inscriptions— des symboles ondulants et fluides qui semblaient bouger quand nous ne les regardions pas.

— On dirait que c'est… vivant, murmura Lane.

— Tout ce qui est ancien donne cette impression, murmurai-je en étudiant les glyphes.

Ceux-ci n'étaient pas elfiques non plus.

— Mais tu as dit que nos mages avaient réussi à les déchiffrer ? demandai-je avec empressement, repensant à la lettre.

Lane acquiesça tandis que nous poursuivions notre chemin, traversant un pont étroit d'où l'eau ruisselait du plafond pour former une mare silencieuse bien plus bas.

— Oui, ils ont dit que c'était probablement le lieu de vie des El'thors.

J'étais stupéfait. Je n'avais entendu parler des El'thors que dans les livres d'histoire, quand j'étais enfant. C'était une civilisation ancienne qui avait vécu il y a des milliers d'années. Les quelques parchemins qui les mentionnaient indiquaient qu'ils possédaient des pouvoirs magiques très puissants, et qu'il s'agissait peut-être de la civilisation la plus avancée qui ait jamais existé. Plusieurs de ses membres avaient des pouvoirs de divination. On croyait que tous les oracles au fil des siècles étaient des descendants de ce peuple.

— Comment sont-ils arrivés à cette conclusion ? demandai-je.

Lane répondit :

— Ambrel a lu tous les textes de la bibliothèque des mages de Mytvathyr qui les concernaient. Il a reconnu certains des glyphes et les a transcrits dans son grimoire personnel.

— C'est plutôt utile, commentai-je.

Lane gloussa.

— C'est ce que je me suis dit aussi. Il paraît que les glyphes anciens sont sa passion. Il fait ça avec tous les écrits qu'il trouve sur les civilisations anciennes.

Lane ouvrit la marche, consultant un journal relié en cuir rempli de croquis.

— Nous avons suivi les marques vers l'est, expliqua-t-il tandis que nous marchions. Elles forment un chemin. Chaque porte, chaque colonne mène vers un point central. Nous pensons que c'est un temple.

Je lui jetai un coup d'œil.

— Tu penses ?

Ses lèvres esquissèrent un léger sourire.

— Ça y ressemble fort.

Je souris.

— Eh bien, allons voir ça, alors.

Le temple se dressait au cœur des ruines, taillé dans un seul bloc de pierre veiné d'obsidienne. Ses portes étaient massives, à moitié effondrées, les sculptures qui les ornaient lissées par le temps, mais on distinguait encore une silhouette drapée d'étoiles, les bras levés vers un soleil qui brûlait de l'intérieur.

Lane passa la main sur la porte.

— Ils appelaient cet endroit *Eshal-Varan*, la Voix de l'Éternité, d'après les fragments que nous avons pu déchiffrer.

— Et à l'intérieur ?

— Les textes de l'Oracle, du moins selon les mages. Ils disent que les murs murmurent quand on s'approche trop près.

Je ne dis rien et poussai la porte. La pierre gémit mais céda, laissant s'échapper un souffle d'air vicié—sec, ancien, mêlé à l'odeur de la poussière et de l'encens qui n'avait pas brûlé depuis mille ans.

La salle au-delà était immense. Des torches crépitaient contre le marbre noir qui reflétait la lumière comme de l'eau. Au fond se dressait une estrade, entourée de fresques représentant des flammes et des bêtes ailées — des dragons.

J'en eu le souffle coupé. La ressemblance était indéniable.

— Ils savaient, murmurai-je. Ceux qui ont construit cet endroit savaient que les dragons reviendraient.

Lane s'approcha de l'estrade, la lueur de sa torche effleurant de vagues inscriptions gravées dans le sol.

— Ce sont les paroles de l'Oracle, murmura-t-il. Celles que nous avons trouvées brisées sur les tablettes là-haut. Voici le texte complet.

Je m'agenouillai à ses côtés et j'époussetai les inscriptions. Je ne parvenais pas à déchiffrer les glyphes.

— As-tu la traduction ? demandai-je.

Lane acquiesça, ouvrit son journal relié en cuir et lut à haute voix, la voix tremblante :

« Quand le feu respirera à nouveau, le monde se réveillera.

La terre tremblera au souvenir de sa naissance.

De sous la pierre, les dormeurs se lèveront —

et de leurs cendres, l'ère des dragons renaîtra. »

Les torches sifflèrent. Le faible bourdonnement des cristaux sous les ruines résonna une fois.

Lane leva les yeux vers moi, les yeux écarquillés.

— Ils ont prophétisé le retour des dragons.

Je me levai lentement, le regard fixé sur la fresque—des dragons planant au-dessus de cités désormais réduites en poussière.

— Non, dis-je doucement. Ils nous ont mis en garde.

Les mots restèrent suspendus dans l'air longtemps après que ma voix se fut éteinte. Des grains de poussière tourbillonnaient dans la pénombre, scintillant comme des fragments d'étoiles brisées.

Je m'avançai vers l'estrade.

— Il y a autre chose, dis-je. Regarde la base. Les runes ne s'arrêtent pas là.

Lane s'agenouilla à mes côtés, effleurant la pierre du bout des doigts. Les lignes de l'écriture s'enroulaient en spirale vers le bas, disparaissant sous une couche de débris effondrés. Ensemble, nous les déblayâmes avec précaution jusqu'à ce qu'une autre dalle apparaisse. Les symboles gravés dessus vibraient faiblement, comme agités par notre contact.

— Ce n'est pas la même langue, murmura Lane. C'est de l'elfique.

Je fronçai les sourcils.

— Peut-être provient-elle d'un autre Oracle ? Il existe des traces de nombreux Oracles elfiques.

Lane acquiesça.

— Peut-être. C'est de l'elfique ancien. J'en comprends l'essentiel. Ces inscriptions parlent du retour d'un souverain lié à la fois à la lune et à l'ombre.

Les torches vacillèrent, puis s'éteignirent. Quelque part au plus profond des ruines, une légère secousse fit trembler le sol. L'air se réchauffa, vibrant au rythme d'une pulsation invisible.

La voix de Lane faiblit tandis qu'il traduisait les nouveaux glyphes au fur et à mesure, utilisant le journal relié en cuir pour les déchiffrer :

« Quand le feu et le sang s'entremêlent,

l'héritier de la ruine s'élèvera.

Ni bête ni homme,

mais les deux, et aucun des deux à la fois.

Quand le feu pleuvra du ciel,

et que le soleil embrassera les plus purs,

sa couronne fera saigner les cieux,

son règne brisera les trônes.

Sous son ombre, les royaumes s'effondrent,

et le monde ne s'éteint pas dans les flammes —

mais dans le silence.

Tous sous l'autorité du seul souverain légitime. »

Un frisson me parcourut l'échine. Je fixai ces mots, dont la faible lueur dansait sur mon armure.

Je réfléchis à leur signification.

— Ni bête ni homme, mais les deux à la fois, et pourtant ni l'un ni l'autre… Le roi hybride. Je savais qu'il mettrait fin au monde. Le voilà encore.

Lane acquiesça lentement, pâle à la lueur de la torche.

— Si le premier verset prédisait le retour des dragons, alors celui-ci évoque ce qui s'ensuivra. Leur souverain.

Il hésita.

— Et si les dragons se sont déjà réveillés…

— Alors le reste viendra, achevai-je d'un ton sinistre.

Le bourdonnement s'intensifia, résonnant à travers le sol. Les fresques le long des murs, autrefois immobiles, semblaient scintiller. Les dragons peints se tordaient, tournant la tête vers l'estrade comme s'ils s'éveillaient.

Lane trébucha en arrière, serrant sa torche.

— Avez-vous vu ça ? La peinture ! Elle réagit à la prophétie.

— Non, dis-je doucement. Elle la reconnaît.

L'espace d'un instant, je crus voir quelque chose bouger au-delà du bord de la salle, un scintillement d'écailles dorées disparaissant dans l'ombre. L'air vibrait d'une puissance ancienne et furieuse.

Je me tournai vers Lane.

— Prends tout ce que tu peux. Copie les glyphes, le texte, tout. On ne peut pas le laisser enfoui à nouveau.

Il hésita.

— Votre Majesté… si c'est vrai, si le roi hybride se lève, qu'adviendra-t-il de nous ?

Je jetai un nouveau regard à la prophétie, dont les dernières lignes brûlaient faiblement comme des braises prêtes à consumer le monde.

— Alors notre royaume brûlera, dis-je, et le reste suivra.

Chapitre 25 (Nathan)

La bataille contre les dragons

La cité des vampires s'estompa derrière moi comme un cauchemar fiévreux : pierre froide, souvenirs sombres et écho de sang. Je ne me retournai pas. Mon corps avait guéri, ma chair et mes os étaient réparés, mais les cicatrices intérieures, elles, ne l'étaient pas. Il ne me restait qu'un seul but : atteindre la cité elfique et la retrouver. Je ne reviendrais pas tant que le roi des elfes ne serait pas mort et qu'elle ne serait pas avec moi.

J'aurais été plus rapide en volant, mais avec la récente réapparition des dragons, il était plus sûr de marcher que d'affronter ces bêtes. La forêt m'engloutit tandis que les oiseaux chantaient dans les arbres, mais je n'y prêtai pas attention. Le soleil matinal me semblait froid sur la peau. Être séparé de ma compagne m'avait engourdi.

Je restai à l'écart de la rivière maudite. Des souvenirs d'Émeraude me revinrent. Elle m'avait sauvé de la redoutable sirène. Même avec tous mes pouvoirs, je n'avais aucune chance contre elles, alors j'empruntai le long chemin à travers les arbres, silencieux et seul.

C'est alors que je remarquai le changement.

Au début, ce n'était que l'air—plus dense, chargé d'une atmosphère ancestrale. Puis vinrent les ombres qui se déplaçaient haut dans le ciel, leurs ailes battant contre les nuages. Je levai les yeux, et mon cœur se serra.

Des dragons. Beaucoup de dragons.

Je ralentis, observant l'un d'eux plonger entre les cimes des arbres. Ses écailles scintillaient comme du bronze en fusion, ses yeux brûlaient. Je ne comprenais pas pourquoi ils étaient si nombreux. Le ciel était presque noirci par leur nombre. Les poils de ma nuque se hérissèrent.

Au fur et à mesure que j'avançais, la forêt s'éclaircit jusqu'à laisser place à une vaste plaine qui s'étendait jusqu'aux montagnes séparant la vallée de Nysa de la forêt.

Avant même d'avoir fait dix pas dans la plaine, un grognement sourd retentit. Je me retournai pour voir trois dragons descendre des nuages. L'un rouge comme le sang, un autre noir comme l'obsidienne, le troisième blanc comme un os. Ils se posèrent dans un tourbillon de poussière et de vent, repliant leurs ailes.

Je serrai les dents, mes griffes s'allongeant, et me mis en position d'attaque. Il était naïf de penser que j'avais la moindre chance contre trois dragons, mais j'étais encerclé. Je serais maudit si je mourais avant d'avoir trouvé Émeraude.

Le loup grogna en moi. « *Bats-toi* », dit-il.

Le premier dragon se jeta sur moi. Je me jetai sur le côté, mes griffes lacérant sa patte avant. Les écailles se fendirent, le sang coula, mais la blessure était superficielle. La créature rugit de frustration.

Le deuxième descendit du ciel, balayant l'air de sa queue. Je sautai, évitant de justesse le coup, mais le souffle de l'impact me fit rouler dans l'herbe. Le troisième expira, non pas du feu, mais une chaleur brute qui brûlait l'air. Le sol fumait là où il touchait.

Je bondis sur le dragon noir, enfonçant mes griffes entre ses écailles, grimpant sur sa poitrine. Le dragon se débattit, me projetant vers le ciel. Je heurtai le sol de plein fouet, le souffle coupé. Une douleur fulgurante me transperça les côtes.

Je me relevai, poussé par l'instinct de survie.

J'enfonçai mes crocs dans une aile, non pas pour boire, mais pour la déchiqueter. Le dragon hurla, titubant en arrière, mais les autres se rapprochèrent. Une queue me frappa de plein fouet, trop vite pour que je puisse utiliser ma magie afin de me protéger. Je fus projeté à travers la plaine. Du sang me remplit la bouche.

J'essayai de me relever, mais mon corps réagissait lentement, trop lentement. Les dragons m'encerclaient, leurs immenses ombres masquant le soleil.

L'un d'eux rugit, déchirant l'air, et je me préparai au pire. C'était fini, et je fus submergé par la tristesse à l'idée que je ne pourrais plus jamais serrer Émeraude dans mes bras. Mon loup grogna de défi, mais même sa force s'amenuisait.

Le dragon pâle se précipita vers moi, ses serres se refermant sur moi. Mes griffes grattaient impuissantes contre son étreinte écailleuse, tandis que le sol s'éloignait. La plaine disparaissait sous mes pieds, la forêt s'étendant en une mer de verdure.

Je perdis la notion du temps pendant que nous volions, trop blessé pour y prêter attention. Peut-être m'étais-je évanoui, je n'en étais pas sûr. Finalement, le dragon descendit dans un étrange bosquet.

Les arbres étaient serrés les uns contre les autres, trop proches pour qu'on puisse passer, formant une sorte de barrière qui empêchait toute fuite. C'était comme une cage vivante. Chaque espace entre les arbres était occupé par un autre dragon.

Les arbres se déplacèrent pour créer une ouverture. Le dragon pâle me jeta brutalement au sol. De la terre et des racines me frappèrent, et je poussai un cri de douleur sous l'impact. Mon corps me faisait mal, mais je savais que je devais essayer de m'enfuir. Avant que je puisse me relever, les arbres se déplacèrent à nouveau et se refermèrent, m'enfermant à l'intérieur.

Pas de chaînes. Juste la forêt elle-même, vivante et déterminée à me retenir.

Je levai les yeux. Des dragons tournaient en rond au-dessus de la clairière, silencieux et observateurs. J'avais échappé aux vampires, aux rois et aux dieux. Mais ici, entouré de dragons, je ressentais quelque chose de plus froid que la peur : l'insignifiance.

Je pris une inspiration saccadée, fixant du regard le dragon pâle qui m'avait capturé.

— Tu veux me tuer ? demandai-je d'une voix rauque.

Le dragon me fixa. Il ne répondit pas, ne fit même pas l'effort de rugir.

Je respirais encore difficilement, accroupi dans la terre, lorsque les dragons s'agitèrent. Leurs grandes têtes se levèrent à l'unisson, se tournant vers le bord de la cage vivante.

Une lumière ondula à travers la forêt. Elle coulait comme de l'eau entre les branches, repoussant les ombres. Une lumière magique.

Puis elle fit son apparition dans la clairière. Une elfe.

Elle se déplaçait avec cette grâce impossible qu'ils possédaient tous—ni humaine, ni divine, mais quelque chose entre les deux. Sa cape effleurait les racines, ses cheveux étaient un mélange de blanc et de violet, et des joyaux magiques étaient incrustés dans sa peau. Les dragons inclinèrent la tête à son passage, la lumière la suivant. J'avais autrefois apprécié la présence des elfes, mais les récentes démêlées avec Erendriel avaient changé mon opinion à leur sujet.

Je me levai lentement, du sang séché sur la mâchoire, les yeux plissés.

C'était donc ça. Les dragons m'avaient amené ici pour elle.

— Encore une elfe, dis-je d'une voix rauque, aussi rugueuse que du gravier. C'est donc ça ? Vous m'avez capturé pour me livrer à votre roi ?

Elle m'observa en silence et ignora ma question.

— Alors, c'est toi qu'ils ont trouvé.

J'ai laissé échapper un rire sans joie.

— Tu en parles comme si c'était une maladie.

— J'ai eu ma part de problèmes avec les vampires. Tu es à la fois vampire et loup—né des ténèbres. Rien de bon ne peut découler de ta présence.

Je fis un pas en avant, la rage me nouant les entrailles. Je voulais me jeter sur elle et me libérer, mais les dragons m'auraient tué en un clin d'œil.

— Épargne-moi ton ton moralisateur. Les tiens se disent purs, mais j'ai vu la pureté de ton roi.

Je crachai par terre.

— Il l'a achetée. Comme du bétail. Une femme qui méritait mieux que tous vos palais dorés.

Son expression vacilla—une réaction minime, presque imperceptible.

— Qui ?

— La femme que j'aime, grognai-je. Enlevée par ton roi. Emprisonnée comme un trophée.

Mes yeux brûlaient d'un rouge sang.

— Et si tu crois que je vais m'arrêter parce que les dragons grognent ou que les elfes me tirent des flèches, tu te trompes. Je démolirai tes cités pierre par pierre. Je combattrai mille dragons s'il le faut. Je tuerai ton roi et je la ramènerai.

Mes paroles résonnèrent dans le bosquet, et les dragons s'agitèrent, leurs écailles grinçant comme le tonnerre.

Mais l'elfe ne broncha pas. Elle se contenta de me regarder avec une intensité tranquille, comme si elle pesait quelque chose d'invisible.

Finalement, elle dit :

— L'Oracle a parlé de toi. Tu es dangereux.

Je me figeai. Je savais où cela menait. Ce n'était jamais bon signe quand les gens parlaient de l'Oracle.

— Elle a parlé de celui qui porte à la fois la malédiction et la couronne. Celui qui apportera la fin du monde.

Son ton n'était pas moqueur. Il était prudent, maîtrisé.

Je montrai les dents dans un sourire sans humour.

— J'ai régné pour maintenir la paix pendant des siècles avant d'être détrôné par une traîtresse. Tout ce que je veux, c'est retrouver la femme que j'aime. Laisse-moi sortir !

Elle m'observa un instant de plus—une lueur de conflit brillant dans son regard. Puis elle se tourna vers les dragons, sa voix fendant l'air.

— Gardez-le ici, ordonna-t-elle. Ne lui faites pas de mal. Ne le laissez pas partir. Je déciderai de son sort.

Les dragons s'inclinèrent profondément, leurs yeux brillant d'un éclat doré.

Je fis un pas en avant, les poings serrés.

— Tu crois pouvoir décider de mon sort ?

Mais elle s'éloignait déjà, laissant une traînée de lumière dans son sillage, sa voix s'estompant comme de la brume.

— Non, dit-elle doucement. Ton destin a déjà été décidé pour toi avant même que tu ne naisses.

Puis elle disparut, me laissant entouré de dragons et d'arbres qui respiraient comme des sentinelles, et d'un silence assez pesant pour écraser le cœur. Je jurai et frappai le sol de mon poing. Je ne pouvais pas m'échapper de la cage. Je ne pouvais pas m'envoler. J'étais impuissant. Je hurlai de rage, hurlai de toutes mes forces. Je martelai le sol jusqu'à ce que mes jointures saignent et que le sol soit marqué de la forme de mon poing. Finalement, je me résignai à attendre, à voir ce que le *destin* avait décidé pour moi, comme elle l'avait dit, car je ne pouvais rien faire d'autre.

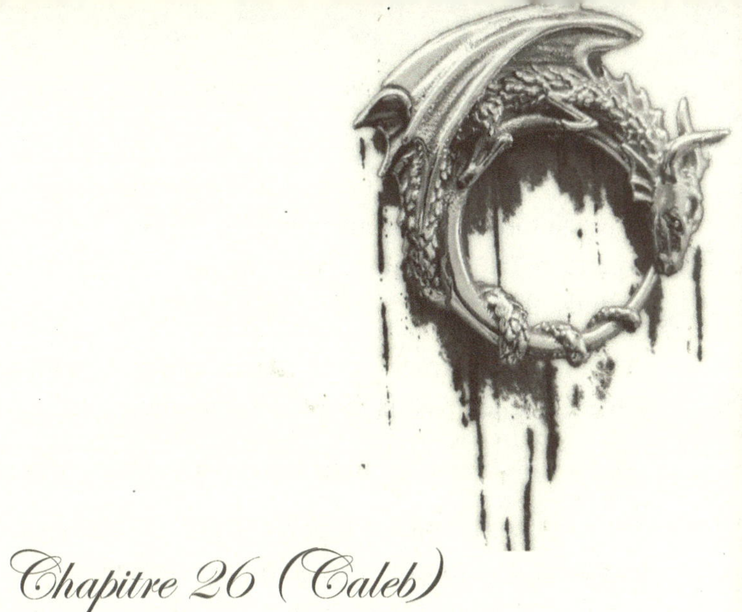

Chapitre 26 (Caleb)

Aeris

Aeris se tenait là, plus en colère que je ne l'avais jamais vue. Une aura meurtrière émanait d'elle, ses yeux étaient noirs, ses ailes largement déployées. À ses côtés se tenait un groupe de harpies et d'orcs. Elle avait dû alerter le campement environnant. Ses ailes battaient tandis qu'elle faisait les cent pas.

— Je ne sais pas comment tu as réussi à briser notre lien, mais je ne te pardonnerai pas cela.

Je n'en étais pas sûr non plus. Je supposais que c'était le lien d'âme sœur prédestinée avec Summer, mais je n'allais pas lui dire que ce lien, donné par la déesse de la Lune, sa sœur qu'elle détestait, était la cause de tout cela. Je restai silencieux et attendis qu'elle poursuive.

— J'avoue que je n'aurais jamais imaginé que tu viendrais ici, de tous les endroits possibles. Bravo. Tu as échappé à la mort pendant quelques jours, mais tu vas maintenant payer le prix de ta trahison.

Ses derniers mots étaient tellement empreints de ressentiment que je pouvais le sentir flotter dans l'air.

— Tuez-les, mais laissez-moi Caleb, dit-elle avec colère.

Les harpies et les orcs se jetèrent sur nous. Nous étions largement en infériorité numérique, mais je parvins à tuer les premiers orcs qui nous attaquèrent. Darryl appliqua à la hâte une potion d'acide sur son arme avant de trancher les ennemis. Paisley se cacha derrière nous, sans défense et trop faible pour se battre. Summer se transforma en loup et déchira la peau des assaillants avec ses dents et ses griffes acérées. Nous résistâmes vaillamment aux premières vagues.

Je n'eus pas le temps de réagir avant de me retrouver à terre, Aeris au-dessus de moi, m'immobilisant.

— Tu te crois si fort, n'est-ce pas ? demanda-t-elle avec un ricanement. Mais tu n'es pas assez fort.

Elle frappa avec la force d'une tempête. Je serrai les dents, m'empêchant de crier, car cela lui aurait donné satisfaction. Le goût familier du sang emplit ma bouche. Ça ne présageait rien de bon. À ce rythme, je risquais de me faire tuer. Pour la première fois depuis des siècles, je me sentais petit.

« Tiens bon, j'arrive », entendis-je Summer dire à travers notre lien, et je pouvais sentir à quel point elle luttait contre les autres assaillants. Elle se ferait tuer si elle s'interposait entre la déesse et moi.

« Non », rétorquai-je.

Aeris sourit d'un air malicieux lorsqu'elle l'aperçut.

— Alors, la louve-garelle est en vie. Je devrais la tuer.

Mon sang bouillonna à ces mots. J'avais l'impression que de la lave en fusion coulait dans mes veines.

Je rugis :

— Tu ne la toucheras pas.

Une force jaillit de moi, repoussant la déesse qui, prise par surprise, s'éloigna. Je me relevai tant bien que mal, tremblant. Ma tête était envahie par des pensées de feu et de destruction pure. Un bruit semblable à celui d'ailes lointaines emplit le matin. Des écailles de lumière scintillèrent sur ma peau avant de s'estomper. Lorsque je regardai mon ombre, je pus voir des ailes de fumée, bien qu'il n'y eût rien lorsque je regardais dans mon dos.

Le sol ondula sous mes pieds. Aeris me regarda, sous le choc.

Quand elle frappa à nouveau, je lui répondis par un grognement. Le choc envoya des vagues d'énergie tout autour, creusant un sillon dans le sol et brisant les arbres comme des brindilles. Elle trébucha, sa grâce divine vacillant sous cette attaque soudaine. J'avançai, plus vite, plus fort, sans relâche.

— Espèce de ver agaçant, cracha-t-elle. Je n'aurai de repos tant que je ne me serai pas débarrassée de toi et de cette garce.

C'est là que je compris que je devais tuer la déesse, si tant est que ce fût possible. Je ne pourrais jamais vivre en paix avec Summer tant qu'elle serait en vie.

Je redoublai d'attaques, et elle fit de même. Chaque coup que je portais brûlait plus fort que le précédent, le feu du dragon embrasant l'air. La déesse poussa un cri strident, son bras s'ouvrant là où ma lame avait transpercé sa chair, une blessure qui fumait et saignait de la lumière. Elle tituba en arrière, incrédule, et même moi, je me demandais ce qui m'arrivait.

— Comment peux-tu être si fort ?

J'étais sûr que cela avait un rapport avec le sang de dragon. J'avançai, les crocs sortis, mon épée ruisselante de sang divin. Je dis d'un ton résolu :

— Ta mort n'a que trop tardé.

Elle vacilla, reculant devant ma puissance.

— Ce n'est pas fini, cracha-t-elle avant de s'enfuir.

Je reportai mon attention sur Summer, Darryl et Paisley. Les orcs continuaient d'attaquer, et ils tenaient à peine le coup. Je me jetai sur eux et décimai les ennemis.

— Ils sont trop nombreux, allez ! criai-je.

Je leur couvris les arrières pendant qu'ils fuirent. J'étais heureux de voir que la potion que Darryl avait donnée à sa sœur lui permit de courir. Au moins, nous avions une chance d'échapper aux orcs, mais ils étaient partout. Peu importe combien j'en tuais, d'autres arrivaient. Cela ne nous fit gagner qu'un peu de temps, au mieux. Nous fuîmes sans regarder où nous allions. Je ne savais plus dans quelle direction se trouvait notre campement. J'aurais pu m'envoler avec Summer, mais cela aurait signifié abandonner Darryl et Paisley à une mort certaine. Je n'aurais jamais fait ça.

Nous arrivâmes finalement à l'entrée d'un passage souterrain. C'était autrefois une construction humaine, mais ce n'était plus aujourd'hui qu'une ruine menant sous terre.

— À l'intérieur, ordonnai-je.

Summer fit signe à Darryl et Paisley pour s'assurer qu'ils avaient bien entendu.

— Mais on va être piégés, supplia Darryl au milieu des cris des orcs.

— C'est la seule option, répondis-je.

Nous nous aventurâmes dans les ruines. La lumière extérieure filtrait à travers de vieilles fenêtres à moitié brisées encastrées dans le plafond, haut de plusieurs dizaines de mètres. Nous descendîmes plusieurs marches pour rejoindre un large tunnel aux murs de béton, sur lesquels subsistaient des vestiges de fresques en mosaïque de céramique colorée. À cette profondeur, seule une faible lumière provenant d'en haut nous éclairait, mais elle suffisait à Darryl et à sa sœur pour voir où nous allions. Nous arrivâmes finalement à un croisement après être descendus très profondément sous terre, où nous trouvâmes des dizaines de tunnels effondrés. Un seul était intact. Je me demandai un instant à quoi cet endroit avait bien pu servir autrefois, mais je n'eus pas le temps d'y réfléchir. Il n'y avait qu'un seul chemin à suivre.

Le tunnel était plus étroit, construit en briques et couvert de toiles d'araignées. La lumière extérieure ne parvenait pas jusqu'ici. Darryl fouilla dans son sac et en sortit deux flacons. Il les mélangea dans le plus grand flacon. Le liquide se mit aussitôt à briller d'une lueur verdâtre.

— Ça devrait nous éclairer pendant plusieurs heures, dit-il avec un sourire.

Une forte odeur de moisi me monta au nez. De toute évidence, personne n'était venu ici récemment, à l'exception des rats, qui se dispersèrent à notre passage. La hauteur du tunnel nous permettait de continuer à courir, mais à mesure que nous avancions, il se rétrécissait davantage. Nous dûmes bientôt marcher, voire ramper.

Je fermai la marche, m'assurant que les orcs ne nous rattrapaient pas. Je pouvais encore les entendre nous poursuivre. La seule chose qui me rassurait, c'était qu'ils étaient plus grands et plus lourds que nous, et qu'ils auraient donc plus de mal à se faufiler dans ces tunnels que nous. Cela devrait nous donner un avantage.

Soudain, le sol trembla, nous forçant à nous arrêter. De la terre et des cailloux tombèrent sur nos têtes. Je me précipitai pour protéger Summer, la couvrant de mon corps, craignant que le plafond ne s'effondre sur nous. Paisley se réfugia dans les bras de son frère.

Ces quelques secondes me semblèrent une éternité tandis que de plus gros rochers tombaient et que le sol tremblait de plus en plus fort dans un grondement assourdissant. J'espérais que ce vieux tunnel ne deviendrait pas notre tombeau. Je serrai Summer fermement dans mes bras, son cœur battant contre le mien. Je vis un rocher de la taille d'un boulet de canon dévaler vers Darryl. Rapidement, j'utilisai mes pouvoirs de vampire pour le dévier. Lorsque le sol cessa enfin de trembler, le silence fut assourdissant.

— Il faut qu'on sorte d'ici, dit Summer.

J'acquiesçai. Je n'entendais plus les orcs. Je fis quelques pas en arrière pour voir s'ils nous suivaient toujours. Je remarquai que le tunnel derrière nous s'était entièrement effondré. Au moins, nous n'étions plus en danger d'être attaqués. J'espérais juste que nous trouverions une issue plus loin.

— Eh bien, on dirait qu'il n'y a qu'une seule voie possible, murmura Paisley d'un ton sombre.

— Dépêchons-nous, insistai-je.

Plus nous avancions, moins le tunnel semblait structuré. Les briques soigneusement empilées laissèrent place à des tas de pierres et de terre. L'odeur de soufre remplaça peu à peu celle de la moisissure.

Nous marchâmes en silence, personne n'osant parler, de peur de dire à haute voix ce que nous pensions tous : qu'il n'y aurait pas d'issue. Nous arrivâmes finalement à une étrange structure qui marquait l'entrée de… quelque chose. Le sommet ressemblait à la tête d'une créature rocheuse géante. Ses yeux étaient ronds, et elle semblait effrayée. Sa bouche était grande ouverte, ne laissant entrevoir que deux crocs acérés tout en haut. Une odeur nauséabonde s'en échappait. Il n'y avait pas d'autre chemin que celui menant à sa bouche, où des escaliers disparaissaient dans l'obscurité. De toute façon, faire demi-tour était hors de question.

— Il n'y a qu'un seul chemin, dis-je.

La main de Darryl se posa sur mon bras, m'empêchant de m'aventurer à l'intérieur.

— Arrête. C'est l'entrée de la porte des Enfers.

Je fixai l'entrée.

— Je m'attendais à quelque chose de plus grandiose que ça.

L'homme fut outré.

— Tu te moques de moi ? C'est l'entrée mentionnée dans les vieux livres. C'est trop dangereux d'y aller.

— Eh bien, n'as-tu pas dit que tu avais pour mission de la fermer ? demandai-je.

L'homme acquiesça nerveusement.

— En réalité, je n'ai rejoint le bataillon que pour sauver ma sœur. J'avais l'intention de partir avant d'en arriver à fermer la porte.

— Vraiment ? demanda Paisley.

L'homme acquiesça.

— Depuis que j'ai appris que tu étais encore en vie, je voulais te retrouver. Peut-être même rencontrer notre père, même si je le déteste pour s'être enfui avec toi.

Elle fixa le sol.

— Notre père a été sacrifié par la grande prêtresse Samantha il y a des années. Un offrande destinée à apaiser les dieux.

Darryl serra les poings de rage.

Je soupirai à l'évocation de Samantha. Il semblait que chaque fois que son nom était mentionné, c'était parce qu'elle avait causé des ennuis. Tous deux bavardaient. L'urgence de trouver une issue me tenaillait, mais je savais qu'il était important que tout le monde se repose un peu.

Finalement, lorsqu'ils eurent fini de parler, je demandai :

— Quelqu'un a-t-il de quoi manger ?

— J'ai quelques rations, répondit Darryl.

Sa réponse me soulagea. Sans cela, nous aurions été dans le pétrin.

Il ouvrit son sac et en sortit de la viande séchée et des fruits. Il m'en tendit une portion, mais je refusai.

— Ça ira, dis-je, voulant garder la nourriture pour ma compagne et les humains.

Ils en avaient plus besoin que moi. De toute façon, je pourrais boire du sang si j'avais trop faim.

Je m'assis, enlaçant Summer pendant qu'elle mangeait avec les autres. Je me sentais aussi en sécurité qu'on pouvait l'être près de l'entrée des Enfers.

Darryl avait beaucoup à raconter à sa sœur. Nous écoutâmes le récit de l'homme. Nathan fut mentionné à plusieurs reprises, et je compris à quel point l'ancien roi comptait pour lui. Puis nous écoutâmes le récit de Paisley sur tout ce qu'elle avait vu et enduré avec les Miłonblooders. Je n'avais jamais été adepte de cette religion, mais maintenant que j'avais entendu tout ce qu'elle avait à dire, je les méprisais. Quand tout le monde eut fini de parler, je proposai de prendre le premier quart de garde afin qu'ils puissent se reposer. Et ainsi, j'écoutai leur respiration régulière tout en surveillant l'entrée béante, m'attendant à voir des orcs ou des démons en sortir à tout moment.

Chapitre 27 (Élaine)

Face au destin

Je retournai à notre tente, tremblante. Les dragons avaient capturé quelqu'un près de notre campement. Au début, j'avais pensé qu'il s'agissait d'un des vampires de la reine à ma recherche. Elle devait savoir à présent que j'étais partie. J'avais été choquée quand je vis que c'était Nathan. Je ne m'attendais pas à le trouver ici. Je pensais qu'il avait les pires intentions, à cause de l'Oracle. Mais quand j'entendis les raisons de sa présence ici… qu'il se rendait à Mytvathyr, et qu'Erendriel avait acheté la femme qu'il aimait. L'avait *achetée*. Comme si elle était un objet, et qu'il en était désormais le propriétaire.

Cette pensée me dégoûtait.

À quoi pensait le roi ? Cela confirmait la prophétie. Au début, j'avais pensé que je devais combattre les Miłonblooders. Mais maintenant que je voyais à quel point il s'était éloigné du roi juste et pur que j'avais connu autrefois, je réalisai que c'était Erendriel que je devais combattre, et cela me brisait le cœur. Il m'avait élevée presque comme un père.

— Alors ? demanda Akael quand j'arrivai.

Il était parti discuter avec ses généraux, il ne m'avait donc pas accompagnée. Son sourire s'évanouit quand il vit dans quel état j'étais. Il se précipita vers moi et m'enlaça. Je me détendis dans son étreinte réconfortante, posant ma tête sur son épaule.

— Ça va ? murmura-t-il à mon oreille.

— Le prisonnier. C'est le roi maudit, répondis-je.

Je n'avais pas besoin d'en dire plus. Le titre à lui seul suffisait. Je me sentis à nouveau prise de panique et j'arpentai la pièce tout en racontant tout ce qui s'était passé.

— La prophétie disait qu'il provoquerait la fin du monde. Je pensais qu'il était un ennemi. Qu'il était un tueur sans pitié, un *monstre*. Mais ce n'est pas l'homme que j'ai vu.

— Vraiment ? Alors, qu'est-ce que tu as vu ? demanda Akael.

Je pris une profonde inspiration.

— Il est brisé, animé par l'espoir de récupérer la femme qu'il aime des griffes d'Erendriel. Je suis tellement perdue.

Akael se gratta le menton en réfléchissant.

— La prophétie disait bien qu'il provoquerait la fin du monde, mais elle ne précisait pas quoi ni comment.

Je fronçai les sourcils, les mains sur les hanches.

— Que veux-tu dire par là ?

Les lèvres d'Akael s'étirèrent en un sourire.

— Eh bien, Erendriel a vaincu les nains, n'est-ce pas ? Dans un sens, on pourrait dire que c'est la fin du monde par rapport à ce qu'il était avant. Et si nous renversons le roi des elfes, ce serait un autre changement radical qui pourrait être décrit comme tel. Quand on y réfléchit, toutes les fins du monde sont-elles mauvaises ? Ou peuvent-elles être positives ?

Je fis une pause, réfléchissant à ce qu'il venait de dire.

— En fait, c'est tout à fait logique. Donc, ce que tu dis, c'est que Nathan pourrait apporter quelque chose au monde qui n'est pas nécessairement mauvais.

Il acquiesça.

— Avoir un hybride vampire-loup-garou de notre côté pourrait s'avérer utile. Si la prophétie dit vrai, alors il est probablement très puissant.

Je pris une profonde inspiration, pesant le pour et le contre de nos options et de la prophétie. Le choix était évident, et nous faisions face à un ennemi commun.

— Nous devrions lui proposer une alliance.

L'elfe à mes côtés sourit.

— Je suis d'accord. Dans quel état est-il ? demanda-t-il.

— Blessé et sale, répondis-je, repensant à l'aspect de l'hybride dans sa prison. Et pas de très bonne humeur, plutôt agressif.

Akael pencha la tête sur le côté, ses longs cheveux tombant sur son front, le regard malicieux.

— Tout à fait compréhensible, vu la façon dont les dragons l'ont appréhendé.

J'acquiesçai, un léger sourire se dessinant sur mon visage.

— Nous devrions lui apporter de quoi manger et de quoi se laver, suggérai-je.

— Un sort de guérison ? ajouta Akael.

Je secouai la tête.

— C'est un vampire et un loup-garou. Tout le monde sait que ces deux races possèdent des pouvoirs de guérison. Il devrait s'en sortir.

L'elfe acquiesça, et nous partîmes ensemble. J'étais de meilleure humeur, bien qu'appréhensive. Notre précédente rencontre ne s'était pas très bien passée. Nous nous arrêtâmes à la tente où les repas étaient préparés et prîmes une portion pour notre prisonnier. Akael prit un linge humide et l'emporta avec lui.

Lorsque nous revînmes dans la cellule, les dragons et les branches s'écartèrent pour nous laisser entrer. Nathan était agenouillé par terre. Je vis des marques creusées dans la terre, qui avaient la forme de ses jointures. Il était de très mauvaise humeur, les yeux toujours remplis de rage. Je ne savais pas exactement à quoi je m'attendais, mais il était encore plus irrité que je ne l'avais imaginé.

— Nous sommes venus t'apporter de quoi manger, dis-je, ne sachant pas trop comment entamer cette conversation délicate.

— Et un chiffon pour essuyer la poussière et la saleté, ajouta Akael gentiment.

Nathan nous fixa, un grognement s'échappant de sa poitrine. Je me demandai s'il allait se jeter sur nous. En tant que vampire, j'étais sûre qu'il pouvait sentir ma nervosité, mais j'essayai quand même de la cacher.

— Je m'appelle Élaine, et voici le prince Akael, poursuivis-je, en essayant de trouver quelque chose à dire.

— Vous vous attendez à ce qu'on s'incline, *Votre Majesté* ? demanda-t-il d'un ton moqueur, crachant presque les derniers mots.

Je soupirai. Ce n'était pas la réaction que j'avais espérée. Je n'avais pas voulu que cela sonne ainsi.

— Non, répondit Akael. Nous sommes ici pour parler.

— Parler de quoi ? Du destin que l'on m'a réservé ? rétorqua-t-il.

Je pris une inspiration. Tout cela était de ma faute, et c'était mon devoir de nous sortir de ce pétrin.

— L'Oracle a effectivement parlé de toi, c'est vrai. Elle a prédit que tu mettrais fin au monde. Mais voilà : si cela signifie la fin du règne d'Erendriel, alors c'est une fin du monde que je désire moi aussi.

Les yeux de Nathan s'écarquillèrent de surprise, et son ton s'adoucit légèrement. Akael s'avança et lui tendit le linge humide. Il le regarda un instant, puis le prit. Il commença à se nettoyer le visage, qui était maculé de sang et de saleté.

Je poursuivis :

— Le roi a été corrompu par les ténèbres. Tu as raison, les elfes ne valent pas mieux que les vampires, et j'ai été injuste. Mon expérience avec la reine des vampires n'a pas été bonne. Prouve-moi que tous les vampires ne sont pas mauvais. Mon but est de mettre fin au règne d'Erendriel.

Les yeux noisette de Nathan me fixèrent désormais intensément. Son regard était animé d'un feu profond, rempli de détermination. Sans le sang et la saleté, je me surpris à penser qu'il était beau.

Il tendit le linge à Akael, qui le prit.

Nathan fit un geste vers moi, et je dus me retenir pour ne pas reculer. J'étais toujours nerveuse, mais son agressivité avait disparu. Il prit l'assiette que j'avais apportée, que j'avais presque oublié tenir dans mes mains.

— Nous voulons te proposer une alliance, dit Akael, tandis que Nathan mangeait un pamplemousse.

— Toutes les alliances que j'ai conclues récemment se sont soldées par des tentatives d'assassinat, répondit-il avec amertume.

— C'est compréhensible, dit Akael. Être de sang royal a tendance à réduire ton espérance de vie.

Il semblait parler d'expérience, et je me sentis désolée pour lui. Je pris mentalement note de lui poser la question lorsque nous serions seuls.

Nathan poursuivit entre deux bouchées.

— Vous m'emprisonnez, puis vous vous attendez à ce que je vous fasse confiance sur la base de votre parole selon laquelle vous voulez vous débarrasser d'Erendriel ?

— Comment comptes-tu vaincre une armée à toi seul ? le défia Akael.

— Avez-vous une armée à votre disposition ? rétorqua Nathan en regardant autour de lui.

Le prince acquiesça en souriant.

— Nous avons un campement à proximité. Une armée d'elfes et de dragons.

J'ajoutai :

— Nos sentinelles rapportent qu'Erendriel dispose désormais d'une armée de mutants. Quelques-uns ont été repérés.

— Des mutants ? demanda Nathan en fronçant les sourcils.

— Nous ne savons pas exactement comment il s'est les procurés, mais nous n'avons plus affaire uniquement à des elfes, répondis-je.

Nous racontâmes à Nathan la prophétie, comment Akael m'avait trouvée emprisonnée dans le château des vampires, et comment j'étais la reine des dragons, destinée à régner sur les elfes. Nathan écouta chaque détail. Il nous raconta comment Samantha avait usurpé son trône, comment Émeraude avait disparu, et comment Erendriel l'avait achetée à un marchand d'esclaves. Nous parlâmes pendant un bon moment. Une fois tout dit, nous restâmes silencieux un instant. Un dragon vola à basse altitude au-dessus de la forêt, bloquant complètement la lumière du soleil qui filtrait à travers les arbres, son ombre nous recouvrant momentanément.

Un léger sourire apparut enfin sur le visage de Nathan.

— Très bien, je suis prêt à essayer de vous faire confiance. Les dragons seront de précieux alliés contre une armée de mutants, que j'ai de toute façon très peu de chances de vaincre seul.

Il me tendit la main.

— Pour la mort d'Erendriel.

Je souris et lui pris la main.

— Pour la mort du roi.

— Allez, sortons d'ici, dit Akael.

Nous fîmes visiter le camp à Nathan, puis nous nous dirigeâmes vers notre tente. Là, nous préparâmes notre stratégie. L'un des généraux d'Akael nous attendait déjà. Il nous donna tous les détails nécessaires.

— Notre attaque se déroulera en deux temps. Nous avons déjà des troupes à Mumbur. Nous lancerons l'assaut là-bas pour attirer les troupes elfiques vers cet endroit. Une fois l'attaque lancée, nous avancerons vers Mytvathyr, en chargeant depuis le sud. Ainsi, nos deux armées pourront se rejoindre quelque part et arracheront les deux royaumes au roi elfique.

— Et ensuite ? demanda Nathan. Régner sur les deux royaumes ?

Je secouai la tête.

— Je veux rendre le royaume nain à son peuple. La famille royale a été décimée, mais il doit rester quelqu'un de digne qui souhaite reconstruire son pays.

Nathan sourit à ma réponse.

— En tant que roi, c'est exactement ce que j'aurais fait.

Une question me vint à l'esprit.

— Tu étais roi autrefois. Que feras-tu une fois que tu auras trouvé la femme que tu aimes ?

Son regard s'assombrit et il serra les poings.

— Je reprendrai mon trône et je rétablirai les lois telles qu'elles devraient être. Le respect des humains parmi les vampires, la paix avec les autres races.

— C'est une noble cause, animée de bonnes intentions, dit Akael.

Nathan ajouta :

— Les loups-garous et les humains m'ont déjà apporté leur soutien.

Je n'avais pas besoin de demander son avis à Akael. Je savais qu'il serait d'accord avec moi. Après tout, les vampires s'étaient alliés à Erendriel pendant la guerre. La reine des vampires, les Miłonblooders, et la guerre faisaient partie intégrante des ténèbres que je devais combattre.

— Alors, tu auras aussi notre soutien.

Le sourire de Nathan était sincère et pur.

— J'en suis reconnaissant.

Un soldat arriva en courant.

— Mon prince, nous sommes prêts à envoyer le message à Mumbur.

Akael acquiesça, satisfait.

— Ah, juste à temps. Allons-y.

Je le suivis, le général et Nathan derrière nous. En chemin, j'aperçus un jeune dragon aux écailles bleues, de la taille d'une calèche, se prélassant près d'une tente de ravitaillement. Ses yeux étaient mi-clos de bonheur, tandis qu'un jeune soldat elfe lui brossait les mâchoires avec un peigne sculpté dans de l'os. À chaque coup de peigne, l'énorme queue du dragon frappait le sol de plaisir, manquant de renverser un scribe qui passait par là et qui se précipita sur le côté en jurant. Je retins mon rire, trouvant la scène amusante. C'était un répit bienvenu face à la gravité du moment. Le jeune dragon sentit ma présence et ouvrit les yeux alors que je passais.

Nous arrivâmes devant une tente. À l'intérieur, l'air était chargé de mana, et au centre se tenait un mage avec un grimoire devant lui. J'aurais pu envoyer le message moi-même, et j'avais même proposé de le faire à Akael, mais il avait insisté. En tant que future reine, il voulait que je réserve ma mana pour des choses plus importantes que l'envoi d'un message. Je ne le contredis pas, m'adaptant peu à peu à mon rang plus élevé.

Au signal d'Akael, le mage récita les mots. C'était un sort simple que je connaissais par cœur. Quelques instants plus tard, un portail semblable à du verre s'ouvrit dans les airs. De l'autre côté, nous vîmes une pièce qui était probablement un navire. Le bois était poli, et les petites fenêtres étaient bordées de laiton. Il y avait une grande table sur laquelle se trouvaient une carte, une boussole et des parchemins, le tout maintenu en place par des pierres. Une lanterne éteinte pendait du plafond. Une elfe était assise à la table. Ses longs cheveux blonds étaient attachés sous un foulard rouge orné d'une flamme orange.

— Je suis heureuse de vous voir, Votre Majesté, dit-elle en nous apercevant, ses yeux rouges brillants.

— Capitaine Highdrich. Comme vous pouvez le voir, je vais bien, et j'ai trouvé celle que je cherchais, dit-il en me désignant.

L'elfe sourit et répondit :

— C'est un honneur de rencontrer ma reine.

Je compris qu'elle s'adressait à moi.

— Et tout le plaisir est pour moi, répondis-je.

— Les troupes sont-elles prêtes ? demanda Akael.

— Oui, Votre Majesté. Le roi des elfes nous a envoyé hier un message nous demandant de lever l'ancre et de partir, mais nous avons prétexté que nous devions ravitailler les navires. Il est encore tôt ce matin, mais nous nous attendons à ce qu'ils nous le demandent à nouveau.

Akael répondit :

— Ne tardons pas, alors. Préparez les troupes et lancez l'attaque. Nous sommes en position et allons avancer sur la ville. Nous y serons demain matin. Cela laissera le temps aux troupes du roi de quitter Mytvathyr, puis de battre en retraite à notre arrivée. Avec un bon timing, cela laissera pratiquement les deux villes sans défense.

— À vos ordres, répondit l'elfe avant de s'incliner et de partir.

Le mage dans la tente cessa son sort. Je pris une profonde inspiration, nerveuse. Tant de choses s'étaient passées si vite. J'apprenais encore à travailler en équipe avec Safira, et tout cela ne me laissait pas beaucoup de temps. Demain, nous allions attaquer ma maison, ma ville. J'allais faire face au destin, et nous verrions si la prophétie était vraie, selon laquelle j'étais *veneficus dei*.

Chapitre 28 (Erendriel)

Tempête de cendres et de trahison

La lumière du matin inondait la cour pavée lorsque je sortis, la brise fraîche caressant mon visage. Le sommeil avait atténué la fatigue, mais avait au contraire ravivé mes souvenirs. La mort du troll, le grondement sous la terre, la prophétie de l'Oracle gravée dans la pierre ancienne—tout cela pesait sur moi comme un deuxième manteau. Ma seule chance d'échapper à la prophétie était de tuer Nathan, et vite. Heureusement, j'avais l'appât parfait pour l'amener à venir me voir. Émeraude était probablement déjà arrivée à Mytvathyr. Ce n'était qu'une question de temps avant qu'il ne se rende au château. Je devais être prêt pour son arrivée.

La ville était encore calme. L'air des montagnes portait des effluves de pierre humide, de métal et d'eau lointaine. Lorsque j'atteignis les remparts extérieurs, je m'arrêtai. En contrebas, le port nain scintillait dans la brume bleu doré de l'aube.

Et là, indéniablement, les navires du prince étaient toujours à l'ancre, leurs voiles ornées de leur flamme orange emblématique, gâchant la vue.

Je fronçai les sourcils.

J'avais dit aux généraux de les renvoyer hier.

Je descendis vers le port.

Les marchands préparaient leurs étals pour le matin qui approchait à grands pas, déplaçant des caisses, remplissant leurs étals, tandis que des enfants nains couraient et jouaient parmi les marchandises, menaçant de renverser des piles de caisses. La destruction n'avait pas touché cet endroit. Pour la première fois depuis des jours, je ressentis une lueur de chaleur face à cette simple effervescence de la vie.

Les marins de la flotte du prince se déplaçaient avec une rapidité disciplinée. Un marin m'aperçut et s'inclina profondément.

— Votre Majesté.

— Je voudrais parler au prince, annonçai-je, prêt à monter à bord du plus grand bateau, celui qui transporterait Akael.

Le marin eut l'air désolé.

— J'ai bien peur que Sa Majesté soit occupée par les derniers préparatifs. Nous avons presque fini de charger. Le départ est imminent.

C'était agaçant, mais c'était une bonne chose qu'ils partent bientôt. Il était logique que le prince soit probablement occupé à vérifier les provisions avant le départ. J'observai le marin. Une façade polie, mais une tension couvait en dessous. J'acquiesçai et laissai tomber. Il n'était probablement pas habitué à parler avec des membres de la royauté étrangère.

— Veillez à partir avant midi, dis-je d'un ton sévère.

— Oui, Votre Majesté. Ce sera fait, répondit poliment le marin.

Je me retournai vers le château. J'avais beaucoup à discuter avec mes généraux.

La réunion avec mes généraux s'éternisait, entrant dans sa troisième heure. Des cartes jonchaient la table, marquées de lignes indiquant les zones de destruction, ainsi que des parchemins détaillant les coûts et l'aide nécessaire. Les ingénieurs nains se disputaient au sujet des tunnels effondrés, les capitaines signalaient des pénuries, les maçons réclamaient davantage d'hommes.

J'écoutais, je répondais et j'élaborais des plans. Le message avait été envoyé à Mytvathyr. Nous allions recevoir de l'aide, mais cela prendrait des jours.

Un martèlement de bottes interrompit la discussion. Un garde fit irruption par les portes, à bout de souffle, le casque de travers.

— Votre Majesté, haleta-t-il, nous sommes attaqués !

La salle se figea.

— D'où ? demandai-je, me levant déjà de mon siège.

Les loups-garous et les humains attaquaient-ils depuis le désert, comme je l'avais soupçonné ? Ils agissaient plus tôt que je ne l'avais prévu. Nous aurions besoin de nos mages pour lancer des sorts de feu sur le désert afin de les bloquer.

— De la flotte du prince, sire. Ses soldats ont débarqué des navires. Ils prennent d'assaut le quartier du port.

Un silence s'installa, aussi tranchant qu'une lame.

La fureur me monta à la tête. Le souvenir de son marin, ce matin, me revint à l'esprit. Je lui écraserais le crâne si je le revoyais.

— C'était donc son intention depuis le début, murmurai-je.

Je ne perdis pas de temps. Je fis venir Ritori, l'une de nos mages, une femme élancée vêtue d'une robe bleu foncé.

— Envoie *immédiatement* un message à Mytvathyr. Informe-les que le Royaume du Soleil a trahi notre hospitalité et lancé une attaque.

La mage leva les mains et commença l'incantation.

Je me dirigeai d'un pas décidé vers le balcon qui donnait sur la cour.

— Allez me chercher un faucon pèlerin, ordonnai-je à un garde qui passait par là.

En quelques minutes, un grand faucon bleu-gris se posa sur le brassard en cuir qui protégeait mon bras, ses yeux brillant comme de l'obsidienne polie. J'attachai une lettre scellée à sa patte—une lettre aux mots tranchants comme de l'acier.

— À la reine des vampires, dis-je à voix haute, m'assurant que tous les généraux présents dans la pièce m'entendaient. Informez-la que notre alliance est mise à l'épreuve. Elle enverra *immédiatement* des renforts. Si elle refuse…

Je serrai le nœud autour du parchemin.

— Je dévoilerai sa tentative d'assassinat contre Nathan, ainsi que la fausse attaque qu'elle a mise en scène pour la dissimuler.

L'oiseau de proie cligna des yeux une fois.

— Va, murmurai-je.

Il s'élança dans les airs, ses ailes fendant le ciel.

En contrebas, le bruit lointain de la bataille nous parvint : des cris, le cliquetis du métal, de la fumée qui s'élevait. Après l'attaque initiale que nous avions menée contre la ville pour la conquérir, c'était bien la dernière chose dont nous avions besoin.

Je serrai les mâchoires.

À présent, la mer apportait la guerre. Si seulement j'avais mon armée de mutants ici, mais j'avais besoin d'eux à Mytvathyr. Ils devaient être prêts. La guerre contre les humains et les loups-garous à Mytvathyr serait bien plus importante qu'un affrontement contre les forces du Royaume du Soleil. Je ne pouvais pas me permettre de déplacer mes troupes.

Il n'y avait pas de temps à perdre. Je dégainai mon épée et me précipitai dans les rues, les échos du combat m'attirant vers le port comme une marée. La fumée tourbillonnait entre les maisons de pierre, chargée de l'odeur du goudron brûlé et du sang. La milice naine, ou ce qu'il en restait, et les soldats elfiques affrontaient les soldats du prince sous des bannières qui flottaient encore en paix ce matin-là. À présent, elles brûlaient.

Mon cœur battit à tout rompre, tandis que je dévalai l'avenue en pente. Un groupe de gardes passa en trébuchant, traînant un camarade ensanglanté. L'un d'eux leva les yeux et eut le souffle coupé.

— Votre Majesté, ils ont franchi les portes du bas…

— Je les retiendrai, grognai-je. Reculez vers la ligne supérieure !

Ils obéirent aussitôt.

Je débouchai sur la vaste esplanade de pierre surplombant le port et me figeai. Non seulement le prince était venu ici avec de nombreux navires, mais il avait amené une armée.

Des navires aux lignes épurées étaient alignés le long des quais, déchargeant vague après vague de soldats en armure, leurs boucliers brillant comme de l'obsidienne polie. Des mages de guerre se tenaient sur les ponts, lançant des arcs de foudre sur les défenses. Les murs extérieurs du port étaient fissurés, s'affaissant sous la force des explosions répétées. Nous étions largement en infériorité numérique.

Je levai la main. Un feu noir s'enroula autour de mes doigts, tourbillonnant comme de la fumée et la nuit. La flamme jaillit de ma paume, se transformant en une décharge fulgurante qui consuma une rangée de soldats ennemis. Certains hurlèrent, tandis que d'autres disparurent dans un nuage de cendres.

Mais d'autres se ruèrent vers moi.

Je me jetai dans la mêlée.

L'acier claqua contre l'acier. Mon épée transperça les armures, et lorsque les lames se rapprochèrent trop, je déchaînai des rafales de feu noir qui projetèrent les hommes en arrière. Je devais trouver le prince. J'allais effacer ce sourire suffisant de son visage pour toujours.

Un nain imposant, couvert de sang et brandissant une double hache, apparut à mes côtés—l'un des survivants de l'armée naine.

— Votre Majesté ! Nous sommes à vos côtés !

Nous combattîmes dos à dos et tînmes bon face à cinquante hommes, les corps s'entassant sous nos pieds. Mes flammes noires semèrent la destruction. Mes bras tremblèrent et ma gorge me brûla à force de crier des ordres.

Pendant un instant—le temps d'un battement de cœur—l'espoir vacilla.

Puis un cor retentit depuis la mer.

Je me retournai.

Les canons tirèrent. Des centaines d'autres soldats envahirent les ponts. Mon cœur se serra. Nous ne pouvions pas gagner.

Pas ici. Pas aujourd'hui.

Un éclair frappa le parapet à côté de moi, faisant basculer des nains. Une deuxième déflagration brûla la pierre à mes pieds, me faisant tomber à genoux. La roche était noircie par la magie, et une odeur de poudre à canon flottait dans l'air. Le capitaine nain m'attrapa par le bras.

— Votre Majesté, battez en retraite ! Ils vont nous couper la route !

J'hésitai, puis je me forçai à regarder autour de moi. Des corps, de la fumée, des flammes... mon peuple mourait dans les rues que j'avais juré de protéger.

Je serrai les mâchoires jusqu'à en avoir mal, un mélange de honte et d'échec faisant rage en moi.

— Abandonnez le champ de bataille, murmurai-je.

Le nain me fixa, ne sachant pas trop ce que j'avais dit.

— Sire ?

Je me levai, mon épée ruisselant de braises noircies. « *ABANDONNEZ LE CHAMP DE BATAILLE !* » rugis-je.

L'ordre se propagea comme une onde, et les cornes retentirent. Les guerriers nains et elfiques se désengagèrent, traînant les blessés derrière eux. Je déchaînai un dernier torrent de flammes noires pour nous faire gagner quelques secondes, puis je m'élançai dans l'avenue alors que de nouvelles troupes ennemies affluaient dans la ville basse.

Les pierres craquèrent sous mes bottes et les flèches sifflèrent près de mon visage. J'atteignis la porte supérieure et la claquai avec l'aide de dizaines de soldats, scellant ainsi le port en feu.

L'ennemi martelait les murs inférieurs, son cri de guerre s'élevant comme un raz-de-marée. Je jetai un regard en arrière vers le château qui se dressait au-dessus de nous.

Un siège commençait.

J'essuyai le sang—celui de quelqu'un d'autre—sur ma joue et ordonnai au capitaine elfe à mes côtés :

— Préparez les défenses intérieures. Barricadez toutes les entrées. Cachez les provisions qui nous restent et préparez les tunnels de montagne. Si nous tombons ici, la ville ne doit pas tomber.

L'elfe s'inclina d'un air sombre.

— Oui, Votre Majesté.

Je pris une longue inspiration, sentant le goût de cendre et la légère odeur métallique de ma propre magie noire. Je murmurai pour moi-même :

— Nous tiendrons bon, Mumbur. Je le jure, même si la montagne doit m'engloutir ensuite.

Derrière moi, les tambours de l'armée du prince se mirent à résonner.

Chapitre 29 (Samantha)

Menaces, guerre, mort

J'étais toujours dans ma chambre, allongée dans mon lit avec Viktor. Son odeur masculine m'enivrait. Il s'affairait à parfaire mon plaisir avec ses doigts et sa langue, pris dans une danse langoureuse dont je ne voulais pas me détacher.

On frappa à la porte.

Je n'y prêtai pas attention, trop absorbée par l'instant présent pour m'en soucier.

Mais on frappa à nouveau. Avec insistance. Encore et encore, jusqu'à ce que je ne puisse plus l'ignorer.

— Qui est-ce ? demandai-je depuis le lit, en essayant de contrôler ma voix.

— Un messager, Votre Majesté. C'est urgent, répondit la voix, l'air paniqué.

Je soupirai. Mon moment avec Viktor allait devoir attendre. Il avait un air désolé mais compréhensif.

— Le devoir appelle, plaisanta-t-il.

J'esquissai un demi-sourire en me levant du lit pour m'habiller. J'attendis que Viktor enfile son pantalon avant de répondre. Le messager se tenait derrière la porte, pâle, tremblant, les bottes couvertes de boue. Il s'inclina et me tendit une lettre scellée portant le sceau du roi des elfes.

Je poussai un soupir et brisai le sceau d'un coup de pouce. Je serrai les mâchoires, les doigts blanchissant autour du parchemin tandis que je lisais.

Le message était court : une exigence et une menace, mais surtout, un rappel.

Aide-nous dans cette guerre, comme t'y engage ton serment, ou je dévoilerai la vérité sur la tentative d'exécution de Nathan… et la couverture que tu as tissée avec le sang.

Mon souffle s'échappa dans un sifflement lent et maîtrisé. Des étincelles magiques jaillirent de mes doigts.

— Il ose, murmurai-je. Il *ose* croire qu'il peut me tenir à sa merci avec mes propres secrets ?

Viktor s'approcha, mal à l'aise.

— Que vas-tu faire ?

Je fixai la lumière qui filtrait à travers les hautes fenêtres.

— Ce que je dois faire. Du moins pour l'instant.

Je ne m'agenouillerais pas, mais je ferais semblant.

— Je dois accomplir la prophétie d'Alastor, puis je ferai payer cet enfoiré pour cette insulte. Envoie nos bannières sur les fronts elfiques, ordonnai-je. Assez de soldats pour donner l'impression que nous coopérons. Pas plus. Qu'il croie que je cède.

— Même si tu as juré que nous ne le ferions pas ? demanda Viktor avec prudence.

Mon sourire était mince et venimeux.

— J'ai juré une alliance. Je l'honorerai pour l'instant. Et ensuite, je la briserai.

Mon humeur s'assombrit, et je quittai la pièce en donnant des ordres aux gardes. La nouvelle du départ des troupes se répandit dans la ville comme une traînée de poudre. Et avec elle vinrent les murmures.

Les gens remettaient en question mon jugement alors que les dragons attaquaient. Ils se demandaient pourquoi une reine qui prétendait les protéger avec une relique envoyait leurs fils et leurs filles mourir dans une guerre elfique.

Le doute s'envenima. La colère couvait.

À la tombée de la nuit, des manifestants s'étaient rassemblés sur la place, munis de torches et de banderoles rudimentaires. Je les observai depuis le balcon, le regard froid et impénétrable, tandis que j'écoutai leurs slogans.

— Ces gens oublient qui assure leur sécurité, grommelai-je.

Viktor, à mes côtés, s'agita, mal à l'aise.

— Peut-être ont-ils simplement besoin d'être rassurés…

— Ils ont besoin *d'ordre*, dis-je d'un ton sec.

Il était temps de leur rappeler le prix à payer pour me contester.

— Gardes, suivez-moi, ordonnai-je.

Je m'envolai directement du balcon vers les manifestants, les gardes me suivant. Les manifestants étaient trop remplis de rage pour avoir peur, comme ils auraient dû l'être.

Un vampire à l'air hautain me désigna du doigt et hurla :

— Assez de cette maudite reine !

Je me jetai droit sur lui. La foule s'écarta pour me laisser passer, mais il resta sur place, pensant pouvoir m'intimider avec sa lance. Les gardes formèrent un cercle de sécurité autour de moi. Ma main se referma sur la gorge du vampire, le prenant par surprise grâce à ma vitesse royale.

— Avec toutes les obscénités qui sortent de ta bouche, je pense qu'il est grand temps que tu apprennes ce que ça coûte, sifflai-je.

L'homme tenta de se dégager, mais en vain. J'essayai de lui ouvrir la bouche de force, mais le vampire se débattait trop. Je fis signe aux gardes de venir m'aider. Ils maintinrent le vampire en place, l'empêchant de bouger. À deux mains, je parvins à lui ouvrir la bouche. Je sortis mon couteau et tirai la langue du vampire avec mon autre main. Il tenta désespérément de fermer la bouche.

Je lui murmurai :

— Si tu bouges trop, mon couteau t'arrachera les yeux.

Il se figea à ces mots, des cris de peur s'échappant de sa bouche.

— Quand tu oses parler contre ta reine, au moins, assume les conséquences avec dignité, soufflai-je avec agacement.

Je lui tranchai la langue avec la lame de mon couteau comme s'il s'agissait de beurre. Du sang envahit sa bouche, coulant goulûment le long de son menton jusqu'à ses vêtements tandis qu'il toussait.

Je dis d'une voix forte pour que tout le monde entende :

— Voilà ce que je fais aux bouches sales qui osent parler contre moi.

Les gens étaient indignés et hurlaient, mais rien ne pouvait couvrir les cris d'agonie provenant du vampire qui se débattait dans les mains du garde. La langue se détacha soudainement du vampire, coincée entre mes doigts comme un morceau de viande encore chaude. Je m'éloignai de lui, satisfaite.

— Vous pouvez le lâcher, dis-je au garde.

Le vampire tomba à genoux, du sang jaillissant de sa bouche et éclaboussant le sol. Je brandis la langue sans vie que je tenais dans ma main devant les manifestants, qui étaient horrifiés.

— Que cela vous serve de leçon.

Ils étaient paralysés, trop abasourdis pour bouger. Je dis aux gardes :

— Attrapez-en quelques-uns pour donner l'exemple.

À ces mots, la foule s'enfuit. Je m'envolai vers mon balcon, satisfaite, jetant la langue comme un déchet. Viktor resta sans voix à mon retour.

— Ça leur apprendra, dis-je simplement.

Il déglutit et acquiesça lentement. Viktor me soutenait d'ordinaire. Je devrai lui expliquer les sacrifices qu'implique le pouvoir pour qu'il comprenne.

Le lendemain matin, la place accueillait une foule différente—plus silencieuse, intimidée, et serrée les uns contre les autres tandis que les gardes royaux se tenaient en rangs aux abords, les lances à la main.

Cinq prisonniers étaient agenouillés sur l'estrade de pierre. Certains étaient des agitateurs. D'autres étaient accusés d'avoir répandu des rumeurs. L'un d'eux, un boulanger, avait refusé de payer ses taxes, exigeant que je lui explique où allaient les soldats et pourquoi.

Personne n'osait protester désormais.

Je montai sur l'estrade, vêtue de mon armure sombre pour l'occasion. J'essayai d'être gentille avec eux. J'avais même risqué ma vie pour récupérer une relique, mais il était tout simplement impossible de leur faire plaisir. J'en avais assez d'être gentille. Il était temps de leur rappeler que leur reine était aussi une combattante, quelqu'un avec qui il ne fallait pas plaisanter.

— Pour ceux qui remettent en cause la stabilité, annonçai-je, ma voix résonnant comme une lame à travers la place, il n'y aura aucune pitié.

La peur était la source du véritable pouvoir, le seul moyen de vraiment garder le contrôle. Les exécutions furent rapides, brutales et très, très publiques. À midi, les murmures s'étaient tus. À la tombée de la nuit, la peur tenait la ville dans son emprise comme un poing serré.

Chapitre 30 (Caleb)

La porte des Enfers

La nuit n'avait pas été reposante. J'avais entendu plusieurs fois des bruits provenant de la porte des Enfers. À chaque fois, je m'étais préparé à voir une créature émerger, mais il n'y avait rien. Cependant, il devenait clair que nous n'étions pas seuls. Il y avait quelque chose là-dedans—quelque chose que nous allions rencontrer en nous aventurant à l'intérieur. Pour le bien de tout le monde, j'espérais simplement que nous trouverions un moyen facile de sortir et d'éviter un combat. Paisley n'était pas en état de se battre, et je ne savais pas combien de temps Darryl pourrait tenir au combat. Il ne restait donc que Summer et moi, et nous ne pouvions pas affronter une armée entière à nous deux.

Je me souvins des paroles d'Anne. On leur avait confié la mission de fermer la porte pour empêcher le flot d'orcs d'envahir le monde des vivants. C'était ridicule : ils n'avaient aucune chance d'y parvenir. Je détestais la reine de les avoir envoyés ici, et je regrettais de m'être allié à elle. Je me demandais comment l'ancien moi avait pu accepter de se plier à ses ordres. Mais de qui me moquais-je ? L'ancien moi aurait accepté n'importe quoi tant qu'il y avait de l'or.

Summer se réveilla lentement.

— Tu devrais me faire un câlin au lieu de trop réfléchir, dit-elle.

Je souris.

— Tu as raison, répondis-je en la rejoignant sur le sol froid.

Ce n'était pas le lit le plus confortable, mais à ses côtés, cela n'avait aucune importance. La chaleur de son corps blotti contre le mien apaisa mes inquiétudes.

Je m'étais assoupi un peu quand Darryl et Paisley commencèrent à s'agiter. Malgré l'obscurité du tunnel, j'imaginais que c'était le matin.

— Tu as encore de la lumière ? demanda Paisley à son frère.

Summer et moi pouvions bien voir dans le noir puisque nous étions des vampires et des loups-garous, mais les deux humains ne devaient voir que l'obscurité.

— Non, répondit l'homme tristement.

— Tu te sens mieux ? demanda-t-il à sa sœur.

Summer et moi nous redressâmes, réalisant qu'il nous était impossible de dormir plus longtemps, résignés à nous lever.

Paisley acquiesça.

— Je crois que oui.

Elle prit quelques secondes pour évaluer son état.

— Je ne me suis pas sentie aussi bien depuis des semaines.

— Ça me fait plaisir de l'entendre, répondit l'homme.

Summer arracha quelques-unes des racines qui pendaient.

— On a de quoi allumer ça ? demanda-t-elle.

Darryl lui tendit une pierre taillée et un morceau d'acier. Summer les prit et les frotta l'un contre l'autre d'une main experte, faisant rapidement jaillir des étincelles, puis elle enflamma les racines. Darryl sortit de son sac quelques herbes sèches et les ajouta au feu, créant ainsi une petite flamme qui aidait sa sœur et lui à mieux voir.

— Quel est le programme pour aujourd'hui ? demanda Paisley.

— D'abord, vous devez manger. Tu as encore des rations ? demandai-je à Darryl.

Il ouvrit son sac et fouilla dedans.

— Oui, mais il ne m'en reste plus beaucoup.

— D'accord. Mangez, j'attends, répondis-je.

— Pas question, s'opposa Summer. Tu n'as pas mangé hier soir non plus.

Je secouai la tête.

— C'est plus important que tu manges. Je suis un vampire, j'ai besoin de moins de nourriture que toi.

Ce n'était qu'à moitié vrai, mais j'aurais volontiers accepté de mourir de faim si cela signifiait qu'elle allait bien, mais le regard de Summer en disait long. Elle n'avait pas l'intention de me laisser faire ça.

— Je vais bien, mentis-je.

Elle leva les yeux au ciel.

— N'importe quoi.

Je haussai les épaules, essayant de paraître désinvolte.

— Je n'ai pas faim, vraiment. Mange, c'est tout.

Summer s'approcha jusqu'à ce que son visage ne soit qu'à quelques centimètres du mien, le regard dur. Elle était têtue, et j'adorais ce trait de caractère chez elle.

— Si tu ne manges pas, tu boiras mon sang avant qu'on parte. Je n'accepterai rien d'autre.

J'en avais l'eau à la bouche rien que d'y penser. Elle savait comment me contrôler.

— Je ne peux pas dire non à ça, répondis-je.

Elle sourit, satisfaite. Je restai avec eux pendant qu'ils prenaient leur petit-déjeuner. Mon estomac me reprochait de ne pas manger, mais je ne voulais pas l'admettre. J'attendis patiemment qu'ils aient fini.

Alors que je me levai pour partir, Summer me fit signe. Nous reculâmes de quelques pas pour avoir plus d'intimité.

— Je n'en prendrai pas trop, murmurai-je.

Summer posa sa main sur mon épaule et m'attira vers elle.

— Prends tout ce dont tu as besoin. Je ne voudrais pas qu'il t'arrive quoi que ce soit. Je t'aime.

Ses mots me ravirent. Je l'ai embrassée avidement, me perdant dans l'instant.

— Je t'aime aussi, répondis-je.

Elle me serra dans ses bras. Ce faisant, elle pencha la tête sur le côté et repoussa ses magnifiques cheveux noirs de son cou, dévoilant sa peau séduisante. Tellement irrésistible. Mes canines s'étaient déjà allongées, avides d'elle.

Elle gémit lorsque je la mordis, ses ongles s'enfonçant dans la peau de mon bras. Mes sens s'aiguisèrent, et un besoin primitif s'empara de moi. Je la dévorai goulûment, gorgée après gorgée. Elle était *mienne*. Je ne laisserais rien s'interposer entre nous. Elle me comblait d'une manière que je ne saurais décrire, apaisant ma soif et ma faim, amplifiant ma force et mes pouvoirs, et me faisant tomber sous son charme et en amour encore davantage. Ma soif de sang s'apaisa à mesure que la faim s'estompa. Je réalisai soudain que je n'avais pas prêté attention à la quantité que j'avais bue. Je m'empressai de retirer mes crocs du cou de Summer, laissant ma langue s'attarder pour soigner la morsure. Elle s'accrochait toujours fermement à moi, haletante.

— Ça va ? demandai-je, inquiet d'avoir peut-être bu trop.

Ses yeux se posèrent sur moi, lourds de désir. Son souffle était chaud sur ma peau lorsqu'elle murmura :

— Oui.

Comme j'aurais aimé pouvoir la prendre là, tout de suite.

— Est-ce que j'en ai pris trop ?

Je ressentis le besoin de demander, même si je sentais que sa louve allait bien. Elle se rapprocha et m'embrassa dans le cou, me donnant des frissons dans le dos.

— Non, mais j'aimerais qu'on soit seuls en ce moment pour que je puisse te faire tout ce que j'ai envie de te faire.

Son cœur battait à toute vitesse. Elle taquina ma peau, y passant ses doigts, et je retins mon souffle. Je voulais juste être son esclave, mais nous étions piégés dans ce maudit tunnel, alors je la serrai fort contre moi.

— Je te promets que quand tout ça sera fini, je serai à toi autant de fois que tu le voudras.

Elle acquiesça en se mordillant la lèvre inférieure.

— Je sais. C'est dommage qu'on ne puisse pas le faire tout de suite.

Nous rejoignîmes Darryl et sa sœur, conscients que nous n'avions qu'une seule issue et que nous ne pouvions pas perdre davantage de temps. Nous devions sortir d'ici avant demain ; sinon, nous serions à court de rations.

Nous pénétrâmes prudemment dans l'étrange ouverture. Je passai en premier, et les autres me suivirent, se tenant par la main pour savoir où aller car il faisait nuit noire. Si quelque chose venait à nous attaquer, je serais le plus fort pour le repousser. Le tunnel s'étendait à l'infini, humide, sombre et résonnant. À mesure que nous avançâmes, les parois changèrent, devenant sculptées dans un minerai rouge terne, et une lumière illumina l'espace, venant de plus loin. Au moins, Darryl et Paisley pouvaient voir. Des gouttes d'eau sombre s'accumulaient au plafond et tombaient au rythme lent des stalagmites naissantes. Un petit lézard passa en courant et se cacha dans une crevasse. L'odeur était un mélange épais de soufre, de métal et de pourriture, comme des fleurs laissées trop longtemps dans une pièce fermée. Il fit de plus en plus chaud à chaque pas.

Nous arrivâmes à un croisement où deux chemins se séparaient. L'espoir m'envahit lorsque je perçus la faible odeur d'air frais provenant du tunnel de droite. Trop faible pour que les humains la détectent, mais je n'eus aucun mal à la capter. Une issue qui nous attendait juste à notre portée. À gauche, un grondement sourd fit trembler le sol, suivi d'un cri lointain et inhumain. La lumière provenait du tunnel de gauche.

— La sortie est juste là, dis-je en pointant vers la droite.

— Je sais, mon loup l'a senti aussi, répondit Summer, un large sourire illuminant son visage.

Les autres acquiescèrent.

— C'est génial, on peut sortir d'ici ! s'exclama Paisley, ravie.

Darryl hésita, partagé. Il soupira.

— Je n'ai pas vraiment envie de le faire, mais on devrait vérifier l'autre tunnel.

Les autres avaient l'air abasourdis, mais j'acquiesçai.

— Je suis d'accord. Nous sommes arrivés jusqu'ici, et je doute qu'Anne et les soldats puissent parcourir tout ce chemin sans se faire massacrer. Nous devrions voir si nous pouvons fermer la porte des Enfers.

Ils hésitèrent, mais finalement, Paisley acquiesça. Elle suivrait son frère n'importe où, même si elle était effrayée.

— On peut toujours faire demi-tour et s'échapper par l'autre tunnel si c'est trop dangereux, ajoutai-je pour la rassurer.

C'était la meilleure solution.

Nous sursautâmes lorsqu'un autre grognement retentit plus loin. Je serrai les poings et pris la tête, et les autres me suivirent. Nous nous approchâmes suffisamment pour apercevoir une vaste salle. J'en eus le souffle coupé.

Une arche colossale de magie noire scintillait, ses contours soulignés par une ligne de magie blanche qui brillait dans l'obscurité. Sa surface tourbillonnait d'ombres et de feu. À travers elle, j'aperçus les eaux du Styx, des paysages désolés et enflammés, et une armée de démons. Tout autour du portail, de ce côté-ci, l'ennemi se rassemblait : des centaines d'orcs armés pour la guerre, des démons inférieurs recroquevillés sur leurs membres griffus, et des harpies accrochées au plafond comme des oiseaux grotesques.

À ce rythme, c'était un miracle que seuls des orcs sévissent sur Krelgraz. On aurait dit qu'ils se préparaient à conquérir le monde.

Summer murmura :

— Ils sont trop nombreux. On n'y arrivera jamais.

Le visage de Darryl était devenu livide.

— C'est encore pire que ce que je craignais. Si on la laisse ouverte, ils vont se déverser sur le monde.

— Et s'ils trouvaient un autre chemin dans le monde des vivants ? demanda Paisley.

Darryl secoua la tête.

— La carte indiquait qu'il ne restait qu'une seule porte des Enfers ouverte.

Je serrai les mâchoires. Il avait raison. Ce n'était qu'une question de temps avant que l'armée n'attaque. À en juger par leur nombre, ils ne se contenteraient pas de prendre une seule ville. Nous étions au bord d'une guerre mondiale.

Je me tournai vers Darryl.

— Tu as participé à toutes les discussions avec le bataillon. Sais-tu comment la fermer ?

— Il y a une incantation… un rituel de scellement. On nous l'a tous enseigné pour que quiconque atteigne la porte puisse la fermer. Ça prendra plusieurs minutes.

La voix de Darryl trembla tandis qu'il fixait ses mains.

— Ça ne nécessite pas de mana, car ça fait appel aux dieux pour fermer la porte. Je peux le faire, mais j'aurai besoin de protection.

Je reportai mon regard sur la horde, la porte tourbillonnante et la marée d'ombres qui s'amassait, puis je regardai Summer. Elle était mon avenir, mon tout. Ses yeux couleur chocolat croisèrent les miens, et à cet instant, tout fut dit sans mots.

Je devais la protéger, quoi qu'il arrive.

— Je vais les retenir, dis-je.

— Caleb, non…, commença-t-elle.

Je sentis son inquiétude à travers notre lien.

— Quelqu'un doit le faire.

Ma voix s'adoucit, ma main effleura sa joue.

— Assure-toi qu'il termine ce sort. N'arrête pas. Quoi qu'il arrive.

Les yeux de Summer brillèrent de larmes.

— S'il te plaît…

J'esquissai un sourire.

— Je suis plus difficile à tuer que je n'en ai l'air.

Darryl s'agenouilla au bord de l'abîme et se mit à psalmodier. Je descendis la pente en direction de la porte, rassemblant toute ma force et ma magie—tout ce que j'avais. Je chassai les doutes de mon esprit, ne laissant place qu'à la rage et à la conviction. Tout se jouait à cet instant. Pour le monde, pour ma compagne, pour notre avenir. Je ne pouvais pas me permettre de perdre. L'air ondula autour de mon corps. Ils ne m'avaient même pas remarqué quand je les avais rejoints. Je frappai le premier, mon épée fendant les rangs avant des orcs dans une explosion de puissance.

La caverne fut plongée dans le chaos.

Les démons hurlèrent, et les harpies plongèrent d'en haut, les serres tendues. J'étais partout, ma lame étincelant, ma puissance flamboyante. La salle devint un brasier de magie alimenté par les ennemis et le sang des morts. Ils étaient innombrables. Pour chacun que je tuais, deux autres prenaient sa place.

Depuis sa cachette, je sentis le regard de Summers posé sur moi. Grâce à notre lien, je sentis ses nerfs hurler. Elle voulait courir vers moi, se frayer un chemin à travers eux, mais elle devait protéger Darryl. Je n'entendais pas sa voix d'où je me trouvais, mais je pouvais voir les effets de son incantation. La porte hurlait, la lumière et l'ombre se tordant violemment tandis qu'il parlait. Certaines créatures cherchèrent la source de la menace qui pesait sur leur précieuse porte. Je les tuai immédiatement, essayant de cacher Darryl et les autres aussi longtemps que possible.

Puis, soudain, le vent tourna.

Une douzaine de démons chantèrent à l'unisson, les yeux brûlants de violet. Le sol sous mes pieds se fissura, et des chaînes de feu noir jaillirent vers le haut, s'enroulant autour de mes bras et de mes jambes trop vite pour que je puisse réagir. Je fus cloué à genoux, les bras levés vers le plafond. Je rugis en tirant, mais la magie tenait bon.

— Non ! hurla Summer, sa voix faible au milieu de cette folie.

Une poignée d'orcs entendit son cri et se dirigea vers elle. Je jurai. Je ne pouvais pas les tuer. J'étais piégé, impuissant, mais j'avais foi en ma compagne. Elle pourrait les tenir à distance tant qu'ils seraient peu nombreux.

Je tirai de toutes mes forces sur les chaînes, mais je ne parvins pas à me libérer. Je canalisai la magie qui était en moi, mais cela ne servit à rien. J'étais prisonnier des démons, encerclé par les lames des orcs, les griffes des démons et les serres des harpies. Ils me fouettèrent, me poignardèrent, me lacérèrent, se réjouissant à la vue de mon sang qui coulait. Je serrai les dents, endurant la douleur tandis qu'ils frappaient et poignardaient, encore et encore. Combien de coups de couteau avais-je endurés ? J'avais perdu le compte. Une centaine, peut-être plus… Mes oreilles étaient remplies du bruit de l'acier s'enfonçant dans ma propre chair, résonnant dans le tunnel, mêlé aux cris de joie des créatures. Mon corps était secoué de convulsions à chaque coup, et le sang coulait sur le sol en rivières sombres. La douleur était si intense que je perdis toute sensation, oscillant entre la conscience et la mort. Quelle doucc récompense il semblait de mourir à cet instant.

« Caleb ! » La voix de Summer résonna dans ma tête. Je l'aperçus au loin, à peine capable de lever la tête, à travers les corps des créatures qui tourbillonnaient autour de moi. Les corps des orcs gisaient à ses pieds. *Elle les avait tués. Bien,* pensai-je. Je la vis courir vers moi, mais le sol trembla. La porte aspirait le vent et la poussière. Bien que je ne puisse l'entendre, je savais, grâce à notre lien, que le chant de Darryl devenait plus fort, plus rapide, désespéré.

Ma vision se brouilla. La douleur devint feu, le feu devint néant. Mes forces m'abandonnèrent. La magie du dragon en moi vacilla, puis s'embrasa. Un son s'échappa de ma gorge—pas celui d'un vampire, mais quelque chose de plus ancien, quelque chose qui avait dormi sous les montagnes et les tempêtes. Mes chaînes se brisèrent alors que des ailes d'ombre prenaient forme. Mes blessures saignaient encore, mais le feu en moi refusait de s'éteindre. Le sang du dragon ne me laisserait pas mourir.

La porte commença à s'effondrer.

Une force semblable à un ouragan déchira la salle. Les orcs hurlèrent tandis qu'ils étaient entraînés dans le vortex, leurs corps se tordant en ombres. Les harpies griffèrent l'air avant d'être déchiquetées. Même les démons hurlèrent tandis que leurs formes se dissolvaient en fumée et en cendres.

Et puis ce fut fini.

Le silence s'installa, rompu seulement par le doux crépitement d'un feu mourant. La porte avait disparu, scellée par la dernière parole de Darryl.

Les chaînes disparurent. Je m'effondrai au sol et fermai les yeux. Notre devoir était accompli. Pour une fois dans ma vie, j'avais agi pour le bien commun plutôt que pour moi-même. C'était étrange de ressentir cela. Je me sentais… fier.

J'entendis des pas courir vers moi. Sans même regarder, je savais que c'était elle. Je voulais me relever, la regarder, lui dire que j'allais bien, mais je ne pouvais pas. Derrière elle, j'entendis d'autres pas.

Une odeur de jasmin flotta dans l'air lorsqu'elle s'agenouilla à mes côtés.

— Le sang. Il y en a tellement… Caleb…

Sa voix tremblait tandis qu'elle parlait avec urgence. Elle me retourna, les mains tremblantes. J'ouvris les yeux. J'étais heureux de la voir. Elle était si belle, si merveilleuse, et en sécurité. Ma compagne. Mon amour.

— Tu es si pâle, remarqua-t-elle.

Je souris faiblement.

— Je te l'avais dit… Je suis difficile à tuer.

Des larmes coulèrent sur son visage tandis qu'elle pressait son front contre le mien.

— Ne t'avise pas de mourir.

Je posai une main tremblante sur sa joue, mon contact à peine perceptible.

— Pas tant que tu as encore besoin de moi.

— Tu as besoin de sang, dit-elle aussitôt.

Je secouai la tête.

— Non, j'ai déjà bu ton sang aujourd'hui.

— Je ne te laisserai pas mourir, hors de question ! s'écria-t-elle, ses derniers mots se terminant par un rugissement de sa louve.

Mais je ne boirais pas de son sang, et elle le savait. Cela mettrait sa vie en danger. Une perte de sang était dangereuse. Elle se retourna, désemparée.

— Bois le mien, dit Darryl, qui nous avait rejoints. C'est le moins que je puisse faire pour te remercier de ce que tu as fait.

Avant que je puisse dire quoi que ce soit, Summer attrapa l'avant-bras de Darryl et le porta à ma bouche. Je ne pouvais ni m'y opposer ni dire quoi que ce soit. Mes dents s'allongèrent alors que mon instinct de survie prit le dessus. C'était comme si on me donnait du sang à la cuillère. Je plantai mes dents dans le bras de l'homme, et il poussa un cri étouffé.

Son sang avait le goût d'échinacée mêlée de menthe. Ses pensées se connectèrent aux miennes, et je compris le feu qui brûlait en lui. Ses secrets les plus profonds me furent révélés. L'abandon de son père, la vie de misère qu'il avait menée, sa haine pour Samantha, sa foi en Nathan pour rétablir l'ordre, et son soulagement d'avoir retrouvé sa sœur. Alors que je buvais son sang, je fus surpris par un sentiment étrange auquel je ne m'attendais pas : l'amitié. Le fait que je sois un vampire, que mon passé soit sombre, n'avait aucune importance pour lui. Il m'acceptait tel que j'étais. Je n'étais pas habitué à cela. J'étais un assassin, depuis aussi longtemps que je me souvienne. Les assassins n'avaient pas d'amis.

Je retirai mes crocs du bras de l'homme, ne voulant pas en prendre davantage. Je pouvais déjà sentir les effets du sang sur moi ; mes pouvoirs de régénération étaient amplifiés, et mes blessures commençaient déjà à cicatriser.

Perdu dans mes pensées et celles de Darryl, qui persistaient encore, je pris une décision : faire tout ce qui était en mon pouvoir pour l'aider à rétablir Nathan sur le trône et à s'opposer à la reine. Cet homme avait tellement confiance en lui.

— Merci, dis-je simplement.

Je restai allongé là un moment, reprenant des forces, mais je savais que nous ne pouvions pas rester là trop longtemps. Il ne nous restait presque plus de rations de nourriture. Il fallait partir. Summer m'aida lentement à me relever, les larmes coulant sur ses joues, un large sourire sur son visage. Ça faisait mal, mais je surmontai la douleur.

— Je ne t'abandonnerai jamais, lui dis-je en l'embrassant, heureux d'être en vie à ses côtés.

J'étais le vampire le plus chanceux du monde. C'était, d'une certaine manière, une renaissance pour moi. Le début d'une seconde vie, enterrant mon passé d'assassin.

Nous levâmes les yeux vers le tunnel au-dessus de nous, sachant que la sortie nous attendait. Je passai mon bras autour de la taille de Summer.

— Allez, sortons d'ici, dis-je.

Nous nous mîmes en route vers notre liberté.

Chapitre 31 (Erendriel)

Nous ne tomberons pas

Nous avions résisté au siège du prince pendant une journée, mais il devenait de plus en plus évident que nous ne gagnerions pas. La ville était encore meurtrie par ma conquête, les soldats étaient épuisés et nos provisions étaient maigres. Je m'en voulais de ne pas avoir été plus méfiant envers le Royaume du Soleil. Le sommeil me fuyait. J'avais passé la nuit à me demander s'il y avait eu des signes que j'avais manqués, si j'avais pu agir différemment. Du coup, j'avais les yeux secs et j'avais du mal à lire la carte devant moi. La seule chose qui me tenait éveillé, c'était l'adrénaline et le stress.

Ma main trembla tandis que je portai la tasse de thé à ma bouche. Mes généraux énumérèrent les provisions dont nous disposions. Nous pouvions tenir au mieux une semaine—voilà pour résister à l'envahisseur. C'était une cause perdue. Pourtant, je cherchais obstinément une issue. Il devait y en avoir une.

Une mage fit irruption dans la salle du conseil, la porte claquant bruyamment derrière elle, me faisant sursauter. Je jurai en renversant du thé brûlant sur moi, qui brûla à travers le tissu de mon pantalon. Je posai ma tasse, le regard tourné vers la mage devant moi, qui semblait comprendre ce qui venait de se passer.

Son visage était pâle, et elle tenait un parchemin à la main. Cela devait être urgent pour qu'elle fasse irruption dans la pièce de cette manière. J'espérais que ce soit une bonne nouvelle, même si je savais au fond de moi qu'une bonne nouvelle n'arrivait pas sur un parchemin tenu par une mage paniquée.

— Un message de Mytvathyr, Votre Majesté. Il est arrivé par faucon.

Mon estomac se noua. Je brisai le sceau. Les mots à l'intérieur étaient tranchants comme des lames :

« Des humains et des loups-garous ont été aperçus au sud de la ville. Et des dragons. Ils avancent en grand nombre. La guerre commence. Nous ne pouvons pas envoyer de renforts à Mumbur. »

Je fermai les yeux. Un soupir m'échappa—mi-chagrin, mi-fureur. Je savais que cette guerre allait arriver, mais c'était le pire moment possible. Était-ce l'œuvre de la prophétie ?

Je me souvins des mots : *« Quand le feu pleuvra du ciel, et que le soleil embrassera les plus purs. »*

Si le soleil représentait le Royaume du Soleil, alors qui était le plus pur ? Je secouai la tête. Cela n'avait plus d'importance désormais.

Même si je voulais me battre sur les deux fronts, je devais accepter le fait que Mumbur était déjà tombée. Vu l'état dans lequel se trouvait la ville, il était inutile de persévérer. Mytvathyr était bien plus importante et en meilleur état. C'était ma maison, mon royaume. Je mourrais pour la défendre s'il le fallait. Je levai les yeux vers les généraux rassemblés autour de moi.

— Nous partons, dis-je. Tout de suite. Mumbur est perdue.

Des chuchottements. Quelques jurons. Un elfe frappa du poing sur la table, la barbe tremblante de rage.

— Mais…

— Nous ne pouvons pas mourir ici, l'interrompis-je d'une voix de fer. Pas alors que le monde change sous nos pieds. Nous nous regroupons à Mytvathyr et nous nous préparons à la guerre.

Personne ne contesta.

Les ordres fusèrent et les cornes retentirent. Ce qui restait des défenseurs de Mumbur rassemblèrent ce qu'ils pouvaient : des armes, des enfants et des camarades blessés transportés sur des civières de fortune. Certains nains nous suivirent, tandis que d'autres restèrent sur place. C'était leur maison, après tout. À ce stade, peu m'importait qu'ils meurent en le défendant ou qu'ils se rendent à l'ennemi. La fumée s'élevait encore de la ville basse alors que nous évacuions par les tunnels dans la montagne.

Je ne m'arrêtai qu'une seule fois, me retournant pour regarder l'ancienne forteresse naine. Le port où j'avais combattu, les murs pour lesquels j'avais versé mon sang, étaient désormais engloutis par l'envahisseur. La flamme orange sur leurs armures et leurs bannières se moquait de moi, gâchant la vue.

— Je reviendrai, murmurai-je.

La route de la fuite était sûre, plus sûre que de tenter de traverser le désert. Il était impossible de savoir si des ennemis nous attendaient dans les dunes de sable. Les tunnels dans la montagne nous permettraient d'éviter les troupes ennemies, car c'était un chemin connu uniquement des nains, creusé dans les temps anciens.

— Combien de jours avant d'atteindre Mytvathyr ? demandai-je.

L'un des soldats nains compta.

— Trois ou quatre jours, Votre Majesté.

Alors que la guerre était à nos portes, ce n'était pas bon signe.

— Je dois y arriver plus vite, aboyai-je.

Ritori s'approcha, les mains tremblantes, serrant un éclat de cristal qui pulsait faiblement de lumière.

— C'est le dernier sort de téléportation dont je dispose, Votre Majesté. Il ne vous transportera que vous.

J'acquiesçai d'un signe de tête. C'était nécessaire.

— Vas-y.

La mage traça une rune avec l'éclat de cristal autour de moi. Le cercle runique s'embrasa sous mes pieds—blanc, puis bleu, puis violet. Un sifflement aigu, comme le vent soufflant à travers du verre brisé, emplit l'air. Puis le monde se brisa et se reforma.

Je titubai lorsque mes bottes touchèrent le marbre sculpté. L'odeur familière des forêts de Mytvathyr flottait à travers les arcades ouvertes : le pin, la terre, une douce fragrance provenant de la vigne lunaire en fleur.

J'étais chez moi, au palais.

Un rugissement résonna depuis les terrains d'entraînement. Ni elfe, ni tout à fait bestial. Je m'avançai sur le balcon surplombant la vallée en contrebas de la cité elfique.

Mon armée de mutants m'y attendait—difformes, puissants, loyaux. Nés de la magie des runes, façonnés pour la guerre.

Certains arboraient des écailles comme de la pierre, tandis que d'autres faisaient preuve d'une force surnaturelle, les ailes repliées, les griffes étincelantes. Un hybride massif s'agenouilla à mon arrivée, inclinant sa tête cornue.

— Mon roi, grogna-t-il.

Ma poitrine se serra de fierté.

Nous étions plus forts que jamais—plus forts qu'à mon départ. Et chacun d'entre eux attendait mes ordres.

Jules se tenait à l'écart, observant l'armée, un parchemin à la main pour prendre des notes. Il se précipita vers moi dès qu'il m'aperçut.

— Vous êtes de retour, dit-il, essoufflé.

Mes lèvres s'incurvèrent en un sourire.

— Tu as bien fait, le félicitai-je.

De la crête sud s'élevait de la fumée, formant de minces traînées sombres, telles des doigts griffant le ciel. L'ennemi approchait déjà. Des humains et des loups-garous, tandis que des dragons noircissaient le ciel comme une tempête menaçante. Quelle que fût l'alliance forgée dans le sud, elle marchait vers Mytvathyr avec avidité.

Mais cette fois, nous ne serions pas pris au dépourvu. Ils n'étaient pas les seuls à disposer de créatures ailées. Avec mes mutants, nous l'emporterions. Même les dragons ne me faisaient pas peur.

Je me tins debout, le dos droit, le feu noir s'enroulant autour de mes doigts comme des serpents impatients.

— Qu'ils viennent, dis-je à Jules.

Mes mutants rugirent en réponse, si fort que les arbres eux-mêmes tremblèrent. Un sourire se dessina sur mes lèvres, vif et confiant.

— C'est ici, murmurai-je au vent, que nous tiendrons bon. Et cette fois, nous ne tomberons pas.

Chapitre 32 (Samantha)

Une alliée inattendue

Même après les exécutions, la ville refusait de se calmer. Des murmures se glissaient dans les tavernes et autour des étals du marché. Des lanternes éclairaient les rues nocturnes, non pas pour faire la fête, mais par vigilance.

La faible lueur de la relique ne rassurait personne—on en parlait avec suspicion, peur, voire ressentiment. J'avais même entendu deux de mes servantes dire : *« Les dragons ont peut-être disparu à nouveau, mais la tyrannie de la reine est un danger en soi. »* J'ai tué de mes propres mains celle qui avait parlé, sous les yeux de l'autre. La deuxième femme n'osa plus rien dire après cela.

À plusieurs reprises, les gardes avaient arraché des agitateurs de la foule. Certains m'accusaient ouvertement de vendre l'avenir du royaume aux guerres elfiques, et d'autres prétendaient que la relique était maudite. Certains osaient même murmurer que je n'étais plus la femme que j'avais été.

Je sentais la tension monter comme un ressort qui se tend.

Il me manquait toujours les deux essences nécessaires pour accomplir la prophétie d'Alastor : celle des humains et celle des loups-garous. Sans elles, la prophétie restait incomplète, et mon emprise sur le royaume restait fragile. Les orcs lançaient toujours attaque après attaque sur les murs de la ville. J'étais furieuse contre eux, et contre le bataillon que j'avais envoyé. Ils auraient déjà dû régler ce problème. Des villages entiers fuyaient vers les portes de la capitale ; les rues étaient bondées de réfugiés, effrayés, furieux, désespérés.

Mes soldats luttaient pour maintenir la paix. Mon règne vacillait sous le poids d'une succession de crises.

Et pendant tout ce temps, je sentais Alastor s'agiter en moi, me poussant à agir sans tarder, m'exigeant d'achever ce que j'avais commencé.

Si j'échouais… l'ascension d'Alastor s'effondrerait. Et moi avec elle.

La nuit était sans lune, les étoiles englouties par une obscurité dense et surnaturelle. Les torches du palais vacillèrent comme si elles étouffaient. J'étais assise seule dans ma salle de guerre, les yeux rivés sur les cartes éparpillées sur la table. Les raids des orcs étaient marqués en rouge, et les rébellions en noir.

La bougie à côté de moi s'éteignit, et un vent froid effleura ma nuque. On frappa à la porte.

— Entrez, dis-je.

Mon animal de compagnie entra ; son odeur humaine ne suscita aucun désir en moi, tant j'étais préoccupée. Nous n'avions toujours pas retrouvé Lysandre, mais vu l'état actuel de la ville, je ne ferais confiance à personne pour prendre sa place. Il y avait suffisamment de gens qui voulaient ma mort ; il était hors de question que je laisse l'un d'entre eux entrer dans mon cercle restreint.

— Une visiteuse souhaite vous voir, Votre Majesté, dit-il.

À cette heure-ci ? C'était plutôt inhabituel. Je fronçai les sourcils.

— Qui ?

Il hésita.

— Elle a demandé à vous parler directement sans révéler son nom. Elle ne ressemble à rien de ce que j'ai jamais vu auparavant, comme si elle était faite de…

Il réfléchit un instant avant de terminer sa phrase.

— Faite d'argile. Elle a aussi des ailes.

Je fus stupéfaite par la description qu'il fit de ma visiteuse.

— Des ailes, dis-tu ? Cela ressemble certainement à quelqu'un que j'aimerais rencontrer. Tu as bien fait, Jason.

L'homme sourit à mes éloges.

— Conduis-la à la salle du trône. Je la rencontrerai là-bas, dis-je.

Viktor était en ville, essayant d'entendre les nouvelles rumeurs afin que nous puissions y répondre.

Jason s'inclina et s'éloigna tandis que je me dirigeai vers la salle du trône. Elle m'attendait déjà à mon arrivée, debout dans un coin sombre de la pièce. Elle était exactement comme Jason l'avait décrite. Sa présence me mettait mal à l'aise pour des raisons que je ne comprenais pas. Elle ne s'agenouilla pas et ne bougea pas lorsque je m'assis, mais je sentais son lent battement de cœur grâce à mes sens de vampire. Il était plus lent que celui de n'importe quel être vivant que je connaissais. Elle était incroyablement belle, mais elle était froide, au sens figuré comme au sens propre. J'envisageai de lui demander de s'incliner et de respecter mon titre, mais décidai de ne pas le faire. Je préférais savoir ce qu'elle était.

— Vous avez l'air fatiguée, ma reine, murmura-t-elle d'une voix douce, veloutée et glaciale.

Ses mots sonnaient comme un avertissement, et je me levai brusquement, la main sur ma dague.

— Avance vers la lumière.

La femme s'avança. Elle était meurtrie et couverte de bleus, mais elle gardait néanmoins la tête haute. Ses ailes frémissaient dans la lumière, ses yeux brillaient d'une force incroyable.

Un petit sourire se dessina sur ses lèvres.

— J'ai attendu longtemps pour vous rencontrer, dit-elle.

Je me raidis, ne sachant pas qui elle était ni ce qu'elle pouvait bien vouloir de moi.

— Pourquoi ?

La femme baissa la tête, traînant quelque chose derrière elle. Je réalisai qu'il s'agissait d'un être humain inconscient, ligoté par des cordes. J'étais tellement concentrée sur elle que je n'avais même pas remarqué ni entendu le battement du cœur de cet homme.

— Nous partageons un objectif commun, Votre Majesté. Je souhaite simplement vous aider.

Son sourire était malicieux, et je ne l'aimais pas.

— Quel objectif ?

Son sourire s'élargit encore davantage, à tel point que je me demandai comment cela était physiquement possible. Cela lui donnait un air fou et diabolique, et cela me fit dresser les poils de la nuque. Je serrai encore plus fort le manche de ma dague.

— Les raids des orcs. La rébellion. Un royaume qui vous échappe, et pourtant, il vous manque ce dont vous avez le plus besoin : l'essence humaine pour la prophétie d'Alastor.

Mon cœur se mis à battre plus fort, le soupçon et l'envie s'entremêlant. C'était trop beau, trop soudain. Ça n'avait aucun sens. Il s'agissait sûrement d'un piège. Pourtant, je ne pouvais pas laisser passer la moindre chance que ce soit vrai.

— Êtes-vous une Miłonblooder ? demandai-je.

— Oh, mon enfant, ronronna la femme. Je connaissais Alastor bien avant que tu ne saches marcher. Ses visions murmurent encore à travers le vide. Et je suis venue t'aider à achever son œuvre.

Je la fixai, le souffle coupé. Elle connaissait Alastor. Qu'est-ce que cela faisait d'elle ? Elle tira l'humain vers elle.

— Qui ou quoi êtes-vous ? demandai-je en fronçant les sourcils.

La femme s'inclina légèrement.

— Je suis la déesse Aeris. Voici le cadeau que je t'offre, répondit-elle.

Je ne pus retenir le cri de surprise qui m'échappa à ces mots. Je parlais à une déesse. Cela dépassait tout ce que j'avais connu jusqu'alors. Bien sûr, Alastor m'avait parlé lorsque je priais, mais je n'avais jamais vu une divinité en chair et en os. Je tendis la main vers l'humain, hésitante mais avide. Je le voulais, j'avais *besoin* de lui. Je devais accomplir la prophétie d'Alastor.

— Pourquoi ? demandai-je. Que veux-tu en échange ?

L'expression d'Aeris s'adoucit, prenant un air presque affectueux et infiniment dangereux.

— Me tenir aux côtés de la reine qui va remodeler le monde, murmura-t-elle. Te guider. Te regarder monter au pouvoir.

— Et le prix à payer ? insistai-je.

Rien n'était gratuit dans ce monde.

Aeris se pencha vers moi, son souffle frais comme la givre.

— Quand Caleb viendra, écrase-le comme l'insecte qu'il est.

Ce vampire incompétent que j'avais engagé pour tuer Nathan, et qui avait échoué. Je prendrais plaisir à mettre fin à sa vie. Il ne poserait aucun problème.

J'avalai ma salive avec difficulté—la peur, l'excitation et la prophétie rugissant dans mon sang. Avec l'essence humaine, tout ce dont j'aurais besoin pour accomplir la prophétie d'Alastor serait l'essence de loup-garou. Il serait content de moi. Je serais enfin capable de le ressusciter et d'être le réceptacle que j'étais destinée à être.

Chapitre 33 (Nathan)

L'assaut sur Mytvathyr

Nous marchâmes en silence à travers la forêt, l'adrénaline me parcourant. Les dragons volaient au-dessus de nous, suivant leur reine. J'avais encore du mal à réaliser pleinement que ces bêtes majestueuses faisaient partie de notre armée. Cela semblait irréel, comme si j'étais dans un rêve. J'écartai une branche de sapin et enjambai un tronc d'arbre tombé. La nuit était calme, et les insectes chantaient, inconscients de la gravité de notre objectif. Je pris une profonde inspiration, savourant la lumière argentée de la lune sur ma peau. Je savais que le soleil allait bientôt se lever, et qu'avec lui viendrait le chaos.

Les généraux d'Akael rapportèrent que l'attaque contre Mumbur avait commencé dans l'après-midi et avait été un immense succès. Il semblait que la ville fût pratiquement sans défense, n'opposant que peu ou pas de résistance. Grâce aux ressources stockées à bord des navires, ils pourraient tenir pendant des semaines. Grâce à cette diversion, Erendriel devrait être désorganisé. Cela devrait nous donner l'avantage lors de l'assaut contre Mytvathyr.

Nos forces étaient impressionnantes. Nous avions croisé les humains et les loups-garous en chemin. J'étais heureux de voir que Brooke, de meute des Luscious Woods, s'était rétablie et se tenait fièrement aux côtés de son Alpha. Ils avaient rejoint Étienne et sa meute, ainsi que des dizaines d'autres meutes venues de partout. L'armée humaine de St.-Selena était également avec eux. Leurs armures avaient été renforcées pour contrer les sorts, brillant d'une faible lueur bleue facilement reconnaissable.

Au total, nos trois armées comptaient plusieurs milliers de soldats. Je n'aurais jamais pu espérer en avoir autant à notre disposition.

Mon loup s'agita à mesure que nous nous approchions. Enfin, nous nous dirigions vers la cité elfique. Enfin, j'allais retrouver la femme de ma vie.

Tiens bon, pensai-je, en espérant qu'elle puisse m'entendre. Je glissai ma main dans ma poche, trouvai la mèche de cheveux et la touchai sans m'en rendre compte. Ne pas pouvoir lui parler ni savoir comment elle allait me rendait fou. Si notre lien avait été scellé, cela aurait été bien plus facile. Je l'aurais déjà dans mes bras. Quand je la retrouverais, je la marquerais et ferais d'elle mienne, pour que cela ne se reproduise plus jamais.

Les événements de la veille me revinrent à l'esprit. Élaine m'avait semblé si froide lors de notre première rencontre. J'étais meurtri et battu, impuissant, et asservi par les dragons. Je m'attendais à ce qu'elle annonce ma mort à son retour. J'étais prêt à me jeter sur elle même si je savais que les dragons me mettraient en pièces avec leurs serres.

J'étais cependant reconnaissant d'avoir trouvé en elle une alliée. En tant que maîtresse des dragons, aux côtés du prince, elle serait une alliée puissante. Sa cause était noble, et je pouvais sentir la pureté en elle. Quant à Akael, il était le feu, cela ne faisait aucun doute. Ensemble, ils régneraient sur les dragons et les elfes, et libéreraient les nains. C'était la bonne chose à faire.

— Comment communiques-tu avec eux ? demandai-je tandis que nous marchions.

— Je ne sais pas trop comment l'expliquer. Ça se fait tout naturellement.

J'acquiesçai.

— C'est exactement comme ça que je communique avec mon loup, répondis-je.

Elle écarquilla les yeux.

— Oh, vraiment ? C'est évident maintenant que tu le dis, mais je n'y avais jamais pensé.

— Tu peux aussi ressentir leurs émotions ? demandai-je.

— Seulement celles de Safira.

Je levai les yeux vers le ciel, vers le dragon blanc qui nous suivait de plus près. Elle m'avait expliqué comment ils étaient liés.

— C'est logique. Tu es si proche d'elle.

— On approche de la ville, cria Akael.

Normalement, nous serions restés silencieux avant une attaque, mais avec une armée de dragons qui nous suivait depuis le ciel, cela ne servait à rien. Je pouvais déjà voir les gens paniquer sur les remparts de la ville. Ils tiraient des flèches et lançaient des sorts sur les bêtes. Les balistes tiraient, et les dragons plongeaient pour éviter les tirs.

La ville était aussi élégante que jamais, baignée de beauté, mais les soldats postés sur ses remparts, c'était une autre histoire. Certains avaient des traits elfiques, mais une énergie malveillante émanait d'eux, palpable même de loin. Ils étaient devenus des créatures sinistres et mortelles. Leurs yeux brillaient de la magie sombre du roi. Quant aux autres… Les sources d'Élaine avaient dit la vérité. Transformés, dotés de membres supplémentaires, ils n'étaient rien d'autre que des créatures sanguinaires, des mutants. C'était horrible. La ville était bien protégée malgré la diversion à Mumbur. Le combat s'annonçait difficile, mais j'avais confiance en nos forces.

Le sol trembla lorsque Safira atterrit. Élaine grimpa immédiatement sur son dos, et une conversation privée s'ensuivit entre elles. Elles s'envolèrent, tandis que le prince resta au sol pour mener l'attaque. Je les regardai s'élever dans le ciel. Une pâle lumière dorée se glissa à l'horizon, se reflétant sur les armures et les écailles, scintillant sur les lames dégainées. L'air était froid, vif, d'une clarté presque douloureuse. Je resserrai ma prise sur mon épée, le souffle régulier, attendant le signal.

Au bord du chaos, nous sentions tous le poids qui pesait sur nos épaules.

— À l'attaque ! cria Akael en levant son épée vers le ciel.

Nous poussâmes un cri de guerre qui résonna dans toute la vallée. Nous courûmes vers la ville. Les dragons attaquaient déjà depuis les airs, occupant les soldats ennemis. Ce n'est que lorsque nous nous approchâmes comme une vague de tsunami qu'ils nous remarquèrent.

À ma gauche, les loups couraient à quatre pattes, les crocs sortis, prêts à mordre. Je fus tenté de me transformer et de les rejoindre, mais me dis-je que je serais plus fort sous ma forme de vampire. Mon loup approuva, me prêtant sa force et me faisant savoir qu'il serait là si je me trouvais en danger. À ma droite, les archers d'Akael tiraient des flèches sur la ville tandis que soldats, humains et elfes couraient, boucliers levés, pour se protéger des projectiles venant de la ville. Au-dessus de nous, des dragons attrapaient des rochers et les lançaient sur la ville en contre-attaque, tandis que d'autres crachaient de la magie.

Les portes ne s'ouvrirent pas.

Mais nous ne nous laissâmes pas écraser par les flèches et la magie. Safira plongea du ciel, les griffes en avant. Elle enfonça les portes, crachant du feu et griffant furieusement. Le bois prit feu et se brisa. Les renforts métalliques se plièrent sous le poids du dragon, nous permettant d'envahir la ville.

Je chargeai avec l'armée, ravageant tout sur notre passage. Un mutant à trois bras se jeta sur moi. Je pus reconnaître qu'il avait autrefois été un elfe, même si sa bouche n'était plus qu'une double rangée de dents acérées comme des rasoirs. Mon épée lui transperça la gorge, mais la créature continua d'avancer, imperturbable. Son sang était noir et épais, chaud sur mon poignet. La peau du mutant était dure, et je me demandai comment le tuer. Je le poignardai avec mon épée, mais cela ne semblait pas avoir d'effet non plus. La créature me frappa, me coupant le souffle. Elle tenta de m'attraper avec deux de ses bras, tout en attaquant avec l'autre. Si mon épée ne lui faisait rien, j'utiliserais ma magie.

Je m'approchai autant que possible, ma paume effleurant presque sa poitrine, et j'utilisai ma magie royale de vampire. Le coup fut si puissant que le mutant fut projeté en l'air, le bruit des os qui craquaient résonnant dans l'air alors qu'il tomba au sol dans une position contre nature. Le hurlement qui sortit de sa bouche était angoissant, et j'eus presque pitié de lui. Je le regardai essayer de se relever, mais il en était incapable. Il n'était pas mort, mais cela suffirait.

Un autre mutant me sauta dessus depuis les hauteurs, et je tombai sous son poids. Son odeur nauséabonde de sueur et de soufre me prit à la gorge. Je poussai de toutes mes forces et réussis à me dégager de sous lui. Celui-ci était moins massif que le premier, mais plus rapide. Il se jeta immédiatement sur moi. Je pivotai sur moi-même, des griffes jaillissant du bout de mes doigts, tranchant net son bras tendu. Je remarquai que sa peau était également plus facile à entailler.

La bataille engloutissait tout. Chaque mutant était différent des autres, et je devais adapter mon style de combat à leurs faiblesses. Des cris et le cliquetis de l'acier résonnaient dans l'air, accompagnés de sorts qui jaillissaient comme des éclairs, tandis que des dragons s'écrasaient sur les bâtiments, les réduisant en nuages de pierre et de poussière. Les mutants étaient nombreux et opposaient une forte résistance, mais nous continuions à avancer à travers la ville.

Un dragon tomba du ciel, s'écrasant sur la ville en contrebas.

Nous arrivâmes au centre de la ville. C'était une grande place avec une fontaine, et un grand nombre d'ennemis nous y attendaient. Safira s'approcha, crachant du feu sur eux, mais ce n'était pas seulement du feu—c'était un souffle imprégné de magie draconique. Les ennemis prirent feu, la magie draconique s'accrochant à leur armure, impitoyable. Les mutants combattaient Safira alors même qu'ils brûlaient vifs. Nous nous précipitâmes sur eux, les décimant et mettant fin à leurs souffrances. Bientôt, la place fut jonchée de corps calcinés. Safira atterrit, et Élaine descendit. Le dragon reprit son envol, poursuivant son attaque depuis les airs.

— Nous avons un problème. La guilde des mages est là-bas, dit-elle en désignant une rue. Ils opposent une résistance redoutable. Les meilleurs mages de la ville se sont regroupés. Ils ont tué un dragon et nous barrent la route. Nous devons leur parler. Le roi leur a probablement menti. Il serait avantageux pour nous de les avoir de notre côté.

Nous suivîmes le chemin et aperçûmes rapidement la guilde des mages. Le bâtiment était plus haut que la plupart des boutiques environnantes. De chaque côté de la grande porte en bois à double battant se dressaient deux hautes statues de mages, chacune tenant un bâton. Des dizaines de mages se tenaient sur le toit et les balcons du bâtiment, et certains se trouvaient à l'extérieur, devant la porte. Une bulle protectrice bleue entourait la guilde et ses occupants pour les protéger des attaques magiques. C'était remarquable. Vu sa taille, il avait probablement fallu de nombreux mages puissants pour lancer ce sort. Le corps du dragon gisait au sol, au milieu des décombres des maisons détruites et des débris.

— Pour Mytvathyr ! crièrent-ils en nous voyant.

Des sorts magiques se mirent à fuser de toutes parts. Les dragons esquivèrent les tirs et ripostèrent, mais leur attaque fut contrée par le bouclier. Toute tentative de survoler le bâtiment était également vaine, car les mages s'empressaient de lancer des éclairs et des sorts de gel sur quiconque essayait. Même ma magie était impuissante face au bouclier qu'ils avaient érigé. Au sol, les soldats ne pouvaient pas s'approcher avec leurs épées, car des flèches enchantées étaient tirées par les mages. Heureusement, nous avions des elfes qui avaient enchanté les boucliers, ce qui nous permettait au moins de repousser les attaques renforcées.

Ils étaient plus forts et plus habiles en magie que nous. Ils n'avaient pas de mana illimité, mais cela pouvait prendre un certain temps avant qu'ils ne se fatiguent, surtout s'ils disposaient de potions de restauration à l'intérieur de la guilde. Attendre qu'ils épuisent leur magie était hors de question, mais nos boucliers ne tiendraient pas éternellement non plus. Si nous ne trouvions pas rapidement une solution, nous serions contraints de faire demi-tour.

— Je dois aller les voir, cria Élaine à Akael et moi à travers le vacarme.

— Ils vont te tuer, rétorquai-je.

Akael secoua la tête.

— J'ai confiance en Élaine. Sa force ne s'est pas forgée dans le feu, mais dans l'endurance. Je l'ai vue à l'œuvre. Si quelqu'un peut convaincre les mages d'arrêter, c'est bien elle.

J'acquiesçai d'un air assuré. Élaine s'enveloppa d'un bouclier et s'avança à la tête de l'armée, se tenant seule face à la guilde des mages.

Les mages la montrèrent du doigt et cessèrent d'attaquer à son approche. Je compris qu'ils l'avaient reconnue. Ils se passèrent le mot jusqu'à ce qu'ils soient tous figés, les yeux rivés sur elle. L'un d'eux s'avança. Il était grand, avait les cheveux courts et gris, et portait une longue cape verte.

— Élaine ? dit-il, incrédule. C'est impossible. Le roi a dit que tu étais morte.

— Ai-je l'air morte ? demanda-t-elle d'un ton provocateur.

— Il a dit… Il a dit que tu avais été emmenée dans les vallées de l'ombre des Enfers.

Elle parla avec force :

— Regardez autour de vous. Les mutants empestent les ténèbres. Le roi vous a menti. C'est lui qui est corrompu.

Ils se regardèrent en silence.

— Est-ce vrai ? demanda un autre mage. Pourquoi le roi mentirait-il ?

— Je suis le grand sorcier depuis des années. J'ai travaillé avec beaucoup d'entre vous au cours du siècle dernier. Vous m'avez toujours fait confiance. Ne voyez-vous pas la vérité ?

Des murmures s'élevèrent parmi eux alors que leur foi en leur roi était ébranlée. Les preuves des mensonges du roi étaient partout autour d'eux.

— Rejoignez-nous. Ensemble contre le roi, cria Élaine.

Les mages baissèrent leurs boucliers. Ils savaient qu'Élaine était l'une des leurs et qu'elle était sincère. Ils se joignirent à nous, et la balance de la victoire pencha en notre faveur. Nous avançâmes à travers les rues du marché, désormais transformées en champs de bataille, enjambant des charrettes brisées et des lanternes de cristal en miettes. Des dragons déchirèrent les toits, des loups bondirent d'un balcon à l'autre, et les flèches tombèrent comme une pluie d'hiver.

Nous nous battîmes quartier par quartier, avançant toujours plus loin, repoussant les créatures du roi dans l'ombre.

Plus nous avancions, plus la ville changeait, et plus mon loup s'agitait. Il pouvait la sentir. Elle était là, et nous nous en approchions. « *Compagne* », supplia-t-il.

Pendant une fraction de seconde, je l'entendis dans mon esprit. « *Nathan* ».

Mon cœur s'emballa. Enfin, j'étais au bon endroit, assez près pour que notre lien, bien que non scellé, nous permette de communiquer. Nous avions passé suffisamment d'années ensemble pour que nos cœurs se reconnaissent. Je pouvais sentir à quel point elle avait perdu espoir, à quel point elle avait pleuré, et à quel point elle était incrédule de me sentir là. « *J'arrive* », lui transmis-je, sachant qu'elle m'entendrait.

Les rues devinrent plus propres, et la pierre brillait faiblement sous l'effet des enchantements. L'air se réchauffa, comme protégé par des couches de magie. Et enfin, s'élevant au-dessus de tout, se dressa le château.

Je me souvins de la première fois où j'étais venu ici—à quel point tout avait été beau. Comme j'étais naïf à l'époque, de croire qu'Erendriel serait mon allié.

Le château n'était plus le lieu serein qu'il avait été autrefois. Des rangées de mutants grotesques se tenaient en formation devant les portes, par dizaines et par dizaines. Au-dessus d'eux, des soldats elfiques fidèles au roi se tenaient en rang sur les balcons, l'arc bandé. L'imposante tour des mages vibrait d'une lumière sombre : un sort était en cours, ou peut-être le roi lui-même était-il en train de rassembler ses pouvoirs.

Je le sentais au plus profond de moi : c'était là que tout avait commencé. J'avançai, le regard rivé sur les portes du château où elle était emprisonnée.

Je scrutai la cour, à la recherche d'Erendriel, mais il était introuvable. Le lâche.

Les arcs étaient bandés, prêts à tirer leurs flèches. Les dragons au-dessus s'apprêtaient à replier leurs ailes et à plonger. Les loups grognaient, leurs griffes s'enfonçant dans la pierre. Les humains stabilisaient leurs boucliers. Les elfes préparaient leurs sorts.

La cour était chargée d'électricité, comme les nuages avant un orage. Je montrais les crocs.

— Pour la chute du roi, grognai-je.

Notre armée rugit d'une seule voix.

La dernière fois que j'avais vu Émeraude, c'était dans cette maudite ville, trahie par mon propre sang. À présent, j'allais la récupérer.

Un mot de l'auteure

J'espère que vous avez apprécié La renaissance des dragons. Prenez le temps de laisser un commentaire et d'en parler avec vos amis amateurs de lecture. C'est la meilleure façon d'aider les auteurs et de leur montrer votre reconnaissance.

L'histoire se poursuivra et s'achèvera dans le dernier tome de la série : *Le roi à la fin du monde.*

Quelle aventure que d'avoir écrit ce livre ! Merci pour votre patience. La vie fait que je n'ai pas toujours autant de temps que je le voudrais pour écrire.

Merci pour votre soutien ! C'est grâce à vous que je continue à écrire. Un livre sans lecteurs n'a aucun sens.

En attendant le prochain livre, jetez un œil à mes nouvelles ou à d'autres séries que vous n'avez pas encore lues *L'animal domestique du vampire* est déjà disponible. *Les gardiens de la déesse* raconte les origines des sorcierès. *Ennemis Ancestraux* est en considération pour une adaptation cinématographique.

Merci !

Danielle

Glossaire

Personnages

Nathan

Âge : 334 ans

Race : mi-vampire, mi-loup-garou

Cheveux : Bruns

Yeux : noisette

Barbe : bouc

Taille : environ 1,80 m

Biographie :

Ancien roi de la cité des vampires Ichoryllia. On l'appelle aussi le Roi maudit. Il a été renversé, mais il est déterminé à retrouver la place qui lui revient de droit en tant que souverain d'Ichoryllia. Sa compagne prédestinée a disparu, et il est prêt à tout pour la retrouver.

Fils de Damien, ancien souverain vampire d'Ichoryllia, et de Kate, une loup-garou, fille de l'Alpha. Kate et Damien se sont battus pendant la Grande Guerre contre Eurynomos pour unir les vampires et les loups-garous et vaincre le démon. Bien que les loups-garous aient une espérance de vie plus courte que les vampires, Kate s'est vu accorder une durée de vie prolongée par la Déesse de la Lune. *(Voir la série Âmes sœurs du désir)*

Samantha Delacour

Âge : 282 ans

Race : vampire

Cheveux : noirs

Yeux : noirs

Taille : environ 1,70 m

Biographie :

Reine d'Ichoryllia, fille d'un comte, très respectée parmi la noblesse. Elle est la grande prêtresse des Miłonblooders. Elle croit que son dieu, Alastor, lui a demandé d'accomplir la Grande Prophétie. Elle doit rassembler l'essence d'Alastor, qui a été divisée en six êtres, et devenir le réceptacle de sa réincarnation.

Anecdotes :

Elle déteste avoir les cheveux mouillés par la pluie. Ils frisottent.

Élaine

Âge : 200 ans

Race : Elfe

Cheveux : Cheveux blancs bouclés, violets aux pointes

Yeux : verts

Taille : environ 1,68 m

Biographie :

Elle a été choisie à l'âge de cinq ans par le roi pour rejoindre la tour des mages du château. Elle est désormais la grande sorcière du roi elfe Erendriel. Des joyaux magiques sont incrustés dans son front et son cou, lui permettant de mobiliser d'énormes quantités de mana.

Bien qu'elle ne croie pas aux dieux, les serviteurs du château l'appellent « veneficus dei », convaincus qu'elle est la mage de Dieu, envoyée pour les protéger et les sauver.

Elle a pour mission de sauver la magie elfique et de maintenir l'ordre magique des choses.

Anecdotes :

Elle n'aime pas les vampires.

Caleb

Âge : inconnu

Race : vampire

Cheveux : Blonds

Yeux : Bleus – Argentés depuis qu'il s'est lié à la déesse Aeris

Taille : Environ 1,80 m

Biographie :

Il adore s'habiller avec style. C'est un vampire assassin à gages qui aime baiser les femmes avant de les tuer. Il maîtrise l'art de l' , qui lui permet de contrôler le monstre de soif de sang qui l'habite et d'exploiter sa force, mais il doit tuer régulièrement pour le garder sous contrôle. Il aime le whisky et les tavernes humaines. La Guilde des voleurs d'Ichoryllia est la seule famille qu'il ait jamais eue.

Il a renaît en tant que fils de la déesse Aeris après s'être lié à elle, ce qui lui a conféré plus de force et de pouvoir. Son objectif est de retrouver Nathan et de le tuer, car c'est sa cible, mais celui-ci lui a échappé.

Anecdotes :

Caleb ne tuera jamais un enfant, même si le contrat est bien rémunéré.

Erendriel

Âge : inconnu

Race : Elfe

Cheveux : inconnu

Yeux : inconnus

Taille : environ 1,78 m

Biographie :

Roi de la cité elfique de Mytvathyr. Il croit en la prophétie de l'Oracle concernant la fin du monde : selon celle-ci, Nathan provoquera la destruction du monde s'il réveille ses pouvoirs. Son objectif principal est donc d'arrêter Nathan à tout prix.

Il a acquis ses pouvoirs grâce à la déesse Aeris, qui lui a donné la force de conquérir la ville naine de Mumbur. Régnant désormais sur , qui englobe à la fois les villes elfiques et naines, il se prépare à la guerre. Il est en train de constituer une armée de mutants grâce à des runes magiques qu'il a découvertes.

Personnages secondaires

Xavier

Demi-frère de Nathan (mi-humain, mi-vampire). Il a été tué par Nathan après l'avoir trahi et avoir avoué être la cause de la disparition d'Émeraude.

Émeraude

Yeux verts. Cheveux bruns. Humaine de 30 ans. Vassale de Nathan et sa compagne prédestinée. A disparu.

Summer

Loup-garou. Elle a des yeux couleur chocolat, de longs cheveux noirs et un parfum de jasmin. Elle a une vingtaine d'années et est l'âme sœur de Caleb. Caleb a trahi une déesse pour la sauver. À présent, ils sont en fuite ensemble.

Lysandre

Yeux marron. Longs cheveux noirs. Marche avec une canne à cause d'une vieille blessure de guerre. Il était le conseiller le plus proche de Nathan quand celui-ci était roi. Il travaille désormais pour la reine. Il est également le père de Viktor.

Darryl Everett

Humain de 27 ans. Propriétaire de la herboristerie d'Ichoryllia. Homme mince. Cheveux noirs attachés en chignon — un ami d'enfance d'Émeraude.

Son père est parti rejoindre les Miłonblooders avec sa grande sœur alors qu'il n'était encore qu'un bébé. Il a récemment découvert que sa sœur était retenue en otage par les orques et s'est porté volontaire pour se rendre à Krelgraz afin de la sauver.

Paisley Everett

La sœur de Darryl. Elle a de longs cheveux noirs et des yeux bleus. Elle avait 10 ans lorsque son père est parti avec elle pour rejoindre les Miłonblooders.

Jason

Humain. Vassal de Samantha. Il a les cheveux noirs courts, les yeux marron foncé et la peau blanche. Il n'est pas très musclé. Il joue de la guitare et du luth.

Prince Akael Vaelarion

Prince elfe Vaelarion du Royaume du Soleil. Ils résidaient très loin à l'est, sur un autre continent. Il a les cheveux roux bouclés et les yeux d'un vert profond. Des taches de rousseur parsèment son visage.

Races

Il existe six races principales : les humains, les loups-garous, les elfes, les vampires, les nymphes et les nains.

Il existe six races maléfiques : les orcs, les gobelins, les succubes, les centaures, les harpies et les démons mineurs.

Il existe trois races sacrées : les dieux, les demi-dieux et les anges

Vampires

Il y a des millénaires, les vampires se cachaient parmi les humains, la plupart du temps dans l'ombre, essayant de dissimuler leur nature. Les humains ne voulaient pas servir de nourriture, et bien que les vampires fussent plus puissants qu'eux, ils étaient bien plus nombreux. Pendant des années, les humains enfonçaient un pieu dans le cœur des vampires avant de les décapiter.

Il a fallu des siècles aux vampires pour mener une grande révolution, s'unir et mettre les humains à genoux. Aujourd'hui, un équilibre a été trouvé, les vampires ayant évolué vers une société respectable.

Les fées

Les fées veillaient à l'équilibre naturel des choses. Certaines étaient chargées des fleurs, d'autres des animaux et des insectes. Un équilibre fragile, mais nécessaire à notre monde, et les fées régissaient toute la nature

Les elfes

C'est une race gracieuse, réputée pour sa magie. Ils vivent en harmonie avec la nature et la protègent. Ils sont généralement agiles et adorent chasser à l'arc. S'ils manient une épée, c'est généralement un poignard ou une épée courte. Ils peuvent vivre plus de sept cents ans, certains d'entre eux atteignant même plus de mille ans.

Niveau de magie

Tous les elfes naissent avec un certain niveau de magie.

M-1 est le niveau de magie le plus bas. Les elfes de ce niveau ne peuvent généralement utiliser qu'un seul élément à un niveau de puissance très faible. Par exemple, ils peuvent calmer les animaux ou faire venir la pluie sur leurs champs. Ils ne peuvent pas lancer plusieurs sorts à la fois.

Pour devenir mage à la tour, il faut être au moins de niveau M-8, le niveau le plus élevé étant M-10.

Il existe sept sous-races d'elfes.

Elfes noirs

Peau d'ébène noire. Yeux brillants, allant du bleu glacier au rouge foncé.

Elfes gris

Peau grise. Cheveux blancs.

Elfes hauts

Peau jaunâtre. Réputés pour être les meilleurs en magie, mais ils aimaient rester entre eux.

Elfes de la Lune

Peau blanche avec une légère teinte bleutée. Leurs yeux vont du bleu au marron et leurs cheveux peuvent être de toutes les couleurs.

Elfes des neiges

On sait très peu de choses sur les elfes des neiges. Ils vivent dans les montagnes enneigées plutôt qu'avec les autres elfes.

Elfes des bois

Le type d'elfes le plus courant.

Elfes ailés

Une sous-catégorie très rare d'elfes. Personne ne sait d'où ils viennent ni pourquoi ils ont des ailes.

Les nains

Les nains sont plus petits et plus trapus que les humains. Ils préfèrent généralement se battre à la hache. Ils ne possèdent pas de pouvoirs magiques, mais sont d'excellents commerçants. Ingénieux, ils construisent des machines pour faciliter leurs tâches. Ils accordent une grande valeur à l'or et exploitent les richesses de leurs terres. Leurs mines comptent parmi les meilleures, et ils disposent d'un port commercial dans leur ville. La plupart d'entre eux mesurent moins d'un mètre vingt. Les hommes portent généralement la barbe. Les nains vivent environ 150 à 250 ans.

Les El'thors

Une civilisation ancienne qui existait il y a des milliers d'années. Les quelques parchemins qui les mentionnent indiquent qu'ils possédaient des pouvoirs magiques très puissants. Cette civilisation était potentiellement la plus avancée qui ait jamais existé. Plusieurs de ses membres avaient des pouvoirs d'oracle. Personne ne sait comment ils ont disparu, mais les quelques oracles apparus des centaines d'années plus tard et qui apparaissent encore occasionnellement seraient les descendants de ce peuple.

Dieux et demi-dieux

Aerdrie

Reine des Avariel, était une déesse elfe de la Seldarine.

Hécate

Déesse des vampires. Elle est la déesse de la magie, de la sorcellerie, des fantômes et de bien d'autres choses encore.

Aeris

Déesse de la tromperie et de la trahison. Elle est la demi-sœur de Selena. Elle souhaite s'allier à Alastor, l'esprit de la vengeance, pour assouvir sa vengeance sur sa famille et le monde.

Selena

Déesse de la Lune, vénérée par les loups-garous.

Sashelas des Profondeurs

Dieu elfique de la mer.

Créatures

Dragons

Bêtes ailées légendaires crachant de la magie, qu'il s'agisse de feu, d'électricité, de glace, de lumière sacrée ou de n'importe quoi d'autre, car nous ne les avons pas encore toutes découvertes. Les dragons adultes peuvent peser jusqu'à 18 000 à 22 000 kg. Ils étaient autrefois nombreux, bien qu'ils préféraient vivre à l'écart des humains. Leur nombre a diminué de manière inattendue il y a quelques années, sans que personne ne sache vraiment pourquoi. Aujourd'hui, ils sont considérés comme éteints ; cependant, Élaine et Samantha en ont ressuscité un.

Scorchfire

Scorchfire était le dernier dragon connu. C'était un dragon cracheur de feu qui vivait paisiblement au sommet d'une montagne escarpée jusqu'au jour où il décida d'attaquer la partie humaine d'Ichoryllia et de réduire en cendres de nombreuses maisons. Les vampires et les humains s'étaient alliés et avaient tué la bête. Ce jour-là, les gens acclamèrent leur victoire mais pleurèrent la mort du dernier dragon. Une grande cérémonie a été organisée pour honorer les vies perdues et le dragon disparu. À ce jour, personne ne comprend ce qui a poussé le dragon à attaquer la ville.

Marrowyrn

Une créature ressemblant à un serpent. Leurs yeux brillent. Ils vivent généralement dans les marais. Ils peuvent atteindre 3 à 4,5 mètres de long, avec un corps aussi épais qu'un arbre. Ils ont un rugissement puissant. Ce sont d'excellents nageurs et des maîtres de l'eau.

Trolls

Les trolls sont de grandes créatures, mesurant entre 2,7 et 3,6 mètres. Ils se régénèrent constamment, ils ne peuvent donc pas être tués par des méthodes conventionnelles. Il faut les brûler ou leur jeter de l'acide lorsqu'ils sont presque morts pour qu'ils restent morts. Ils ont un faible niveau d'intelligence et ne peuvent pas lancer de sorts, mais possèdent une force redoutable.

Factions, groupes et religion

Comité des races unies

Délégation composée de représentants de toutes les races — humains, loups-garous, elfes, nains et vampires — engagés à maintenir la paix.

Miłonblood

Les Miłonblooders sont les adeptes de la religion Miłonblood. Ils vénèrent le démon Alastor. Ils prêchent une interprétation stricte et intransigeante de leur foi. Ces individus croyaient que leur divinité les avait choisis comme instruments de la colère divine, chargés de purger le monde des pécheurs et des hérétiques présumés.

Alastor

Démon – Esprit de vengeance. Vengeur des mauvaises actions, en particulier des massacres familiaux – il inflige la vengeance aux jeunes générations pour les crimes de leurs ancêtres. Il est particulièrement cruel. Il est apparenté aux Érinyes, les vengeuses des meurtres, mais la vengeance qu'Alastor préside est dirigée contre la famille du meurtrier plutôt que contre le meurtrier lui-même.

Alastor, prince de Pylos. Fils du roi Néléos et de Chloris, fille d'Amphion. Chloris et Néléos eurent plusieurs enfants ensemble, dont Alastor. Après que Néléos eut refusé de régler une dette de sang, Héraclès le tua ainsi que tous ses fils, à l'exception de Nestor.

À sa mort, Alastor devint l'esprit de la vengeance, incitant et attisant les querelles sanglantes entre les familles. Il fit également en sorte que les enjeux soient si élevés que l'esprit de vengeance se transmette de génération en génération. De cette manière, il s'assura que la cruauté de sa mort ne passerait pas inaperçue et que son histoire survivrait à plusieurs lignées.

Les Tisseurs d'ombres

Une secte elfique pratiquant une magie noire, convaincue que le véritable pouvoir réside dans les ombres et les ténèbres. Elle y voit une source d'énergie magique inexploitée, qu'il est possible de capter et de canaliser à ses fins. Les membres de la secte se plongent dans d'anciens rituels elfiques interdits, cherchant à percer les secrets de la magie des ombres.

Les Tisseurs d'ombres aspirent à l'immortalité et aux ténèbres éternelles. Ils croient qu'en approfondissant les secrets de la magie des ombres et des rituels obscurs, ils pourront ouvrir la voie vers la vie éternelle. Ils recherchent des artefacts interdits, des textes anciens et des objets maléfiques qui détiennent la clé permettant de transcender les limites de l'existence mortelle.

Termes/Argot

Exsanguination

Mourir par perte de sang. Ex. : lorsqu'un vampire boit tout le sang d'un humain, celui-ci meurt par exsanguination.

Aspiré à sec

Sucer quelqu'un à sec

Argot utilisé par les vampires pour désigner l'exsanguination. Aspirer tout le sang d'une personne.

Artefacts et objets

Bâton des Origines

Une longue baguette droite ornée de cristaux. Créée par une civilisation ancienne très avancée en magie, elle permet de contrôler le temps lui-même.

Éclat du droit du sang

Une dague imprégnée de la force des cavaliers de dragons, transmise de génération en génération. La pointe est acérée et légèrement recourbée, conçue autant pour les rituels que pour la guerre, et fabriquée en acier de haute qualité. Enveloppée de bandes entrelacées de peau de dragon durcie, noircie et écailleuse, elle est chaude au toucher.

Événements

Grande Guerre contre Eurynomos

Il s'agit de la guerre qui a eu lieu dans la série *Âme sœur du désir*, lorsque le démon Eurynomos a tenté de conquérir le monde des vivants il y a environ trois siècles. De nombreuses personnes ont été tuées au cours de cette guerre, mais toutes les races ont uni leurs forces pour repousser le démon et son armée.

Lisez la série *Âme sœur du désir* pour connaître tous les détails.

Lieux

Krelgraz

Ville des orques, située sur une île. Certains l'appellent : le Grenier des Enfers.

Ichoryllia

Dans la Grèce antique, on croyait que l'ichor était le sang des dieux, considéré comme différent du sang humain, d'où le nom de la ville. Nom du royaume des vampires et de la ville principale, gouvernée par Nathan.

Meute Dark Woods

L'une des plus anciennes meutes de loups-garous. On dit qu'il s'agit de la meute originelle à laquelle la déesse de la Lune a offert des âmes sœurs et confié la mission d'être les gardiens de la déesse.

St.-Selena

Ville humaine, nommée en l'honneur de la déesse de la Lune. Elle abrite une grande basilique en son honneur.

Mytvathyr

Cité elfique, gouvernée par Erendriel. Elle abrite les plus anciennes guildes de magie. C'est un refuge pour toutes les races d'elfes, ainsi que pour quelques étrangers.

Mumbur

Ville naine. Grand centre commercial et port de commerce.

Temple de Skyfall

On disait autrefois que le temple de Skyfall était le lieu où vivaient les saints. On racontait que son sommet formait un pont entre les Plaines élyséennes et le monde des vivants. Les rois consultaient les saints au sujet des problèmes des vivants. Seules les personnes les plus puissantes étaient autorisées à y entrer, et même alors, leur cœur devait être pur. Mais le temple s'est effondré il y a des milliers d'années lors d'une attaque menée par un traître. L'histoire a oublié son identité. Il est aujourd'hui submergé par les marais.

Magie

Dons ou talents

Vision suprême

Les êtres dotés de puissants pouvoirs magiques, tels que les mages et les créatures magiques, possèdent un talent naturel appelé vision suprême. Ce talent leur permet de voir au-delà des sorts d'illusion et de percevoir la véritable nature des choses. Sa puissance varie en fonction de la force magique de chacun.

Évocation

L'école de magie de l'évocation comprenait des sorts qui manipulaient l'énergie ou puisaient dans une source de pouvoir invisible pour produire le résultat souhaité. En effet, ils créaient quelque chose à partir de rien.

Envoi

Vous envoyez un court message à une personne ou une créature que vous connaissez bien. La personne ou la créature entend le message dans son esprit et vous reconnaît comme l'expéditeur si elle vous connaît. Vous pouvez envoyer le message à n'importe quelle distance.

Transmutation

La transmutation consiste à manipuler et à modifier le monde physique. Elle est généralement utilisée à des fins de défense et d'utilité au combat. Par exemple, vous pouvez transformer votre peau en roche.

Portails magiques

La magie de transmutation comprend la capacité de déformer l'espace-temps et permet à son utilisateur d'ouvrir un portail magique, grâce auquel le mage peut se déplacer vers un lieu ou un plan spécifique, tel que le plan éthérique.

Lévitation

Une créature ou un objet que vous pouvez voir à portée s'élève verticalement, jusqu'à 6 mètres, et reste en suspension pendant 10 minutes au maximum. Le sort peut faire léviter une cible pesant jusqu'à 227 kg.

Respiration sous l'eau

Ce sort confère à un maximum de dix créatures consentantes que vous pouvez voir à portée la capacité de respirer sous l'eau jusqu'à la fin du sort. Les créatures affectées conservent également leur mode de respiration normal. Seuls les mages avancés ou les êtres dotés d'une grande force magique peuvent lancer ce sort, car il nécessite beaucoup de mana. La durée de son effet varie en fonction de la puissance de la personne qui lance le sort.

Altération

L'altération est une version améliorée de la transmutation. Elle vous permet de déformer la réalité à grande échelle et même de contourner les lois de la physique.

Télékinésie

Un sort de télékinésie, qui fait partie de la famille de la magie d'altération, peut soulever jusqu'à 450 kg. Le sort dure au maximum 10 minutes et nécessite beaucoup de mana, car il s'agit d'un sort avancé. Le mage peut soulever et déplacer un objet jusqu'à 18 mètres.

Permutation

La magie de la permutation permet de modifier la taille des objets ou des créatures, en les rendant plus petits ou plus grands.

Divination

L'école de magie de la divination comprend des sorts qui permettent au lanceur de découvrir des secrets oubliés depuis longtemps, d'interpréter les rêves, de prédire l'avenir, de trouver des objets cachés ou de déjouer des sorts trompeurs.

Rapidité

La vitesse et l'habileté sont synonymes de puissance. Vous conférez à vous-même ou à une autre créature une plus grande vitesse. L'effet varie en fonction de la dextérité naturelle de la créature, et la durée dépend de la puissance magique du mage lors du lancement du sort. Plus le mage est puissant, plus la durée est longue.

Restauration

L'école de magie de la restauration comprend des sorts qui éliminent les maladies et les effets négatifs (comme le poison) ainsi que des sorts qui soignent les blessures et les maux.

Ralentir l'affection

Un sort qui ralentit la propagation d'une affection pendant une heure maximum. Si l'affection se trouve dans le sang, comme un poison ou un venin, elle ralentira alors la circulation sanguine.

Illusion

L'école de magie de l'illusion comprend des sorts qui rendent les objets invisibles ou modifient la façon dont les autres perçoivent quelque chose, par exemple en faisant apparaître une femme comme une créature dangereuse.

Invisibilité

Une créature que vous touchez devient invisible jusqu'à la fin du sort. Tout ce que la cible porte ou transporte est invisible tant qu'il se trouve sur elle. Le sort prend fin si la cible attaque ou lance un sort. Si la personne n'attaque pas et ne lance pas de sort, le sort dure jusqu'à quatre heures.

Mur imaginaire

Vous invoquez un mur imaginaire, donnant l'impression que derrière ce mur se trouve un terrain naturel, en fonction du vent et de la lumière. Ainsi, des champs ouverts ou une route peuvent ressembler à un marécage, une colline, une crevasse ou un terrain difficile ou impraticable. Les êtres magiques peuvent parfois voir le mur en fonction de leur pouvoir. Ils le verront comme une image ou un rideau recouvrant la zone. Les créatures peuvent pénétrer dans la zone ; lorsqu'elles le font, elles voient ce qui s'y trouve. Ce sort dure jusqu'à 24 heures et a une portée d'environ 90 mètres.

Camouflage

Un sort qui confère à une seule personne ou créature la capacité de modifier sa couleur pour se fondre dans son environnement, y compris en changeant et en se transformant pour s'y adapter. Certaines créatures dotées d'une vision véritable ou d'une dextérité suffisante peuvent voir à travers le camouflage. Le sort dure une heure.

Nécromancie

Repos léger

Pendant la durée du sort, soit environ deux semaines, tout cadavre est protégé de la décomposition. Il ne peut pas non plus devenir un mort-vivant ni être ressuscité.

Découvrez le reste de mon travail.

Tous mes livres sont disponibles sur Amazon.

Livre audio

- The Vampire's Pet (anglais seulement)

Nouvelles à $0.99

- L'animal domestique du vampire
- L'animal domestique du vampire - Partie Deux
- La vengeance du loup-garou

Série Âme sœur du désir

Envisagé pour une adaptation cinématographique !

Un prince vampire puissant et séduisant. La fille puissante de l'Alpha. Ennemis de naissance, ils sont liés par un lien indéfectible.

Best Seller mondial. Lisez la série qui a tout déclenché. – Disponibles sur Amazon

1. Ennemis Ancestraux - ISBN 978-1-7782178-0-7

2. Un péché d'amour - ISBN 978-1-7775721-5-0
3. Déchu - ISBN 978-1-7782178-9-0

En lien avec la série Âme sœur du désir

Lisez dès aujourd'hui cette romance dark fantasy **primée – meilleur livre de fantaisie selon le Page Turner Awards** !

Les gardiens de la déesse : Les origines de la meute des loups-garous et des sorcières - ISBN 978-1-7782178-8-3

Série Sang et baisers

1. Roi maudit — ISBN 978-1-7388313-6-4
2. L'éveil — ISBN 978-1-998458-01-1
3. La Renaissance des Dragons – ISBN 978-1-998458-12-7
4. Le roi à la fin du monde – bientôt disponible

Série La fille du demi-ange

1. Dévorée par les ténèbres — bientôt disponible

www.ingramcontent.com/pod-product-compliance
Lightning Source LLC
LaVergne TN
LVHW050913080826
845145LV00001B/76

* 9 7 8 1 9 9 8 4 5 8 1 2 7 *